AF492211

CHARLES DICKENS

TIEMPOS DIFÍCILES

TIEMPOS DIFÍCILES
Charles Dickens

©Astria Ediciones 2024
Diseño de portada: Andrea Rodríguez-Lilyana Gálvez
Ilustración de portada: Elisa Esgasa
Supervisión Editorial: Óscar Flores Lopez
Administración: Tesla Rodas y Jéssica Cordero
Levantamiento de texto: Zona Creativa
Presidente: José Azcona Bocock

Primera edición
Tegucigalpa, Honduras-febrero de 2024

ÍNDICE

LA DURÍSIMA VIDA EN COKETOWN.................................*1*

LIBRO PRIMERO: LA SIEMBRA *3*

CAPÍTULO I: LAS ÚNICAS COSAS NECESARIAS.................5

CAPÍTULO II: EL ASESINATO DE LOS INOCENTES............6

CAPÍTULO III: UNA PUERTA EXCUSADA 12

CAPÍTULO IV: EL SEÑOR BOUNDERBY 17

CAPÍTULO V: LA NOTA TÓNICA....................................25

CAPÍTULO VI: SLEARY. CONSUMADO JINETE DE CIRCO
....31

CAPÍTULO VII: LA SEÑORA SPARSIT 44

CAPÍTULO VIII: NO HAY QUE ASOMBRARSE NUNCA.....51

CAPÍTULO IX: LOS PROGRESOS DE CECÍ.....................57

CAPÍTULO X: EL VIEJO ESTEBAN BLACKPOOL 64

CAPÍTULO XI: CALLEJÓN SIN SALIDA............................70

CAPÍTULO XII: UNA SEÑORA ANCIANA 78

CAPÍTULO XIII: RAQUEL..83

CAPÍTULO XIV: EL GRAN FABRICANTE...........................91

CAPÍTULO XV: PADRE E HIJA 97

CAPÍTULO XVI: MARIDO Y MUJER 105

LIBRO SEGUNDO: LA COSECHA *113*

CAPÍTULO I: EFECTOS EN EL BANCO 115

CAPÍTULO II: DON SANTIAGO HARTHOUSE...................129

CAPÍTULO III: EL MEQUETREFE 137

CAPÍTULO IV: HOMBRES Y HERMANOS........................142

CAPÍTULO V: UN HOMBRE Y UNOS AMOS.....................150

CAPÍTULO VI: EL ALEJAMIENTO.................................157

CAPÍTULO VII: PÓLVORA 170

CAPÍTULO VIII: LA EXPLOSIÓN 184

CAPÍTULO IX: OYENDO LA ÚLTIMA PALABRA 197

CAPÍTULO X: LA ESCALERA DE LA SEÑORA SPARSIT.206

CAPÍTULO XI: CADA VEZ MÁS ABAJO 211

CAPÍTULO XII: EL DERRUMBE 220

LIBRO TERCERO: EL ACOPIO 227

CAPÍTULO I: OTRA COSA NECESARIA 229

CAPÍTULO II: MUY RIDÍCULO 235

CAPÍTULO III: DECISIÓN TERMINANTE 244

CAPÍTULO IV: PERDIDO 253

CAPÍTULO V: ENCONTRADA 263

CAPÍTULO VI: LA LUZ DE UNA ESTRELLA 272

CAPÍTULO VII: A LA CAZA DEL MEQUETREFE 283

CAPÍTULO VIII: FILOSOFANDO 294

CAPÍTULO IX: FINAL 300

LA DURÍSIMA VIDA EN COKETOWN

Una ciudad de Inglaterra. Ficticia; creada por la mente de Charles Dickens. Son los años de la Segunda Revolución Industrial. Es la segunda mitad del siglo XIX. Mientras los empresarios se hacen cada vez más ricos, los obreros siguen hundidos en la miseria.

¿Por qué tiempos difíciles?

Porque a la par del desarrollo industrial se dan varios efectos negativos, como la desigualdad, la explotación, la corrupción, la injusticia…

Y eso es lo que viven los pobladores de Coketown, donde el impacto de ese desarrollo es brutal.

Los personajes principales son: míster Gradgrind, míster Bounderby, Louisa, Sissy Jupe, Tom y Stephen Blackpool.

Este míster Grandgrind es retratado como un maestros, rico e influyente, cuya hija, Louisa, se rebela ante las imposiciones machistas de la época.

Hay propietarios de fábricas, obreros que luchan por salir adelante, relaciones amorosas, esperanzas y decepciones, ideales y corrupción.

Tiempos difíciles era una de las obras favoritas del dramaturgo irlandés Bernard Shaw. Los críticos también han encontrado su influencia en la creación de George Orwell (1984, Rebelión en la granja. Los días en Birmania); y D. H. Lawrence (El amante de Lady Chatterly, Hijos y amantes y El arco iris).

Muchas de las situaciones criticadas por Charles Dickens siguen vigentes en el mundo. Algunas, incluso, se han profundizado aún más. Por esa razón, el libro puede ser leídos con los ojos puestos en el pasado, en el presente y en el futuro.

ASTRIA contribuye de esta manera al enriquecimiento de las grandes obras de la literatura universal, donde Charles Dickens ocupa un lugar privilegiado entre los genios inmortales.

ÓSCAR FLORES LÓPEZ/EDITOR DE ASTRIA

LIBRO PRIMERO: LA SIEMBRA

CAPÍTULO I: LAS ÚNICAS COSAS NECESARIAS

—Pues bien; lo que yo quiero son realidades. No les enseñéis a estos muchachos y muchachas otra cosa que realidades. En la vida sólo son necesarias las realidades.

No planteéis otra cosa y arrancad de raíz todo lo demás. Las inteligencias de los animales racionales se moldean únicamente a base de realidades; todo lo que no sea esto no les servirá jamás de nada. De acuerdo con esta norma educo yo a mis hijos, y de acuerdo con esta norma hago educar a estos muchachos. ¡Ateneos a las realidades, caballero!

La escena tenía lugar en la sala abovedada, lisa, desnuda y monótona de una escuela, y el índice, rígido, del que hablaba, ponía énfasis en sus advertencias, subrayando cada frase con una línea trazada sobre la manga del maestro. Contribuía a aumentar el énfasis la frente del orador, perpendicular como un muro; servían a este muro de base las cejas, en tanto que los ojos hallaban cómodo refugio en dos oscuras cuevas del sótano sobre el que el muro proyectaba sus sombras. Contribuía a aumentar el énfasis la boca del orador, rasgada, de labios finos, apretada. Contribuía a aumentar el énfasis la voz del orador, inflexible, seca, dictatorial. Contribuía a aumentar el énfasis el cabello, erizado en los bordes de la ancha calva, como bosque de abetos que resguardase del viento su brillante superficie, llena de verrugas, parecidas a la costra de una tarta de ciruelas, que daban la impresión de que las realidades almacenadas en su interior no tenían cabida suficiente. La apostura rígida, la americana rígida, las piernas rígidas, los hombros rígidos..., hasta su misma corbata, habituada a agarrarle por el cuello con un apretón descompuesto, lo mismo que una realidad brutal, todo contribuía a aumentar el énfasis.

—En la vida, caballero, lo único que necesitamos son realidades, ¡nada más que realidades!

El orador, el maestro de escuela y la otra persona que se hallaba presente se hicieron atrás un poco y pasearon la mirada por el plano inclinado en el que se ofrecían en aquel instante, bien ordenados, los pequeños recipientes, las cabecitas que esperaban que se vertiese dentro de ellas el chorro de las realidades, para llenarlas hasta los mismos bordes.

CAPÍTULO II: EL ASESINATO DE LOS INOCENTES

Tomás Gradgrind, sí, señor. Un hombre de realidades. Un hombre de hechos y de números. Un hombre que arranca del principio de que dos y dos son cuatro, y nada más que cuatro, y al que no se le puede hablar de que consienta que alguna vez sean algo más. Tomás Gradgrind, sí, señor; un Tomás de arriba abajo este Tomás Gradgrind. Un señor con la regla, la balanza y la tabla de multiplicar siempre en el bolsillo, dispuesto a pesar y medir en todo momento cualquier partícula de la naturaleza humana para deciros con exactitud a cuánto equivale. Un hombre reducido a números, un caso de pura aritmética. Podríais quizá abrigar la esperanza de introducir una idea fantástica cualquiera en la cabeza de Jorge Gradgrind, de Augusto Gradgrind, de Juan Gradgrind o de José Gradgrind (personas imaginarias e irreales todas ellas); pero en la cabeza de Tomás Gradgrind, ¡jamás!

El señor Gradgrind se representaba a sí mismo mentalmente en estos términos, ya fuese en el círculo privado de sus relaciones o ante el público en general. En estos términos, indefectiblemente, sustituyendo la palabra señor por las de muchachos y muchachas , presentó ahora Tomás Gradgrind a Tomás Gradgrind a todos aquellos jarritos que iban a ser llenados hasta más no poder con realidades.

La verdad es que, al mirarlos con seriedad centelleante desde las ventanas del sótano a que más arriba nos hemos referido, daban al señor Gradgrind la impresión de una especie de cañón atiborrado hasta la boca de realidades y dispuesto a barrer de una descarga a todos los pequeños jarritos lejos de las regiones de la niñez. Daba la impresión también de un aparato galvanizador, cargado con un horrendo sustituto mecánico, del que había que proveer a las tiernas imaginaciones juveniles que iban a ser aniquiladas.

—¡Niña número veinte! —voceó el señor Gradgrind, apuntando rígidamente con su rígido índice—. No conozco a esta niña. ¿Quién es esta niña?

—Cecí Jupe, señor —contestó la niña número veinte, poniéndose colorada, levantándose del asiento y haciendo una reverencia.

—Cecí no es ningún nombre —exclamó el señor Gradgrind—. No digas a nadie que te llamas Cecí. Di que te llamas Cecilia.

—Es papá quien me llama Cecí, señor —contestó la muchacha con voz temblona, repitiendo su reverencia.

—No tiene por qué llamarte así —dijo el señor Gradgrind—. Díselo que no debe llamarte así. Veamos, Cecilia Jupe: ¿qué es tu padre?

—Se dedica a eso que llaman equitación, señor; a eso es a lo que se dedica.

El señor Gradgrind frunció el ceño e hizo ademán con la mano de rechazar aquella censurable profesión.

—No queremos saber aquí nada de eso; no nos hables aquí de semejante cosa. Supongo que lo que tu padre hace es domar caballos, ¿no es eso?

—Eso es, señor; siempre que tienen caballos que domar, los doman en la pista, señor.

—No debes hablarnos aquí de la pista. Bien; veamos, pues. Di que tu padre es domador de caballos. Supongo que también los curará cuando están enfermos, ¿no es así?

—¡Claro que sí, señor!

—Perfectamente. Entonces tu padre es albéitar y domador. Dame la definición de lo que es un caballo. Cecí Jupe se queda asustadísima ante semejante pregunta.

—La niña número veinte no es capaz de dar la definición de lo que es un caballo —exclama el señor Gradgrind para que se enteren todos los pequeños jarritos—. ¡La niña número veinte está ayuna de hechos con referencia a uno de los animales más conocidos! Veamos la definición que nos da un muchacho de lo que es el caballo. Tú mismo, Bitzer.

El índice rígido, moviéndose de un lado al otro, cayó súbitamente sobre Bitzer, quizá porque estaba sentado dentro del mismo haz de sol que, penetrando por una de las ventanas de cristales desnudos de aquella sala fuertemente enjalbegada, iluminaba a Cecí. Los niños y las muchachas estaban sentados en plano inclinado y divididos en dos masas compactas por un estrecho pasillo que corría por el centro. Cecí, que ocupaba un extremo de la fila en el lado donde daba el sol, recibía el principio del haz luminoso, del que Bitzer, situado en la extremidad de una fila de la otra división y algunos escalones más abajo, recibía el final.

Pero mientras que la niña tenía los ojos y los cabellos tan negros que resultaban, al reflejar los rayos del sol, de una tonalidad más intensa y de un brillo mayor, el muchacho tenía los ojos y los cabellos tan descoloridos que aquellos mismos rayos de sol parecían despojar a los unos y a los otros del poquísimo color que tenían. Sus ojos no habrían parecido tales ojos a no ser por las cortas pestañas que los dibujaban, formando contraste con las dos manchas de color menos fuerte. Sus cabellos, muy cortos, podrían tomarse como simple prolongación de las amarillentas pecas de su frente y de su rostro. Tenía la piel tan lastimosamente desprovista de su color natural, que daba la impresión de que, si se le diese un corte, sangraría blanco.

—Bitzer —preguntó Tomás Gradgrind—, veamos tu definición del caballo.

—Cuadrúpedo, herbívoro, cuarenta dientes; a saber: veinticuatro molares, cuatro colmillos, doce incisivos. Muda el pelo durante la primavera; en las regiones pantanosas, muda también los cascos. Tiene los cascos duros, pero es preciso calzarlos con herraduras. Se conoce su edad por ciertas señales en la boca.

Esto y mucho más dijo Bitzer.

—Niña número veinte —voceó el señor Gradgrind—, ya sabes ahora lo que es un caballo.

La niña hizo otra genuflexión, y se le habrían subido aún más los colores a la cara si le hubiesen quedado colores en reserva después del sonrojo que había pasado. Bitzer parpadeó rápidamente, mirando a Tomás Gradgrind, y al hacer ese movimiento, las extremidades temblorosas de sus pestañas brillaron a la luz del sol, dando la impresión de antenas de insectos muy atareados; luego se llevó los nudillos de la mano a la altura de la frente y volvió a sentarse.

Entonces se adelantó el tercer caballero. Era un individuo cuyo fuerte lo constituían la sátira y la ironía; funcionario público; a su modo —y también al de muchísimas otras personas—, un verdadero púgil; siempre bien entrenado, siempre con una doctrina a mano para hacérsela tragar a la gente como una píldora, siempre dejándose oír desde la tribuna de su pequeña oficina pública, pronto a pelearse con todos los ingleses. Siguiendo con la fraseología pugilística, era una verdadera notabilidad para saltar al medio del cuadrilátero, cuando quiera y por lo que fuera, demostrando sus condiciones de individuo agresivo. Iniciaba el ataque, cualquiera que fuese el tema de discusión, con la derecha; seguían a esto rápidos izquierdazos, paraba, cambiaba, pegaba de contra, acorralaba a su contrincante en las cuerdas —y su contrincante era toda Inglaterra— y se lanzaba sobre él de manera definitiva. Tenía completa seguridad en derribar por tierra al sentido común, dejando al adversario sordo por más tiempo de la cuenta. Altas autoridades le habían investido con la misión de acelerar la llegada del gran milenio de la burocracia, que traería consigo el reinado terrenal de los jefes de negociado.

—Muy bien —dijo este caballero con una sonrisa vivaracha en los labios y cruzándose de brazos—. Ya sabemos lo que es un caballo. Decidme ahora, muchachas y muchachos, una cosa. ¿Empapelaríais las habitaciones de vuestras casas con papeles que tuviesen dibujados caballos?

Hubo un instante de silencio, y de pronto, la mitad de los niños y niñas gritaron a coro: «¡Sí, señor!». Pero la otra mitad, que vio en la cara del preguntón que él sí era un error, gritó también a coro: «¡No, señor!...», que es lo que suele ocurrir en esta clase de exámenes.

—Claro que no. ¿Y por qué no?

Silencio. Un muchacho corpulento, torpón, de respiración fatigosa, se aventuró a responder que él no empapelaría el cuarto de ninguna manera, sino que lo pintaría.

—Es que no tendrías más remedio que empapelarlo —le contestó el caballero con bastante calor.

—Te guste o no te guste, tienes que empapelarlo —dijo el señor Tomás Gradgring—. No nos vengas con que no lo empapelarías. ¿Qué manera de contestar es ésa?

Al cabo de otro silencio lúgubre, dijo el caballero:

—Voy a explicaros por qué no debéis tapizar las paredes de un cuarto con dibujos de caballos... ¿Habéis visto alguna vez en la vida, en la realidad, que los caballos se suban por las paredes de un cuarto? ¿Lo habéis visto?

—¡Sí, señor! —gritó media clase.

—¡No, señor! —gritó la otra mitad.

El caballero dirigió una mirada de enojo a la mitad equivocada, y dijo:

—¡Claro que no! Pues bien: lo que no se ve en la vida real, no debéis verlo en ninguna parte; no debéis consentir en ninguna parte lo que no se os da en la vida real. El buen gusto no es sino un nombre más de lo real.

Tomás Gradgrind cabeceó su aprobación.

—Esto que os digo constituye una norma novísima, es un descubrimiento, un gran descubrimiento —prosiguió el caballero—.

Voy a ver si acertáis en otro ejemplo. Supongamos que estáis a punto de alfombrar una habitación; ¿elegiríais una alfombra que tuviese un dibujo de flores?

La clase había llegado para entonces al convencimiento de que con aquel señor se acertaba siempre contestando que no, y el coro de «¡No!» fue rotundo. Sólo algunos rezagados contestaron débilmente que sí. Y entre los rezagados estaba Cecí Jupe. El caballero, sonriendo desde la altura de su sabiduría, dijo:

—Niña número veinte.

Cecí, toda colorada, se levantó.

—De modo que tú alfombrarías tu habitación... o la de tu marido, si fueses más crecida y lo tuvieses..., con dibujos de flores, ¿no es así? ¿Y por qué?

—Si me lo permitís, señor, porque me gustan mucho las flores.

—¿Y porque te gustan colocas encima mesas y sillas, y haces de manera que la gente las pisotee con sus pesadas botas?

—No les harían ningún daño, señor, no las aplastarían ni las ajarían, señor, si me lo permitís. Al ver aquellos dibujos de unos originales lindos y agradables, yo me imaginaría que...

—¡Ay, ay, ay! —exclamó el caballero, muy ufano de que las cosas hubiesen rodado hasta el punto que a él le interesaba—. ¡Nunca debes imaginarte nada! De eso precisamente se trata. No debes dejarte llevar de la imaginación.

—Cecilia Jupe, jamás debes hacerlo —insistió solemnemente Tomás Gradgrind.

—¡Lo real, lo real, lo real! —voceó el caballero.

—¡Lo real, lo real, lo real! —repitió Tomás Gradgrind.

—Guíate en todas las circunstancias y gobiérnate por lo real. No está lejano el día en que tengamos un cuerpo de gobernantes imbuidos de realismo y ese Gobierno estará integrado por jefes de negociado, realistas, que obligarán a las gentes a vivir de acuerdo con la realidad y descartando cuanto no sea realidad. Tenéis que suprimir por completo la palabra imaginación. La imaginación no sirve para nada en la vida. En los objetos de uso o adorno rechazaréis lo que está en oposición con lo real. En la vida real no camináis pisando flores; pues tampoco caminaréis sobre flores en las alfombras. ¿Habéis visto alguna vez venir a posarse pájaros exóticos y mariposas en vuestros cacharros de porcelana? Pues es intolerable que pintéis en ellos pájaros exóticos y mariposas. No habéis visto jamás a un cuadrúpedo subirse por las paredes; pues no pintéis cuadrúpedos en ellas. Echad mano —prosiguió el caballero—, para todas esas finalidades, de dibujos matemáticos, combinados o modificados, en colores primarios, dibujos matemáticos, susceptibles de ser probados y demostrados. ¡He ahí el nuevo descubrimiento! Eso es realismo. Eso es buen gusto.

La muchacha hizo una genuflexión, y se sentó. Era muy joven, y pareció asustada por aquella perspectiva de realismo que le ofrecía la vida.

—Bien —dijo el caballero—; ahora, y respondiendo a la invitación que me habéis hecho, señor Gradgrind, si el señor M'Choakumchild tiene la amabilidad de proceder a explicar aquí su primera lección, observaré muy complacido cómo se desenvuelve.

El señor Gradgrind se mostró muy complacido.

—Señor M'Choakumchild, cuando queráis. El señor M'Choakumchild dio comienzo a la tarea con la mejor disposición. Hacía poco que él y otros ciento cuarenta maestros habían salido al mismo tiempo de la misma fábrica, manufacturados de acuerdo con las mismas normas, como otras tantas patas de piano. Había tenido que ejecutar infinidad de habilidades y que responder a volúmenes enteros de problemas en los que había que romperse la cabeza. Tenía en la punta de sus diez helados dedos de la mano la ortografía, la etimología, la sintaxis, la prosodia, la biografía, la astronomía, la geografía, la cosmografía general, las ciencias del cálculo compuesto, el álgebra, la agrimensura, la música vocal y el dibujo de modelos. Había hecho el duro camino que conduce a la lista B del ilustre Consejo privado; había desflorado las más altas ramas de las ciencias físicas y de las matemáticas, el francés, el alemán, el latín y el griego. Se sabía en detalle todas las vertientes de las aguas de los dos hemisferios (sin exceptuar una) y la historia de todos y cada uno de los pueblos, con los nombres de todos los ríos y montañas, los productos, maneras de ser y costumbres de todas las regiones, sus fronteras y su situación en los treinta y dos puntos de la brújula. El señor M'Choakumchild había trabajado con exceso. Si hubiese aprendido algunas cosas menos, habría estado en situación de enseñar muchas cosas más de una manera infinitamente mejor.

Inició, pues, esta lección preparatoria, algo así como hizo Morgiana en Los cuarenta ladrones , es decir, procediendo a ver lo que había en cada uno de los recipientes que tenía delante, uno después de otro. Veamos, buen M'Choakumchild, aunque llenéis cada recipiente hasta los bordes con el hirviente contenido de vuestra sabiduría, ¿creéis acaso que habréis conseguido matar por completo a esa ladrona de imaginación que se oculta en su interior? ¿No la habréis más bien mutilado y pervertido?

CAPÍTULO III: UNA PUERTA EXCUSADA

El señor Gradgrind salió de la escuela, camino de su casa, en un estado de extraordinaria satisfacción interior. Aquella escuela le pertenecía, y estaba resuelto a que fuese un verdadero modelo. Estaba resuelto a que cada uno de los niños que asistían a ella fuese un modelo, igual que lo eran los pequeños Gradgrinds.

Los pequeños Gradgrinds eran cinco, y cada uno de ellos era un niño modelo. Desde sus más tiernos años habían recibido instrucción, habían sido entrenados en la carrera lo mismo que lebratos. En cuanto fueron capaces de correr solos, se les hizo correr al cuarto de estudio. El primer objeto con el que entraron en relación, o del que conservaban el recuerdo, era un ancho encerado, y delante del encerado un ogro antipático que dibujaba números blancos con una tiza. Naturalmente, ellos no sabían nada acerca de los ogros, ni aun siquiera conocían esta palabra. ¡Dios nos libre! Yo la empleo para representar a un monstruo de yo no sé cuántas cabezas encerradas en una, que vivía dentro de un castillo de dar lecciones, al que llevaba cautivos a los niños, arrastrándolos por los cabellos a unos antros sombríos de estadísticas.

Ninguno de los pequeños Gradgrinds había visto jamás dibujada una cara en la luna; aun antes de saber hablar con claridad, ya estaban al tanto de lo que era la luna. Ninguno de los pequeños Gradgrinds tuvo jamás ocasión de aprender aquellos idiotas versillos de:

Parpadea, estrellita, parpadea; lo que eres tú, ¡quién conocer pudiera!

Ninguno de los Gradgrinds sintió jamás dudas acerca del firmamento, porque cualquiera de ellos había hecho antes de los cinco años la disección de la Osa, igual que un profesor Owen, y se había montado en el Carro lo mismo que un maquinista de tren en su máquina. Ninguno de los pequeños Gradgrinds tuvo jamás la ocurrencia de comparar una vaca pastando en el campo con aquella otra vaca famosa del cuerno retorcido que dio un topetazo al perro que había molestado al gato que había matado al ratón que había limpiado el plato; ni con aquella otra aún más famosa que se tragó a Pulgarcito. Ninguno de los pequeños Gradgrinds había oído hablar jamás de todos estos personajes célebres, y únicamente se les había hecho la presentación de la vaca como un rumiante, cuadrúpedo, herbívoro, dotado de varios estómagos.

El señor Gradgrind dirigió sus pasos hacia aquel hogar de puras realidades que se llamaba el Palacio de Piedra. Antes de construir el Palacio de Piedra se había retirado virtualmente del comercio de ferretería al por mayor, y en la actualidad andaba a la caza de una buena oportunidad para convertirse en una cifra matemática del Parlamento. El Palacio de Piedra se hallaba situado en una zona pantanosa a una o dos millas de distancia de una gran ciudad que la actual y fidedigna Guía llama Coketown.

El Palacio de Piedra se ofrecía sobre la faz del panorama como un rasgo característico normal. Constituía, dentro del paraje, un hecho tajante que no estaba suavizado por ninguna media tinta ni difuminado por nada. Un gran edificio cuadrado, con un pórtico pesadote que sombreaba las ventanas principales de la fachada exactamente igual que las tupidas cejas de su amo sombreaban sus ojos. Era una construcción bien calculada, bien acabada, bien conjuntada, bien equilibrada. Seis ventanas a un lado de la puerta, y otras seis del otro lado; un total de doce en el ala derecha, y un total de doce en el ala izquierda: veinticuatro ventanas que encontraban su correspondencia en las fachadas de la parte posterior. Una cespedera, un jardín y una minúscula avenida, dibujado todo en líneas rectas igual que si fuese un libro de cuentas botánico. Gas, ventilación, traída de aguas e instalaciones de cloacas, todo de primerísima calidad. Pies y vigas de hierro a prueba de fuego desde el sótano hasta el tejado, ascensores mecánicos para las doncellas y para todos sus cepillos y escobones; en una palabra: todo cuanto podía pedir el más exigente. ¿Todo? Sí, supongo que sí. Había también para los pequeños Gradgrinds varias salas que correspondían a otras tantas ramas de la ciencia. Tenían una sala de conquiliología, otra salita de metalografía y otra, en fin, de mineralogía; todas las muestras estaban bien clasificadas, con sus correspondientes etiquetas, y los trozos de piedra y de mineral producían la impresión de haber sido desgajados de las sustancias madre a fuerza de golpes dados con sus propios y durísimos nombres; parafraseando aquella inútil leyenda de Pedro el gaitero, que jamás había tenido ocasión de penetrar en el cuarto de aquellos niños, silos ambiciosos Gradgrinds aspiraban a más de lo que tenían, ¿a qué aspiraban aquellos ambiciosos Gradgrinds, por amor de Dios y de todos los santos de la Corte celestial?

El padre de los pequeños Gradgrinds iba caminando lleno de satisfacción y de optimismo. Era un padre cariñosísimo... a su modo; pero si alguien lo hubiese puesto en el trance de decidirse, lo mismo que a Cecí Jupe, es probable que se hubiese presentado a sí mismo como un padre eminentemente práctico . Esta frase de eminentemente práctico le llenaba de orgullo, porque se hallaba convencido de que le venía de molde. Cuando se celebraba en Coketown un mitin, fuese cual fuese el tema y la ocasión, siempre había algún coketowneño que aprovechaba la oportunidad para referirse a su eminente práctico amigo, el señor Gradgrind; y esto resultaba muy del agrado del eminentemente práctico amigo. Gradgrin; estaba convencido de que el calificativo le correspondía en justicia, pero no por eso le resultaba la justicia menos agradable.

Había entrado ya en el campo neutral de las afueras de la ciudad, que ni es ya ciudad ni es todavía campo, pero que está muy mal lo mismo como campo que como ciudad; de pronto asaltó sus oídos un estrépito musical. Era un estrépito de metales y golpes de bombo y tambor, y procedía de una banda de música agregada a un circo qué había instalado sus barracas de madera allí cerca; la banda de música bramaba a más y mejor. En la cúspide del templo aquel flameaba una bandera proclamando al género humano que allí estaba el Circo Sleary, que solicitaba el favor de su visita. Sleary en persona cobraba las entradas, metido en lo que parecía ser el nicho de una iglesia de construcción gótica que tuviese cerca del coro una estatua moderna con un cajón para echar el dinero. La señorita Josefina Sleary, según lo anunciaban unas tiras impresas muy largas y muy estrechas, abría el programa con las filigranas de su elegante número ecuestre al estilo del Tirol. Entre todas las maravillas que se anunciaban, y que era preciso ver para creer, todas ellas agradables dentro de la moral más estricta, anunciábase para aquella tarde el número en que el signore Jupe mostraría las graciosísimas habilidades de su perro y gran actor Patas Alegres . También exhibiría el asombroso número de lanzar hacia atrás por encima de la cabeza, en rápida sucesión, setenta y cinco barras de hierro de un quintal cada una, de modo que producía el efecto de un chorro de metal sólido, hazaña jamás intentada hasta entonces en éste ni en ningún otro país, y que por haber arrancado aplausos tan entusiásticos a las multitudes no podía ser retirada del cartel. El mismo signore Jupe alegraría con breves intervalos la función, deleitando al público con sus chistes y cuchufletas de pura gracia shakesperiana. Por último, este mismo señor cerraría el programa presentándose en su papel favorito de William Button, de Tooley Street, en la novedosa y chispeante comedia hípica de *Un viaje del sastre a Brendford* .

Como se supondrá, Tomás Gradgrind no prestó la menor atención a semejantes trivialidades, siguió su camino como correspondía a un hombre práctico, ahuyentando unas veces aquellos zumbadores insectos lejos de su pensamiento o metiéndolos en la casa de corrección. Pero al salir del recodo que allí hacía la carretera fue a dar en la parte posterior de la barraca, y en la parte posterior de la barraca descubrió a cierto número de niños que en las más variadas y furtivas actitudes esforzábanse en fisgar por agujeros y rendijas las maravillas que se ocultaban dentro.

Aquella vista le hizo detenerse, y se dijo para sus adentros: «¡Qué espectáculo el de estos vagabundos, que así aparta de la escuela modelo a la gentecilla menuda!».

Como entre la carreta y el lugar en que estaba la gentecilla menuda había un espacio de terreno cubierto de pequeña maleza y de basura, el señor Gradgrind sacó las gafas del chaleco para ver si conocía a alguno de los muchachos, pensando mandarle que se retirase de allí. Pero ¡oh fenómeno casi increíble, a pesar de tenerlo clarísimo ante sus ojos! ¿Qué es lo que el señor Gradgrind vio? ¿No era su mismísima y metalúrgica Luisa la que tenía pegado un ojo a un agujero que había en las tablas? ¿Y no era su matemático Tomás el que estaba tirado por el suelo para fisgar aunque sólo fuese un casco de caballo de aquel número ecuestre maravilloso al estilo del Tirol?

Mudo de asombro, el señor Gradgrind cruzó el terreno hasta el lugar en que se encontraba su familia en posición tan vergonzosa, puso una mano sobre cada uno de los dos pecadores muchachos y exclamó:

—¡Luisa! ¡Tomás!

Ambos se levantaron, desconcertados y llenos de sonrojo; pero Luisa miró a su padre con un descaro que no tuvo su hermano Tomás. A decir verdad, este último ni siquiera se atrevió a mirar, sino que se entregó en el acto para ser conducido a su casa maquinalmente.

—No puedo creer lo que veo. ¿Qué necedad y qué haraganería es ésta? —dijo el señor Gradgrind agarrándolos de la mano y alejándolos de allí —. ¿A qué habéis venido?

—Quisimos ver cómo era esto —replicó Luisa con sequedad.

—¿Cómo era esto?

—Sí, padre.

Los dos chicos tenían aire de cansancio y de hosquedad, pero especialmente la niña; sin embargo, pugnando por abrirse paso por entre la expresión de desagrado de su cara, había una luz desasosegada, un fuego que no tenía con qué arder, una imaginación hambrienta que se nutría en cierto modo de sí misma y que le daba animación. No era una animación propia de la gozosa juventud; eran más bien relampagueos inseguros, anhelantes, perplejos, que tenían algo de doloroso, algo así como un rostro ciego que busca a tientas su camino.

La niña tendría quince o dieciséis años; pero no había de tardar mucho en convertirse de pronto en mujer. Esto era lo que su padre pensaba al contemplarla en aquel momento. Era bonita. De no haberla educado tal como lo había hecho —pensaba él con su manera eminentemente práctica— habría salido una mujercita voluntariosa.

—Tomás, aunque la realidad se me mete por los ojos, me resulta duro de creer que tú, con la educación y los recursos que tienes, hayas sido capaz de traer a tu hermana a ver una cosa como ésta.

—Fui yo quien lo trajo a él —contestó rápidamente Luisa—. Yo le pedí que viniésemos.

—Me duele escucharlo. Me duele muchísimo escucharlo. Con ello no queda Tomás en mejor situación; pero tú, Luisa, quedas mucho peor.

La niña volvió a mirar a su padre, pero no corrió ninguna lágrima por sus mejillas.

—¡Vosotros, Tomás y tú, que tenéis abierto ante vosotros el círculo de las ciencias! ¡Tomás y tú, que se podría decir estáis repletos de realidades! ¡Tomás y tú, que habéis sido entrenados en la exactitud matemática! ¡Tomás y tú, aquí! ¡Y en una postura vergonzosa! ¡Estoy asombrado! —clamaba el señor Gradgrind.

—Estaba cansada, padre. Hace mucho tiempo que me siento muy cansada —dijo Luisa.

—¿Cansada? ¿Y de qué? —preguntó atónito el padre. —No lo sé...;

creo que de todo.

—No hables una palabra más —replicó el señor Gradgrind—. Eres una chiquilla. No quiero escuchar más.

Calló y caminaron en silencio cosa de media milla; entonces volvió a estallar de pronto:

—¿Qué dirían tus mejores amigos, Luisa? ¿Es que no tiene para ti valor alguno lo que ellos puedan pensar de esto? ¿Qué diría el señor Bounderby?

Al escuchar este nombre, su hija le dirigió una mirada de soslayo, una mirada escrutadora y profunda. El señor Gradgrind no la vio; para cuando miró a su hija ya ésta había bajado los ojos.

—¿Qué habría dicho el señor Bounderby? —repitió poco después.

Durante todo el camino, hasta llegar al Palacio de Piedra, y mientras conducía a casa con grave indignación a los dos delincuentes, iba repitiendo a trechos: «¿Qué habría dicho el señor Bounderby...?». Igual que si el señor Bounderby hubiera sido la señora Grundy.

CAPÍTULO IV: EL SEÑOR BOUNDERBY

Y si no era la señora Grundy, ¿quién era el señor Bounderby?

¡Quién iba a ser! Era todo lo amigo del alma del señor Gradgrind que cabía esperar en un hombre totalmente desprovisto de sentimiento que aspirase a una relación espiritual con otro hombre totalmente desprovisto de sentimiento. El señor Bounderby andaba tan cerca o tan lejos —como el lector prefiera—, de esa amistad del alma.

Era hombre rico: banquero, comerciante, fabricante y no sé cuántas cosas más. Grueso, vocinglero, de mirada penetrante y risa metálica. Parecía hecho de un material tosco que había sido estirado mucho para darle mayor volumen. De cabeza y frente grandes, voluminosas, con las venas de las sienes hinchadas y la piel de la cara tan tirante, que parecía que no le dejaba cerrar los ojos y que tiraba de sus cejas hacia arriba. Todo su aspecto producía el efecto de estar inflado como un globo y pronto a subir por los aires. Era un hombre que jamás creía haberse jactado lo suficiente de que era hijo de sus propias obras. Era un hombre que proclamaba constantemente, por la metálica trompeta parlante de su voz, su ignorancia de otros tiempos, su pobreza de otros tiempos. Era un hombre al que podría llamársele el fanfarrón de la humildad.

Aunque uno o dos años más joven que su eminentemente práctico amigo, el señor Bounderby parecía más viejo; a sus cuarenta y siete o cuarenta y ocho años bien se les podía agregar otros siete u ocho más, sin que nadie se mostrase extrañado. Tenía el cabello ralo, se hubiera dicho que se lo había aventado con su vozarrón, y que lo poco que le quedaba, muy revuelto, estaba así de las sacudidas que le daba su alborotada jactancia.

El señor Bounderby hizo algunas consideraciones a la señora Gradgrind en la seria atmósfera de la sala del Palacio de Piedra; se las hizo, en pie en la alfombra de delante de la chimenea, calentándose frente al hogar y a propósito de que aquel mismo día cumplía años. Estaba delante de la lumbre, en parte porque, a pesar de que brillaba el sol, era una tarde de primavera bastante fresca; en parte, porque en las sombras del Palacio de Piedra rondaba siempre el espectro de la húmeda mezcla, y en parte, porque así estaba en posición dominante y se imponía al respeto de la señora Gradgrind.

—No tenía zapatos con que cubrir mis pies. En cuanto a calcetines, no los conocía ni de nombre. Pasé el día en el arroyo y la noche en una pocilga. Así es como pasé el día en que cumplí los diez años. Lo del arroyo no era novedad para mí, porque nací en un arroyo.

La señora Gradgrind, que era un montoncito de chales, un montoncito pequeño, enjuto, pálido, de ojos con un cerco rojo y de una extraordinaria debilidad mental y física, que tomaba continuamente medicinas que no le hacían ningún efecto, y que, cuantas veces daba señales de nueva vitalidad, caía inevitablemente apabullada por alguna poderosa masa de hechos que se le venían encima, la señora Gradgrind expresó la esperanza de que fuera, por lo menos, un arroyo seco.

—De ninguna manera: estaba como una sopa; ¡tenía un pie de agua! —le contestó el señor Bounderby.

—Cualquier niño habría cogido un catarro —contestó la señora Gradgrind.

—¿Un catarro? Yo nací con una inflamación de pulmones y creo que de todas las partes de mi cuerpo capaces de inflamarse —le replicó el señor Bounderby—. Señora, yo he sido por espacio de muchos años uno de los diablejos más desdichados que existieron jamás. Tan enfermizo venía, que me pasaba el tiempo gimiendo y llorando. Iba tan roto y tan sucio, que no os habríais atrevido a tocarme ni con unas tenazas.

Lo más oportuno que se le ocurrió a la imbecilidad de la señora Gradgrind fue dirigir una mirada desmayada a las tenazas.

—No sé cómo fui capaz de salir adelante, a pesar de todo —dijo el señor Bounderby—. Me imagino que fue gracias a mi carácter resuelto. De mayor he tenido un carácter resuelto y supongo que también entonces lo tendría. Sea como sea, aquí me tenéis, señora Gradgrind, y a nadie más que a mí tengo que agradecer el estar donde estoy.

La señora Gradgrind apuntó con dulzura y languidez que acaso su madre...

—¿Mi madre...? ¡Se fugó, señora! —la interrumpió Bounderby.

La señora Gradgrind, apabullada como siempre, perdió ánimos y se dio por vencida.

—Mi madre me dejó al cuidado de mi abuela —dijo Bounderby— y, hasta donde da de sí mi memoria, mi abuela era la vieja más dañina y mala que ha existido. Si por casualidad alguien me proporcionaba un par de zapatitos, ella me los quitaba y los vendía para comprar bebida... ¡Buena estaba mi abuela! Ha habido vez que, tumbada en la cama y antes de desayunarse, se echó al cuerpo veinticuatro copas de licor.

La señora Gradgrind, sin dar otra muestra de vitalidad que un asomo de sonrisa, parecía entonces —y lo parecía siempre— una menuda figura transparente de mujer, ejecutada con desgana y sin luz suficiente detrás.

—Tenía una tienda de comestibles —prosiguió Bounderby— y me tenía en una caja vacía de huevos. Ésa fue la choza de mi infancia: una caja de huevos vacía. Así que crecí lo bastante para poder escaparme, me escapé, como es natural. Me convertí en un pilluelo vagabundo; ya no era una vieja la que andaba conmigo a golpes y me hacía pasar hambre; eran todos y de todas las edades los que me zarandeaban y me mataban de necesidad. Estaban en lo suyo. ¿Por qué habían de conducirse de otro modo? Yo era una molestia, un estorbo, una peste. Lo sé perfectamente.

Su orgullo de haber alcanzado en algún momento de su vida esa gran distancia social de ser una molestia, un estorbo y una peste para los demás, no se satisfacía con menos que con repetir esa jactancia tres veces consecutivas.

—Supongo, señora Gradgrind, que estaba destinado a triunfar de todo. Y lo estuviese o no, señora Gradgrind, el caso es que triunfé. Salí adelante sin que nadie me echase una mano. Vagabundo, recadero, vagabundo otra vez, peón de campo, mozo de cuerda, empleado, gerente, asociado en la firma, y, por último, lo que soy: Josías Bounderby, de Coketown. Aquéllos son los antecedentes, y ésta la culminación. Josías Bounderby aprendió a deletrear en los rótulos de las tiendas, y supo leer la hora porque se lo enseñó en la esfera del reloj de la torre de la iglesia de San Gil un inválido borracho, condenado por ladrón y vagabundo incorregible. Habladle a Josías Bounderby, de Coketown, de vuestras escuelas de distrito, vuestras escuelas modelo, de vuestras escuelas de oficios y de toda esa vuestra complicada barahúnda de escuelas, Josías Bounderby os contestará sin rodeos, llanamente, con la verdad por delante, que él no gozó de tales ventajas —¡muchos hombres de cabeza sólida y puños contundentes hacen falta! —; que él sabe perfectamente que la clase de educación que recibió no les va a todos, pero que no recibió otra; y que podréis obligarle a tragar grasa hirviendo, pero que no conseguiréis que oculte las realidades de su vida.

Josías Bounderby se había acalorado para cuando llegó al punto culminante de su peroración, y se calló. Se calló en el preciso instante en que su eminentemente práctico amigo entraba en la sala, acompañado siempre por los dos jóvenes culpables. También su eminentemente práctico amigo se detuvo al verlo, y dirigió luego a Luisa una mirada de reconvención, que equivalía a decirle: «¡Ahí tienes a tu Bounderby!».

—¿Qué ocurre? —bramó el señor Bounderby—. ¿A qué obedece esa cara de disgusto del joven Tomás?

Hablaba de Tomás, pero miraba a Luisa. Ésta murmuró con altanería, pero sin levantar la vista:

—Estábamos fisgando desde fuera lo que hacían en el circo, y papá nos atrapó.

—Señora Gradgrind —dijo el marido con voz imperiosa—: hubiera preferido encontrar a mis hijos leyendo poesías antes que eso.

—Pero —gimoteó la señora Gradgrind— ¡pobre de mí!, ¿cómo es posible que hayáis hecho eso, Luisa y Tomás? Me habéis dejado de una pieza. Os digo mi verdad: que le hacéis a una lamentar el haber tenido hijos. Me están dando muchas ganas de decir que ojalá no los hubiera tenido. ¿Qué habría sido de vosotros entonces, decidme?

Estas observaciones, de una lógica aplastante, no parecieron haber producido buena impresión al señor Gradgrind, que arrugó con impaciencia el entrecejo.

—Estando como estoy con la cabeza que me quiere estallar, ¿no podíais haber ido a contemplar las colecciones de conchas, de minerales y de todas las demás cosas que se os han traído a casa, en vez de ir a ver circos? —dijo la señora Gradgrind—. Vosotros sabéis tan bien como yo que a ningún muchacho ni muchacha se le ponen profesores de circo, ni se le ponen salas con colecciones de circos, ni se le dan lecciones de circo. ¿Para qué, pues, queréis enteraros de lo que es un circo? Si lo que buscáis es tarea, creo que no podéis quejaros de la que tenéis. Yo, al menos, teniendo mi cabeza en el estado en que ahora la tengo, no me acordaría ni de la mitad de las cosas reales que vosotros tenéis que estudiar.

—¡Por eso precisamente! —exclamó Luisa, con cara enfurruñada.

—No me digas que precisamente por eso, porque estoy segura de que no es así —le replicó la señora Gradgrind—. Anda, vete ya a cualquiera de esas logias que estudiáis.

La señora Gradgrind no entendía de ciencia y, cuando ordenaba a sus hijos que fuesen a estudiar, dábale lo mismo la mineralogía que la conquiliología.

A decir verdad, el acervo de hechos que poseía la señora Gradgrind era, hablando en términos generales, muy escaso; pero cuando el señor Gradgrind le alzó a su elevada posición matrimonial, obró influido por dos razones. La primera, porque, desde el punto de vista de los números, era un buen partido; y la segunda, porque era una mujer sin tonterías. Tonterías llamaba él a la imaginación; ciertamente que se hallaba a este respecto tan limpia de mezcla como cualquier ser humano que no ha alcanzado el ápice de la absoluta idiotez.

El simple hecho de quedarse a solas con su esposo y con el señor Bounderby bastaba para reducir al atontamiento a tan admirable señora, sin necesidad de que chocase con su cabeza ninguna otra realidad. Por una vez más, se esfumó; y ya nadie hizo caso de ella.

—Bounderby —dijo el señor Gradgrind, acercando una silla a la chimenea—, es tan grande el interés que os tomáis siempre por mis muchachos, en especial por Luisa, que no me recato de deciros que el descubrimiento que he hecho me tiene muy molesto. Ya sabéis que me he dedicado sistemáticamente a educar la razón en mis hijos. Bien sabéis que la única facultad a la que hay que encaminar todos los esfuerzos en la educación es la racional. Sin embargo, Bounderby, diríase, a juzgar por esta circunstancia que hoy ha ocurrido inesperadamente, y que en sí misma es insignificante, que se hubiese deslizado subrepticiamente en las inteligencias de Tomás y de Luisa algo que se quiso (o mejor dicho, que no se quiso), aunque quizá me expresase mejor diciendo que jamás se pensó, desarrollar en ellas; algo en que su razón no tiene ninguna parte.

—Desde luego que nada tiene que ver la razón en el interés con que contemplaban a unos vagabundos —le contestó Bounderby—. Cuando yo lo era, nadie se quedaba contemplándome con interés. De eso estoy bien seguro.

—Por eso se plantea en seguida la cuestión de saber de dónde ha brotado esa vulgar curiosidad —dijo el padre eminentemente práctico, mirando al fuego.

—Yo os lo diré: de una imaginación desocupada.

—No lo quiera Dios —contestó el eminentemente práctico—. Os confieso, sin embargo, que, mientras veníamos para casa, me ha cruzado por la cabeza esa sospecha.

—De una imaginación desocupada, Gradgrind —repitió Bounderby—. Ésta es una condición mala para cualquiera, pero es una maldición para una muchacha como Luisa. Si la señora Gradgrind no supiese ya que no soy persona refinada, le pediría perdón por recurrir a expresiones fuertes. Quien espere hallar en mí refinamientos, quedará defraudado. No he recibido una educación refinada.

—¿No será acaso —dijo el señor Gradgrind meditabundo, con las manos en los bolsillos y los ojos cavernosos en el fuego— que algún profesor o alguno de los miembros de la servidumbre les ha indicado algo? ¿No será acaso que Luisa y Tomás han tenido ocasión de leer algo? Quizá, a pesar de todas las precauciones tomadas, se ha deslizado en la casa alguno de esos fútiles libros de cuentos. ¡Es raro, es tan incomprensible que haya sucedido lo que ha sucedido en unas inteligencias que han sido formadas prácticamente desde la cuna a regla y a plomada!

—¡Un momento! —exclamó Bounderby, que había seguido, como hasta entonces, en pie junto al hogar, reventando de explosiva humildad para que se enterasen hasta los mismos muebles de la habitación—. Tenéis en vuestra escuela a la hija de uno de esos trotamundos.

—Sí, se llama Cecilia Jupe —dijo el señor Gradgrind, mirando a su amigo con algo de sorpresa.

—¡Un momento; no sigáis! —volvió a exclamar Bounderby—. ¿Cómo fue el ser aceptada en la escuela?

—Pues no lo sé, porque hasta hace un rato no conocí a esa muchacha. Ella solicitó el ingreso personalmente aquí, en casa, alegando que era transeúnte en esta población y... ¡ya caigo! Tenéis razón, Bounderby, tenéis razón.

—¡Un momento; no sigáis! —exclamó nuevamente Bounderby—. ¿No hablaría Luisa con ella cuando estuvo aquí?

—Con seguridad que Luisa habló con ella, porque me informó de la petición que Cecilia había hecho; pero estoy seguro de que todo ocurrió en presencia de la señora Gradgrind.

—Por favor, señora —le preguntó Bounderby—, ¿queréis decirnos lo que pasó?

—¡Qué mal me siento! —contestó la señora Gradgrind—. La muchachita quería ir a la escuela, el señor Gradgrind quiere que las muchachas vayan a la escuela. Tomás y Luisa dijeron, los dos a una, que la muchachita quería ir a la escuela y que el señor Gradgrind quiere que las muchachas vayan a la escuela. ¿Y quién les iba a llevar la contraria, cuando ambas cosas son dos realidades?

—Bien, Gradgrind —sentenció el señor Bounderby—. Yo os voy a decir lo que tenéis que hacer. Echad a esa muchachita inmediatamente de la escuela, y asunto acabado.

—También yo soy de esa opinión.

—Hacedlo en el acto. Ha sido, desde niño, mi divisa —dijo Bounderby—. Pensar en huir de mi caja de huevos y de mi abuela y hacerlo, todo fue uno. Obrad vos de la misma manera. Hacedlo en el acto.

—¿Queréis dar un paseo? —preguntó su amigo—. Quizá no tengáis inconveniente en venir paseando conmigo hasta la ciudad. Poseo la dirección del padre.

—No tengo ningún inconveniente —contestó el señor Bounderby—, a condición de que lo hagáis en seguida.

El señor Bounderby le echó a la cabeza el sombrero, porque él, demasiado atareado en abrirse camino en la vida, no había tenido tiempo de aprender cómo se llevaba esa prenda y se limitaba a echárselo a la cabeza, y avanzó hacia el vestíbulo con las manos metidas en los bolsillos. También solía decir: «Jamás llevo guantes. No me encaramé por la escalera con guantes. De haberlos llevado, no habría subido tan arriba».

Se quedó haciendo tiempo en el vestíbulo, mientras el señor Gradgrind subía al piso superior en busca de la dirección del padre de Cecilia. Bounderby abrió la puerta del cuarto de estudio de los niños y contempló aquella habitación alfombrada, de aspecto tranquilo; pero que, a pesar de sus estantes de libros, de sus vitrinas y de toda la variedad de sus instrumentos científicos y filosóficos, tenía mucho de la cordialidad de una sala de peluquería. Luisa, apoyada lánguidamente en la ventana, miraba al exterior, aunque sin fijarse en nada, en tanto que el joven Tomás, en pie junto al fuego, respiraba ruidosamente por la nariz con gesto rencoroso. Los dos Gradgrinds más pequeños, Adam Smith y Malthus, estaban encerrados, dando una lección, y la pequeña Juana, después de embadurnarse la cara con una gran cantidad de greda húmeda a fuerza de lloros y de pizarrín, se había quedado dormida encima de unos vulgares quebrados.

—Ya está arreglado todo, Luisa; ya está arreglado todo, Tomasito —dijo el señor Bounderby—. No volváis a hacerlo. Yo conseguiré que vuestro padre dé por terminado el asunto. ¿Qué me dices, Luisa? ¿No se merece esto un beso?

—Podéis tomaros uno, señor Bounderby —contestó Luisa, al mismo tiempo que cruzaba lentamente la habitación y se detenía junto a él, brindándole de mal talante su carrillo y volviendo la vista a otra parte.

—Tú eres siempre mi debilidad, ¿verdad que sí, Luisa? —exclamó el señor Bounderby—. Y ahora, adiós, Luisa.

Él marchó por su camino, pero ella no se movió; sacó el pañuelo y se frotó con él donde Bounderby la había besado, hasta que tuvo la piel casi en carne viva. Pasaron cinco minutos, y ella seguía frotándose. Su hermano la reconvino, huraño:

—¿Qué te pasa, Luisa? Si continúas, terminarás haciéndote un agujero en el carrillo.

—Mira, Tomás: puedes cortarme con tu cortaplumas el pedazo, si quieres. Te aseguro que no lloraré.

CAPÍTULO V: LA NOTA TÓNICA

Coketown, hacia donde los señores Bounderby y Gradgrind caminaban ahora, constituía el triunfo del realismo; estaba esa población tan horra de fantasía como la mismísima señora Gradgrind. Vamos a dar la nota tónica de Coketown antes de empezar la canción.

Era una ciudad de ladrillo rojo, es decir, de ladrillo que habría sido rojo si el humo y la ceniza se lo hubiesen consentido; como no era así, la ciudad tenía un extraño color rojinegro, parecido al que usan los salvajes para embadurnarse la cara. Era una ciudad de máquinas y de altas chimeneas, por las que salían interminables serpientes de humo que no acababan nunca de desenroscarse, a pesar de salir y salir sin interrupción. Pasaban por la ciudad un negro canal y un río de aguas teñidas de púrpura maloliente; tenía también grandes bloques de edificios llenos de ventanas, y en cuyo interior resonaba todo el día un continuo traqueteo y temblor y en el que el émbolo de la máquina de vapor subía y bajaba con monotonía, lo mismo que la cabeza de un elefante enloquecido de melancolía. Contenía la ciudad varias calles anchas, todas muy parecidas, además de muchas calles estrechas que se parecían entre sí todavía más que las grandes; estaban habitadas por gentes que también se parecían entre sí, que entraban y salían de sus casas a idénticas horas, levantando en el suelo idénticos ruidos de pasos, que se encaminaban hacia idéntica ocupación y para las que cada día era idéntico al de ayer y al de mañana y cada año era una repetición del anterior y del siguiente.

Estas características de Coketown eran, en lo fundamental, inseparables de la clase de trabajo en el que hallaba el sustento; como contrapartida, producía ciertas comodidades para la vida que hallaban colocación en todo el mundo y algunos lujos que formaban parte (no quiero preguntar hasta qué punto) de la elegancia de las damas, a las que era insoportable hasta el nombre mismo de la ciudad. Los rasgos restantes teníalos la ciudad por voluntad propia, y eran los que detallamos a continuación.

En Coketown no se veía por ninguna parte cosa que no fuese rigurosamente productiva. Cuando los miembros de un credo religioso levantaban en la ciudad una capilla (y esto lo habían hecho los miembros de dieciocho credos religiosos distintos), construían una piadosa nave comercial de ladrillo rojo, colocando a veces encima de ella una campana dentro de una jaula de pájaros, y esto únicamente en algunos casos muy decorativos. Había una solitaria excepción: la iglesia nueva. Era un edificio estucado, con un campanario cuadrado sobre la puerta de entrada, rematado por cuatro pináculos que parecían patas de palo muy trabajadas. Todos los rótulos públicos de la ciudad estaban pintados, uniformemente, en severos caracteres blancos y negros. La prisión se parecía al hospital; el hospital pudiera tomarse por prisión; la Casa consistorial podría ser lo mismo prisión que hospital, o las dos cosas a un tiempo, o cualquier otra cosa, porque no había en su fachada rasgo alguno que se opusiese a ello. Realismo práctico, realismo práctico, realismo práctico; no se advertía otra cosa en la apariencia externa de la población, y tampoco se advertía otra cosa que realismo práctico en todo lo que no era puramente material. La escuela del señor M'Choakumchild era realismo práctico, la escuela de dibujo era realismo práctico, las relaciones entre el amo y el trabajador eran realismo práctico y todo era realismo práctico, desde el hospital de Maternidad hasta el cementerio; todo lo que no se podía expresar en números ni demostrar que era posible comprarlo en el mercado más barato para venderlo en el más caro no existía, no existiría jamás en Coketown hasta el fin de los siglos. Amén.

Es de suponer que una ciudad consagrada a lo práctico y que en lo práctico se había labrado una personalidad viviría sin dificultades, ¿no es cierto? ¡Pues no, señor! ¡Ni muchísimo menos! ¿Que no? ¡Válgame Dios!

No, señor; Coketown no salió de sus propios hornos en todos los aspectos, como sale el oro del fuego. En primer lugar, existía en la población una incógnita que producía perplejidad: ¿quién pertenecía a los dieciocho credos religiosos de que hemos hablado? Si alguien pertenecía a ellos, no era, desde luego, ningún miembro de la clase trabajadora. El espectáculo que se ofrecía a la vista paseando por las calles el domingo por la mañana resultaba por demás extraño; el bárbaro voltear de las campanas, que sacaba de quicio a los enfermos y a las gentes nerviosas, no conseguía arrancar sino a muy pocos trabajadores del propio barrio, de las habitaciones completamente cerradas, de las esquinas de sus calles, donde pasaban el tiempo sin prestar oídos a aquellas llamadas, contemplando todo el ajetreo de iglesias y capillas, como si nada tuviese que ver con ellos. No eran sólo los forasteros quienes habían reparado en este fenómeno; existía en el mismo Coketown una organización ciudadana cuyos miembros se hacían oír en todos los períodos de sesiones del Parlamento con sus indignadas peticiones de que se dictasen leyes para compeler por la fuerza del Estado a los trabajadores a que acudiesen a las prácticas religiosas. Se fundó también la Sociedad de Abstemios, que se lamentaba de que esos mismos trabajadores se emborrachasen, demostrando con estadísticas que, en efecto, se emborrachaban, y demostrando en reuniones en las que sólo se tomaba el té que no había incentivo, ni humano ni divino, como no fuese una condecoración, capaz de inducirlos a romper con la costumbre de emborracharse. Vinieron a continuación el farmacéutico y el boticario con otras estadísticas, en las que se demostraba que cuando no se emborrachaban fumaban opio. Siguió a éstos el capellán de la prisión, hombre experimentado, que presentó más estadísticas, que anulaban las precedentes, demostrando que esos mismos trabajadores acudían a infames reuniones, celebradas clandestinamente y en las que se cantaban canciones obscenas y se bailaban danzas indecorosas, en las que acaso tomaban parte todos ellos. Allí había sido donde A. B., joven que iba a cumplir veinticuatro años y condenado ahora a ocho meses de aislamiento, se había desgraciado, según manifestación suya (aunque nunca había sido hombre cuya palabra mereciese mucho crédito), teniendo la completa seguridad de que, de no haber mediado semejante circunstancia, habría sido un modelo insuperable de moralidad. A todos ellos se agregaron el señor Gradgrind y el señor Bounderby, esos dos caballeros que en el actual momento de nuestra historia caminaban por las calles de Coketown, los dos eminentemente prácticos, y que podrían, llegado el caso, exhibir más estadísticas aún, sacadas de su propia experiencia personal e ilustradas con ejemplos que ellos habían visto y conocido. De estos ejemplos deducíase claramente —para decirlo en una palabra, constituían el único dato digno de crédito— que esos mismos trabajadores eran, en conjunto, unas malas personas, sí, señor; que se hiciese lo que se hiciese por ellos, jamás lo agradecerían, no, señor; que eran unos seres inquietos, sí, señor; que jamás sabían ellos mismos lo que querían, que comían de lo mejor y compraban la mantequilla fresca, que exigían café Moka y rechazaban la carne que no era de primera y que, a pesar de todo esto, se mostraban eternamente descontentos e ingobernables. Su caso hacía recordar la moraleja de aquella fábula que se cuenta a los niños:

Era una viejecita ochentona.

¿Qué creéis que hizo la bribona?

Se mantenía de carne y de ron; ron y carne eran siempre su ración,

y aun con eso, la vieja, a los ochenta, siempre estaba quejosa y descontenta.

Y pregunto yo ahora: ¿Es posible que exista alguna analogía entre el caso de la población de Coketown y el caso de los hijos del señor Gradgrind? Desde luego, y a estas alturas, no hace falta que se nos diga a ninguno de los que pensamos serenamente, y estamos familiarizados con los números, que en la vida de los trabajadores de Coketown se había descartado durante veintenas de años deliberadamente, aniquilándolo, uno de los elementos primordiales de la existencia; que dentro de ellos se albergaba la Fantasía, reclamando que se le permitiese llevar una vida saludable en lugar de obligarla a luchar convulsivamente; que cuanto más tiempo y con mayor monotonía trabajaban, más fuerte era dentro de ellos el anhelo de algún descanso físico, de alguna distracción que despertase el buen humor y la alegría y que les sirviesen de válvula de escape; por ejemplo, alguna diversión sana, aunque sólo fuese un baile honrado, a los acordes de una rondalla de instrumentos de cuerda, o alguna pequeña fiesta bulliciosa en la que no metiese mano ni siquiera el señor M'Choakumchild. Este anhelo tenía que ser satisfecho sin tardanza, o, de lo contrario, sobrevendrían inevitablemente conflictos mientras no se cancelasen las leyes por las que actualmente se rige la creación.

—Este individuo vive en Pods End, pero yo no estoy muy seguro hacia dónde cae Pods End —dijo el señor Gradgrind—. ¿Usted lo sabe, Bounderby?

El señor Bounderby sabía que quedaba por el centro de la ciudad, pero no tenía ningún detalle concreto. Se detuvieron, pues, unos momentos, buscando orientarse.

Casi en el mismo instante dobló la esquina de la calle, corriendo a paso ligero y con expresión de susto, una muchacha, a la que el señor Gradgrind conoció en seguida, y por eso exclamó:

—¡Hola! ¡Detente! ¿A dónde vas corriendo? ¡Detente!

La niña número veinte se detuvo, jadeante, e hizo una genuflexión. El señor Gradgrind le dijo entonces:

—¿Cómo es eso de ir corriendo por las calles de una manera tan poco decorosa?

—Es que..., es que me perseguían, señor —dijo, sin aliento, la muchacha —. Y yo quería ponerme a salvo.

—¿Que te perseguían? —replicó el señor Gradgrind—. ¿Y a quién se le ha ocurrido perseguirte?

La pregunta fue contestada de un modo inesperado y súbito por un muchacho descolorido, Bitzer, que dobló la esquina con tal velocidad y tan ajeno a encontrar un obstáculo, que fue a chocar de cabeza contra el chaleco del señor Gradgrind, y de rebote fue a parar a mitad de la calle.

—¿Qué significa eso, muchacho? —exclamó el señor Gradgrind—. ¿A dónde ibas? ¿Cómo te atreves a lanzarte de ese modo contra nadie?

Bitzer recogió la gorra, que la había perdido en el choque, retrocedió, se tocó la frente con los nudillos de los dedos y se excusó diciendo que se trataba de un accidente.

—¿Era este muchacho quien te perseguía, Jupe? —preguntó el señor Gradgrind.

—Sí, señor —contestó la muchacha, aunque a disgusto.

—¡No, señor! —gritó Bitzer—. No la perseguí hasta que ella echó a correr para escaparse de mí. Esta gente de circo habla sin ton ni son, señor; tienen fama de hablar sin ton ni son. Tú sabes demasiado —dijo, volviéndose hacia Cecilia— que la gente de circo habláis sin ton ni son. Eso lo saben en esta ciudad todos, señor..., todos, señor, tan cierto como que los titiriteros ignoran la tabla de multiplicar. Bitzer quiso ganarse con esto al señor Bounderby.

—¡Me dio mucho miedo con los visajes que me venía haciendo! — dijo la muchacha.

—¡Oh! —exclamó Bitzer—. Ya veo que tú eres como tu gente. ¡Una completa titiritera! Señor, ni siquiera la he mirado. Le pregunté si sabría mañana la definición del caballo y me ofrecí a repetírsela, pero entonces ella echó a correr y yo la seguí, señor, con la intención de que supiese responder cuando se lo preguntasen. Si no hubieses sido tú también titiritera, no habrías contestado esa mentira malintencionada.

—Por lo que veo, los chicos saben muy bien cuál es la profesión de esta muchacha —hizo notar el señor Bounderby—. Dentro de una semana habría estado toda vuestra escuela fisgando en fila.

—Me está pareciendo que sí —le contestó su amigo—. Bitzer, da media vuelta y lárgate a tu casa. Jupe, espera un momento. ¡Que no vuelva a saber yo que corres de esa manera, muchacho, o sabrás tú de mí por intermedio del maestro de la escuela! Ya me entiendes. ¡Largo!

El muchacho interrumpió su rápido pestañeo, volvió a darse en la frente con los nudillos de la mano, dirigió una mirada a Cecí, dio media vuelta y se alejó.

—Y ahora, muchacha —prosiguió el señor Gradgrind—, condúcenos a este caballero y a mí a donde vive tu padre; íbamos allí. ¿Qué contiene esa botella que llevas en la mano?

—¿Ginebra? —preguntó el señor Bounderby.

—¡Oh, de ninguna manera, señor! Llevo en ella los nueve aceites.

—¿Los qué...? —exclamó el señor Bounderby.

—Los nueve aceites, señor, para dar friegas con ellos a mi padre. El señor Bounderby lanzó una carcajada breve y sonora, y dijo: —¿Y con qué objeto das friegas a tu padre con los nueve aceites?

—Porque es el remedio que emplea nuestra gente cuando se lastima trabajando en la pista —contestó la muchacha, mirando por encima del hombro para asegurarse de que su perseguidor se había marchado—. A veces se producen magulladuras muy dolorosas.

—Se lo tienen bien ganado, por vagos —dijo el señor Bounderby.

La muchacha le miró a la cara con una mezcla de asombro y de temor.

—¡Voto a tal! —prosiguió Bounderby—. Cuando yo tenía cuatro o cinco años menos que tú llevaba el cuerpo con magulladuras que no se hubieran curado con friegas de los nueve, de los veinte ni de los cuarenta aceites. Y no me las ganaba adoptando actitudes en el circo, sino saliendo de todas partes a puntapiés. Yo no bailaba en la cuerda floja; bailaba en el duro suelo a cordelazos.

Aunque el señor Gradgrind era hombre duro de corazón, no llegaba ni con mucho a la dureza del señor Bounderby. Bien mirado, no carecía de compasión; acaso habría llegado incluso a ser un hombre simpático si hubiese cometido algunos años antes algún error garrafal en los cálculos aritméticos y este error hubiese equilibrado sus tendencias. Por eso, al entrar en una carretera estrecha, dijo a la muchacha en tono que pretendía ser tranquilizador:

—De modo que esto es Pods End, ¿verdad, Jupe?

—Esto es, señor, y si me permitís, ya estamos en casa.

Se detuvo a la luz crepuscular, junto a la puerta de una taberna pequeña que estaba alumbrada por luces rojas y mortecinas. La taberna parecía tan decaída y desaseada como si, a fuerza de beber ella misma, hubiese seguido el camino de todos los borrachos y no anduviese ya lejos del desenlace.

—No tenéis más que cruzar la cantina, señor, subir por las escaleras, si no os parece mal, y esperar un instante a que yo encienda una vela. Si oís ladrar a un perro, señor, no os preocupéis, es Patas Alegres , y no hace otra cosa que ladrar.

—¡Conque Patas Alegres y los nueve aceites! —dijo el señor Bounderby, entrando el último, acompañado de su metálica risa—. ¡Bueno va todo esto para un hombre como yo, que se ha formado por su propio esfuerzo!

CAPÍTULO VI: SLEARY. CONSUMADO JINETE DE CIRCO

Aquel albergue era el de Los Brazos de Pegaso. Quizá le hubiera estado mejor el nombre de Las Patas de Pegaso; pero lo cierto es que Los Brazos de Pegaso era el nombre que estaba dibujado con letra romana debajo del caballo alado. Y debajo del nombre, el pintor había bosquejado con rasgos ágiles estas líneas:

Con buena malta, buena cerveza; la que aquí sirven quita la cabeza.

Del vino bueno, el óptimo aguardiente.

¡Llamad, que aquí lo sirven excelente!

Enmarcado y encristalado sobre la pared, detrás del mostrador pequeño y desaseado, había otro Pegaso, un Pegaso teatral, con las alas simuladas con gasa auténtica, estrellas de oro pegadas por todo el cuerpo y los etéreos arreos fabricados de seda roja.

Como afuera estaba ya demasiado oscuro para distinguir la enseña y el interior no estaba bastante claro para distinguir el cuadro, los señores Gradgrind y Bounderby nada tuvieron que padecer con la vista de semejantes fantasías. Siguieron a la muchacha por una empinada escalera en recodo, sin cruzarse con nadie, y se detuvieron en la oscuridad, mientras iba ella en busca de una vela. Calculaban oír en cualquier momento el ladrido de Patas Alegres , pero el perro artista, bien enseñado, no había ladrado aún cuando la muchacha y la vela aparecieron juntas.

—Mi padre no está en nuestro cuarto, señor —dijo, con la sorpresa retratada en su rostro—. Si no tenéis inconveniente en pasar, yo iré en seguida a buscarlo.

Entraron en la habitación, y Cecí, después de ofrecerles dos sillas, se alejó de allí con paso rápido y ligero. La habitación era pobre, amueblada con muebles ajados y con una sola cama. El gorro de noche, hermoseado con dos plumas de pavo real y una coleta enhiesta, con el que se había adornado el signore Jupe aquella misma tarde, para animar la representación con sus púdicas pullas y réplicas shakespearianas, colgaba de un clavo, pero no se veía por allí más elemento de guardarropía, ni más prendas suyas, ni particulares ni del oficio. En cuanto a Patas Alegres , acaso el respetable progenitor de la estirpe de este sapientísimo animal, aquel que se salvó en el Arca, fue tirado accidentalmente a las aguas, porque ni los ojos ni los oídos percibían señal alguna de la existencia de un perro en Los Brazos de Pegaso.

Oyeron abrirse y cerrarse puertas en el piso de encima, conforme Cecí iba preguntando por su padre; oyeron de pronto voces de gente que parecía sorprendida. La muchacha volvió a bajar corriendo y a saltos, destapó un baúl viejo y abollado, revestido de cuero, y al ver que estaba vacío, juntó las manos y miró en torno con cara del más profundo terror.

—Seguramente que mi padre se ha marchado a la barraca del circo, señor. No sé que tuviese nada que hacer allí, pero seguramente que ha ido; ¡vuelvo con él dentro de un minuto!

Y desapareció, sin ponerse siquiera el sombrero, con la cabellera larga, negra, infantil, cayéndole suelta sobre los hombros.

—Pero ¿qué se propone? —dijo el señor Gradgrind—. ¿Ha dicho que vuelve dentro de un momento? ¡Si hay más de una milla de distancia!

Pero antes de que el señor Bounderby pudiera contestar apareció en la puerta un joven e hizo su propia presentación con estas palabras:

—¡Con vuestra licencia, caballeros!

Y entró en la habitación con las manos en los bolsillos. Su cara, muy cuidadosamente afeitada, estrecha, amarillenta, estaba sombreada por una tupida cabellera negra, muy alisada alrededor y con raya en el centro. Sus piernas eran muy robustas, pero más cortas de lo que correspondía a las buenas proporciones. El pecho y las espaldas eran tan desproporcionadamente anchos como cortas sus piernas. Vestía chaqueta de hipódromo y pantalones muy ajustados; llevaba una bufanda alrededor del cuello; olía a aceite de lámpara, a paja, corteza de naranja, pienso de caballos y serrín, y representaba un tipo notable de centauro, en el que entraban por mitades el caballerizo y el actor. Nadie hubiera podido señalar con exactitud dónde terminaba el uno y dónde empezaba el otro. Figuraba este caballero en los programas del día como el señor E. W. B. Childers, afamado con mucha justicia por la audacia de sus volteretas en su número del Cazador salvaje de las praderas de Norteamérica; trabajaba con él en ese número un muchacho diminuto, pero con cara de viejo, que ahora le acompañaba y que en la representación figuraba como hijo suyo; llevábalo el padre colgado del hombro por un pie, y para acariciarlo al modo que los cazadores salvajes acarician a sus retoños, lo colocaba, de coronilla y con los pies en alto, sobre la palma de la mano. La parte maternal de los espectadores encontraba su máximo deleite en aquel prometedor muchacho, que parecía un simpático cupido a fuerza de tirabuzones, guirnaldas, alas, bismuto blanco y carmín; pero en su vida privada, caracterizado con un precoz chaqué y con una voz áspera y malhumorada, se trasuntaba en él al hombre que anda entre caballos, al caballerizo.

—¡Con vuestra licencia, señores! —dijo el señor E. W. B. Childers, inspeccionando con la mirada todo el cuarto—. ¿Sois vos, me parece, los que querían ver a Jupe?

—Yo soy —contestó el señor Gradgrind—. Su hija ha ido a buscarlo, pero me es imposible esperar; de modo, pues, que si me lo permitís, os dejaré un encargo para él.

—Comprenda, amigo mío —intervino el señor Bounderby—, que nosotros somos personas que saben el valor del tiempo, mientras que vos y los vuestros pertenecéis a la categoría de las que no saben valorarlo.

El señor Childers lo miró de la cabeza a los pies, y le replicó:

—No tengo el honor de conoceros; pero si lo que queréis dar a entender es que vuestro tiempo os produce a vos más dinero que a mí el mío, calculo, por vuestra apariencia, que no andáis descaminado del todo.

—Y yo diría que sabéis guardarlo bien después de haberlo ganado —dijo el Cupido.

—¡Kidderminster, archiva eso! —díjole Childers.

El nombre de Cupido en la vida real era Kidderminster.

—¿Por qué viene a descararse con nosotros? —exclamó maese Kidderminster, dando muestras de su irascible temperamento—. Si quiere meterse con nosotros, que pague a la puerta de la barraca su dinero, y entonces, que suelte lo que tenga dentro.

—¡Kidderminster! —díjole el señor Childers, alzando la voz—, deja eso Señor —añadió, volviéndose al señor Gradgrind—, a vos os digo: puede que sepáis y puede que no sepáis (porque quizá no hayáis estado muchas veces entre el público) que Jupe no ha dado pie con bola en esta última temporada.

—Que no ha dado, ¿qué? —preguntó el señor Gradgrind, buscando ayuda con la mirada en el poderoso Bounderby.

—Pie con bola.

—Anoche intentó cuatro veces saltar la cinta, y no lo logró ni una sola — intervino Kidderminster—. Tampoco dio pie con bola con las banderas, y estuvo fatal en las morcillas.

—No era ya capaz de hacer las cosas con limpieza. Se quedaba corto en los saltos y caía mal —aclaró el señor Childers.

—Comprendo, comprendo ahora. No dar pie con bola está claro — contestó el señor Gradgrind.

—Hasta cierto punto, eso es lo que quiere decir no dar pie con bola — sentenció el señor E. W. B. Childers.

—¡Nueve aceites, Patas Alegres ; no dar pie con bola, cintas, banderas y morcillas! ¡Vaya, no está mal el trato con esta gente para un hombre que ha subido por su propio esfuerzo! —suspiró Bounderby, y largó luego la más típica de sus carcajadas.

—Descended un poco, entonces —le replicó Cupido—. ¡Oh señor! Si habéis subido tan alto como parece por vuestras palabras, dignaos descender un poquitín.

—¡Vaya muchacho entrometido! —dijo el señor Gradgrind, volviéndose hacia él y mirándole ceñudo.

Pero esto no achicó en modo alguno a Kidderminster, que replicó:

—De haber sabido que veníais, habríamos traído algún joven caballero para que os recibiese. Es una pena que, siendo como sois tan exigente, no tengáis un espolique. Vos sois de los del gofre tirante, ¿verdad?

—¿Qué quiere decir este muchacho tan mal educado —preguntó el señor Gradgrind, clavando en él una mirada de desesperación— con lo del gofre tirante?

—¡Ea, muchacho; largo de aquí, largo de aquí! —exclamó el señor Childers, expulsando a su joven amigo de la habitación con unos modales parecidos a los que se usan en las praderas—. Gofre tirante y gofre flojo no tiene nada de extraordinario; significa la cuerda tirante y la cuerda floja... Queríais darme un mensaje para Jupe, ¿no es eso?

—Así es.

—Yo creo —dijo rápidamente Childers— que ya no habrá nunca manera de comunicárselo... ¿Lo conocíais bien?

—No lo conozco ni siquiera de vista.

—Pues entonces, creo que no tendréis ocasión de conocerlo. Para mí, la cosa está clara: se ha largado.

—¿Queréis decir que ha abandonado a su hija?

—Sí; quiero decir —respondió el señor Childers, cabeceando afirmativamente— que se ha desconectado de nosotros. Anoche le silbaron, anteanoche le silbaron y hoy le han vuelto a silbar. Llevaba algún tiempo que no hacían más que silbarle, y eso le resultaba intolerable.

—¿Y por qué le silbaban tanto...? —preguntó el señor Gradgrind, muy solemne y a regañadientes, porque le costaba trabajo pronunciar la frase.

—Porque tenía duras las articulaciones y estaba agotado —contestó Childers—. Todavía se defiende como cloqueador, pero con eso no se saca para vivir.

—¡Cloqueador! —repitió Bounderby—. ¡Ya estamos en las mismas!

—Charlista, si así lo preferís —dijo el señor E. W. B. Childers lanzando, malhumorado, la explicación por encima del hombro y subrayándola con un sacudimiento de sus largos cabellos..., que se estremecieron todos a un tiempo—. Lo más extraordinario del caso, señor mío, es que a este hombre le hacía más mella pensar que su hija se enteraba de que le silbaban que el pasar por ello.

—¡Magnífico! —interrumpió el señor Bounderby—. ¡Esta sí que es buena! ¡El hombre quiere tanto a su hija, que la deja abandonada! ¡Esto resulta endiabladamente magnífico! ¡Ja, ja! Escuchadme, joven: Yo no he ocupado siempre en la vida la posición que ocupo ahora. Sé bastante de estas cosas. Quizá os asombre oírlo, pero el hecho es que mi madre huyó de mí.

E. W. B. Childers le contestó con intención que eso no le causaba la menor sorpresa.

—Como lo oís —prosiguió Bounderby—. Nací en el arroyo, y mi madre huyó de mí. ¿Acaso creéis que la disculpo? No. ¿La he disculpado alguna vez? ¡Jamás! ¿Cómo califico yo a mi madre por lo que hizo? Digo que es probablemente la mujer más indigna que ha existido en el mundo, con excepción de la borracha de mi abuela. Yo no tengo orgullos de familia; yo no sé lo que son las simplezas sentimentales e imaginativas. Al pan lo llamo pan, y a la madre de Josías Bounderby, de Coketown, la llamo, sin reparo ni consideración, lo que la llamaría si en lugar de ser mi madre lo hubiera sido de Perico el de los Palotes. Y lo mismo hago con este individuo. Es un desertor, un canalla y un vagabundo; en inglés así se llama.

—A mí me tiene sin cuidado que sea esto o que deje de serlo, dígase en inglés o en francés —le replicó el señor E. W. B. Childers, volviéndose para mirarle de frente—. Yo estoy contando a vuestro amigo un hecho auténtico; si os desagrada oírlo, idos a tomar viento fresco. Vociferáis bastante; pero, si queréis alzar la voz, hacedlo en vuestra propia casa — le reconvino E. W. B. con agresiva ironía—. No abráis en ésta la boca mientras no os lo pidan. Supongo que tendréis ya algún edificio de vuestra propiedad, ¿no es así?

—Quizá sí —contestó el señor Bounderby, haciendo sonar sus monedas en el bolsillo y echándose a reír.

—Pues entonces, ¿queréis dar suelta a vuestra voz en él, caballero? Éste en que estamos no es muy sólido, y podría venirse abajo, porque es mucha voz la vuestra.

Miró otra vez al señor Bounderby de arriba abajo, le volvió la espalda, como si hubiese acabado definitivamente con él, y siguió hablando con el señor Gradgrind:

—Jupe envió a su hija, hará una hora, a comprar algo, y con posterioridad le vimos salir disimuladamente con el sombrero echado sobre los ojos y un paquete bajo el brazo. La muchacha no acabará de creerlo, pero no hay duda de que se ha largado, dejándola abandonada.

—¿Y por qué no ha de acabar de creer la muchacha que él haya sido capaz de semejante cosa? —preguntó el señor Gradgrind.

—Porque eran dos que hacían como uno. Porque jamás se separaban. Porque, hasta este mismo instante, parecía idolatrarla —contestó Childers, avanzando uno o dos pasos para mirar en el baúl vacío.

Tanto el señor Childers como maese Kidderminster tenían una curiosa manera de caminar, con las piernas mucho más abiertas que el común de los mortales y con esa fingida arrogancia de quien no puede hacer el juego de las rodillas. Todos los varones de la compañía Sleary caminaban de ese modo, y con ello daban a entender que ellos se pasaban la vida a caballo.

—¡Pobre Ceci! Lo mejor que hubiera podido hacer habría sido enseñarle un oficio —dijo Childers, dando otra sacudida a sus cabellos, a tiempo que levantaba la vista del baúl vacío—. Ahora la abandona sin que ella tenga nada a que agarrarse.

—Esa opinión, en boca de una persona como vos, que no sabe lo que es un aprendizaje, os honra mucho —se permitió decir, con gesto aprobatorio, el señor Gradgrind.

—¿Que yo no sé lo que es un aprendizaje? Yo inicié el mío cuando tenía siete años.

—¿Qué me decís? —exclamó el señor Gradgrind con acento resentido, como si con ello quedase defraudado en su buena opinión—. Ignoraba que los muchachos pasasen por un aprendizaje para ser...

Se oyó una carcajada de Bounderby, seguida de esta exclamación:

—¡Para ser unos vagos! ¡Ni yo tampoco lo sabía, vive Dios!

Childers, fingiendo no darse por enterado de la presencia del señor Bounderby, prosiguió:

—Al padre de la muchacha se le había metido en la cabeza que ésta tenía que aprender yo no sé cuántas cosas en la escuela. Cómo se le metió semejante idea en la cabeza, yo no lo sé; lo que sí puedo decir es que ya no se le salió de ella. En el transcurso de los últimos siete años se las fue arreglando para que aprendiese un poco de lectura aquí, otro poco de escritura allí y algo de números en cualquier parte.

El señor E. W. B. Childers sacó una de sus manos del bolsillo, se dio unos golpecitos con ella en la mejilla y en la barbilla y miró al señor Gradgrind con un poco de recelo y otro poco de esperanza. Pensando en la niña abandonada, procuraba granjearse la estimación de este caballero. Al fin prosiguió:

—Cuando Cecí logró entrar en la escuela de aquí, su padre estaba que reventaba de satisfecho. Yo no logré entenderlo, porque, la verdad, no nos íbamos a quedar fijos en esta población, puesto que andamos siempre de un lado para otro. Sin embargo, me imagino que él tenía ya proyectada la fuga (era de siempre algo loco), y calculó que la dejaba bien colocada. Si al hacerle vos esta visita de esta noche traíais el propósito de informarle de que ibais a hacer algo en favor de la muchacha —y al decir esto el señor Childers volvió a darse unos golpecitos en la cara y repitió su mirada de antes—, no podíais haber venido más a tiempo ni más afortunadamente.

—Todo lo contrario —replicó el señor Gradgrind—. Vine para informarle de que el ambiente este en el que vivía la muchacha resultaba un obstáculo para que siguiese concurriendo a la escuela. Sin embargo, si su padre la ha abandonado, sin que ella estuviese en connivencia con él... Bounderby, quisiera hablaros aparte dos palabras.

Al oír esto, el señor Childers se retiró muy cortésmente, con sus andares ecuestres, saliendo dándose golpecitos en la cara y silbando por lo bajo. Estando en esta ocupación llegaron hasta sus oídos ciertas frases de Bounderby, por el estilo de éstas: «No. Os digo que no. Os aconsejo que no. Insisto en que no». Pero también oyó al señor Gradgrind, que hablaba en tono mucho más bajo, decir: «Serviría incluso de lección a Luisa, para que sepa a qué extremos conduce y cómo acaba esta clase de vida que ha despertado su curiosidad. Consideradlo, Bounderhy, desde este punto de vista».

Entre tanto, los restantes miembros de la, compañía de Sleary habíanse ido reuniendo poco a poco en el descansillo, procedentes de las zonas superiores, en donde estaban alojados; empezaron a cuchichear entre ellos y con el señor Childers, pero se fueron metiendo y metiéndolo a él gradualmente, dentro de la habitación. Había entre ellos dos o tres mujeres jóvenes y hermosas, con sus correspondientes dos o tres maridos, sus correspondientes dos o tres madres y sus ocho o nueve niños pequeños, que también trabajaban en el circo cuando había que hacer números de hadas. El padre de una de estas familias hacía un número sosteniendo al padre de otra de las familias en la extremidad de un palo muy largo; el padre de la tercera familia formaba muchas veces con los otros dos padres una pirámide, de la que maese Kidderminster era el ápice y él la base; y los tres padres de familia sabían bailar encima de barriles giratorios, sostenerse en pie sobre botellas, juguetear con cuchillos y bolas, hacer girar jofainas, saltar en todo lo saltable y colgarse de un pelo. En cuanto a las madres, todas ellas sabían (y lo practicaban) bailar en el alambre flojo y en la cuerda tirante y hacer piruetas sobre caballos sin montura; todas ellas mostraban con la mayor despreocupación las piernas, y cuando hacían su entrada en una población, una de ellas guiaba sola un carro griego tirado por seis trotones. Todas ellas se tenían por muy despreocupadas y conocedoras de la vida; no parecían muy limpias en sus ropas ni muy arregladas en sus menesteres domésticos, y la suma de los conocimientos literarios de toda la compañía apenas si habría dado para escribir una mala carta sobre el tema más sencillo. Sin embargo, notábanse en esta gente una gentileza y un infantilismo extraordinarios, una incapacidad especial para el engaño, una disposición incansable para ayudarse y compadecerse mutuamente, que merecían con frecuencia tanto respeto y un aprecio tan generoso como las virtudes normales de cualquier clase social del mundo.

El último en aparecer fue el señor Sleary. Era, como hemos dicho ya, hombre voluminoso, con un ojo que permanecía inmóvil mientras el otro se movía, una voz —si voz podía llamarse— que hacía pensar en los empujones de un par de fuelles viejos y rotos, una cara fláccida y una cabeza turbia, porque siempre estaba bebido, sin llegar jamás a la borrachera.

—Zeñor —dijo el señor Sleary, que padecía de asma, y cuyo aliento resultaba demasiado espeso para poder modular la letra ese—. Vueztro zervidor. Mal negocio ezezte, mal negozio. ¿Ze han enterao eztoz zeñorez de que ze zupone que mi payazo y zu perro ze han evaporado?

El señor Gradgrind, al que se dirigía, contestó que sí.

—Puez bien, caballeroz —siguió diciendo, al mismo tiempo que se quitaba el sombrero y enjugaba el borde interior con un pañuelo que llevaba ex profeso dentro de él—, ¿oz proponéiz hacer algo por la pobre muchacha?

—Pienso hacerle un ofrecimiento así que regrese —contestó el señor Gradgrind.

—Me complace mucho ezcucharoz, caballero. No lo digo porque yo quiera dezembarazarme de la muchacha, ni porque pienze interponerme en el camino. Eztoy dizpuezto a hacerle contrato de aprendizaje, aunque a zu edad ez ya tarde. Dizculpad, caballero, ezta voz mía, que ez un poco ronca y difícil de entender cuando no ze eztá acoztumbrado a ella; pero, caballero, zi cuando eraiz joven hubiezeiz pazado tantaz vecez como yo del frío al calor, del calor al frío y del frío al calor, habríaiz perdido vueztra voz lo mizmo que yo la mía.

—Es posible que sí —contestó el señor Gradgrind.

—¿Qué tomaréiz, caballeroz, mientraz ezperáiz a la muchacha? ¿Zerá jerez? Decid voz mizmo qué va a zerl —exclamó Sleary con campechana hospitalidad.

—Para mí, nada, muchas gracias —contestó el señor Gradgrind.

—No digáiz que nada, caballero. ¿Y vueztro amigo? Zi no habéiz cenado aún, tomad un vazo de licor amargo.

—¡Silencio, padre! Cecí ha vuelto —dijo en aquel momento la hija de Sleary, Josefina, linda muchacha rubia de dieciocho años, que cuando sólo tenía dos había sido atada encima de un caballo, y que a los doce había hecho testamento, un testamento que llevaba siempre encima y en el que declaraba su última voluntad de que fuese llevada a la tumba por sus dos caballitos píos. Entró Cecí Jupe en el cuarto, y entró corriendo, lo mismo que se había marchado. Al encontrarse con todas aquellas personas reunidas, observar sus miradas y no encontrar allí a su padre, rompió a llorar desconsolada, y se acogió al regazo de la dama más distinguida de la cuerda tirante, que iba camino de ser madre; ésta se arrodilló en el suelo para acariciarla y para llorar con ella.

—Por vida mía, que ezto ha zido una condenada vergüenza —dijo el señor Sleary.

—¡Padre, padre mío querido; mi buen padre! ¿A dónde os habéis marchado? Estoy segura de que fuisteis para hacerme algún bien. ¡Qué desdichado y qué desvalido vais a ser sin mí, padre, hasta que volváis a buscarme!

Era tan conmovedor el oírla expresarse con estas y otras frases parecidas, la cara vuelta hacia lo alto y los brazos extendidos como si intentara detener con un brazo a la sombra que huía, que nadie habló una palabra hasta que el señor Bounderby, impaciente ya, tomó el asunto por cuenta suya.

—¡Ea, buena gente; esto es perder lastimosamente el tiempo! Haced que la muchacha comprenda lo que ocurre. O, si os parece, dejad que lo sepa de mis labios, porque también a mí me abandonaron. Escucha, como te llames... Tu padre se ha fugado..., te ha abandonado..., y tienes que hacerte a la idea de que no vas a volver a verlo en tu vida.

Aquellas gentes se preocupaban tan poco de las realidades, y se hallaban a este respecto en tal estado de degeneración, que, en lugar de admirar el sólido sentido común del que así hablaba, se enfurecieron contra él. Los varones mascullaron por lo bajo: «¡Eso es una indignidad!», y las mujeres: «¡Habráse visto animal semejante!».

El señor Sleary apartó a un lado al señor Bounderby con cierta precipitación, y le dijo:

—Ezcuchaz, caballero. Para hablaroz con franqueza, callaoz, y dejadlo eztar. Zon gente muy buena eztoz míoz, pero impulzivoz; hacedme cazo, no oz den una que oz dejen zin zentido.

Esta suave indicación impidió seguir hablando al señor Bounderby, y entonces pudo el señor Gradgrind exponer su opinión, eminentemente práctica, acerca del asunto.

—No se trata ahora de si el padre de esta joven volverá o no volverá jamás. Se ha marchado y no hay de momento esperanzas de que vuelva. Creo que todos estamos de acuerdo sobre este punto, ¿no es así?

—De acuerdo, caballero. Atengámonoz a ezo —dijo Sleary.

—Pues bien: yo, que vine aquí con el propósito de informar al padre de esta muchacha que no podría continuar acudiendo a la escuela, debido a inconvenientes de orden práctico, en los que no quiero entrar ahora, que se oponen a que la frecuenten los hijos de las personas que se dedican a esta clase de profesiones, estoy dispuesto, en vista del cambio de circunstancias, a hacer la proposición siguiente: Me haré cargo de ti, Jupe; te educaré y atenderé a tu porvenir. Sólo pongo una condición (antes y por encima de tu buen comportamiento), y es que decidas ahora, en el acto, si quieres venir conmigo o quedarte aquí. Y también que, si vienes conmigo ahora, no has de volver ya a comunicarte con ninguno de tus amigos aquí presentes. Y éstas son las únicas condiciones que pongo.

—Pueztaz azí las cozaz —dijo Sleary—, yo también tengo que decir algo, caballero, para que ze vean laz doz caraz de la bandera. Zi tú, Cecilia, quierez entrar en el aprendizaje, ya conocez cómo ez el trabajo, y conocez también a tuz compañeroz. Emma Gordon, en cuyo regazo eztáz ahora, zería para ti como una madre, y Jozefina, como una hermana. No digo que yo tenga pazta de ángel, y no digo que zi fallaz una zuerte no me encuentrez algo bronco y me oigaz zoltarte uno o doz tacoz. Pero zí afirmo, caballero, que yo, con bueno o mal genio, todavía no le he hecho a un caballo máz daño que el que ze puede hacer con doz juramentoz, y que a eztaz alturaz de mi vida no pienzo camhiar, y menoz con un jinete. Yo zoy hombre de pocaz palabraz, y con ezto he dicho lo que tenía que decir, caballero.

La parte última de este discurso fue dicha mirando al señor Gradgrind, que contestó a ella con una grave inclinación de cabeza, y dijo a continuación:

—Lo único que yo quiero decirte, Jupe, que pudiera influir en tu decisión, es que el tener una sólida educación práctica es cosa altamente deseable, y que, según veo, tu mismo padre, mirando por ti, parece haberlo pensado así y deseado que la tuvieses.

Estas últimas palabras hicieron un profundo efecto en la muchacha. Cesó en su desesperado llanto, se apartó un poco de Emma Gordon y volvió por completo la cara hacia su protector. Todos los de la compañía advirtieron el cambio en todo su alcance y dejaron escapar un profundo resuello, que significaba, evidentemente: «¡Se nos marcha!».

—Asegúrate bien de tu resolución, Jupe —dijo como advertencia el señor Gradgrind—. No te digo más que eso: asegúrate bien de tu resolución.

La muchacha calló un momento, luego rompió otra vez a llorar, y exclamó:

—Si me marcho de aquí, ¿cómo podrá saber mi padre de mí cuando él vuelva?

—No te preocupes de eso —dijo el señor Gradgrind tranquilamente, pues parecía haberlo resuelto todo con la exactitud de una suma—. Puedes estar tranquila por ese lado. Si así ocurriese, tu padre volvería a presentarse aquí al señor...

—Zleary... Mi nombre ez Zleary, caballero. No me avergüenzo de él. Lo conocen en toda Inglaterra, y en todaz partez ez bien conziderado.

—Se presentaría al señor Sleary, y éste le informaría de dónde te encuentras. Yo no podré retenerte contra su voluntad, y él podrá encontrar sin dificultad al señor Tomás Gradgrind, de Coketown. Soy bien conocido.

—Zí, zeñor; bien conocido —asintió el señor Sleary, haciendo girar el ojo móvil—. Ez uzted, caballero, de loz que tienen un curiozo concepto del dinero fuera de caza. Pero ezo no viene ahora a cuento.

Hubo otro momento de silencio, que Cecilia rompió al decir, sollozando y con la cara tapada con las manos:

—¡Dadme mis ropas, por favor; dadme mis ropas en seguida y dejadme marchar antes que se me parta el corazón!

Las mujeres se afanaron tristemente para reunirle las ropas que pedía; no costó mucho trabajo, porque eran pocas; después las acondicionaron en una canastilla, en la que habían viajado mucho. Cecí seguía sentada en el suelo, sin dejar de sollozar y tapándose los ojos. El señor Gradgrind y el señor Bounderby estaban junto a la puerta, dispuestos a marchar con la muchacha. El señor Sleary permanecía en el centro de la habitación, rodeado de los varones de su compañía, exactamente como hubiera estado en el centro de la pista mientras su hija Josefina ejecutaba un número. No le faltaba sino el látigo.

Llena ya la canastilla, le llevaron a Cecilia su cofia, le alisaron los revueltos cabellos y se la pusieron. Luego se inclinaron hacia ella, adoptando las actitudes más espontáneas, para besarla y abrazarla; después le llevaron los niños para que se despidiesen de ella, y, en fin, demostraron ser en conjunto una colección de mujercitas cariñosas, sencillas e inocentes.

—¡Ea, Jupe! —dijo el señor Gradgrind—. Si estás decidida, vámonos ya.

Pero Cecilia tenía que despedirse aún de los varones de la compañía y éstos tenían que descruzar los brazos (porque, cuando se encontraban cerca de Sleary, adoptaban siempre una actitud profesional) y darle el beso de despedida, con excepción de maese Kidderminster, que ya mostraba, a pesar de su juventud, un carácter de misántropo y era público que abrigaba propósitos matrimoniales, por cuyo motivo se apartó con melancolía. El señor Sleary quedó para lo último. Abriendo los brazos, la tomó de ambas manos, y le habría hecho dar saltitos, a la manera que hacen los maestros de equitación para felicitar a las jóvenes amazonas después de un ejercicio rápido y difícil; pero Cecilia no rebotó, sino que se quedó frente a él, llorando.

—Adióz, querida —dijo Sleary—. Confío en que vaz a hacer tu zuerte, y ninguno de nueztroz pobrez compañeroz te moleztará jamáz, rezpondo de ello. Me habría guztado que tu padre no ze hubieze llevado el perro: ez un perjuicio el tener que quitar el perro del programa, aunque bien mirado, el perro no habría querido trabajar zin zu amo; de modo, puez, que viene a zer igual.

Dicho esto, la contempló con el ojo fijo, mientras miraba a su compañía con el ojo móvil; la besó, cabeceó negativamente y la puso en manos del señor Gradgrind como quien la pone en un caballo. La envolvió después en una mirada de profesional, igual que si la estuviera colocando en posición sobre la silla, y dijo:

—Ahí la tenéiz, caballero, y ella zabrá portarze como oz lo merecéiz. ¡Adióz, Cecilia!

—¡Adiós, Cecilia! ¡Adiós, Cecí...! ¡Dios te bendiga, querida! —exclamó una variedad de voces desde el interior de la habitación.

Pero el maestro de equitación había visto que la muchacha apretaba contra el pecho la botella de los nueve aceites, y se interpuso, diciéndole:

—Deja la botella, querida; ez muy grande para que la llevez y no te zervirá de nada. ¡Dámela!

—¡No, no! —exclamó Cecilia, estallando otra vez en llanto—. ¡No! Dejadme que la guarde para cuando vuelva mi padre. La necesitaré. Cuando me envió a comprarla, no pensaba en marcharse. Debo guardársela, ¡comprendedlo!

—Zea como guztez, querida. (¡Ya veiz cómo ez ella, caballero!). ¡Adióz, Cecilia! Mi última palabra ez que te atengaz a lo convenido, que obedezcaz al caballero y que te olvidez de nozotroz. Pero zi, cuando zeaz mayor y eztéz cazada, te encuentraz alguna vez con un circo, no te mueztrez dura con zu gente, no dez mueztraz de enojo, dilez unaz palabraz cariñozaz y pienza que hay cozaz peorez. La gente necezita divertirze, caballero, de una u otra manera —prosiguió Sleary, jadeando cada vez más a fuerza de hablar—; no ze lez puede tener siempre trabajando ni pueden eztar ziempre eztudiando. No veáiz lo peor de nozotroz, zino lo mejor. Yo zé que me he ganado ziempre la vida trabajando en la pizta; pero creo que ezpongo toda la filozofía del azunto cuando oz digo, caballero: miradnoz del lado bueno, no del peor.

Sleary expuso ésta, su filosofía, cuando ya ellos bajaban por las escaleras, y el ojo fijo del filósofo (lo mismo que el ojo móvil) pronto perdió a las tres figuras y a la canastilla entre la oscuridad de la calle.

CAPÍTULO VII: LA SEÑORA SPARSIT

Como el señor Bounderby era solterón, regía su casa particular una señora de cierta edad, mediante un determinado estipendio anual. Era esta dama la señora Sparsit, figura prominente en el séquito del señor Bounderby cuando avanzaba en su carruaje triunfal llevando dentro al fanfarrón de la humildad.

Porque la señora Sparsit no solamente había conocido días mejores, sino que estaba altamente emparentada. Aún le vivía una tía ilustre llamada lady Scadgers. El difunto señor Sparsit, de quien era viuda, había sido en vida, por parte de madre, lo que la señora Sparsit llamaba «un Powler».

Las gentes de conocimientos limitados y de poca penetración no atinaban a veces con lo que era «un Powler», e incluso parecían indecisas entre si era un negocio, un partido político o una secta religiosa. Sin embargo, las personas más cultas no necesitaban que se les dijese que los Powlers eran un rancio linaje, que podía remontar su ascendencia a tiempos tan antiguos que no era raro que a veces se le perdiese el rastro..., cosa que había ocurrido con bastante frecuencia con algunos de sus miembros, por asuntos de caballos, manos largas, negocios monetarios a lo judío, y sentencias del Tribunal de deudores insolvente. El último de los Sparsit, que por parte de madre era un Powler, se casó con la que fue su esposa, que era por parte de padre Scadgers. Lady Scadgers —anciana inmensamente gorda, devoradora sin tasa de productos de carnicería, y dueña de una pierna misteriosa que llevaba catorce años negándose a salir del lecho—, fue quien combinó aquel casamiento, cuando apenas había cumplido Sparsit su mayoría de edad y era tan solo un muchacho que llamaba la atención por la delgadez de su cuerpo, flojamente sostenido por dos largos y débiles soportes, y coronado por la menor cantidad posible de cabeza. Había heredado una fortuna bastante regular de un tío suyo, pero las deudas que tenía contraídas equivalían a la herencia, y las que contrajo después de heredar representaban el doble de lo heredado. Así se explica que al morir, cuando tenía veinticuatro años de edad —lugar de fallecimiento: Caíais; causa de la muerte: el coñac—, no dejase en situación financiera muy próspera a su viuda, de la que se había separado poco después de la luna de miel. Esta desconsolada señora, quince años más vieja que él, se enemistó mortalmente con la única persona de su familia que le quedaba, lady Scadgers; y después, en parte para hacer un feo a su señorita, y en parte para ganarse el sustento, se puso a servir. Por eso la encontramos ahora, ya entrada en años, con su nariz a lo Coriolano y sus tupidas cejas negras, que habían cautivado a Sparsit, preparándole el té al señor Bounderby mientras éste se desayunaba.

Aunque Bounderby hubiese sido un conquistador, y la señora Sparsit una princesa cautiva que él llevase en su cortejo triunfal como distintivo, no la habría lucido tan ostentosamente como acostumbraba hacerlo de ordinario. De la misma manera que para jactarse recurría a menospreciar su propio origen, recurría también en sus jactancias a sobrepreciar a la señora Sparsit. De igual manera que no consentía que su propia juventud hubiese gozado de ninguna circunstancia favorable, revestía la carrera juvenil de la señora Sparsit de todas las ventajas posibles, derramando en el sendero recorrido por aquella dama cargas enteras de rosas tempranas.

—Y sin embargo, caballero —terminaba diciendo a su interlocutor—, ¿en qué ha venido a parar todo? En que ella está sirviendo a Josías Bounderby, de Coketown, por cien libras al año (porque le pago cien libras, salario que ella se digna calificar de espléndido).

Aún más, logró que este lado flaco suyo fuese conocido de tanta gente, que no faltó quien echase mano del mismo y lo manejase en ciertas ocasiones con habilidad grande. Una de las cualidades más irritantes de Bounderby era que no solamente se complacía en cantar sus propias alabanzas, sino que estimulaba a otras personas para que las cantasen. Contagiaba a los demás con sus latiguillos. Ciertas personas, que cuando estaban fuera de Coketown solían mostrarse modestas, tomaban la palabra en los banquetes celebrados en esta ciudad y se enorgullecían de Bounderby en forma completamente excesiva. Decían de él que era el escudo real, la bandera patria, la Carta Magna, John Bull, el Hábeas Corpus, la Proclamación de los Derechos del Hombre, la Casa del inglés es su castillo, la Iglesia y el Estado, el Dios Salve a la Reina, todo junto. Cuantas veces —y eran muchas— un orador de estos traía a colación:

Príncipes y señores florecen y se esfuman; un soplo los encumbra y un soplo los abate, sus oyentes, invariablemente, lo suponían bien enterado del caso de la señora Sparsit.

—Señora, es que me tiene preocupado el capricho de Tom Gradgrind — contestó el interpelado. Lo de llamar Tom al señor Gradgrind lo hizo de forma muy deliberada, lo mismo que si alguien estuviese constantemente intentando sobornarle para que llamase Tomás al señor Gradgrind, y él lo rechazase—; el capricho que ha tenido Tom Gradgrind de hacerse cargo de la titiritera.

—Por cierto que la chica está esperando que se le diga si ha de ir desde aquí directamente a la escuela, o al Palacio de Piedra —comentó la señora Sparsit.

—Tendrá que esperarse, señora mía, a que yo mismo lo sepa. Me imagino que no tardará Tom Gradgrind en venir. Naturalmente, señora, que la muchacha puede quedarse aquí uno o dos días más si

Tom lo desea.

—Desde luego que puede quedarse si tal es vuestro deseo, señor Bounderby.

—Le dije que se le improvisaría cama para pasar aquí la noche, a fin de que él lo consultase bien con la almohada antes de decidirse a que esta muchacha viva en contacto con Luisa.

—¿Eso hicisteis, señor Bounderby? Pues fue una gran idea.

La señora Sparsit tomó un sorbo de té y las ventanas de su nariz a lo Coriolano experimentaron un ligero ensanchamiento, al mismo tiempo que se contraían sus negras cejas.

—Para mí —dijo el señor Bounderby—, está más que claro que la mocita se beneficiaría muy poco con semejante compañía.

—¿Os referís, señor Bounderby, a la joven señorita Gradgrind?

—Sí, señora mía, me refiero a Luisa.

—Como hablasteis de una mocita —dijo la señora Sparsit—, y el asunto estaba entre dos chicas jóvenes, no vi bastante claro a cuál de ellas indicabais.

—A Luisa, a Luisa —repitió el señor Bounderby.

—Para la que vos sois como un segundo padre, señor —la señora Sparsit tomó otro sorbo de té, y al inclinar la cabeza, contrajo otra vez el ceño sobre la copa humeante, dando la impresión de que su clásico rostro hacía una invocación a los dioses del averno.

—Si hubieseis dicho que yo era un segundo padre para Tom (para Tom el joven, no para mi amigo Tom Gradgrind), quizá hubieseis andado más cerca del blanco. Me voy a llevar al joven Tom a mi oficina. Le voy a tomar bajo mi protección, señora.

—¿Ah, sí? ¿No os parece, señor, que es aún demasiado joven?

Este traer y llevar a cada momento la palabra «señor» hablando con Bounderby mantenía la conversación en un plano de etiqueta que, más aún que demostrar respeto hacia él, exigía consideración hacia ella misma.

—Todavía no me lo voy a llevar. Antes que ocurra esto tendrá que completar su educación —dijo Bounderby—. ¡Por los manes de lord Harry, que no es poco lo que tiene que aprender! ¡Y qué ojos abriría si supiese lo vacío de conocimientos que estaba a sus años mi buche! —esto, dicho sea de paso, no debía ignorarlo el joven Tom, porque se lo había oído decir muchísimas veces—. Hay decenas y decenas de temas al hablar de los cuales me resulta extraordinariamente difícil codearme con otras personas. Por ejemplo, hace un momento os hablaba de titiriteros. ¿Qué sabéis vos de titiriteros? En tiempos en que el ser un titiritero de los que trabajaban en mitad de la calle habría sido para mí una bendición de Dios, un premio de la lotería, vos frecuentabais la ópera italiana. Salíais del teatro de la ópera, señora, con vuestro vestido de raso y vuestras joyas, toda resplandeciente, en el preciso instante en que yo no tenía ni siquiera un penique para comprar una tea con que alumbraros.

—Desde luego, señor, que estaba acostumbrada a ir a la ópera desde edad muy temprana —repuso la señora Sparsit con dignidad, serenamente triste.

—¡Vive Dios!, señora mía, que yo también frecuentaba el teatro de la Ópera, aunque por el lado malo —dijo Bounderby—. Os aseguro que el pavimento de sus arcos era bastante duro para cama. Señora mía: los que están acostumbrados, como vos, desde su infancia, a dormir en lecho de plumas, no se imaginan, como no lo prueben, lo duro que es el suelo de piedra. Así, pues, resulta inútil que yo os hable de titiriteros. Debería hablaros de bailarines extranjeros, del West End de Londres, de Mayfair, de lores, grandes damas e ilustrísimos señores.

—Me parece, señor —contestó la señora Sparsit, simulando noble resignación— que no hace falta que traigáis a colación esos recuerdos. Creo haber aprendido ya la manera de acomodarme a los cambios de la vida. Es cierto que me interesa en grado sumo el oíros contar las instructivas experiencias de la vuestra, y que nunca me cansaría de escucharos; pero no me envanezco de ello, porque todos os escuchan con tanto interés como yo.

—Quizá —le dijo su protector— haya gentes que se complacerían en escuchar el relato de todas las dificultades por las que ha pasado Josías Bounderby, de Coketown, hecho por él de la manera poco pulida que acostumbra. Pero no podéis negar que nacisteis rodeada de lujos. Ea, señora mía, demasiado sabéis, señora, que nacisteis rodeada de lujos.

—No lo niego, señor —replicó la señora Sparsit, moviendo la cabeza.

El señor Bounderby sintió necesidad de levantarse de la mesa y de colocarse de espaldas a la chimenea, junto al fuego, para contemplar a la señora Sparsit: ¡Qué realce daba esa señora a la posición suya!

—Pertenecéis a la sociedad más distinguida de la diabólica alta sociedad —dijo al mismo tiempo que se calentaba las piernas.

—Es cierto, señor —contestó la señora Sparsit, afectando una humildad que era la antítesis de la de su señor, con lo que no había riesgo de rozar la susceptibilidad de éste.

—Pertenecíais a la crema de la elegancia, etcétera, etcétera —dijo el señor Bounderby.

—Es una verdad que no puedo negar, señor —replicó la señora Sparsit, adoptando una expresión de viudedad social.

El señor Bounderby dobló las rodillas y se agarró las piernas de puro satisfecho, al mismo tiempo que se reía a carcajadas. En aquel instante le fue anunciada la presencia del señor y de la señorita Gradgrind, recibiendo al primero con un apretón de manos y a la última con un beso.

—¿Podéis hacer venir a Jupe, Bounderby? —preguntó el señor Gradgrind.

—¡Naturalmente que sí!

Envió, pues, a buscar a Jupe. Ésta hizo al entrar una genuflexión al señor Bounderby, otra a su amigo Tom Gradgrind y otra a Luisa; pero en su azoramiento se olvidó por desgracia de hacérsela a la señora Sparsit. El jactancioso Bounderby se fijó en este detalle y no pudo pasar sin darle la lección.

—Escúchame, muchacha. Esta dama que ves ahí junto a la tetera es la señora Sparsit. Esta dama es la que administra mi casa, y está muy bien emparentada. Por consiguiente, si en otra ocasión vuelves a entrar en cualquier cuarto de esta casa, durarás poco en él si no te comportas con esta dama de la manera más respetuosa. Personalmente, me importa un rábano cómo me trates a mí, porque yo no me creo un personaje. Lejos de estar muy bien emparentado, no tengo pariente alguno; procedo de la escoria de la tierra. Pero sí que me importa mucho cómo te conduces con esta dama. Te mostrarás con ella deferente y respetuosa, o no volverás a entrar aquí.

—Creo, Bounderby —dijo el señor Gradgrind en tono conciliatorio—, que ha sido simplemente una inadvertencia de la muchacha.

—Señora Sparsit —dijo Bounderby—, mi amigo Tom Gradgrind da a entender que se trata simplemente de una inadvertencia. Es muy probable. Sin embargo, vos sabéis muy bien, señora mía, que con respecto a vuestra persona no tolero ni siquiera inadvertencias.

—Sois, señor, bonísimo conmigo —contestó la señora Sparsit, cabeceando con solemne humildad—. No merece la pena de que hablémos de ello.

Cecí, en todo ese tiempo, se disculpaba, asustada y con lágrimas en los ojos. El dueño de la casa hizo entonces señal con la mano al señor Gradgrind de que le hacía entrega de ella. La joven miró con gran atención a este señor; Luisa permaneció junto a su padre en actitud fría y con los ojos bajos, mientras éste decía:

—Jupe, he resuelto llevarte a mi casa; cuando no tengas que acudir a la escuela, atenderás a la señora Gradgrind, que está casi imposibilitada. Le he explicado a la señorita Luisa... (la señorita Luisa es esta joven) el final desdichado, pero lógico, de tus andanzas anteriores; has de comprender con toda claridad que lo anterior ya no existe, y que no hay que hacer jamás alusión a tu pasado. Tu vida empieza en este instante. Ya sé que actualmente eres una muchacha ignorante.

—Lo soy, señor, y mucho —contestó ella, e hizo una genuflexión.

—Será para mí una satisfacción darte los medios de que adquieras una educación esmerada; quiero que seas para todas aquellas personas con quienes te relacionas la demostración viviente de las excelencias de la instrucción que vas a recibir. Serás redimida y moldeada. ¿Es cierto que acostumbras hacer de lectora para tu padre y para las gentes entre las que yo te encontré? —preguntó el señor Gradgrind, haciéndole, antes de decir esto, señal de que se aproximase a él, y bajando la voz.

—Únicamente les leía a mi padre y a Patas Alegres , señor. Quiero decir a mi padre, siempre que Patas Alegres estaba con nosotros.

—Deja a un lado a Patas Alegres , Jupe —dijo el señor Gradgrind, frunciendo levemente el ceño—. No te pregunto por él. Así, pues, ¿tenías costumbre de leer a tu padre?

—Sí, señor; miles de veces. ¡Eran los momentos más felices que pasábamos juntos, señor!

Sólo entonces, cuando Cecilia dio suelta a su dolor, alzó Luisa los ojos para mirarla. El señor Gradgrind bajó aún más la voz para preguntarle:

—¿Y qué era lo que le leías a tu padre, Jupe?

—Cuentos de hadas, señor, y de enanos, y de jorobados y de genios — contestó ella sollozando—, y también de...

—¡Chist Basta! No vuelvas a hablar jamás de tan dañosas tonterías.

Bounderby, he aquí un caso que exigirá una educación rigurosa, y que yo seguiré con mucho interés.

—Está bien —le contestó el señor Bounderby—. Os he dado ya mi opinión. Yo no lo habría hecho; pero ¡bien está, bien está! Puesto que os sentís inclinado a hacerlo, bien está.

El señor Gradgrind y su hija condujeron, pues, a Cecilia Jupe al Palacio de Piedra. Luisa no habló por el camino una sola palabra, ni buena ni mala. El señor Bounderby salió para sus diarias ocupaciones, y la señora Sparsit, encastillada detrás de sus pestañas, se pasó la tarde meditando, envuelta en la oscuridad de aquel encierro.

CAPÍTULO VIII: NO HAY QUE ASOMBRARSE NUNCA

Demos otra vez la tónica antes de proseguir la canción.

Cierto día Luisa, que tenía entonces seis años menos, empezó una conversación con su hermano con estas palabras:

—Tom, me asombra...

Alguien la oyó, y ese alguien era el señor Gradgrind, que surgió a la luz, y le dijo:

—Luisa, no hay que asombrarse nunca.

En esta frase estaba todo el resorte del arte mecánico, del secreto de educar la razón, sin rebajarse a cultivar los sentimientos y los afectos. No asombrarse nunca. Arreglar todas las cosas echando mano, según los casos, de la adición, la sustracción, la multiplicación y la división, y no asombrarse. «Traedme —dice M'choakumchild— a aquel niño que apenas empieza a andar, y respondo de que jamás se asombrará».

Ahora bien: junto a muchísimos niños que empezaban a andar, existía en Coketown un número considerable de niños que llevaban ya caminados hacia el mundo de lo infinito veinte, treinta, cuarenta, cincuenta años y aún más. Como estos extraordinarios niños resultaban unos seres alarmantes para dejarlos que se paseasen por ninguna sociedad humana, las dieciocho denominaciones religiosas se arañaban mutuamente la cara y se tiraban unas a otras de los pelos, como medio de ponerse de acuerdo acerca de las medidas que convenía tomar para su mejoramiento..., y el acuerdo jamás llegaba, cosa sorprendente si se tiene en cuenta lo apropiado de los medios que se empleaban para llegar a ese fin. Sin embargo, aunque todas ellas diferían en todo lo demás, en lo comprensible y en lo incomprensible —especialmente en lo incomprensible—, coincidían perfectamente en un punto: que esos desdichados niños no debían mostrarse asombrados de nada. La secta número uno afirmaba que debían aceptarlo todo como artículo de fe. La secta número dos aseguraba que debían fiarlo todo a la economía política. La secta número tres escribía para ellos unos libritos como el plomo, demostrando que los niños bien educados llevaban infaliblemente su dinero a las Cajas de Ahorro, y que los niños que habían sido educados torcidamente acababan deportados a las colonias penitenciarias. La secta número cuatro, con lamentables pretensiones de graciosa —aunque resultaba lamentablemente triste—, simulaba, con poca fortuna, ocultar pozos de sabiduría, en los que quería zambullir, por el engaño o por el cebo, a los pobres niños. Pero todas esas sectas convenían en que los interesados no debían asombrarse jamás.

Existía en Coketown una biblioteca a la que era fácil tener acceso. El señor Gradgrind vivía desasosegado pensando qué leían los concurrentes a la biblioteca. Punto era este que daba lugar a pequeños arroyuelos de estadística que confluían periódicamente en el aullador océano de otras estadísticas en cuyas profundidades no se había sumergido todavía nadie que saliese de ellas cuerdo. Era descorazonador, pero era una triste realidad: hasta los lectores que acudían a la biblioteca persistían en buscar, asombrados, el porqué. Querían saber el porqué de la naturaleza, de las pasiones, esperanzas y temores humanos, de las luchas, triunfos y derrotas, preocupaciones, alegrías y tristezas, vidas y muertes de los hombres y de las mujeres del pueblo. A veces, después de quince horas de trabajar, sentábanse a leer simples relatos, inventados, que hablaban de hombres y de mujeres parecidos a ellos, y de muchachos que se diferenciaban poco de los suyos. Ponían a menudo sobre sus corazones a Defoe, en vez de a Euclides, y parecían más reconfortados leyendo a Goldsmith que leyendo a Cocker. El señor Gradgrind constantemente le daba vueltas a esta disparatada suma en libros impresos y sin imprimir, sin llegar jamás a comprender cómo era posible obtener resultado tan inexplicable.

—Estoy asqueado de mi vida, Lu. La detesto, y odio a todo el mundo, menos a ti —decía a la hora del crepúsculo, en la habitación que parecía una peluquería, el extravagante muchacho Tomás Gradgrind.

—A Cecí no la odiarás, ¿verdad que no, Tom?

—Lo que me revienta es que me obliguen a llamarla Jupe. Y ella me odia —contestó malhumorado.

—No te odia, Tom; estoy segura.

—Pues debiera —exclamó Tom—. Sí, debería odiarnos a todos nosotros, sin excepción. Creo que le harán perder la cabeza de aburrimiento antes que terminen por dejarla en paz. Ya se está poniendo tan pálida como la cera, y tan melancólica como yo.

El joven Tomás daba suelta a estos sentimientos, sentado a horcajadas frente al fuego, con los brazos sobre el respaldo de la silla y la cara huraña descansando en los brazos. Su hermana estaba sentada en el ángulo más oscuro, a un lado de la chimenea, y unas veces lo miraba a él y otras contemplaba el brillante chisporroteo del fuego, que luego caía en pavesas sobre el mismo hogar.

—Lo que yo soy —decía Tom, revolviendo en todos sentidos sus cabellos con manos torponas—, lo que yo soy es un borrico; eso es lo que yo soy. Tan tozudo como un borrico; más estúpido que un borrico; tan aburrido como un borrico..., y me gustaría cocear igual que un borrico.

—A mí no me darías de coces, ¿verdad, Tom?

—A ti no, Lu; a ti no te haría daño. Ya he hecho antes una excepción contigo. No sé qué sería sin ti esta... esta vieja..., ¡no!, esta lóbrega prisión.

Le habría costado trabajo dar con un calificativo lo suficientemente insultante y expresivo para aplicarlo al techo paterno, y pareció haberse desahogado por un rato con lo enérgico de su hallazgo.

—¿De veras, Tom? ¿Lo dices en serio, de corazón?

—¡Claro que sí! ¿Para qué insistir en ello? —replicó Tom, refregándose el carrillo en la manga dela chaqueta, como si quisiese mortificar su carne para ponerla en el mismo estado de irritación que su espíritu.

Luisa, después de permanecer unos momentos contemplando en silencio las chispas de fuego, dijo:

—Te lo preguntaba, Tom, porque conforme pasa el tiempo y me voy haciendo persona mayor, suelo pasarme ratos aquí, sentada, pensando en que es una pena que no consiga que tú te conformes con la vida de nuestra casa lo mismo que yo he conseguido conformarme. No sé lo que saben las demás muchachas. Yo no sé tocarte música, ni cantarte canciones. Tampoco sé alegrarte con mi conversación, porque no tengo oportunidad de presenciar espectáculos divertidos, ni de leer libros agradables que me den tema para hablarte de cosas que te gustarían o que te aliviarían cuando estás fatigado.

—Lo mismo me ocurre a mí. Valgo en ese aspecto tan poco como tú; con la diferencia de que yo soy una mula y tú no. Si nuestro padre se empeñó en hacer de mí un pedante o una mula, y no soy un pedante, ¿qué quieres?, tengo que ser por fuerza una mula. Y eso es lo que soy — concluyó Tom con expresión desesperada.

Hubo otro largo silencio, hasta que Luisa habló con acento reflexivo desde su oscuro rincón:

—Es una pena, Tom, es una pena... Es una desgracia para los dos.

—Sí —dijo Tom—; pero tú eres muchacha, y una muchacha sale de esta situación mejor que un muchacho. Yo no te encuentro ningún defecto. Eres la única satisfacción que yo tengo... hasta de alegrar este lugar eres tú capaz... Me guías por donde te parece a capricho tuyo.

—Eres un encanto de hermano, Tom; con tal que tú me creas capaz de hacer eso que tú dices, no me importaría saber nada más. Pero sé más que eso, Tom, y el saber es precisamente lo que me entristece.

Se acercó a su hermano, le dio un beso y volvió a su rincón otra vez. Tom apretó con rabia los dientes, y dijo:

—Me gustaría poder hacer un montón con todos los hechos, con todos los números y con todos los individuos que los han descubierto; y me gustaría poder ponerle debajo mil barriles de pólvora para pegarles fuego y hacer que volasen todos juntos. Pero ya tendré mi desquite cuando vaya a vivir con el viejo Bounderby.

—¿Tu desquite, Tom?

—Quiero decir que me divertiré un poco, saldré, veré cosas y oiré algo, como compensación de esta educación que he recibido.

—Tom, no te prepares de antemano una desilusión. El señor Bounderby piensa lo mismo que nuestro padre, es mucho más rudo, y no es ni la mitad de cariñoso.

Tom contestó riéndose:

—Eso me tiene sin cuidado. Demasiado sé yo cómo amansar y manejar a Bounderby.

Las sombras de los dos muchachos se dibujaban sobre la pared, pero las de todos los altos armarios de la habitación formaban masa compacta sobre aquélla y sobre el techo, produciendo la impresión de que las de los dos muchachos se hallaban metidas en una negra caverna. Acaso una imaginación viva —si el hablar de semejante facultad en un sitio como aquél no constituyese una traición— había dibujado aquellas sombras como fiel ilustración del tema de que hablaban los muchachos y de la triste asociación que aquél había de tener con sus destinos.

—¿Cuál es ese gran remedio para amansar y manejar, Tom? ¿O es un secreto?

—¡Oh! —dijo Tom—. Si mi remedio es un secreto, por lo menos no está lejos de aquí; porque el remedio eres tú. Tú, que eres su capricho y su predilecta; es capaz de hacer cualquier cosa por ti. Si me dice alguna cosa que no me gusta, yo le contestaré: «Mi hermana Lu se quedará muy dolida y desilusionada, señor Bounderby. Ella me decía siempre que tenía la seguridad de que seríais muy amable conmigo». Y esto le amansará, o no hay nada capaz de amansarlo.

Tom esperó alguna contestación, y viendo que no llegaba, volvió a caer, aburrido, en el presente; se retorció, bostezando sobre el reborde del respaldo de la silla, se manoseó más y más la cabeza, hasta que la levantó súbitamente y preguntó:

—¿Te has dormido, Lu?

—No, Tom. Me entretenía mirando el fuego.

—Parece como si descubrieras en él cosas que yo jamás he visto —dijo el muchacho—. Supongo que ésa es otra de las ventajas de ser muchacha.

—Dime, Tom —preguntó Luisa muy despacio y con acento extraño, como si leyese en el fuego lo que iba preguntando y no lo viese muy claro—, ¿esperas como un hecho feliz ese cambio que se ha de realizar cuando vayas a vivir con el señor Bounderby?

—Mira, hermana —replicó Tom, empujando la silla y poniéndose en pie— eso significará, por lo menos, que me alejaré de esta casa.

Luisa repitió, en el mismo extraño acento de antes:

—Eso significará que me alejaré de esta casa... Sí.

—No es que no me vaya a resultar muy doloroso, Lu, separarme de ti y dejarte en este lugar. Pero ya sabes que, me guste o no, tendré que ir; y siempre es preferible que vaya a vivir donde pueda sacar partido de tu influencia que no donde me sea imposible gozar de ella... ¿No lo comprendes?

—Sí, Tom.

La respuesta fue tajante; pero tardó tanto en venir, que Tom tuvo tiempo de acercarse a su hermana, apoyarse en el respaldo de la silla de ésta y ponerse a contemplar el fuego que tanto absorbía a Luisa, desde donde ella lo miraba, para ver si él también descubría algo.

—Salvo que arde —dijo el muchacho—, lo veo tan estúpido y falto de sentido como todo lo demás. ¿Qué es lo que tú ves en él? ¿Acaso un circo?

—Como ver, Tom no veo en el fuego nada de particular; pero, desde que estoy mirándolo, me pregunto lo que será de ti y de mí cuando seamos mayores.

—¡Otra vez preguntándote cosas! —dijo Tom.

—Mis pensamientos son tan indómitos, que todo lo miran asombrados — contestóle, la hermana.

—Pues, si es así —prorrumpió la señora Gradgrind, que había abierto la puerta del cuarto sin que la sintiesen—, no les consientas semejante cosa, muchacha irreflexiva, ¡por amor de Dios!, o tu padre no acabará jamás de echármelo en cara. Y a ti, Tomás, te digo que es una cosa vergonzosa, sabiendo, como sabes, que mi pobre cabeza se me va, que un muchacho criado como lo has sido tú, un muchacho cuya educación ha costado lo que la tuya, se vea sorprendido animando a su hermana a asombrarse, sabiendo, como sabes, que su padre se lo tiene prohibido terminantemente.

Luisa negó que Tom tuviese culpa alguna en el pecado; pero su madre la interrumpió con una contestación que no admitía réplica:

—No me digas eso, Luisa; ten en cuenta mi estado de salud; es imposible, física y moralmente, que tú lo hayas hecho, si alguien no te hubiera estimulado.

—No; lo único que me ha estimulado, madre, ha sido el contemplar las rojas chispas que saltaban del fuego, perdían brillo y morían. Esto me hizo pensar en que, después de todo, mi vida iba a ser muy corta, y que sería bien poco lo que podría yo hacer en ella.

—¡Qué tonterías! —exclamó la señora Gradgrind, mostrándose casi enérgica—. ¡Qué tonterías! Parece mentira que te estés ahí quieta y que me digas a la cara semejantes cosas, Luisa, sabiendo, como sabes, que si alguna vez llegan a oídos de tu padre dirá y no acabará. ¡Después de todas las molestias que se ha tomado con vosotros! ¡Después de todas las lecciones que os han dado y los experimentos que habéis presenciado! ¡Después de haberte oído yo misma, cuando tenía inválido todo el lado derecho, darle vueltas con tu profesor a la combustión, la calcinación, la calorificación y todos los términos acabados en ción capaces de volver loca a una inválida, me vienes ahora con esos absurdos de chispas y pavesas...! ¡Ojalá...! —gimoteó la señora Gradgrind, echando mano a una silla y dando suelta a su argumento más decisivo antes de sucumbir bajo el peso de aquellas simples sombras de realidades—. ¡Ojalá que yo no hubiese tenido hijos! ¡Entonces habríais sabido vosotros lo que es no tener madre!

CAPÍTULO IX: LOS PROGRESOS DE CECÍ

Cecí Jupe no lo pasaba muy bien entre el señor M'choakumchild y la señora Gradgrind, y no dejó de sentir fuertes impulsos de huir de allí, en el transcurso de los primeros meses de prueba. Llovían realidades todo el día con tal intensidad y la vida se le representaba como un libro de números tan apretados en columnas, que la muchacha se habría escapado, sin duda alguna, de no retenerla una consideración.

Es muy lamentable pensar en lo que ocurría; pero la fuerza que le impedía dar tal paso no era resultado de ningún proceso aritmético; se la imponía la joven a sí misma contra todas las leyes del cálculo; chocaba de frente con todas las tablas de probabilidades que un actuario pudiera sacar de su oficina. La muchacha creía que su padre no la había abandonado; vivía confiada en que volvería, plenamente segura de que, quedándose donde estaba, lo hacía mucho más feliz a él.

La ignorancia lamentable con que Jupe se aferraba a este consuelo, desdeñando el consuelo superior de saber, con sólida base aritmética, que su padre era un vagabundo desnaturalizado, llenaba de conmiseración al señor Gradgrind. Sin embargo, ¿qué podía hacerse? El señor M'choakumchild informábale que la muchacha tenía una cabeza muy dura para los números; que, una vez dueña de ciertas ideas generales acerca del globo terráqueo, le tenían completamente sin cuidado sus medidas exactas; que era extremadamente tarda en aprenderse de memoria fechas, a menos que fuese envuelto en ellas algún lamentable suceso; que rompía a llorar si se le pedía que calculase mentalmente el coste de doscientos cuarenta y siete gorros de muselina a catorce peniques y medio cada uno; que estaba todo lo triste que podía estarse en la escuela; que, al cabo de ocho semanas de introducción a los elementos de la Economía política, un parlanchín que no levantaba tres pies del suelo le había enmendado la plana el día anterior al dar ella, a la pregunta «¿Cuál es el primer principio de esta ciencia?», la absurda contestación siguiente: «Obrar con el prójimo como yo quisiera que obrasen conmigo».

El señor Gradgrind contestó, cabeceando negativamente, que éstos eran malos síntomas; que era evidente la necesidad de darle incansablemente al molino del saber, a base de sistematización, cuadros sinópticos, informes, resúmenes, datos estadísticos alfabetizados desde la A a la Z; que Jupe tenía que seguir adelante en sus estudios. Y Jupe siguió estudiando, y perdió alegría; pero no ganó en saber.

—¡Cuánto me gustaría ser como vos, señorita Luisa! —le dijo una noche, después que esta última procuró aclararle las dudas que tenía acerca de la lección del día siguiente.

—¿De veras?

—¡Sabría tantas cosas, señorita Luisa...! Todo lo que ahora me resulta difícil, sería entonces muy sencillo para mí.

—Acaso no salieses ganando nada con ello, Cecí.

Cecí se aventuró a decir, después de una ligera vacilación:

—Pero tampoco perdería nada, señorita Luisa.

A lo que ésta contestó:

—No lo sé.

Eran las dos casi extrañas la una a la otra, porque se habían tratado muy poco; la vida en el Palacio de Piedra giraba monótonamente lo mismo que una máquina, y Cecí tenía prohibido hablar de su vida pasada. Por eso la muchacha se quedó mirando a Luisa con ojos interrogadores, no sabiendo si agregar algo más o quedarse callada. Luisa prosiguió:

—Tú sabes ser más servicial para mi madre que yo, y más agradable con ella que lo que yo acierto a ser.

—Pero, por favor, señorita Luisa —dijo Cecí, excusándose—. ¡Soy..., soy tan ignorante...!

Luisa dejó escapar una risa más alegre de lo que era habitual en ella, y le dijo que poco a poco se iría haciendo más instruida.

—Es que no sabéis lo tonta que soy —exclamó Cecí, casi llorando—. En la escuela no hago más que equivocarme. El señor y la señora M'choakumchild me hacen poner una y otra vez en pie, nada más que para que cometa errores. No lo puedo remediar. Parece que me brotan espontáneamente.

—Supongo que el señor y la señora M'choakumchild no se equivocarán nunca, ¿verdad, Cecí?

—¡Jamás! —contestó Cecí, con mucha seriedad—. Ellos lo saben todo.

—Cuéntame algunas de tus equivocaciones.

—Me da casi vergüenza —contestó la muchacha con cierta repugnancia —. Hoy, por ejemplo, nos explicaba el señor M'choakumchild la teoría de la Prosperidad natural.

—Supongo que quieres decir la Prosperidad nacional —apuntó Luisa.

—Sí..., eso... Pero ¿no es lo mismo? —interrogó Cecí tímidamente.

—Puesto que él dijo nacional, es mejor que tú también lo digas así — contestó Luisa con sequedad reservada.

—La Prosperidad nacional. Y nos dijo: «Mirad: suponed que esta escuela es la nación y que en esta nación hay cincuenta millones en dinero. ¿Es o no una nación próspera? Niña número veinte, ¿es o no una nación próspera ésta, y estáis o no estáis vos nadando en prosperidad?».

—¿Y qué contestaste? —le preguntó Luisa.

—Señorita Luisa, le contesté que no lo sabía. Me pareció que no estaba en condiciones de afirmar si la nación era o no era próspera y si yo estaba nadando en prosperidad, mientras no supiese en qué manos estaba el dinero y si me correspondía a mí una parte. Pero esto era salirse de la cuestión. No podía representarse con números —dijo Cecí, enjugándose las lágrimas.

—Cometiste un gran error —sentenció Luisa.

—Ahora ya lo sé, señorita Luisa; ahora ya lo sé. El señor M'choakumchild me dijo a continuación que me lo presentaría de otra manera, y se expresó de este modo: «La sala de esta escuela es una ciudad inmensa en la que vive un millón de habitantes, y de —ese millón de habitantes, solamente se mueren de hambre en la calle, al año, veinticinco. ¿Qué os parece esta prosperidad?». Lo mejor que se me ocurrió contestarle fue que para los que se morían de hambre era lo mismo que la ciudad tuviese un millón que un millón de millones de habitantes. Y también en esto me equivoqué.

—¡Naturalmente que si!

—El señor M'choakumchild dijo que iba a probarme otra vez, y empezó: «Tengo aquí un cuaderno de asmatísticas...».

—Estadísticas —corrigió Luisa.

—Eso es, señorita Luisa...; siempre me hacen pensar en los pobres asmáticos... De estadísticas de accidentes marítimos. «Según ellas (dijo el señor M'choakumchild), cien mil personas se embarcaron en un año para travesías marítimas largas, y tan sólo quinientas se ahogaron o perecieron entre llamas. ¿Qué tanto por ciento resulta?». Y yo le contesté... que ninguno —y al decir esto, Cecí sollozó, como si aquel error, el mayor de los suyos, le inspirase viva contrición.

—¿Cómo que ninguno, Cecí?

—Ningún tanto por ciento representa para los parientes y amigos de los que perecieron. No acabaré jamás de aprender —dijo Cecí—, y lo peor de todo es que, si bien mi padre deseaba tan ardientemente que yo aprendiese, y yo deseo muy de veras aprender, precisamente porque él lo deseaba, sospecho mucho que el aprender no es cosa de mi gusto.

Luisa se quedó mirando aquella cabeza tan modesta, cuando Cecí la inclinó avergonzada. Cuando ésta volvió a levantarla y la miró a la cara, ella le preguntó:

—¿Es tu padre muy ilustrado, Cecí, ya que desea tanto que tú lo seas?

Cecí vaciló antes de contestar y dejó traslucir claramente que comprendía que iban a entrar en un terreno prohibido, por lo que Luisa agregó:

—Nadie nos escucha; y si alguien nos escuchase, estoy segura de que no encontraría ningún mal en una pregunta tan inocente.

—No es ilustrado, señorita Luisa —contestó Cecí al verse animada de este modo, y cabeceó negativamente—. Es muy poquita cosa lo que sabe. A duras penas si sabe escribir, y no son muchos los que comprenden su escritura. Aunque para mí es clarísima.

—¿Y tu madre?

—Dice mi padre que era muy instruida. Murió cuando yo nací, Era... — Cecí hizo, nerviosa, la terrible confesión—, era bailarina.

—¿La amaba tu padre?

Luisa le hizo estas preguntas con el interés profundo, enérgico, asombrado, que le era característico; un interés descarriado, como fugitivo, que se oculta en parajes solitarios.

—¡Muchísimo! Tanto como a mí. Mi padre me tomó cariño, antes que nada, por ella. Desde pequeña me llevó siempre con él por todas partes. Desde entonces no nos hemos separado jamás.

—¿Y cómo se explica que te haya abandonado, Cecí?

—Lo ha hecho nada más que por mi bien. Nadie entiende a mi padre como yo; nadie lo conoce como yo. Estoy segura de que se alejó de mí con el corazón destrozado y de que jamás me habría abandonado por razones egoístas. No tendrá un instante de felicidad hasta que vuelva a mí.

—Cuéntame más cosas suyas —dijo Luisa—. Nunca más volveré a preguntarte sobre esto. ¿Dónde vivíais?

—Viajábamos por todo el país y no teníamos sitio fijo en donde residir. Padre es... —Cecí cuchicheó la palabra terrible—, es payaso.

—¿De los que hacen reír a la gente? —pregunto Luisa, con una inclinación de cabeza.

—Sí. Pero a veces la gente no se reía, y entonces mi padre lloraba. En los últimos tiempos ocurría con frecuencia el no reírse, y mi padre solía venir desesperado a casa. No es igual que otros muchos. Los que no lo conocían tan bien como yo ni lo querían con tanto cariño como yo, quizá pensasen que no andaba del todo bien de la cabeza. A veces le hacían jugarretas; pero jamás se imaginaron lo profundamente que le dolían y qué pequeño se sentía después, cuando se encontraba a solas conmigo. Era mucho más, muchísimo más tímido de lo que ellos se imaginaban.

—¿Y tú eras quien le consolabas en esos momentos?

Cecilia cabeceó afirmativamente, mientras corrían las lágrimas por sus mejillas.

—Creo que sí, y padre lo decía siempre. Y precisamente porque él sufría y temblaba, y porque tenía la convicción de ser un pobre hombre, débil, ignorante, desvalido (éstas eran sus mismas palabras), era por lo que deseaba que yo aprendiese mucho y no me pareciese a él. Yo acostumbraba leerle cosas para levantar sus ánimos, y esto le agradaba mucho. Eran libros disparatados, de los que no debo hablar aquí; pero yo no sabía entonces que hubiese nada de malo en ellos.

—¿Y a él le gustaban? —preguntó Luisa, sin apartar de Cecilia ni un instante su inquisitiva mirada.

—¡Muchísimo! Y muchas veces le hacían olvidar lo que verdaderamente lo tenía lastimado. Y muchas, muchísimas noches se olvidaba de sus preocupaciones con la duda de si el sultán permitiría que la esposa siguiese adelante con su relato, o haría que le cortasen la cabeza antes de terminarlo.

—¿Y se mostró tu papá siempre cariñoso? ¿Hasta el último instante? — preguntó Luisa, contraviniendo la norma fundamental y queriéndolo saber todo.

—¡Siempre, siempre! —le contestó Cecilia, cruzando las manos—. Yo no podría decir todo lo cariñoso que era.

Sólo una noche lo vi enojado, y no fue conmigo, sino con Patas Alegres —bajó la voz para confesar la terrible realidad —. Patas Alegres era un perro amaestrado para el circo.

—¿Y por qué se enojó con el perro? —preguntó Luisa.

—En cuanto regresaron a casa, después de la función, mi padre ordenó a Patas Alegres que saltase sobre los respaldos de dos sillas y que se mantuviese en pie sobre sus bordes... Éste es uno de sus ejercicios. El perro se quedó mirándole y no lo hizo en seguida. Todo le había salido mal a mi padre aquella noche y no había logrado agradar ni poco ni mucho al público. Rompió a gritar, diciendo que hasta el perro se daba cuenta de que era un fracasado y no tenía compasión de él. Entonces se puso a pegarle; yo me asusté y le dije: «¡Padre, padre! Por favor, no lastiméis a un animalito que os quiere tanto. ¡Que Dios os perdone, padre! ¡No le peguéis más!». Dejó de pegarle; el perro echaba sangre, y mi padre se tiró al suelo, con él en los brazos llorando; y Patas Alegres le lamía la cara.

Luisa vio que Cecilia lloraba; fue hacia ella, la besó, la tomó de la mano y se sentó a su lado.

—Termina de contarme cómo fue que tu padre te dejó, Cecilia. Ya que te he preguntado tanto, cuéntame el final. Si algo de malo hay en ello, que caiga la culpa sobre mí, porque no es tuya.

—¡Querida señorita Luisa! —siguió Cecilia, tapándose los ojos y sin dejar todavía de sollozar—. Cuando regresé de la escuela aquella tarde, me encontré con que ya mi padre había vuelto de la barraca. Lo hallé sentado junto al fuego, moviendo el cuerpo atrás y adelante, como si tuviese un dolor. Yo le pregunté: «¿Os habéis herido, padre?» (a veces se lastimaba en los ejercicios, como les ocurre a todos), y él me contestó: «Poca cosa, querida mía». Me incliné hacia él y, al mirarle a la cara, vi que estaba llorando. Cuanto más le hablaba yo, más ocultaba él la cara. Al principio le entraron escalofríos y sólo acertaba a decir «Hija querida» y «Amor mío».

Al llegar a este punto, entró sin prisa Tom y miró a las dos muchachas con una frialdad en la que no se transparentaba otro interés que el que tenía en sí mismo, y aun esto muy escaso. Su hermana le advirtió:

—Estoy haciéndole algunas preguntas a Cecilia. No tienes por qué marcharte; pero no nos interrumpas tampoco, querido Tom.

—Muy bien —replicó Tom—. Iba a decirte únicamente que papá ha llegado, acompañado del viejo Bounderby, por si quieres venir a la sala. Si tú vienes, tendré muchas probabilidades de que Bounderby me invite a cenar; y si no sales, lo probable es que no me invite.

—Iré en seguida.

—Esperaré, para estar seguro de que vienes —le contestó el hermano. Cecilia reanudó su relato en voz baja:

—Mi pobre padre habló, por fin, para decirme que tampoco esa tarde había gustado; que ya no gustaría nunca más; que constituía un oprobio y una vergüenza y que yo me habría desenvuelto en la vida mucho mejor sin él. Yo le dije todas las frases cariñosas que me vinieron al corazón y acabó por tranquilizarse; me senté en el suelo, junto a él, le hablé de la escuela y le conté cuanto allí se había hablado y hecho. Cuando ya no tuve más que contarle, me echó él los brazos al cuello y me besó muchas veces, Después me pidió que le trajese la medicina que solía usar, porque iba a curarse la pequeña lastimadura que se había hecho, y me mandó que la comprase en la farmacia mejor, que está situada al otro extremo de la ciudad; volvió a besarme y me dejó marchar. Ya había yo bajado las escaleras; pero volví a subir para hacerle un poco más de compañía, me asomé a la puerta y le dije: «Padre, ¿queréis que me lleve a Patas Alegres ?». Pero él cabeceó negativamente y me dijo: «No, Cecí; no quiero que lleves nada de lo que saben que es mío». Se quedó sentado junto al fuego cuando yo me marché. ¡Pobre, pobre, pobre padre! Debió de ser entonces cuando se le ocurrió la idea de escapar, a fin de intentar algo en mi favor, porque cuando volví ya él no estaba.

—Escucha, Lu: date prisa en ir a ver al viejo Bounderby —exclamó Tom, dando un silbido de impaciencia—. Si no te das prisa, se marchará antes que salgas.

Desde aquel día, siempre que Cecí hacía una genuflexión al señor Gradgrind en presencia de toda la familia y le preguntaba con timidez: «Perdón, señor, por molestaros...; acaso..., acaso tengáis carta para mí...», Luisa interrumpía el trabajo que estaba haciendo, fuese cual fuese, y aguardaba la respuesta con el mismo interés que Cecí. Y cuando el señor Gradgrind se la daba, con las mismas palabras de siempre: «No, Jupe; no hay nada», el temblor de los labios de Cecí se repetía en la cara de Luisa y sus ojos seguíanla compasivos hasta la puerta. El señor Gradgrind acostumbraba sacar partido de semejantes ocasiones para hacer observar, después que Cecilia se retiraba, que si Jupe hubiese sido educada desde sus tiernos años debidamente, habría podido llegar con sólidos razonamientos a la conclusión de que sus esperanzas eran fantásticas y sin base. Sin embargo, parecía —aunque no a él, que era incapaz de ver tales cosas— que las esperanzas fantásticas eran capaces de arraigar en el alma tan fuertemente como las realidades.

Esta observación debe limitarse a la hija del señor Gradgrind. Por lo que hace a Tom, el muchacho se estaba convirtiendo en el triunfo del cálculo, un triunfo, no sin precedentes, que suele concretarse en el número uno, En cuanto a la señora Gradgrind, cuando tenía algo que decir sobre el tema se desenfundaba un poco de sus mantas, lo mismo que si fuese una lirona, y exclamaba:

—¡Dios me tenga de su mano! ¡Y qué dolor de cabeza me da el ver la insistencia con que esta muchacha Jupe pregunta una y otra vez por sus fastidiosas cartas! Por vida mía, parece que yo estuviera condenada, destinada y obligada a vivir entre cosas que no acaban nunca de decir su última palabra. Es una circunstancia realmente extraordinaria el que yo no pueda oír nunca la última palabra de nada.

Por regla general, la mirada del señor Gradgrind solía caer sobre ella al llegar a este punto, y bajo la influencia de aquella realidad invernal, la señora Gradgrind volvía a su estado de sopor.

CAPÍTULO X: EL VIEJO ESTEBAN BLACKPOOL

Yo abrigaba la vaga idea de que la gente del pueblo trabajaba en Inglaterra tan rudamente como la que recibe la luz del sol en cualquier otra parte del mundo. Atribuyo a esta ridícula idiosincrasia la convicción mía de que debería dársele un poco más de diversiones.

En la parte de Coketown en que el trabajo es más rudo, en la última posición fortificada de esa feísima ciudadela en la que se fue tapiando la entrada a la Naturaleza conforme se iban emparedando en su interior atmósferas y gases mortíferos; en el corazón del laberinto de patios y patios estrechos, de calles y calles apretadas, que habían nacido una a una, todas con prisa furiosa y respondiendo a los propósitos de un hombre cualquiera, hasta formar una familia monstruosa, que se daba mutuamente de codazos, que se pisoteaba, que se oprimía hasta matarse entre sí; en el último rincón sofocante de aquel gran recipiente en el que ya no cabía nada más, en el que, por falta de aire para que tirasen las chimeneas, constrúyanse éstas en una inmensa variedad de formas truncadas y encorvadas, como si en cada casa se exhibiese una muestra de la clase de gente que se esperaba que naciese en ella; entre la multitud de habitantes de Coketown, conocidos con el nombre genérico de brazos —raza de hombres que habría gozado de un favor mayor entre ciertas gentes si la Providencia hubiese tenido a bien hacer de ellos puros brazos, o puros brazos y estómagos, a la manera de ciertos animales rudimentarios de las costas del mar—; entre esos brazos, decimos, vivía cierto individuo llamado Esteban Blackpool, de cuarenta años de edad.

Esteban parecía más viejo, pero era porque su vida había sido dura. Dícese que toda vida tiene sus rosas y sus espinas; hubiérase dicho, sin embargo, que en la de Esteban había habido una equivocación o una desgracia, y que, debido a ella, le correspondieron a alguien sus rosas y fueron a parar a Esteban las espinas que correspondían a ese alguien, además de las suyas propias. Para emplear sus mismas palabras, había tenido un montón de dificultades, y como llano homenaje a esta realidad, solían llamarle generalmente el viejo Esteban.

El viejo Esteban, que era bastante cargado de espaldas, ceñudo, de expresión reflexiva, mirada perspicaz, cabeza suficientemente voluminosa, cubierta por unos cabellos largos, ralos, entrecanos, pudiera pasar por un hombre extraordinariamente inteligente para su condición social. No lo era, sin embargo. No figuraba entre esos extraordinarios brazos que reuniendo durante muchos años los pequeños retazos de tiempo de sus ocios, llegaban a dominar ciencias difíciles y adquirían el conocimiento de las cosas más inesperadas. Tampoco figuraba entre los brazos que eran capaces de echar discursos y de mantener debates. Millares de compañeros suyos sabían hablar en cualquier circunstancia mucho mejor que él. Era un buen tejedor mecánico y un hombre honrado a carta cabal. Si algo más era y si algo más llevaba dentro de sí, dejemos que nos lo manifieste él mismo. Ya se habían apagado las luces de las grandes fábricas que, cuando estaban encendidas, tenían aspecto de palacios de hadas —al menos, así lo decían los viajeros que cruzaban ante ellas en el tren expreso—. Las campanas habían tocado a retirarse a casa y se habían callado otra vez; los brazos, hombres y mujeres, niños y niñas, caminaban con paso ruidoso hacia sus domicilios. El viejo Esteban se hallaba parado en la calle, sufriendo aún la extraña sensación que le producía la maquinaria al detenerse; la sensación de que había estado funcionando y se había detenido dentro de su propia cabeza.

«¡Qué extraño que no vea todavía a Raquel!», pensó.

Era una noche lluviosa y muchos grupos de mujeres jóvenes habían cruzado por delante de él con los chales echados por encima de la cabeza y sujetos debajo de la barbilla para defenderse de la lluvia. Esteban conocía muy bien a Raquel, porque le bastaba echar una ojeada al grupo para ver en seguida que no estaba en éste. Por último, cuando ya no quedaban más grupos por pasar, echó a andar él también, diciéndose a sí mismo, con la expresión de quien se ha quedado chasqueado: «¡vaya! Está visto que la he perdido».

Pero no habría andado la distancia de tres manzanas, cuando vio delante de él otra mujer cubierta con el chal; la miró con tan viva atención, que hubiera sido capaz de reconocerla nada más que por su sombra, que se reflejaba en el pavimento, cuando avanzaba desde un farol del alumbrado hasta el siguiente, iluminándose y esfumándose a medida que se alejaba del uno y se acercaba al otro. Avivó Esteban el paso, caminando sin ruido, hasta que se halló a corta distancia de la mujer; recobró entonces su andar normal y la llamó:

—¡Raquel!

Ésta se volvió en un lugar en que un farol proyectaba sobre ella su luminosidad; al alzar un poco el chal que la encapuchaba, mostró una cara ovalada, morena y de rasgos delicados, iluminada por dos ojos de mirar bondadoso y realzada aún más por su negra y brillante cabellera, muy bien peinada. No era un rostro en su fase de pimpollo; era una mujer que había pasado ya de los treinta y cinco años.

—¡Ah muchacho! ¿Eres tú?

Dichas estas palabras, acompañadas de una sonrisa que se habría adivinado aunque sólo se hubiesen visto sus ojos cariñosos, volvió a encapucharse y echaron a andar juntos.

—Creí que venías detrás de mí, Raquel.

—No.

—Saliste pronto esta noche.

—Unas veces salgo un poco antes; otras, un poco después. No hay que contar conmigo cuando voy a casa.

—Y tampoco cuando vienes de ella, ¿no es así, Raquel?

—No, Esteban.

El hombre la miró con un poco de desencanto, pero con el convencimiento respetuoso y resignado de que todo cuanto ella decía estaba bien. No se le escapó a la mujer esta expresión del rostro de Esteban y apoyó ligeramente su mano en el brazo de su acompañante, como para darle las gracias.

—Hemos sido los mejores amigos, muchacho; los mejores y los más leales amigos, y estamos empezando a ser dos buenos viejecitos.

—No, Raquel; tú eres tan joven como siempre.

—¿Cómo se iba uno de nosotros a arreglar para envejecer sin que el otro envejeciese también, puesto que los dos vivimos? —contestó ella alegremente—. Sea como sea, el ocultar el uno al otro cualquier palabra de verdad, siendo tan viejos amigos, resultaría un pecado y una pena. Lo mejor que podemos hacer es no andar mucho juntos... De cuando en cuando, sí. Sería demasiado duro que no lo hiciésemos nunca —dijo Raquel, intentando contagiarlo de la alegría que se transparentaba en sus palabras.

—Es muy duro de todos modos.

—Procura no pensar en ello y se te hará más fácil.

—Llevo mucho tiempo intentándolo, y no adelanto nada. Pero tienes razón; serían capaces de murmurar hasta de ti. Sí, Raquel; has sido durante muchos años para mí eso: una amiga que me ha hecho muchísimo bien, que me ha reanimado con su alegría. Por eso tus palabras son ley para mí. Sí, muchacha; una ley buena y dichosa, mucho mejor que muchas leyes auténticas.

—No te preocupes de leyes, Esteban. Déjalas que existan —le contestó ella precipitadamente y no sin que apareciese en su cara una expresión de ansiedad.

Esteban cabeceó lentamente una o dos veces y dijo:

—Sí, que existan..., que todo siga su curso..., que cada cual siga su camino. Es un embrollo todo y lo ha sido siempre.

—¿Un embrollo siempre? —le preguntó Raquel, apoyando otra vez la mano cariñosamente en su brazo, como para sacarlo del ensimismamiento en que había caído y que le hacía morder, mientras caminaban, las largas puntas del pañuelo que llevaba al cuello.

La llamada produjo un efecto instantáneo. Dejó caer las puntas del pañuelo y miró sonriente a su compañera, soltó una alegre risotada y le dijo:

—¡Ay Raquel, muchacha! Sí, un embrollo siempre. De ahí no me saca nadie. Una vez y otra voy a parar al embrollo, y no consigo salir de él.

Habían caminado bastante trecho y estaban ya cerca de sus casas. A la que primero llegaron fue a la de Raquel. Estaba situada en una de las muchas callejuelas para las que el empresario más popular de pompas fúnebres tenía reservada una escalera negra; aquellas tristes exhibiciones de lujo de la vecindad le producían una hermosa ganancia; la escalera servía para que por la ventana saliesen de este mundo aperreado los que todos los días de su vida habían subido y bajado a tientas por la estrecha escalera. La mujer se detuvo cuando llegaron a la esquina, puso sus manos en las de Esteban y le dio las buenas noches.

—Buenas noches, querido muchacho, buenas noches.

Se alejó, limpia figura de mujer, con paso sereno, calle adelante, y él se quedó mirándola hasta que la vio desaparecer dentro de una de las casitas. Hasta las más leves ondulaciones de su chal ordinario acaparaban la atención de los ojos de Esteban; cualquier inflexión de su voz hallaba eco en lo más profundo de su corazón.

Una vez que la perdió de vista, siguió Esteban su camino hacia su propia casa, levantando a veces la cabeza para mirar al firmamento, por el que las nubes navegaban rápidas y desmandadas. Pero de pronto se deshicieron, cesó la lluvia y brilló la luna..., que se puso a mirar, por el hueco de las altas chimeneas de Coketown, los hornos profundos que había debajo, y dibujó las sombras titánicas de las máquinas de vapor que ahora descansaban sobre los muros en que estaban emparedadas. Esteban parecía irse alegrando, como la noche, a medida que caminaba.

Su casa estaba en los altos de una pequeña tienda, en otra calle parecida a la de Raquel, salvo que era aún más estrecha. Hablando de la tienda, no viene al caso el preguntarnos cómo era posible que nadie se ganase la vida vendiendo o comprando los desdichados juguetes que se exhibían en el escaparate, entre periódicos baratos y una pierna de cerdo que iba a sortearse al día siguiente por la noche. Esteban tomó su cabo de vela de un estante, lo encendió en otro cabo de vela que había en el mostrador, sin molestar a la dueña de la tienda, que dormía en su pequeña habitación interior, y subió a la suya, en el piso alto.

El cuarto aquél había trabado ya relaciones con la escalera negra durante la estancia en él de varios ocupantes, y estaba todo lo limpio que podía estar, dada su categoría. Sobre una vieja mesa-escritorio que había en un rincón veíanse algunos libros y papeles escritos; el moblaje era decente y suficiente; aunque la atmósfera estaba viciada, la habitación era limpia.

Al dirigirse Esteban hacia la chimenea para colocar la vela sobre una mesita de tres patas que había delante, tropezó con algo. Cuando retrocedió para mirar, el obstáculo se incorporó, resultando ser una mujer, que se quedó sentada en el suelo. Esteban retrocedió aún más y exclamó:

—¡Por amor de Dios, mujer! ¿Otra vez has vuelto?

¡Qué mujer! Incapaz de valerse, completamente borracha, manteníase con dificultad sentada gracias a la sucia mano con que se apuntalaba en el suelo, mientras que con la otra intentaba desmañadamente echar hacia atrás el pelo revuelto que le caía sobre la cara, con lo cual únicamente conseguía que la cegase la suciedad de que aquél estaba impregnado. Daba repugnancia mirarla por sus harapos, manchas y salpicaduras; pero aún repugnaba más por su infamia moral, que obligaba a apartar la vista de ella con asco.

Después de uno o dos juramentos impacientes, de arañarse estúpidamente la cara con la mano libre, logró apartar sus cabellos lo suficiente para ver al que le hablaba. Siguió sentada, balanceando el cuerpo y gesticulando con su mano torpona, como si sus gestos fuesen el acompañamiento de una carcajada, aunque su cara permaneciese estólida y sin expresión.

Salieron, por último, burlonamente de su garganta algunos sonidos ásperos que parecían querer decir:

«¡Hola, muchacho! Qué, ¿estás ahí?». Y dejó caer la cabeza sobre el pecho.

Al cabo de unos minutos chilló: «¿Que si he vuelto otra vez?», como si él acabase de hacerle la pregunta. «Sí, otra vez he vuelto. Y volveré otra, otra y otra. ¿Volver? Claro que sí. Volveré. ¿Por qué no?».

Excitada por la insensata violencia de sus gritos, se puso en pie, apoyando la espalda en la pared, imprimiendo un movimiento de vaivén a un asqueroso resto de sombrero que sostenía por el sujetador, mientras intentaba mirar en son de burla a Esteban.

—¡Te traicionaré otra vez, y otra, y veinte veces! —gritó, con ademanes que lo mismo podían ser una furiosa amenaza que un intento de danza desafiadora—. ¡Fuera de esa cama! —Esteban se había sentado en el borde, ocultando la cara entre las manos—. ¡Fuera de ahí, te digo! ¡Es mía, y me pertenece!

Al acercarse tambaleante hacia la cama, Esteban evitó su contacto con un estremecimiento y se pasó al otro lado de la habitación. La mujer se tiró pesadamente en la cama y no tardó en romper a roncar. El hombre se dejó caer en una silla y allí permaneció toda la noche, sin moverse más que una vez para taparla con un cobertor, como si no tuviese bastante con sus manos para ocultarla a su vista, ni siquiera en medio de la oscuridad.

CAPÍTULO XI: CALLEJÓN SIN SALIDA

Los palacios de las hadas se iluminaron de nuevo antes que el pálido amanecer pusiese en evidencia las monstruosas serpientes de humo que se desenroscaban por encima de Coketown. Ruido de pasos sobre el pavimento; rápido repique de campanas, y en seguida reanudaron su pesado vaivén los elefantes, tristes y enloquecidos, previamente pulidos y aceitados para el trabajo del día.

Esteban se inclinó sobre su telar, tranquilo, vigilante, sereno. Formaba raro contraste, lo mismo que todos los demás hombres que trabajaban en el mismo bosque de telares que Esteban, con el crujir, aplastar y chirriar de las máquinas a que atendían. No temáis, buenas gentes a las que tanto inquieta el problema que el arte relegue a la Naturaleza al olvido; aparead dondequiera lo que es creación de Dios y lo que es creación del hombre; aquélla, aunque se trate de una tropa desdeñosa de brazos , saldrá aventajada con la comparación.

Tantos o cuantos centenares de brazos en esta fábrica de tejidos; y tantos y cuantos centenares de caballos de vapor. Se sabe, a la libra de fuerza, lo que rendirá el motor; pero ni todos los calculistas juntos de la Casa de la Deuda Nacional pueden decir qué capacidad tiene en un momento dado, para el bien o para el mal, para el amor o el odio, para el patriotismo o el descontento, para convertir la virtud en vicio, o viceversa, el alma de cada uno de estos hombres que sirven a la máquina con caras impasibles y ademanes acompasados. En la máquina no hay misterio alguno; hay un misterio que es y será insondable para siempre en el más insignificante de esos hombres... ¿Por qué, pues, no hemos de reservar nuestra aritmética para los objetos materiales, recurriendo a otra clase de medios para gobernar estas asombrosas cualidades desconocidas?

La claridad del día fue aumentando y se sobrepuso en el exterior de las fábricas a las luces que brillaban en el interior. Se apagaron éstas y el trabajo siguió su curso.

Llovió, y entonces las serpientes de humo, sometiéndose a la maldición que pesa sobre su familia, se arrastraron por encima de la tierra. Un velo de niebla y de lluvia envolvió, dentro del patio exterior del material de desecho, el vapor que salía por la tubería de escape, los montones de barriles y de hierro viejo, las pilas de carbón reluciente y de cenizas que había por todas partes.

Siguió el trabajo hasta que sonó la campana de las doce. Más repique de pasos sobre el pavimento. Telares, ruedas y brazos desconectados durante una hora.

Esteban salió, rendido y desencajado, de la atmósfera calurosa de la fábrica al húmedo viento y al frío encharcamiento de las calles. Salió de entre los de su clase y de su propio barrio, sin comer otra cosa más que un pedazo de pan mientras caminaba en dirección a la colina en que el dueño de la fábrica donde él trabajaba vivía, en una casa roja con contraventanas pintadas de negro, persianas interiores verdes, puerta de calle negra, sobre dos escalones blancos, el nombre de Bounderby — en letras muy parecidas a él— sobre una chapa de bronce, y debajo de la chapa un manillar redondo, de bronce, que parecía un punto y aparte del mismo metal.

El señor Bounderby estaba comiendo. Era lo que había calculado Esteban. ¿Tenía la amabilidad el criado de anunciarle que uno de sus brazos pedía permiso para hablar con él? Mensaje de retorno, preguntando por el nombre de aquel obrero. Esteban Blackpool. No había nada contra Esteban Blackpool; sí, que pasase.

Esteban Blackpool, en la sala. El señor Bounderby, al que apenas conocía de vista, comiendo chuletas y bebiendo jerez. La señora Sparsit, haciendo malla junto a la chimenea, en actitud de amazona montada a mujeriegas y con un pie en un estribo de algodón. Por razones de dignidad y de servicio, la señora Sparsit no hacía la comida ligera del mediodía. Presenciaba oficialmente el acto, pero daba a entender que su egregia persona consideraba ese almuerzo como una debilidad.

—Vamos a ver, Esteban —dijo el señor Bounderby—: ¿qué es lo que os trae por aquí?

Esteban hizo una inclinación. No era una inclinación servil... ¡Los brazos jamás hacen inclinaciones de esta clase! Perdéis el tiempo, caballero, si esperáis sorprenderlos en una, ni aunque lleven con vos veinte años. Como toque complementario de su atavío, metió dentro del chaleco las puntas del pañuelo que llevaba atado al cuello. Hizo esto en atención a la señora Sparsit.

—Tened presente, por adelantado —díjole el señor Bounderby, bebiendo un sorbo de jerez—, que hasta ahora no hemos tenido con vos ninguna dificultad, porque no habéis sido de los obreros poco razonables. ¡No sois de los que esperan que se los instale en un coche de seis caballos, que se los alimente con sopa de tortuga y carne de venado, servidas con cuchara de oro, que es en lo que muchos de ellos sueñan! —así era como el señor Bounderby exponía las aspiraciones inmediatas, únicas y directas de los obreros que no daban señales de estar completamente satisfechos—. Y sé por esa razón que no os presentáis aquí en son de queja. Os advierto de antemano que estoy seguro de ello.

—De seguro, señor, que no he venido a nada parecido.

A pesar de la firme convicción manifestada, el señor Bounderby se mostró agradablemente sorprendido, y contestó:

—Muy bien. No me había equivocado; vos sois uno de los obreros razonables. Decidme, pues, de qué se trata. Puesto que no venís con queja, quiero oíros de qué se trata. ¿Qué tenéis que decirme? Venga ya.

Esteban miró casualmente a la señora Sparsit, lo que provocó de parte de esta abnegada dama un movimiento, simulando que sacaba el pie del estribo, al mismo tiempo que decía estas palabras:

—Puedo retirarme, señor Bounderby, si vos así lo deseáis.

El señor Bounderby le hizo señal de que no se moviese, extendiendo la mano izquierda al mismo tiempo que mantenía en suspenso, antes de tragarlo, un bocado de chuleta. Bajó después la mano, tragó el bocado de chuleta y dijo a Esteban:

—Quiero que sepáis que esta bondadosa señora es una dama de nacimiento, una dama de alta alcurnia. No debéis suponer, aunque la veáis cuidando de mi casa, que no se ha visto en las ramas altas del árbol... Sí, señor, en la mismísima copa del árbol. Pues bien: si lo que habéis de decir no es como para ser oído por una dama de alcurnia, esta señora nos dejará solos. Pero si lo que tenéis que decirme puede ser escuchado por una dama de alcurnia, esta dama se quedará aquí.

—Señor, creo que jamás he tenido nada que decir ni he dicho nada que no pueda ser escuchado por una dama de nacimiento, desde que nací yo mismo —fue la contestación de Esteban, acompañada de un ligero sonrojo.

—Perfectamente —dijo el señor Bounderby, apartando de sí el plato y recostándose en el respaldo de la silla—. ¡Disparad ya!

—Vine —empezó a decir Esteban, alzando la vista del suelo después de meditar un momento— para pediros consejo. Lo necesito muchísimo. Me casé un lunes de Pascua, hace diecinueve años, largos y ásperos. Ella era una muchacha joven, bastante bonita y con buenas referencias. Pero se torció muy pronto. Huyó de mi lado. Bien sabe Dios que fui para ella un marido cariñoso.

—He oído antes de ahora hablar del asunto —dijo Bounderby—. Se dio a la bebida, abandonó el trabajo, vendió los muebles, empeñó las ropas, se largó por ahí.

—La traté con mucha paciencia.

—Y con ello hicisteis aún más el tonto —dijo el señor Bounderby, en confianza, a su vaso de vino.

—La traté con mucha paciencia. Me esforcé por corregirla una vez y otra. Lo intenté todo. Más de una vez volví a mi casa y me encontré con las paredes limpias y a ella tirada en el suelo y borracha perdida. Esto me ocurrió no una, ni dos, sino veinte veces.

Las arrugas de su rostro se hicieron más profundas al decir esto, como demostración de cuanto había sufrido.

—Las cosas fueron de mal en peor y de peor en peorísimo. Se marchó de casa. Se cubrió ella de ignominia a los ojos de todos. Y de pronto regresaba, una vez y otra. ¿Qué podía hacer yo para impedirlo? A veces me pasaba las noches caminando por las calles, por no entrar en casa. Más de una vez me fui al puente, resuelto a tirarme de cabeza al agua, porque ya no sabía qué hacer. Estaba tan aburrido de la vida, que siendo joven parecía ya viejo.

La señora Sparsit, que se paseaba por la habitación dando a las agujas de hacer malla, alzó sus cejas a lo Coriolano y cabeceó, como diciendo: «Los grandes sabemos también lo que son esa clase de trabajos. Haced el favor de dirigir hacia mi persona vuestros humildes ojos».

—Llegué a darle dinero para que no se me acercase. Le he estado dando dinero durante los últimos cinco años. Había yo vuelto a tener unos muebles decentes en mi casa. Vivía pobre y triste, pero al menos no tenía que pasar vergüenza ni sobresaltos a cada momento. Anoche volví a casa y me la encontré tirada en el suelo, y en casa sigue.

La intensidad de su desgracia y la energía de su desesperación le hicieron expresarse por un instante en frases cortadas, lo mismo que un hombre altanero. Pero en seguida volvió a ser el hombre encogido de siempre; su cara, al mirar interrogadoramente al señor Bounderby, tenía una expresión curiosa, mitad de inteligencia, mitad de perplejidad, como si su cerebro trabajase en resolver una cuestión dificilísima; tenía agarrado fuertemente el sombrero con la mano izquierda y ésta apoyada en la cadera; la mano derecha daba fuerte énfasis, con ademanes modestos, pero enérgicos y apropiados, a lo que decía, y no perdía expresión cuando, al dejar de hablar, ella se detenía también, algo encogida, pero en el aire.

—Todo esto ya lo sabía —le dijo el señor Bounderby— desde hace mucho tiempo, excepto la última noticia. Mal asunto, sí, señor, mal asunto. No debisteis haberos casado, sino conformaros con vivir como vivíais. Pero es ya demasiado tarde para deciros esto.

—¿Había quizá gran diferencia de años entre el marido y la mujer? — preguntó la señora Sparsit.

—Ya oís lo que pregunta esta dama. ¿Había gran diferencia de años entre las dos partes de esta boda desdichada? —dijo el señor Bounderby.

—Ni siquiera eso, porque yo tenía veintiún años y ella andaba en los veinte.

—Pues me extraña —dijo la señora Sparsit a su jefe con gran tranquilidad—. Pensé que acaso el matrimonio se había desgraciado debido a la diferencia de años.

El señor Bounderby dirigió a la dama una mirada de soslayo llena de mala intención, pero no exenta de un extraño embarazo. Se reconfortó con otro sorbo de jerez y luego se volvió hacia Esteban Blackpool, diciéndole con algo de irritación:

—Bueno, ¿por qué no continuáis?

—Vine, señor, para que me aconsejaseis la manera de librarme de esta mujer.

Al decir esto, Esteban infundió una gravedad todavía mayor a la expresión compleja de su atenta fisonomía. La señora Sparsit dejó escapar una ligera exclamación, como si hubiese recibido un golpe mortal.

—¿Qué decís? —exclamó Bounderby, levantándose de su asiento para colocarse con la espalda apoyada en la chimenea—. ¿De qué estáis hablando? Cuando la tomasteis por esposa cargasteis con ella para bien y para mal.

—No tengo más remedio que librarme de ella. No puedo ya soportar esta vida. Si hasta ahora he vivido con esta maldición, ha sido gracias a las palabras de consuelo y de ánimo que he recibido constantemente de la mujer más buena que existe y ha existido. De no haber sido por ella, ya me habría vuelto loco furioso.

—Sospecho que lo que busca es librarse de su mujer para casarse con esa otra de que nos habla, señor —apuntó la señora Sparsit en tono de misterio y escandalizada por la inmoralidad de la gente del pueblo.

—Así es. Esa dama no dice sino la verdad. Quiero casarme con esta otra mujer. A eso iba a parar. He leído en los periódicos que los grandes señores (¡que vivan felices!; yo no les deseo ningún daño) no cargan con sus esposas para bien o para mal, sino que pueden quedar libres de su matrimonio cuando éste ha sido desgraciado, casándose otra vez. Y cuando no se llevan bien, porque no congenian, tienen en sus casas muchas habitaciones muy bien puestas y pueden vivir separados. Nosotros, los pobres, no podemos hacerlo, porque sólo tenemos una habitación. Si ni aun con esto consiguen poder vivir, ellos tienen riquezas y dinero que les permite repartir: «Esto para ti y esto para mí», y cada cual puede seguir una vida distinta. Nosotros no estamos en ese caso. Con todo y con eso, ellos pueden ver anulado su matrimonio por faltas mucho más ligeras que en el caso mío. Así, pues, yo necesito verme libre de esta mujer, y quisiera saber cómo he de hacer para conseguirlo.

—No hay cómo posible —replicó el señor Bounderby.

—Si yo le hago algún daño físico, señor, ¿existe alguna ley que me castigue por ello?

—¡Naturalmente que sí!

—Si huyo de ella, ¿existe alguna ley que me castigue por ello?

—¡Naturalmente que sí!

—Si me caso con la otra mujer, ¿existe alguna ley que me castigue por ello?

—¡Naturalmente que sí!

—Si no me casase, pero fuese a vivir con ella..., esto es un decir, porque no ocurriría ni podría ocurrir, pues ella es mujer bonísima..., ¿existe alguna ley que me castigue por ello en los seres inocentes, hijos míos?

—¡Naturalmente que sí!

—Pues entonces, por amor de Dios —exclamó Esteban Blackpool—, ¡mostradme una ley que me ayude a salir de esta situación!

—¡Ejem! El matrimonio es una cosa santa, y..., y... no puede romperse.

—No me digáis eso, señor, no me digáis eso. No es posible que sea eso así. No pueden ser las cosas de ese modo. Yo soy tejedor, trabajo en la fábrica desde niño, pero tengo ojos para ver y oídos para oír. Yo tengo leído en los periódicos el relato de los casos vistos ante el Jurado en todas las sesiones..., y vos también los habéis leído..., estoy seguro, con tristeza, cómo en ellos se da por sentado que la imposibilidad de vivir encadenados el uno al otro, a cualquiera costa, y sea como sea, es la causa de que se cometan delitos de sangre en este país y de que muchos matrimonios de gente del pueblo se peleen, se asesinen o mueran de repente. Entendámonos bien, el mío es un caso muy doloroso y quiero saber..., si sois tan amable... qué ley puede sacarme de esta situación.

—Pues bien: os lo voy a decir —contestó el señor Bounderby, metiendo las manos en los bolsillos—. Esa ley existe. Esteban, sin alterar sus maneras tranquilas ni desviar la concentración de su pensamiento, cabeceó afirmativamente.

—Pero no os sirve de nada. Es muy costosa. Obliga a gastar un dineral.

—¿Sobre cuánto, poco más o menos? —preguntó sosegadamente Esteban.

—Pues veréis. Tendríais que presentar la demanda a la Comisión de Justicia del Parlamento; después, otra a un Tribunal civil, otra más a la Cámara de los Lores y tendríais que conseguir un acta del Parlamento que os permitiese contraer nuevo matrimonio, todo lo cual os costaría (si todo salía como la seda), vamos a poner entre mil y mil quinientas libras —dijo el señor Bounderby—. Acaso hasta el doble de este dinero.

—¿Y no hay ninguna otra ley? —Desde luego que no.

—Pues, entonces, señor —contestó Esteban, poniéndose lívido y haciendo con su mano derecha un ademán como de lanzarlo todo a los cuatro vientos—, os digo que todo es un embrollo. Es un completo embrollo, y cuanto antes se muera uno, mejor será.

La señora Sparsit mostróse otra vez escandalizada por la impiedad de la gente del pueblo.

—¡Ea, ea! No habléis tonterías, buen hombre —dijo el señor Bounderby —, acerca de cosas que no entendéis, y no llaméis embrollo a las instituciones de vuestro país, si no queréis veros metido en un auténtico embrollo cualquier día de éstos. Las instituciones de vuestro país no son las piezas de tejido que salen de vuestro telar a destajo, y la única cosa de que vos tenéis que preocuparos son esas piezas, por cada una de las cuales cobráis un tanto. Cuando tomasteis mujer no lo hicisteis como en el juego de estira y afloja; la tomasteis a lo que saliese.

¿Que ha salido mal? ¡Qué queréis, amigo! Todo lo que puedo deciros es que todavía pudiera haberos salido peor.

—Es un embrollo —exclamó Esteban, moviendo negativamente la cabeza mientras se dirigía hacia la puerta—. ¡Es un embrollo!

—¡Escuchad, que ahora tengo yo que deciros algo! —prosiguió el señor Bounderby, a manera de sermón de despedida—. Habéis causado un profundo disgusto a esta dama con lo que yo tengo que llamar vuestras impías opiniones, a esta dama, que es, conforme ya os dije, una señora de alcurnia, y que, como también os dije, ha sufrido sus propias desgracias matrimoniales, que pueden cifrarse en decenas de miles de libras..., ¡decenas de miles de libras! —repitió la frase, recreándose en las palabras—. Pues bien; hasta ahora habéis sido un obrero de buena cabeza; pero creo, y os lo digo sin rodeos, que os estáis desviando hacia el mal camino. Habréis dado oídos a las palabras de algún dañino extranjero, de esos que rondan por todas partes, y lo mejor que podéis hacer es dejar esas compañías. Tenedlo muy en cuenta —al decir esto adoptó una expresión de extraordinaria perspicacia—; tengo un olfato tan fino como el que más, acaso más fino que el de muchos, porque desde joven he tenido que andar siempre tomando el viento a esta clase de asuntos. Me da en las narices en el vuestro la sopa de tortuga, la carne de venado y la cuchara de oro. Sí; me da en las narices — exclamó, alzando el tono, el señor Bounderby, al mismo tiempo que cabeceaba con expresión de, obstinada astucia—. ¡Por los manes de lord Harry, que me da en las narices!

También Esteban cabeceó, aunque con expresión muy diferente; luego suspiró, y dijo:

—Muchas gracias, señor, y ¡adiós!

Y dejó de esta manera al señor Bounderby contemplando, hinchado de vanidad, su propio retrato que colgaba de la pared, lo mismo que si fuera a estallar y fundirse con él. La señora Sparsit seguía montada a caballo con el pie en el estribo, mostrándose muy desalentada por los vicios de la gente del pueblo.

CAPÍTULO XII: UNA SEÑORA ANCIANA

El bueno de Esteban bajó por los dos escalones blancos, cerró la puerta pintada de negro que tenía una chapa de bronce, tirando del punto y aparte de bronce, al que frotó con la manga de su chaqueta, viendo que su mano febril lo había empañado. Cruzó la calle sin levantar los ojos del suelo, y ya se alejaba, lleno de dolor, cuando sintió que alguien le tocaba en el brazo.

Aquel toque no era el de la mano que él tanto hubiera necesitado en aquel instante..., la mano que con su contacto podía calmar la tempestad de su alma, del mismo modo que con sólo alzar la suya pudo el más sublime ejemplo de amor y de paciencia calmar las aguas del mar enfurecido; pero era, sin embargo, una mano de mujer. Cuando se detuvo y se volvió para mirar encontróse con una anciana, alta y todavía de buen talle, aunque agostada por los años. Iba vestida con gran sencillez y mucha limpieza; tenía en su calzado barro del campo, y acababa de llegar de un largo viaje. El desasosiego de sus maneras en aquellas calles, a cuyo ruido no estaba acostumbrada; el chal de repuesto que llevaba doblado sobre el brazo; el pesado paraguas y la pequeña cesta; los guantes anchos y largos para sus dedos, y a los que sus manos no estaban acostumbradas; todo delataba a una anciana que venía del campo, con sus sencillos vestidos de fiesta, a la ciudad de Coketown en un viaje que no solía hacer sino muy raras veces. Esteban Blackpool advirtió todo esto de una ojeada, con la rapidez de percepción propia de los de su clase. Para mejor oír lo que ella le preguntaba inclinó su cara, una cara que, al igual de muchas otras de trabajadores, había adquirido la concentración de la mirada que se observa en la expresión de los sordos, a fuerza de trabajar durante largos años con ojos y manos en medio de un ruido estruendoso.

—Por favor, señor —díjole la anciana—, ¿no es de aquella casa de donde os he visto yo salir? —y apuntó hacia la del señor Bounderby—. Me pareció que erais vos, a menos que haya tenido la mala suerte de equivocarme al seguiros.

—Sí, señora —le contestó Esteban—; era yo.

—¿Y habéis visto..., perdonad la curiosidad de una anciana..., habéis visto al dueño de ella?

—Sí, señora.

—¿Queréis decirme cómo lo habéis encontrado? ¿Seguía rollizo, decidido, franco en el hablar y campechano...?

Al erguirse la anciana y levantar la cabeza para adaptar su actitud a sus palabras, cruzó por el cerebro de Esteban la idea de que él había visto antes de ahora a aquella mujer y que no le había sido simpática. Se quedó mirándola aún más atentamente, y contestó:

—Sí, señora; continúa siendo todo eso que decís.

La anciana prosiguió:

—Y, además, sanote, lo mismo que un viento fresco.

—Sí —replicó Esteban—. Estaba comiendo y bebiendo. Tan gordo y tan alborotador como un gran moscardón.

—¡Muchas gracias, muchas gracias! —exclamó la anciana con muestras de extraordinaria alegría.

Esteban, desde luego, no había visto hasta entonces a aquella señora. Sin embargo, tenía en su alma un confuso recuerdo, como si más de una vez hubiese soñado con una anciana como aquella.

Siguió caminando junto a él, y Esteban, atemperándose por cortesía al estado de ánimo de ella, le dijo que Coketown era una población de extraordinario movimiento. ¿No pensaba ella lo mismo?

—¡Claro que sí! Es una población espantosamente activa —contestó la anciana.

Dijo luego él que, por lo que veía, la señora procedía del campo; a lo que ella contestó afirmativamente:

—He estado esta mañana por el Parlamentario. Hice esta mañana cuarenta millas en el Parlamentario y esta tarde haré otras tantas en el viaje de regreso. Esta mañana caminé a pie nueve millas hasta la estación del ferrocarril, y si no encuentro en la carretera a nadie que quiera llevarme en carro tendré que hacer esta noche las nueve millas del viaje de regreso. Está bien para mi edad, ¿verdad, señor? —exclamó la dicharachera anciana, brillándole los ojos de alegría.

—Desde luego; pero no lo hagáis con demasiada frecuencia, señora.

—No, no. Lo hago únicamente una vez al año —contestó, moviendo la cabeza—. Me gasto en esto, una vez al año, todos mis ahorros. Siempre igual, para pasearme por las calles y echar un vistazo a los caballeros.

—¿Nada más que para eso? —replicó Esteban.

—Me basta con esto y no pido más —contestó la anciana, poniendo en sus palabras un gran ahínco e interés—. He andado por aquí, a este lado del camino, por si podía ver a ese caballero —y volvió la cabeza para mirar otra vez hacia la casa del señor Bounderby—, cuando saliese. Pero este año parece que sale más tarde, y no lo he visto. Habéis salido vos cuando esperaba que saliese él. Pues bien: ya que tengo que emprender el viaje de regreso sin verlo siquiera un instante..., me conformo con echarle un vistazo..., por lo menos os he visto a vos, y vos lo habéis visto a él, y con eso me doy por satisfecha —al decir esto, miró a Esteban como si quisiera grabar en su mente los rasgos de su cara; pero ya sus ojos no tenían el brillo de antes.

Aun admitiendo una gran diferencia en los gustos de las personas, y a pesar del gran respeto que le merecían a Esteban los patricios de Coketown, no le parecieron éstos tan interesantes que mereciesen que nadie se tomase todo aquel trabajo por verlos, y, en consecuencia, se quedó perplejo. Sin embargo, como en aquel instante cruzaban por delante de la iglesia, Esteban se fijó en la hora que marcaba el reloj y apresuró el paso.

—Le preguntó la anciana si iba al trabajo, y apresuró también el suyo, sin dificultad alguna. Sí, ya casi había pasado el tiempo de descanso. Al decirle dónde trabajaba, la conducta de la anciana se hizo todavía más extraña que antes.

—¿Sois feliz? —le preguntó.

—¿Qué queréis que os diga, señora? Casi todo el mundo tiene sus dificultades —contestó evasivamente, porque se adivinaba que la anciana daba por sentado que tenía que ser muy feliz, y Esteban no tuvo corazón para desilusionarla. Se daba cuenta de que ya había en el mundo bastantes penas; si la anciana había vivido tantos años y le parecía que él debía tener pocas, nada perdía él y todo eso salía ganando ella.

—¡Ay, ay! —contestó ella—. Veo que tenéis vuestras penas. En vuestra casa, ¿verdad?

—A veces..., de cuando en cuando —díjole Esteban, sin darle importancia.

—Pero trabajando como trabajáis para un caballero como ése, con seguridad que las penas no os siguen hasta la fábrica, ¿verdad?

—No, no; hasta allí no le seguían. Allí eran todos correctos con él. Allí no existían discordias. (No se dejó ir, para darle gusto, hasta el extremo de afirmar que allí reinaba una especie de derecho divino, aunque en estos últimos años he oído yo pretensiones casi tan estupendas como ésa).

Marchaban ahora por el negro camino secundario que conducía a la fábrica, y los brazos acudían en montón. Repicaba la campana, la Serpiente formaba muchas espirales y el Elefante se disponía a funcionar. A la anciana le bastó la campana para entusiasmarse. Aseguró que era la más espléndida de todas las que había escuchado en su vida, y que tenía un timbre magnífico.

Cuando Esteban se detuvo amablemente para darle un apretón de manos antes de entrar, ella le preguntó cuántos años llevaba trabajando allí.

—Una docena de años —le contestó Esteban.

—Yo no puedo menos que besar la mano que ha trabajado en esta fábrica doce años —dijo la anciana, la levantó, y aunque él quiso impedirlo, puso en ella sus labios. Esteban no sabía qué atmósfera de armonía, además de sus años y de su sencillez, la envolvía; pero aquella cosa tan fantástica que acababa de hacer, no desentonaba ni con el momento ni con el lugar. Parecía que nadie sino ella hubiera sido capaz de hacer aquello tan en serio ni con tal naturalidad y emoción.

Llevaba ya Esteban media hora trabajando en su telar sin dejar de pensar en la anciana; tuvo de pronto necesidad de trasladarse a la parte posterior de la máquina para ajustar alguna pieza y miró por la ventana que había en el ángulo que allí formaba el edificio; allá fuera estaba ella mirando, absorta de admiración, el bloque de edificios. Sin preocuparse del humo, del barro, de la humedad, lo contemplaba admirada, como si el pesado estrépito que salía de sus muchos pisos sonase en sus oídos como música orgullosa.

Se marchó, por fin, y el día se marchó con ella, y las luces volvieron a brotar, y el tren expreso pasó en tromba, a plena vista del palacio de hadas, por encima de los arcos del puente cercano. Mucho antes de eso, los pensamientos de Esteban habían vuelto al pobre cuarto de encima de la tiendecita y a la vergonzosa figura de mujer que aplastaba la cama, y que aplastaba aún más su corazón.

Las máquinas fueron acortando la marcha, estremeciéndose débilmente como un pulso que falla. Se pararon. Otra vez la campana; resplandor de luces y calor que desaparecen; fábricas que surgen como masas en la noche oscura y húmeda..., con sus altas chimeneas erguidas como otras tantas torres de Babel.

Esteban había hablado la noche anterior con Raquel, es cierto, y había caminado un rato en su compañía; pero le había caído encima esta nueva desgracia, en la que nadie podía proporcionarle un momento de alivio. Por eso, y porque tenía conciencia de que necesitaba amansar su ira, y nadie sino la voz de Raquel podía hacerlo, creyó que podía hacer caso omiso de sus palabras con respecto a esperarla. Esperó, pues; pero ella evitó el encuentro. Se había marchado ya. En ninguna noche del año le era tan necesaria a Esteban su cara bondadosa.

¿No era mejor no tener hogar en el que encontrar cobijo y descanso, que tenerlo y sentir terror de ir al mismo por una causa como aquélla? Cenó y bebió, porque estaba rendido; pero ni se fijó en lo que comía ni le importó, y se echó a pasear por las calles en medio de la fría lluvia, dando vueltas a sus pensamientos, abatido y melancólico.

No había cambiado con Raquel palabra alguna sobre un posible nuevo matrimonio; pero ella le había demostrado años antes una gran compasión, y sólo a ella había Esteban abierto su solitario corazón, confiándole sus penas; estaba seguro de que, si él fuese libre y se lo hubiese pedido, ella habría aceptado. Pensó en el hogar que podrían haber tenido, y hacia el que él se encaminaría ahora alegre y orgulloso; en cuán distinto sería de lo que era aquella noche; en cómo respiraría a sus anchas su pecho, sobre el que ahora sentía un peso de plomo; en su honor, en su propia estima y en su tranquilidad, reducidos a jirones, y que ya estarían restaurados entonces. Pensó en cómo había malgastado lo mejor de su vida en el empeoramiento diario de su carácter, en la espantosa existencia que llevaba, atado de pies y de manos al cadáver de una mujer, cuyas formas había tomado un demonio para atormentarle. Pensó en Raquel, que era muy joven cuando la vida los acercó de aquella manera, que ahora estaba en plena madurez y que pronto envejecería. Pensó Esteban en las muchísimas muchachas jóvenes y mujeres hechas que Raquel había visto casarse, en los muchísimos hogares con hijos a cuyo crecimiento había asistido; con cuánta satisfacción había ella seguido, en atención a él, por su sendero tranquilo y solitario, y pensaba en que a veces había advertido en su bendita cara un asomo de melancolía que lo destrozaba a él de remordimientos y de desesperación. Puso la imagen de aquella mujer junto a la imagen infamante que había surgido ante sus ojos la noche pasada, y se preguntó: «¿Es posible que la vida toda de una mujer tan cariñosa, buena y abnegada tenga que sacrificarse a la de una mujer tan despreciable como la otra?».

Embebecido en estos pensamientos, tan embebecido que experimentaba una morbosa sensación de que su cuerpo aumentaba de tamaño, de que había cambiado de un modo enfermizo su relación con los objetos por entre los que circulaba, de que el halo que rodeaba la luz de los faroles se volvía rojo, dirigióse hacia su casa en busca de cobijo.

CAPÍTULO XIII: RAQUEL

La luz de una vela brillaba débilmente en la ventana, esa ventana hasta la que había subido con frecuencia la escalera negra para que se deslizase fuera todo lo que hay de más valioso en este mundo para una esposa trabajadora y para una nidada de hambrientos hijos pequeños; y Esteban agregó a sus restantes consideraciones el repulsivo pensamiento de que, de todas las desigualdades que nos ofrecen los diferentes pasos de nuestra existencia sobre la tierra, no hay desigualdad mayor que la que se manifiesta en la muerte. Comparada con ella, no es nada la del nacimiento. ¿Cómo comparar el hecho de que esta noche, y en el mismo instante, nazca un niño hijo del rey y otro niño hijo de un tejedor, con el de la muerte de un ser que era útil para otros o querido por otros, mientras que aquella mujer desenfrenada seguía viviendo?

Con la respiración en suspenso y a paso lento, pasó tristemente Esteban del exterior al interior de la casa, se dirigió a la puerta de su habitación y entró. Todo era allí tranquilidad; Raquel estaba sentada junto a la cama.

Raquel volvió la cabeza, y la luz de su rostro brilló en la medianoche del alma de Esteban. Estaba sentada junto a la cama velando y cuidando a su mujer. A decir verdad, él sólo vio que alguien yacía en el lecho, pero sabía de sobra que no podía ser sino ella aunque las manos de Raquel habían colocado una cortina que la ocultase a sus ojos. Los repugnantes vestidos que trajo habían desaparecido, y en su lugar veíanse algunas ropas de Raquel. Todo en el cuarto estaba ordenado y en su sitio, tal como Esteban lo tenía siempre; el fuego acababa de ser provisto de combustible y el hogar estaba recién barrido. A Esteban le parecía ver todo eso en el rostro de Raquel y no apartaba del mismo su mirada. Pero, mientras estaba así mirando, las lágrimas consoladoras que llenaron sus ojos se lo ocultaron, aunque no sin que viese antes la mirada anhelante que ella le dirigía y advirtiese que tambièn a los ojos de Raquel se agolpaban las lágrimas.

Volvióse ella otra vez hacia la cama, y viendo que aquella mujer seguía tranquila, habló a Esteban con voz baja, serena y animosa.

—Me alegro de que al fin hayas venido, Esteban. Pero has tardado mucho.

—Anduve caminando sin rumbo por las calles.

—Me lo imaginé; pero la noche está muy mala para pasear. Llueve muchísimo y se ha levantado un viento muy fuerte.

¿El viento? Cierto, soplaba muy fuerte. ¡Qué estrépito formaba dentro de la chimenea con sus súbitas oleadas!

¡Pensar que había andado por la calle con semejante viento y que no se había siquiera enterado!

—Vine ya otra vez durante el día, Esteban. La dueña de la casa fue en busca mía a la hora de comer. Me dijo que había aquí alguien que necesitaba ser cuidado. Tenía razón. La encontré delirando y sin conocimiento. Con heridas y magulladuras, además.

Esteban se acercó lentamente a una silla y se dejó caer en ella, bajando la cabeza, delante de Raquel.

—Vine para hacer lo poco que está en mi mano; en primer lugar, porque cuando éramos muchachas trabajamos juntas y porque yo era su amiga cuando tú la cortejabas...

Esteban apoyó en la mano la frente llena de arrugas y gimió en voz baja.

—Y, además, porque conociendo como conozco tu corazón, estoy segurísima de que eres demasiado generoso para dejarla, no ya que se muera, sino que sufra por falta de socorro. Tú sabes Quién es el que dijo: «¡Que aquel de vosotros que esté limpio de pecado tire la primera piedra!». Muchos son los que lo han hecho; pero no eres tú, Esteban, capaz de tirarle la última piedra, viéndola caída tan lastimosamente.

—¡Raquel! ¡Raquel!

Ésta le contestó con acento impregnado de compasión:

—¡Que el cielo te recompense por lo cruelmente que has sufrido! Tienes en mí una pobre amiga de alma y de corazón.

Las heridas de que Raquel había hablado parecían estar en el cuello de la mujer que por propia voluntad se había convertido en una paria, se las curó, aunque sin dejar que Esteban las viese. Humedeció un paño en una palangana, en la que había vertido un líquido de una botella, y lo aplicó suavemente sobre la herida. Había acercado a la cama la mesita de tres patas, sobre la que había dos botellas; una de ellas era la que contenía el líquido.

Esteban no se hallaba sentado tan lejos que no leyese, al seguir con la vista el movimiento de las manos de Raquel, el rótulo que tenía esa botella, escrito con letras grandes. Se puso lívido, como poseído de un súbito horror.

—Me quedaré —dijo Raquel, volviendo a sentarse hasta que den las tres. Hay que aplicarle otra vez a esa hora esta misma medicina y después se la deja tranquila hasta que sea de día.

—Pero descansa tú, querida, que mañana tienes que trabajar.

—Dormí bien la noche pasada. Si me empeño, soy capaz de pasar en vela muchas noches. Eres tú quien necesita descanso... ¡Qué pálido y cansado estás! Haz por dormir en aquella silla mientras yo velo. No me hace falta que me digas nada para que yo sepa que no dormiste anoche. El trabajo que a ti te espera mañana es más pesado que el que me espera a mí.

Llegó a los oídos de Esteban el bramar de los embates del viento en la calle, y sintió que sus pasadas iras pugnaban por apoderarse otra vez de su alma. Se había sobrepuesto a ellas; las arrojaría lejos de sí, confiando en que la presencia de Raquel le ayudaría a defenderse de sí mismo.

—No me ha conocido, Esteban; no hace sino mirar muy fijo y mascullar como adormilada algunas palabras. Le he hablado muchas veces, pero no se da cuenta. Tanto mejor. Cuando recobre otra vez su sano juicio, yo habré hecho por ella cuanto ha estado en mi mano y ella no lo sabrá.

—¿Cuánto tiempo calculan que seguirá así?

—Asegura el médico que su cabeza funcionará, en el mejor de los casos, mañana.

Los ojos de Esteban volvieron a fijarse en la botella; corrió por su cuerpo un escalofrío que sacudió todos sus miembros. Raquel pensó que se había resfriado con la humedad, pero él le contestó que no, que no era eso, sino que había tenido un susto.

—¿Un susto?

—Sí. Cuando venía para casa. Andando... y pensando. Cuando... —volvió a acometerle el escalofrío, se puso en pie, agarrándose a la repisa de la chimenea, apretándose los húmedos cabellos con una mano, que temblaba como atacada de perlesía.

—¡Esteban!

Raquel se adelantó hacia Esteban, pero éste alargó el brazo para detenerla.

—¡No! Por favor, ¡no! Deja que te vea yo sentada junto a la cama. Deja que yo te vea, tan buena y tan generosa. Deja que yo te vea tal cual te vi antes, al entrar en el cuarto. Jamás podré verte en mejor actitud que como estabas entonces. ¡Jamás, jamás, jamás!

Le acometió una fuerte tiritona y se dejó caer en la silla. Al cabo de un rato se dominó, apoyó un codo en la rodilla y la cabeza en la mano y se animó a mirar a Raquel. Vista a la contraluz de la pálida vela, parecía tener alrededor de su cabeza un glorioso nimbo luminoso. Esteban creyó que, en efecto, estaba aureolada. Lo creyó firmemente, mientras el estrépito del exterior sacudía la ventana, golpeaba en la puerta de la calle y se metía por la casa, ululando y gimiendo.

—Es de esperar, Esteban, que cuando se ponga mejor vuelva a marcharse, dejándote en paz. Esperémoslo, por lo menos, ahora. Y como quiero que duermas, no hablo más.

Cerró él los ojos, más por complacer a Raquel que por dar descanso a su fatigado cerebro; sin embargo, fue gradualmente dejando de oír el estrépito del viento que resonaba en sus oídos, o cambió éste hasta producirle la sensación del ruido de su telar en marcha y hasta de las voces que había escuchado durante el día..., incluyendo la suya propia..., repitiéndole las palabras que real y verdaderamente se habían pronunciado. Por último, se esfumó incluso esta sensación confusa y cayó en un largo sueño turbado por pesadillas.

Soñó que se celebraba en la iglesia la ceremonia de su boda con una mujer a la que había querido durante mucho tiempo. Pero no era

Raquel, y este hecho le produjo sorpresa en medio de su felicidad imaginaria. Mientras tenía lugar aquel acto y Esteban reconocía entre los testigos a varias personas de las que él sabía que vivían aún, y a muchas otras de las que sabía que habían muerto, se produjo la oscuridad, y siguió a ésta una explosión extraordinaria de luz. Estalló la claridad en la tabla de los Mandamientos que estaba encima del altar, precisamente en una determinada línea de los mismos, y sus palabras brillaron con una luz que iluminaba todo el edificio. Pero, además, resonaron por la iglesia, igual que si aquellas letras encendidas hablasen. Después de esto cambió toda la escena delante y en torno suyo, y de todo lo que antes había, sólo quedaron él y el sacerdote. Ambos permanecían en pie y envueltos en la claridad del día delante de una muchedumbre tan inmensa como si se hubiesen agrupado en un solo sitio todas las gentes del mundo; y ni aun así pensó Esteban que hubieran podido ser más numerosos; todos los allí reunidos le miraban con rencor, y no veía una sola mirada compasiva o amistosa entre los millones de ojos que estaban clavados en él. Veíase Esteban sobre una elevada plataforma, y, aún más alto que él, estaba su propio telar; fijándose en la forma que tomó el telar y escuchando con toda claridad que rezaban el oficio de difuntos, comprendió que se encontraba en aquel sitio para morir. La plataforma en que se apoyaba se derrumbó, y él mismo desapareció.

No pudo comprender de qué regiones misteriosas salió para volver a su vida ordinaria y a los lugares que le eran conocidos; de un modo u otro, Esteban se vio en esa clase de lugares, llevando sobre sí la condena de no volver a contemplar jamás el rostro de Raquel y de no escuchar nunca más su voz, ni en este mundo ni en el otro, en el transcurso de un número inimaginable de eternidades. Durante todo ese tiempo vagaba Esteban sin rumbo, descanso ni esperanza, a la búsqueda de algo que él no sabía bien en qué consistía, sabía únicamente que estaba condenado a buscarlo siempre. Siempre dominado por un terror espantoso y sin nombre, un terror mortal de una figura que tomaban todas las cosas que él veía. Más tarde o más temprano, cualquier objeto en el que Esteban ponía la mirada tomaba la forma de esa figura. La existencia desdichada de Esteban no tenía más objeto que el de evitar que le reconociesen los individuos con quienes se cruzaba. ¡Trabajo inútil! si Esteban invitaba a esas personas a salir de las habitaciones en que esa figura estaba, si la encerraba dentro de armarios y gabinetes, si apartaba a los curiosos de los lugares en que él sabía que la figura se había escondido y los hacía salir a la calle, hasta las mismas chimeneas de las fábricas tomaban aquella forma y se circundaban de la palabra impresa.

El viento volvió a soplar con fuerza; oyó cómo la lluvia golpeaba en el tejado de la casa, y los espacios inmensos por los que él había vagabundeado se redujeron a las cuatro paredes de su habitación. Todo estaba lo mismo que en el momento en que cerró los ojos, salvo que el fuego se había apagado. Raquel parecía haberse adormilado en la silla en que estaba sentada junto a la cama. La vio envuelta en su chal, completamente inmóvil. La mesa se encontraba en el mismo sitio, junto a la cama, y sobre ella, con sus proporciones y parecido verdaderos, estaba la figura de que hemos hablado tanto.

Esteban creyó que la cortina se movía. Volvió a mirar, y esta vez tuvo la seguridad de que, en efecto, se movía. Vio que de ella salía una mano buscando a tientas algo durante un instante. A continuación, la cortina se movió más perceptiblemente, y la mujer que estaba en la cama la apartó, sentándose.

Miró por todo el cuarto con sus ojos odiosos, huraños y desatinados, torpones y grandes, pasando por el rincón en que Esteban dormía en su silla. Otra vez pasó la mirada de aquellos ojos por el rincón, y entonces ella, haciendo pantalla con la mano puesta en la frente, lo miró con fijeza. Nuevamente paseó su mirada por toda la habitación sin prestar apenas atención a Raquel, y nuevamente volvió a mirar al rincón. Al verla hacer también ahora pantalla con su mano, no precisamente contemplándolo a él, sino buscándolo, como si el instinto embrutecido le dijese que estaba allí, pensó Esteban que ya no quedaban en aquella cara crapulosa, ni en la inteligencia que la animaba, los más leves asomos de la mujer con la que él se había casado diecinueve años antes. De no haber sido testigo de aquel cambio que se había realizado paulatinamente, jamás habría creído que era aquélla la misma mujer.

Durante todo ese tiempo, igual que si estuviese bajo los efectos de un encantamiento, sentíase Esteban inmóvil e impotente, sin poder hacer otra cosa que mirarla.

La mujer, sin salir de su estúpida modorra o dialogando sin ilación alguna con su propia e incapacitada conciencia, permaneció un rato sentada y con las manos en los oídos, descansando en ellas la cabeza.

De pronto se puso a mirar de nuevo por todo el cuarto, y entonces, por vez primera, sus ojos se detuvieron sobre la mesa en que estaban las botellas.

De las botellas saltó en línea recta su mirada al rincón en que dormía Esteban; tenía el mismo aire de desafío de la noche anterior; con movimiento cauto e imperceptible, alargó una mano ansiosa. Agarró un tazón y permaneció sentada, meditando unos momentos cuál de las dos botellas elegiría. Por último, su mano insensata se posó encima de la botella que contenía una muerte rápida y segura, y ante los mismos ojos de Esteban le quitó el corcho con los dientes.

¿Era sueño, o realidad? Esteban no tenía voz ni fuerza para moverse. Si aquélla era realidad y no había soñado todavía la hora de su muerte natural, ¡oh Raquel, despiértate, despiértate!

También la mujer pensó en lo mismo, porque miró a Raquel, y luego fue vertiendo en el tazón, muy lenta, muy cautelosamente, el contenido de la botella.

La pócima estaba ya en sus labios. Un instante más y ya no habría salvación posible para ella, aunque se despertase el mundo entero y acudiese con todos sus recursos en su ayuda. Pero, en ese instante, Raquel se puso en pie con un grito ahogado. La mujer forcejeó, golpeó a Raquel, la agarró por los cabellos; pero ya ésta tenía en sus manos el tazón.

Esteban logró arrancarse de su silla.

—Raquel, ¿estoy despierto, o todo lo que he visto durante esta noche horrible es una pesadilla?

—No ocurre nada, Esteban. Yo misma me he quedado traspuesta. Son cerca de las tres. ¡Chis! Oigo las campanadas del reloj.

El viento llevó los toques del reloj de la iglesia hasta las ventanas del cuarto. Escucharon; eran las tres. Esteban miró a Raquel, advirtió su extrema palidez, vio sus cabellos en desorden, vio las rojas señales que unos dedos habían dejado en su frente y tuvo la certeza de que sus sentidos de la vista y del oído habían permanecido despiertos. Hasta el tazón seguía en la mano de Raquel.

Ésta vertió tranquilamente el contenido en la palangana, y dijo, mientras empapaba un paño en el mismo:

—Pensé que serían cerca de las tres. ¡Cuánto me alegro de haberme quedado! Cuando le ponga esto sobre la herida habré terminado. ¡Ya está! Ha vuelto a quedarse tranquila. Tiraré las pocas gotas de líquido que quedan en la palangana, porque no es prudente dejar por aquí ni siquiera una mínima cantidad de este medicamento.

Conforme hablaba vertió sobre la ceniza del hogar el contenido de la palangana y rompió en este último la botella.

Ya no le quedaba otra cosa que hacer sino cubrirse con el chal antes de salir al viento y a la lluvia de la calle.

—¿Me permites, Raquel, que te acompañe a estas horas?

—No, Esteban. De aquí a mi casa no hay más que un minuto.

—¿Y no te da miedo el dejarme a solas con ella? —preguntó Esteban en voz baja, mientras la acompañaba hasta la puerta.

Cuando Raquel le miró y dijo: «¡Esteban!», éste cayó de rodillas en la pobre y ruin escalera y se llevó a los labios una punta de su chal.

—Eres un ángel... ¡Que Dios te bendiga, que Dios te bendiga!

—Ya te he dicho, Esteban, que sólo soy tu pobre amiga. Los ángeles son otra cosa. Hay una sima muy profunda entre una mujer obrera llena de defectos y los ángeles del cielo. Mi hermanita sí que está entre ellos; pero ya no es lo que fue.

Al decir estas palabras, Raquel alzó los ojos al cielo por un momento; después los bajó para mirar a Esteban a la cara, con todo el cariño y suavidad de que eran capaces.

—Tú me has cambiado, Raquel, de mal en bien. Has conseguido que yo anhele humildemente parecerme más a ti y que sienta temor de perderte cuando haya terminado esta vida y se haya aclarado el embrollo de la misma. Eres un ángel, y acaso, acaso, hayas tú salvado la vida de mi alma.

Raquel lo contempló, arrodillado a sus pies, con la punta del chal todavía en la mano, y al ver el sufrimiento que se pintaba en su rostro, se apagaron en sus labios las palabras de reproche.

—Vine a esta casa desesperado. Vine a casa sin una esperanza, loco de pensar que había bastado una palabra mía de queja para que me tratasen de obrero levantisco. Te dije antes que había sufrido un susto. Fue al ver encima de la mesa la botella del veneno. Jamás he lastimado a criatura viviente; pero fue tan inesperada esa visión, que pensé: «¡Quién sabe lo que yo sería capaz de hacerle a ella, a mí mismo o a los dos!».

Raquel le tapó la boca con ambas manos, aterrorizada, para impedir que siguiese hablando. Esteban las agarró con la mano que tenía libre y las retuvo, sin soltar el borde del chal, diciendo precipitadamente:

—Pero te vi junto a la cama, Raquel. Has estado ante mis ojos durante toda la noche. Durante mi sueño sobresaltado tenía yo conciencia de que seguías estando allí. De ahora en adelante te veré siempre en ese lugar. Nunca más veré ni pensaré en ella, sin que te vea a ti a su lado. Nunca más veré ni pensaré en cosa alguna que me irrite sin que te vea a ti a su lado..., a ti, que eres mucho mejor que yo. Y así es como yo me esforzaré por esperar el día, y así es como miraré confiado el día en que tú y yo podamos, por fin, pasear juntos allá, muy lejos, al otro lado de la sima profunda, en la región en que mora ya tu hermanita.

Besó de nuevo el borde del chal de Raquel y la dejó marchar. Ella le dio las buenas noches con voz desfalleciente y salió a la calle.

El viento soplaba del cuadrante por el que el día iba a aparecer muy pronto y soplaba siempre con la misma fuerza. Había barrido delante de él las nubes, limpiando el firmamento, y la lluvia se había agotado o se había trasladado a otra parte, dejando que brillasen las estrellas en el cielo. Esteban permaneció con la cabeza descubierta en mitad de la calle, viéndola desaparecer con paso rápido. Y Raquel era, en la tosca imaginación de aquel hombre, con relación a todo lo demás de su vida, lo que eran los brillantes luceros comparados con la mustia vela que brillaba en la ventana de su cuarto.

CAPÍTULO XIV: EL GRAN FABRICANTE

El tiempo siguió su marcha en Coketown lo mismo que sus máquinas: tanta materia prima trabajada, tanto combustible consumido, tanta potencia gastada, tanto dinero ganado. Pero, menos inexorable que el hierro, el acero y el bronce, aportó sus variadas estaciones hasta el interior de aquel desierto de ladrillos y de humo, siendo el único factor que se atrevió jamás a desafiar aquella uniformidad de mal agüero.

—Luisa se está haciendo ya casi una mujercita —dijo el señor Gradgrind.

El tiempo, con sus incontables caballos de fuerza, iba haciendo las cosas, sin preocuparse de lo que pudiera decir nadie, y de pronto estiró al joven Tomás hasta darle un pie más de estatura que la última vez que su padre se había fijado en él.

—Tomás se está haciendo ya casi un hombrecito —dijo el señor Gradgrind.

Todavía seguía el padre de Tomás pensando en esto, cuando ya el tiempo lo había metido en su fábrica y el muchacho vistió chaqué y cuello duro.

—Verdaderamente que ya es tiempo de que Tomás vaya a trabajar con Bounderby —dijo el señor Gradgrind.

El tiempo, que continuó trabajando en el muchacho, lo llevó al Banco de Bounderby, lo instaló en la mansión de Bounderby, lo puso en el trance de comprar su primera navaja de afeitar y lo ejercitó con mucha diligencia en sus cálculos relativos al número uno.

El mismo gran fabricante, que tenía constantemente en elaboración un inmenso surtido de trabajo en todas las etapas de su desarrollo, hizo avanzar a Cecilia en su fábrica y la amoldó como un artículo de muy linda presentación.

—Me está pareciendo, Jupe, que va a ser completamente inútil que sigas asistiendo a la escuela —dijo el señor Gradgrind.

—Eso me parece a mí también —respondió Cecilia, haciendo una genuflexión.

El señor Gradgrind arrugó el ceño.

—No puedo ocultarte el hecho, Jupe, de que el resultado de tus estudios me ha defraudado; me ha defraudado en grado sumo. No has logrado, bajo los auspicios del señor y de la señora M'choakumchild, ni con mucho, la suma de conocimientos prácticos que yo hubiera querido. Fallas muchísimo en cuestiones prácticas. Tienes un conocimiento muy somero del cálculo. En conjunto, estás completamente retrasada y muy por debajo del nivel corriente.

—Lo siento mucho, señor, pero sé que lo que decís es completamente cierto —contestó la joven—. Y, sin embargo, he trabajado con gran empeño.

—Desde luego, desde luego —dijo el señor Gradgrind—; creo que has trabajado con gran empeño; te he observado, y nada tengo que decir a ese respecto.

—Gracias, señor. Más de una vez he pensado —apuntó Cecilia con gran timidez— que quizá he intentado aprender demasiadas cosas y que si yo os hubiera pedido permiso para estudiar algo menos, acaso habría...

—No, Jupe, no —contestó el señor Gradgrind, ladeando negativamente la cabeza con una convicción profunda y eminentemente práctica—. No. Los estudios que has hecho respondían a un sistema..., al sistema..., y no hay nada más que decir a este respecto. Supongo únicamente que las circunstancias en que se ha desenvuelto la primera parte de tu vida fueron demasiado desfavorables al desarrollo de tu capacidad mental, y que hemos empezado demasiado tarde. Sin embargo, como te acabo de decir, he quedado defraudado.

—Yo quisiera, señor, haber podido responder mejor a las amabilidades que habéis tenido con una pobre muchacha abandonada con la que no os ligaba ninguna obligación y a la protección que le habéis dispensado.

—No llores —dijo el señor Gradgrind—. No hay por qué derramar lágrimas. No me quejo de ti. Eres cariñosa, activa, buena mujercita, y... ya sacaremos partido de esto.

—Gracias, señor, muchísimas gracias —contestó Cecilia, haciendo, muy agradecida, una genuflexión.

—Eres útil a la señora Gradgrind y de una manera insensible te das maña para rendir servicios a toda la familia; así me lo ha hecho notar la señorita Luisa, y, en verdad, que también yo he podido observarlo. Confío, pues, en que podrás vivir feliz en compañía de esas personas —dijo el señor Gradgrind.

—Señor, una sola cosa podría desear, y es...

—Te entiendo, sigues pensando en tu padre —le interrumpió el señor Gradgrind sin dejarla terminar—. Sé por la señorita Luisa que guardas todavía la botella que trajiste. ¡Qué le vamos a hacer! Si hubieses adelantado más en la ciencia del raciocinio práctico, acaso razonarías mejor sobre estos extremos. Por ahora no quiero decir más.

A decir verdad, le había tomado demasiado afecto a Cecilia para que le inspirase menosprecio; a no ser por eso, habría llegado a esa conclusión, dada la poca estima que hacía de la facultad razonadora de la muchacha. En resumidas cuentas, el señor Gradgrind había llegado a forjarse la idea de que Cecilia tenía en sí algo que era imposible reducir a términos numéricos. Era fácil dictaminar que la capacidad que la muchacha tenía para decir una cosa resultaba muy baja y que sus conocimientos matemáticos podían reducirse a cero; pero no estaba el señor Gradgrind convencido de que si le hubiesen exigido a él, por ejemplo, situarla en distintas columnas de un informe parlamentario, habría sido capaz de encontrar la medida para dividirla.

Los recursos de que echa mano el tiempo en algunas de las etapas de su elaboración del ser humano son muy rápidos. Como el joven

Tomás y Cecilia habían llegado a una de esas etapas de fabricación, estos cambios de que hemos hablado se realizaron en el transcurso de uno o dos años; y mientras tanto, en ese mismo lapso, el propio señor Gradgrind parecía haberse quedado estacionado y sin sufrir alteración.

Y si la tuvo fue en un sentido completamente independiente de su marcha a través del proceso de la fábrica del tiempo. Éste lo empujó hacia un mecanismo lateral, pequeño, ruidoso y bastante sucio, haciéndolo miembro del Parlamento por Coketown: uno de sus respetables miembros que todo lo medían y pesaban, uno de los representantes de la tabla de multiplicar, uno de los ilustres caballeros sordos, de los ilustres caballeros mudos, de los ilustres caballeros ciegos, de los ilustres caballeros inválidos, de los ilustres caballeros muertos a toda otra consideración. ¿Para qué, si no, vivimos en un país cristiano, mil ochocientos y pico de años después de la venida de nuestro Maestro?

Y mientras ocurría todo esto, Luisa había ido avanzando, tan serena y reservada, tan entretenida en contemplar a la hora del crepúsculo las chispas brillantes cuando caían dentro del hogar y se convertían en pavesas, que apenas si había vuelto a fijarse en ellas su padre desde el período en que había dicho que era ya casi una mujercita..., y parecía ayer; pero de pronto la encontró convertida completamente en una mujer joven.

—Estás ya hecha completamente una mujer joven. ¡Dios me valga! — dijo, pensativo, el señor Gradgrind.

Después de haber hecho este descubrimiento, estuvo varios días mucho más preocupado que de costumbre, como si aquel tema absorbiese toda su atención. Cierta noche, en el momento de disponerse a salir de casa, se acercó Luisa para decirle adiós antes que saliese. El señor Gradgrind no volvería hasta muy entrada la noche y Luisa no tendría ocasión de verlo hasta la mañana siguiente. El señor Gradgrind retuvo a su hija entre los brazos, la miró con su expresión cariñosa y le dijo:

—¡Mi querida Luisa, eres ya una mujer!

La joven le respondió con aquella mirada rápida y escrutadora de la noche en que su padre la sorprendió junto al circo; luego bajó los ojos y contestó:

—Sí, padre.

—Pues bien, querida mía, tengo que hablarte a solas y seriamente.

¿Quieres venir a mi habitación mañana, después de desayunarte?

—Sí, padre.

—Tienes las manos bastante frías, Luisa. ¿No te sientes bien?

—Estoy perfectamente, padre.

—¿Y alegre?

Luisa volvió a mirar a su padre y se sonrió del modo que le era característico.

—Padre, estoy tan alegre como de costumbre, o como he solido estar siempre.

—Entonces, todo va bien —dijo el señor Gradgrind.

Besó a su hija y salió de casa. Luisa regresó al tranquilo salón que tenía un ambiente de peluquería, apoyó un codo sobre la mano y volvió a sumirse en la contemplación de las chispas fugaces que con tal rapidez se convertían en cenizas.

—¿Estás ahí, Lu? —preguntó su hermano, asomando la cabeza a la puerta. Se había convertido en un caballerito dado a la buena vida y no demasiado simpático.

—Mi querido Tom —contestó Luisa, levantándose y besándolo—. ¡Cuánto tiempo hace que no has venido a visitarme!

—Es que, ¿sabes, Luisa?, he tenido otros compromisos por las noches; y durante el día, el viejo Bounderby me ha hecho trabajar bastante. Pero cuando se pasa de la raya, echo mano de ti para ablandarlo, y de esa manera nos llevamos bien... Escucha: ¿no te ha hablado nuestro padre nada de particular hoy o ayer, Lu?

—No, Tom; pero esta noche me ha dicho que deseaba hacerlo mañana por la mañana.

—A eso precisamente me refería —dijo Tom, y luego preguntó con expresión de mucho misterio—: ¿Sabes adónde ha ido esta noche?

—No.

—Entonces, te lo voy a decir. Ha ido a visitar a Bounderby. Están celebrando juntos una conferencia formal en el Banco. ¿A que no adivinas por qué se han reunido en el Banco? Te lo voy a explicar también. Según creo, para mantenerse todo lo lejos posible de los oídos de la señora Sparsit.

Luisa, con la mano descansando en el hombro de su hermano, seguía contemplando el fuego. Tomás examinó la cara de su hermana con mayor interés que de ordinario, le pasó el brazo por el talle y la atrajo hacia sí con mimo.

—Me quieres mucho, ¿verdad, Lu?

—Sí, Tom, te quiero mucho, aunque vengas tan de tarde en tarde a visitarme.

—Pues bien, hermana mía —díjole Tom—: con esto que dices te acercas a mi propio pensamiento. Podríamos estar juntos muchísimo más a menudo..., ¿no te gustaría? Siempre juntos, casi..., ¿no te gustaría? ¡Qué satisfacción más grande sería para mí el que te resolvieses a una cosa que yo me sé, Lu! Sería magnífico para mí. ¡Sería una verdadera felicidad!

La falta de interés que demostraba Luisa desorientó a Tom en su escrutinio astuto. No consiguió sacar nada del examen de aquella cara. Apretó la presión de su brazo y la besó en la mejilla. Luisa le devolvió el beso, pero siguió contemplando el fuego.

—Escúchame, Lu. Me decidí a venir nada más que para apuntarte lo que ocurre; me suponía que ya tú lo habrías adivinado en lo fundamental, aunque nada te hubiesen dicho. No puedo quedarme más tiempo, porque estoy comprometido esta noche con algunos amigos. ¿Tendrás presente en todo momento lo mucho que me quieres?

—Sí, querido Tom, lo tendré presente.

—Eres una muchacha estupenda —díjole Tom—. Adiós, Lu.

Ella lo despidió con un «Buenas noches» cariñoso y salió a acompañarle hasta la puerta de la calle, desde donde podían verse los fuegos de Coketown que daban al panorama un brillo siniestro. Luisa permaneció allí mirando fijamente hacia ellos y escuchando el ruido de los pasos de su hermano, que se alejaba. Los pasos se fueron extinguiendo rápidamente, gozosos de verse lejos del Palacio de Piedra; pero Luisa permaneció todavía en el mismo lugar, cuando ya su hermano estaba lejos y reinaba el silencio. Parecía como si en el fuego de dentro de la casa primero, y en la neblina encendida del exterior después, tratase de descubrir cómo sería la trama que el tiempo eterno, el más grande y más antiguo de todos los hilanderos, tejería con los hilos que le habían servido ya para hilar una mujer. Pero la fábrica del tiempo se encuentra en un lugar secreto, su trabajo no se siente y sus brazos son mudos.

CAPÍTULO XV: PADRE E HIJA

Aunque el señor Gradgrind en nada se parecía a Barba Azul, pudiera decirse que su habitación era una cámara azul, de tanto como en ella abundaban los libros azules. Si eran capaces de demostrar algo —y por lo general podían demostrarlo todo—, era allí donde lo demostraban, formando un ejército cada vez más fuerte por la constante llegada de nuevos reclutas. En aquel departamento encantado se calculaban las más complicadas cuestiones sociales, se reducían a totales exactos, y finalmente, se resolvían..., siendo una lástima que no se enterasen de ello las personas a quienes más directamente interesaba. Lo mismo que si se construyese un observatorio sin abertura alguna al mundo exterior, y el astrónomo, aislado en su interior, dispusiese una reproducción del mundo estelar sin más recursos que pluma, tinta y papel, también el señor Gradgrind, dentro de su observatorio —y hay muchas gentes como él—, era capaz, sin echar una ojeada a las hormigueantes miríadas de seres humanos que había en torno suyo, de disponer de sus destinos en la pizarra y de enjugar todas sus lágrimas con un sucio trocito de esponja.

Luisa se dirigió, pues, la mañana que se le había indicado, a este observatorio: una habitación severa, con un reloj brutalmente estadístico que medía cada segundo con una pulsación que semejaba un martillazo dado en la tapa de un féretro. Una de las ventanas se abría hacia Coketown; cuando Luisa se sentó junto a la mesa de su padre, vio las altas chimeneas y las largas columnas de humo destacándose sombríamente a distancia.

—Querida Luisa —díjole su padre—, anoche te preparé con objeto de que me prestases tu atención más seria en la conversación que ahora vamos a tener juntos. Has recibido una educación tan esmerada y has respondido con tal perfección a la educación que has recibido..., de lo que me felicito..., que tengo una completa confianza en tu buen juicio. No eres impulsiva, no eres romántica, estás habituada a mirarlo todo desde el terreno sólido y desapasionado de la razón y del cálculo. Sé que mirarás y examinarás lo que voy a comunicarte únicamente desde ese terreno.

Se calló un momento, esperando, como si le hubiese agradado que ella dijese algo. Pero Luisa no despegó los labios.

—Luisa, querida mía, me ha sido hecha, con relación a tu persona, una oferta de casamiento.

Esperó otra vez, y tampoco ahora dijo ella una palabra. Este silencio le sorprendió tanto, que le indujo a repetir afectuosamente:

—Una oferta de casamiento, querida.

Y entonces ella contestó, sin dar señal alguna de emoción:

—Os oigo, padre. Os estoy escuchando, tened la seguridad.

—¡Vaya! —exclamó el señor Gradgrind, iniciando una sonrisa, después de haber permanecido un momento sin saber qué pensar—. Eres todavía menos vehemente de lo que yo me imaginaba, Luisa. ¿O es que no te pilla de sorpresa el anuncio que estoy encargado de hacerte?

—No os podría contestar, padre, antes de haberos oído. Me pille o no de sorpresa, deseo saberlo todo de vuestros labios. Deseo que vos mismo me lo planteéis, padre.

Aunque parezca extraño, la verdad es que en aquel momento la atención del señor Gradgrind estaba menos reconcentrada que la de su hija. Tomó en la mano una plegadera, la dio vuelta, la colocó otra vez sobre la mesa, la agarró de nuevo, y aun entonces tuvo que mirar la hoja, del mango a la punta, pensando en la manera de seguir adelante.

—Eso que acabas de decirme, Luisa, está muy puesto en razón. He tomado, pues, a mi cargo el hacerte saber..., en una palabra, que el señor Bounderby me ha comunicado que viene desde hace tiempo contemplando con especial interés y satisfacción tus adelantos y que abrigaba desde hace tiempo la esperanza de que llegase al cabo el momento de ofrecerte su mano en matrimonio. Este momento, que él ha estado aguardando tanto tiempo y con una constancia cuya grandeza no se puede negar, ha llegado ya. El señor Bounderby me ha hecho a mí su propuesta de matrimonio, rogándome que te la transmita, juntamente con su esperanza de que le des una favorable acogida.

Silencio entre los dos. El reloj brutalmente estadístico sonaba muy a hueco. El humo lejano era muy negro y muy pesado.

—Padre —dijo Luisa—, ¿creéis que yo amo al señor Bounderby?

Pregunta tan inesperada desconcertó por completo al señor Gradgrind y le hizo contestar:

—La verdad..., hija mía..., yo..., claro está..., no me arriesgaría a decir...

—Padre —dijo Luisa, en idéntico tono de voz que antes—, ¿me pedís que ame al señor Bounderby?

—Mi querida Luisa, no... No. Yo no te pido nada.

—Padre —prosiguió ella—, ¿me pide el señor Bounderby que le ame? El señor Gradgrind contestó:

—La verdad, querida, que es difícil contestar a tu pregunta.

—¿Es difícil contestar a ella, sí o no, padre?

—Desde luego, querida, porque... —aquí se le presentaba una ocasión de demostrar algo, y al señor Gradgrind se afirmó otra vez—, porque la contestación depende esencialmente del sentido en que empleemos esa palabra, Luisa. Empecemos porque el señor Bounderby no te hace la injusticia, ni se la hace a sí mismo, de aspirar a nada que sea imaginativo, fantástico, ni..., (empleando términos que son todos sinónimos), ni sentimental. Si el señor Bounderby se dirigiese a ti en ese terreno, si fuese capaz de olvidarse de lo que debe a tu buen sentido, por no decir de lo que debe al suyo, de poco le habría servido el haberte visto crecer ante sus ojos. De modo, pues, que acaso la palabra en sí misma... y esto es nada más que una indicación que te hago, querida mía..., esté un poco fuera de lugar.

—¿Y qué otra palabra me aconsejaríais que emplease en lugar de ella, padre?

El señor Gradgrind se había ya recobrado para entonces, y dijo:

—Verás, mi querida Luisa. Yo te aconsejaría..., puesto que me lo preguntas..., que mires la cuestión de la manera que se te ha enseñado a mirarlas todas: simplemente, como una cuestión de realidades tangibles. Las personas ignorantes y frívolas podrían quizá dificultar asuntos como ése con fantasías sin trascendencia y con otros absurdos que, si se mira bien, no tienen realidad, realidad tangible; pero no es adularte el decir que tú sabes más, que eres más inteligente que eso. Pues bien: ¿cuáles son en este caso las realidades? Tienes, en términos redondos, veinte años, y el señor Bounderby, también en términos redondos, cincuenta. Existe cierta disparidad entre vuestras edades, pero no la hay, en absoluto, entre vuestra posición social y vuestros medios de fortuna; al contrario, concuerdan admirablemente. Surge, pues, la cuestión: ¿es suficiente esa disparidad para poner un obstáculo insuperable a este matrimonio? Al estudiar esta cuestión, no es cosa baladí el tomar en consideración las estadísticas de matrimonios de que disponemos hasta ahora en Inglaterra y el País de Gales. Estudiando las cifras, veo yo que una gran proporción de los matrimonios han sido contraídos entre parejas de edades muy desiguales y que en más de las tres cuartas partes de estos casos es el novio el de mayor edad de ambos contrayentes. Para demostrar que esto es una ley que prevalece extensamente, bastará destacar el que los datos más dignos de tenerse en cuenta que nos han sido suministrados por viajeros arrojan resultados similares entre los indígenas de las posesiones británicas de la India, en una parte considerable de la China y entre los calmucos de Tartaria. Esta disparidad, pues, que he mencionado, deja casi de serlo, y, virtualmente, desaparece.

Luisa, a cuya reservada compostura no afectaron en nada resultados tan agradables, preguntó:

—¿Qué término me recomendaríais, pues, padre, que emplease en lugar de la palabra que antes empleé? ¿En lugar de la expresión que estaba fuera de lugar?

Su padre le contestó:

—Para mí, la cosa no puede estar más clara, Luisa. Moviéndote dentro de la rigidez de los hechos reales, la cuestión de hecho que tú te planteas es ésta: ¿Me pide el señor Bounderby que me case con él? Sí, me lo pide. La otra y única cuestión que te resta por hacer es: ¿Debo casarme con él? Creo que no cabe cosa más clara.

—¿Debo casarme con él?

—Luisa hizo esta pregunta con gran resolución.

—Exactamente. Como padre tuyo, me complace, mi querida Luisa, el saber que no vas a plantearte esta cuestión con los prejuicios de pensamiento y de costumbres que son comunes a muchas jóvenes.

—No lo haré así, padre —contestó Luisa. El señor Gradgrind prosiguió:

—Y ahora te dejo para que lo pienses por ti misma. Te he planteado el caso de la manera que estos casos se plantean entre personas de inteligencia práctica; te lo he planteado de la misma manera que se planteó a su tiempo el caso de tu madre y el mío. Lo demás, mi querida Luisa, te toca decidirlo a ti.

Desde el principio de la conversación, Luisa no había quitado la vista de encima a su padre. Ahora, cuando éste, a su vez, se apoyó en el respaldo de la silla y puso sus ojos hundidos en su hija, quizá hubiera podido advertir en ella un titubeo que duró un instante y en el que se sintió impelida a arrojarse sobre su pecho para confiarle los sentimientos acorralados en su corazón. Para eso habría tenido que saltar de pronto por encima de todas las barreras artificiales que durante tantos años había venido su padre levantando entre sí mismo y las sutiles esencias de humanidad que se burlarán siempre de todas las astucias del álgebra hasta que suene la trompeta final y dé al traste definitivamente hasta con la misma álgebra. Esas barreras eran muchas y muy altas para poder salvarlas de un solo salto. Su cara inflexible, utilitaria, realista, endureció otra vez a su hija; y aquel impulso momentáneo salió despedido hacia la sima sin fondo del pasado, para mezclarse con todas las oportunidades perdidas que allí han quedado anegadas.

Luisa apartó los ojos de su padre y permaneció sentada, mirando en silencio, hacia la ciudad, durante tanto rato, que aquél acabó por decirle:

—¿Acaso estás pidiendo consejo a las chimeneas de Coketown, Luisa? Ésta le contestó rápidamente:

—Ahora no se ve más que humo lánguido y monótono. Sin embargo, cuando la noche llega, padre, estalla el fuego.

—Lo sé, Luisa; pero no veo a qué viene tal observación.

Para ser justos con el señor Gradgrind hay que decir que, en efecto, no lo veía. Luisa hizo a un lado el tema con un ligero vaivén de la mano y concentró su atención en su padre para decirle:

—Padre, muchas veces he pensado en que la vida es muy corta.

Era éste un tema tan del gusto del señor Gradgrind, que se apresuró a decir:

—Sin duda que es corta, querida mía. Sin embargo, está demostrado que el término medio de la vida humana ha subido en los últimos tiempos. Este hecho ha quedado establecido por las estadísticas de las compañías de seguros de vida y de rentas vitalicias, además de otros cálculos que no permiten el error.

—Yo hablaba de mi propia vida, padre.

—¡Ah!, ¿sí? Sin embargo, no puedo menos de hacerte observar, Luisa, que ella está gobernada por las mismas leyes que gobiernan en conjunto todas las vidas.

—Yo quisiera hacer, en ese corto espacio de mi vida, lo poco que puedo y lo poco para que sirvo. Lo demás, ¿qué importa?

El señor Gradgrind se quedó sin saber qué pensar de estas últimas palabras, y contestó:

—¿Cómo que qué importa? ¿A qué te refieres, querida?

Luisa siguió exponiendo, firme, sin desviarse y sin mirarle, su pensamiento:

—El señor Bounderby me pide que me case con él, La pregunta que yo he de hacerme es ésta: ¿Debo casarme con él? ¿No es así, padre? Vos mismo me lo habéis dicho. ¿No es cierto, padre?

—Certísimo, hija mía.

—Pues bien: ya que el señor Bounderby se conforma con aceptarme en estas condiciones, yo, por mi parte, acepto su propuesta. Decidle, padre, lo antes que podáis, que mi respuesta es esa. Repetídsela, si os es posible, al pie de la letra, porque desearía que él supiese exactamente mi contestación.

El padre le contestó con acento aprobatorio:

—Es muy justo, querida mía, el proceder con exactitud.

Me atendré a lo que con mucha propiedad me pides. ¿Tienes algún deseo especial en lo referente a la época de vuestra boda?

—Ninguno, padre. ¿Qué importancia tiene eso?

El señor Gradgrind había acercado un poco más su silla a la de su hija y la había tomado de la mano. La insistencia de su hija en que repitiese sus palabras sonaba en sus oídos como un pequeño desacorde. Estuvo unos momentos mirándola a la cara, sin soltar la mano de su hija, y le habló así:

—Luisa, no me ha parecido indispensable el hacerte una pregunta que implica determinada posibilidad que yo juzgo demasiado remota. Sin embargo, acaso debí hacerlo. Dime: ¿has recibido alguna vez en secreto alguna otra propuesta de matrimonio?

Ella le replicó, casi en tono de mofa:

—Padre, ¿es que ha habido posibilidad de que alguien me hiciese otra propuesta? ¿Con quién me he tratado yo? ¿A qué sitios he ido? ¿Qué ocasiones se le han presentado a mi corazón?

—Mi querida Luisa, esa rectificación que me haces es muy justa. Sólo quise cumplir con un deber —contestó el señor Gradgrind, tranquilizado y satisfecho.

Luisa, por su parte, prosiguió sin alterarse:

—¿Qué sé yo, padre, de gustos y de caprichos, de aspiraciones y de cariños, de toda aquella parte de mi naturaleza en la que hubieran podido alimentarse semejantes frivolidades? ¿Qué posibilidades he tenido yo para evadirme de problemas cuya demostración era posible y de realidades que podían tocarse con la mano?

Al decir esto, Luisa cerró inconscientemente la mano, como si agarrase un objeto sólido, y luego la abrió lentamente, figurando que dejaba escapar polvo o ceniza. Su eminentemente práctico padre dijo:

—Eso es cierto, eso es muy cierto, querida mía.

—Padre, ¿cómo se os ha ocurrido hacerme pregunta tan extraña? Mi corazón no fue siquiera lugar inocente de refugio para las preferencias infantiles que, según tengo entendido yo misma, son corrientes entre los niños pequeños. De tal manera os habéis preocupado de mí, que jamás tuve corazón de niña. Tan admirablemente me habéis educado, que jamás tuve un ensueño de niña. Me habéis tratado tan sabiamente desde la cuna hasta este mismo momento, padre mío, que jamás tuve ni la fe de niña ni el temor de niña.

El señor Gradgrind, conmovido por su éxito y por el reconocimiento que del mismo hacía su hija, dijo:

—Mi querida Luisa, tú me pagas con superabundancia mis cuidados. Bésame, querida niña.

Así fue como su hija le besó. El padre, reteniéndola en su abrazo, dijo:

—Ten la seguridad, hija mía preferida, de que la sana resolución a que has llegado me hace feliz. El señor Bounderby es un hombre muy notable, y el tono conseguido por tu inteligencia sirve sobradamente de contrapeso a la pequeña disparidad que pudiera decirse que existe entre vosotros, si es que existe. Mi finalidad en tu educación fue siempre la de que, aun en tu primera juventud, fueses de cualquier otra edad, si es que puedo expresarme de este modo. Bésame otra vez, Luisa. Y ahora, vamos los dos a ver a tu madre.

Se dirigieron, pues, al cuarto de estar, situado en la planta baja, que era donde estaba esa apreciada señora carente de juicio, recostada como siempre y acompañada de Cecilia, que trabajaba a su lado. Cuando su marido y su hija entraron, dio ella débiles muestras de reanimarse y la apagada transparencia de su figura cambió de posición, apareciendo sentada.

Su marido, que estuvo esperando con cierta impaciencia a que ella acabase este cambio de postura, díjole:

—Señora Gradgrind, permitidme que os presente a la señora Bounderby.

—¡Vaya! Veo que lo habéis arreglado —contestó la interpelada—. Pues bien, Luisa: ten la seguridad de que deseo que tu salud sea buena;

porque si tu cabeza empieza a desquiciarse en cuanto estés casada, como me ocurrió a mí, no puedo decir que mereces que te tengan envidia, aunque tú, igual que todas las muchachas, creerás que eres digna de envidia. Sin embargo, te felicito, querida mía, y espero que sabrás sacar partido ahora de todos esos estudios que has hecho. Déjame, Luisa, que te dé un beso de congratulación; pero ten cuidado de no tocarme en el hombro derecho, porque todo el día me está escarabajeando algo por ese lado. Pero, mira lo que son las cosas: yo voy a estar preocupada mañana, tarde y noche, por cómo voy a llamarle a él —dijo la señora Gradgrind gimoteando y ajustándose el chal después de la cariñosa ceremonia.

—¿Qué queréis decir con eso, señora Gradgrind? —exclamó solemnemente su marido.

—Digo que cómo voy a llamarle a él cuando esté ya casado con Luisa; porque de alguna manera he de llamarle. Es imposible —dijo la señora Gradgind, con un sentimiento en el que se mezclaban la cortesía y el resentimiento— que converse con él constantemente sin darle un nombre. No puedo llamarle Josías, nombre que me resulta insoportable. No hay ni que hablar de que yo le llame Josi, porque eso os resultaría insoportable. ¿Voy a tratar a mi hijo político de caballero? Creo que no, a menos que haya llegado ya el momento de que toda mi parentela me pisotee como a una inválida. Decidme pues, ¿cómo voy a llamarle?

Como ninguno de los presentes tuviese una indicación que hacer a propósito de tan extraordinaria circunstancia, la señora Gradgrind abandonó de momento esta vida, después de poner el siguiente codicilo a las observaciones anteriores:

—En cuanto a la boda, todo lo que yo pido, Luisa..., y lo pido con el corazón presa de un temblor que se extiende en realidad hasta las plantas de mis pies..., es que tenga lugar lo antes posible. Sé muy bien que si no se realiza lo antes posible, será uno más de tantos asuntos de los que yo no acabo de ver el fin.

En el momento en que el señor Gradgrind hizo la presentación de la señora Bounderby, Cecilia volvió súbitamente la cabeza y miró a Luisa con una mirada en que había asombro, compasión, pesar, duda y otra multitud de sentimientos. Sin mirar a Cecilia, Luisa tuvo la sensación de aquella mirada; lo vio todo. Desde aquel mismo momento se mostró impasible, altiva, fría, mantuvo de allí en adelante a distancia a Cecilia, y cambió por completo hacia ella.

CAPÍTULO XVI: MARIDO Y MUJER

El primer desasosiego que acometió al señor Bounderby en cuanto tuvo conocimiento de su dicha, surgió de la necesidad de comunicarla a la señora Sparsit. Por más vueltas que le daba, no se le ocurría la manera de hacerlo, ni cuáles podrían ser las consecuencias de aquel paso: ¿cargaría instantáneamente con todo el equipaje para marcharse a casa de lady Scadgers, o se negaría terminantemente a moverse de donde estaba? ¿Se mostraría quejosa o insultante, derramaría lágrimas o arañaría? ¿Se quedaría con el corazón destrozado, o destrozaría un espejo? El señor Bounderby no acertaba a preverlo en modo alguno. Sin embargo, al no haber más remedio, tenía por fuerza que darle la noticia; después de intentar varias veces el recurso de una carta, y de fracasar siempre, decidió comunicárselo de viva voz.

Camino de su casa, la tarde elegida para realizar su trascendental propósito tomó la precaución de entrar en una farmacia y de comprar un frasco de las sales de oler más fuertes. El señor Bounderby pensó para sí: «¡Por San Jorge! Si le da por desmayarse, se las voy a refregar por la nariz hasta despellejársela». Pero, a pesar de ir pertrechado de esta manera, no parecía estar muy animoso cuando entró en su propia casa; y se presentó delante del objeto de sus inquietudes lo mismo que un perro que sabe que acaba de salir de la despensa.

—Buenas tardes, señor Bounderby.

—Buenas tardes, señora; buenas tardes.

El señor Bounderby acercó su silla a la chimenea, y la señora Sparsit hizo atrás la suya, como diciendo: «El fuego es vuestro, caballero. Lo reconozco plenamente. Tenéis derecho a ocuparlo todo, si ese es vuestro gusto».

—No os vayáis al Polo Norte, señora —dijo el señor Bounderby.

—Gracias, caballero —contestó la señora Sparsit, y avanzó de nuevo la silla, aunque no tan cerca del fuego como antes.

El señor Bounderby permanecía sentado, viendo cómo ella abría agujeros, con finalidades decorativas, indescifrables, en una pieza de batista, sirviéndose de las puntas de unas tijeras duras y afiladas. Relacionando esta ocupación con las pobladas cejas y la nariz romana de la señora Sparsit, sugería con bastante viveza la imagen de un halcón ocupado en picotear los ojos de un pajarillo poco tierno. Estaba tan absorta en su tarea, que transcurrieron bastantes minutos antes que alzase los ojos de la misma; al hacer esto, el señor Bounderby solicitó su atención con un movimiento nervioso de la cabeza. Antes de hablar, se metió las manos en los bolsillos y se cercioró con la derecha de que el frasco tenía el corcho en disposición de prestar servicio en el acto:

—Señora Sparsit..., señora..., nunca tuve oportunidad para deciros que, además de ser una dama ilustre por nacimiento y por alcurnia, sois una mujer extraordinariamente razonable.

—Señor, no es esta la vez primera que me honráis con parecidas expresiones de la buena opinión en que me tenéis —replicó la dama.

—Señora Sparsit..., señora, voy a dejaros asombrada.

—¿Cómo así, señor? —replicó la señora Sparsit en tono de interrogación y con el acento más tranquilo posible.

Por regla general, solía usar mitones; dejó a un lado la labor que hacía, y alisó los mitones.

—Señora, voy a casarme con la hija de Gradgrind.

—¡Vaya! ¡Pues que seáis muy feliz, señor Bounderby! ¡Que seáis muy feliz, señor; eso es lo que os deseo! —replicó la señora Sparsit.

Lo dijo con una deferencia tan grande y también con una compasión hacia él tan grande, que Bounderby..., mucho más desconcertado que si ella hubiese arrojado su caja de labores contra el espejo, o hubiese caído desvanecida sobre la esterilla del hogar..., apretó bien el corcho del frasco de sales que tenía en el bolsillo y pensó: «Condenada mujer, ¿quién podía prever que lo tomaría de esta manera?».

—Con todo mi corazón os deseo, señor, que tengáis ocasión de ser muy feliz en todos los conceptos.

La señora Sparsit dijo esto con magnífico aire de superioridad, como si con ello dejase establecido su derecho a compadecerlo cuando llegase el momento. El señor Bounderby le contestó en un tono en el que se advertía cierto resentimiento, aunque a su pesar, porque intentó disimularlo:

—Os quedo, señora, muy reconocido, y confío en que no podré menos de ser feliz.

—¿En esa creencia estáis, señor? Es natural, desde luego. ¿Cómo no vais a estarlo? —exclamó la señora Sparsit con mucha afabilidad.

Se produjo un silencio muy violento por parte del señor Bounderby. La señora Sparsit reanudó sosegadamente su trabajo, con una ligera tosecita de cuando en cuando, tosecita que sonaba como una expresión de fuerza y de indulgencia consciente. El señor Bounderby reanudó el diálogo:

—Pues bien, señora; he pensado que, en tales circunstancias, no resultaría agradable a una personalidad como vos el seguir aquí, aunque vuestra presencia sería muy bien recibida.

—¡Naturalmente, señor, que no podría yo pensar en ello ni por un solo instante!

La señora Sparsit cabeceó negativamente, sin apearse de su tono de elevada superioridad, y su tosecilla cambió un poco..., tosiendo ahora como si brotase dentro de ella el espíritu profético y juzgase preferible acallarlo a toses.

—Sin embargo, señora, en el edificio del Banco existen departamentos en los que una dama de ilustre nacimiento y alcurnia, con el cargo de encargada de la buena conservación del local, quizá fuese una adquisición; si con ello y los mismos emolumentos...

—Perdón, caballero. Os recuerdo que tuvisteis la bondad de prometerme que, en lugar de esas palabras, emplearíais siempre la frase de «regalo anual».

—¡Perfectamente, señora! Regalo anual. Si os dignaseis recibir el mismo regalo anual..., ¿qué queréis que os diga?..., no veo, por mi parte, nada que nos obligue a separarnos, a menos que vos lo veáis.

La señora Sparsit replicó:

—Señor, el ofrecimiento es digno de vos, y si el cargo que he de ocupar en el Banco no implica un descenso todavía mayor en la escala social...

—¡De ninguna manera!... De otro modo, señora, no podéis suponer que yo se lo iba a ofrecer a una dama que ha vivido en la sociedad en que vos habéis vivido. No porque a mí se me dé un comino de semejante sociedad (¡ya me conocéis!), sino porque a vos sí que se os da.

—Señor Bounderby, sois muy atento.

—Tendréis vuestras propias habitaciones particulares, el carbón, velas y todo lo demás por el estilo; vuestra doncella para que os atienda, un porterito para protegeros, y con todo ello viviríais magníficamente, si me permitís el calificativo.

Eso dijo Bounderby, y la señora Sparsit le contestó:

—¡Basta, señor! Al dar por cumplida la misión que aquí tenía, no podré verme libre de la necesidad de comer el pan de la subordinación

—bien pudiera haber dicho las mollejas, porque su cena preferida era este fino bocado en una apetitosa salsa oscura—. Siendo así, prefiero recibirlo de vuestra mano antes que de la de persona alguna. Por consiguiente, acepto, señor, agradecida vuestro ofrecimiento con mi más sincera gratitud por vuestros anteriores favores. Y espero, lo espero ansiosamente, que en la señorita Gradgrind encontréis todo lo que deseáis y todo lo que merecéis.

La señora Sparsit terminó el párrafo con acento de elocuente compasión. Nada fue capaz de mover ya a la señora Sparsit de aquella posición. Fue inútil que Bounderby usase de baladronadas y se diese importancia con sus modales explosivos; la señora Sparsit estaba decidida a compadecerle, como a una víctima. Se mostró cortés, atenta, animadora, risueña; pero cuanto más cortés, más animadora, más risueña y, en conjunto, más ejemplar parecía ella, más irremisiblemente sacrificado y víctima aparecía él. Mostraba una ternura tal hacia el triste destino que le esperaba a Bounderby, que, siempre que ella le miraba, la cara redonda y rubicunda de aquél cubríase de un frío sudor.

Se fijó, entre tanto, para la solemne celebración de la boda, el plazo de ocho semanas, y el señor Bounderby acudía todas las noches al Palacio de Piedra en calidad de novio oficial. Su manera de hacer el amor en tales ocasiones tomaba la forma de pulseras, y durante todo el tiempo del noviazgo adoptó maneras fabriles. Mandaba hacer vestidos, mandaba fabricar joyas, mandaba confeccionar pasteles y guantes, mandaba hacer instalaciones y otra gran variedad de realidades tangibles que honraban debidamente el contrato matrimonial. Éste era, desde el principio hasta el fin, realismo puro. No pasaban las horas de aquel noviazgo en ninguna de las floridas escenas que poetas desatinados han presentado como obligadas en tales circunstancias; ni los relojes corrían más de prisa ni más despacio que en cualquier otra época de la vida. El reloj, brutalmente estadístico, que Gradgrind tenía en su observatorio daba un martillazo en la cabeza a cada segundo en el momento en que éste nacía, y lo enterraba con la misma imperturbable regularidad.

Llegó, pues, el día, como llegan todos los demás días a las personas que se atienen únicamente a la razón; y cuando llegó los casaron en la iglesia de las floridas patas de madera —ese orden arquitectónico tan popular—; de una parte Josías Bounderby, caballero, de Coketown, y de la otra, Luisa, hija mayor de Tomás Gradgrind, caballero, del Palacio de Piedra, representante de aquel distrito en el Parlamento. Y, después de unidos en santo matrimonio, regresaron a desayunarse al Palacio de Piedra susodicho.

Reunióse con tan fausto motivo una inteligente concurrencia; todos los allí congregados sabían los ingredientes que entraban en lo que comían y en lo que bebían; si eran productos de importación ó de exportación, y en qué cantidades, en qué barcos, si eran éstos nacionales o extranjeros, y todo lo demás que había que saber. Las damas de honor de la novia, hasta Juana Gradgrind, la más pequeña, eran, desde el punto de vista intelectual, dignas compañeras de cualquier mozo calculador, y nadie de la concurrencia comentó la menor tontería. El novio les habló después del almuerzo en estos términos:

—Señoras y caballeros, os habla Josías Bounderby, de Coketown. Puesto que nos habéis hecho a mi mujer y a mí el honor de brindar por nuestra salud y nuestra felicidad, supongo que es mi deber corresponder a vuestros brindis, aunque, como todos me conocéis, sabéis quién soy y de dónde procedo, no esperaréis que os eche un discurso el hombre que, cuando ve un poste, dice: «¡Esto es un poste!», y cuando ve una bomba dice: «¡Esto es una bomba!», y no hay cuidado que llame bomba al poste ni poste a la bomba; ni a ninguno de los dos; mondadientes. Si esta mañana queréis oír un discurso, ya sabéis dónde buscarlo: mi amigo y padre político Tom Gradgrind es miembro del Parlamento. Yo no soy vuestro hombre. Pues bien: espero que sabréis disculparme si, al mirar hoy en torno de esta mesa, me siento un poco independiente y os hago notar cuán lejos estaba de pensar en casarme con la hija de Tom Gradgrind en los tiempos en que yo era un muchacho desharrapado de la calle, que jamás se lavaba la cara como no fuese en el caño de una bomba, y esto no más veces que una cada quincena. Digo, pues, que espero que os agradará mi sentimiento de independencia; si no os agrada, ¡qué le vamos a hacer! Yo me siento independiente. Acabo de decir, y también vosotros lo habéis dicho, que hoy me he casado con la hija de Tom Gradgrind. Estoy muy contento de haberlo hecho. Lo he deseado durante mucho tiempo. He sido testigo de cómo la han educado y creo que es digna de mí. Y, al mismo tiempo..., no quiero engañaros..., creo que yo soy digno de ella. Os doy, pues, las gracias, de parte de los dos, por la benevolencia que nos habéis demostrado; y lo mejor que yo puedo desear a los concurrentes que no están casados es esto: a los solteros les deseo que encuentren una esposa tan buena como la que yo he encontrado, y a las solteras les deseo un marido como el que mi mujer ha encontrado.

Poco después de esta perorata, la feliz pareja salió para la estación, porque se dirigían en viaje de novios a Lyon, para que el señor Bounderby tuviese oportunidad de ver cómo andaba la mano de obra en aquel país, y si también allí los obreros exigían ser alimentados con cuchara de oro. Cuando la novia, vestida para el viaje, bajaba del piso principal, se encontró con Tom, que la esperaba... muy animado, quizá por efecto de sus sentimientos, quizá por efecto de la parte vinosa del almuerzo. Y cuchicheó al oído de su hermana:

—¡Eres una muchacha valiente, eres una hermana magnífica, Lu!

Luisa se abrazó a él como hubiera debido abrazarse aquel día a otro ser mucho más digno; su compostura y reserva recibieron por vez primera una sacudida.

Pero Tom exclamó:

—El viejo Bounderby está ya listo. Llegó el momento. ¡Adiós! Estaré al tanto para salir a recibirte cuando volváis. Dime, querida Lu: ¿no es una gloria vivir como vivimos ahora?

LIBRO SEGUNDO: LA COSECHA

CAPÍTULO I: EFECTOS EN EL BANCO

Un día de sol en plena canícula. A veces hace días así hasta en el mismo Coketown.

Visto Coketown desde lejos con semejante tiempo, yacía amortajado en una neblina característicamente suya, que parecía impermeable a los rayos del sol. Se advertía que allí dentro había una ciudad, porque era sabido que sin una ciudad no podía existir aquella mancha fosca sobre el panorama. Un borrón de hollín y de humo, que unas veces se inclinaba confusamente en una dirección y otras en otra; que unas veces ascendía hacia la bóveda del cielo y otras reptaba sombrío horizontalmente al suelo, según que el viento se levantaba, caía o cambiaba de cuadrante; una masa densa e informe, cruzada por capas de luz que ponían únicamente de relieve amontonamientos de negrura: así era como Coketown, visto a distancia, y aunque no se descubriese uno solo de sus ladrillos, daba indicios de sí mismo.

Lo admirable de Coketown era que existiese. Tantas veces había sido reducido a ruinas, que causaba asombro cómo había podido aguantar tantas catástrofes. Se puede afirmar que los fabricantes de Coketown están hechos de la porcelana más frágil que ha existido jamás. Por grande que sea el mimo con que se los manipule, se rompen en pedazos con tal facilidad, que lo dejan a uno con la sospecha de si no estarían antes agrietados. Cuando se les exigió que enviasen a la escuela a los niños que trabajaban, se arruinaron; cuando se nombró inspectores que inspeccionasen sus talleres, se arruinaron; cuando estos inspectores manifestaron dudas acerca del derecho que pudieran tener esos fabricantes a cortar en tajadas a los obreros con sus máquinas, se arruinaron; y cuando se insinuó la opinión de que acaso no fuese indispensable que produjesen tanto humo, se arruinaron total y definitivamente. Además de la cuchara de oro del señor Bounderby, que andaba en boca de casi todos en Coketown, era muy popular en esta ciudad otro mito, que adoptaba la forma de una amenaza. Siempre que un coketownense creíase perjudicado, es decir, siempre que se le impedía campar por sus respetos y alguien proponía que se le hiciese responsable de las consecuencias de sus actos, podíase tener la seguridad de que reaccionaría con la espantosa amenaza de que «antes arrojaría al Atlántico todos sus bienes». Esta amenaza había puesto en varias ocasiones al ministro del Interior a dos dedos de la muerte.

Sin embargo, los coketownenses eran tan patriotas, a pesar de todo, que jamás arrojaron sus bienes al Atlántico, sino que, por el contrario, tuvieron la amabilidad de cuidarlos celosamente. Allí estaba, pues, Coketown, entre la neblina lejana, creciendo y multiplicándose.

Las calles estaban abrasadas y polvorientas en aquel día de verano, y el sol era tan brillante que atravesaba el espeso vapor que caía sobre Coketown y no permitía fijar en él la vista. Los fogoneros surgían de profundas puertas subterráneas para salir a los patios de las fábricas, y tomaban asiento en gradas, postes y vallas, enjugándose los rostros ennegrecidos y mirando los carbones. La población entera daba la impresión de estar friéndose en aceite. Se percibía en todas partes un penetrante aroma de aceite caliente. Las máquinas de vapor aparecían brillantes de aceite; la ropa de los obreros tenía manchas de aceite; las fábricas, a través de todos sus pisos, destilaban y chorreaban aceite. En los palacios de hadas la atmósfera parecía el aliento del siroco, y sus moradores, desfallecientes de calor, trabajaban lánguidamente en el desierto. Pero no había temperatura capaz de devolver su juicio a los elefantes ni de enloquecerlos más de lo que estaban. Sus fastidiosas cabezas iban y venían al mismo compás con tiempo caluroso o con tiempo frío, con tiempo húmedo o con tiempo seco, con tiempo bueno o con mal tiempo. A falta del susurro de los bosques, Coketown sólo podía ofrecer el vaivén acompasado de las sombras de esos elefantes en los muros; en cambio, para sustituir el zumbido veraniego de los insectos, podía ofrecer durante todo el año, desde el amanecer del lunes hasta el anochecer del sábado, el zumbido de las transmisiones y poleas.

Zumbaban perezosamente durante todo aquel día de sol, adormilando aún más y dando más calor aún al caminante que pasaba junto a los muros susurrantes de las fábricas. Las persianas y los riegos refrescaban un poco las calles principales y los comercios: pero las fábricas, los patios y las callejuelas ardían lo mismo que un horno. Río abajo, un río negro y espeso de residuos colorantes, algunos muchachos coketownenses que estaban de asueto —una escena rarísima en dicha población— bogaban en una lancha absurda que dejaba en las aguas una estela espumosa conforme avanzaba; y a cada inmersión de los remos se removían olores nauseabundos. Pero el sol mismo, aunque produzca en general efectos beneficiosos, era menos benigno con Coketown que el frío más rudo, y rara vez clavaba fijamente su mirada en los rincones más apretados de la ciudad sin que engendrase más muerte que vida. Así es como el ojo del mismo cielo se convierte en un ojo maldito cuando unas manos incapaces o sórdidas se interponen entre él y las cosas a las que él mira para llevarles su bendición.

La señora Sparsit se hallaba sentada en su habitación de tarde del edificio del Banco, que daba al lado de mayor sombra de la hirviente calle. Habían pasado las horas de oficina, y en esa época del año, cuando el tiempo era caluroso, acostumbraba ella embellecer con su linda persona la sala de sesiones del Consejo, situada encima de las oficinas abiertas al público. Su sala de estar, la de sus habitaciones particulares, se hallaba un piso más arriba; todas las mañanas la señora Sparsit solía estar en su puesto de observación a punto para acoger al señor Bounderby, cuando éste cruzaba la calle para entrar en el Banco, con la gratitud compasiva que se merecía una víctima. Aquél llevaba ya casado un año, y ni por un instante siquiera lo había liberado, en todo ese tiempo, la señora Sparsit de su inflexible compasión.

El Banco no ofrecía ningún contraste con la monotonía absoluta de la población. Era otro edificio más de ladrillo rojo, con contraventanas exteriores negras, persianas interiores verdes, puerta de calle negra con dos escalones blancos, chapa de bronce en la puerta, punto y aparte de bronce para manillar. Su grandor era el doble que el de la casa del señor Bounderby, de igual manera que otras casas eran la mitad y hasta una sexta parte del grandor de la del señor Bounderby; pero en todos los demás detalles respondía exactamente al patrón general.

La señora Sparsit tenía conciencia de que, con acudir a la caída de la tarde a pasearse entre las mesas y los útiles de escribir, derramaba sobre la oficina una gracia femenina, por no decir también aristocrática. Sentada a la ventana con sus labores de punto o de malla, enorgullecíala el sentimiento de que con su porte de verdadera dama suavizaba el rudo aspecto de aquel lugar. Bajo la impresión de representar papel tan interesante, considerábase la señora Sparsit como una especie de hada del Banco. Las gentes de la población, que en sus idas y venidas por la calle la veían allí, mirábanla como el dragón del Banco que vigilaba los tesoros de la mina.

La señora Sparsit sabía tan poco como ellas en qué consistían tales tesoros. Los renglones principales del catálogo que ella se había formado eran monedas de oro y de plata, papeles valiosos, secretos que, de divulgarse, acarrearían catástrofes indefinidas a personas indefinidas

—aunque esas personas indefinidas fuesen, por lo general, aquellas que a ella le inspiraban antipatía—. Fuera de esto, ella sabía que después de las horas de oficina era la única reina de todo el mobiliario del Banco, y de una cámara acorazada y cerrada con tres llaves, junto a la puerta de la cual apoyaba todas las noches su cabeza el porterito joven, tumbado en un catre que desaparecía en las primeras horas del día. Era, además, señora única de ciertos sótanos abovedados, apartados de toda comunicación con el mundo rapaz gracias a picas afiladas de hierro, y de las reliquias del trabajo del día anterior, consistentes en manchones de tinta, plumillas estropeadas, fragmentos de obleas y papeles rotos, en trozos tan menudos que la señora Sparsit no logró descifrar en ellos nada interesante cuantas veces lo intentó. Por último, tenía bajo su custodia un pequeño arsenal de machetes y carabinas dispuestos en orden vengativo encima del delantero de la chimenea de uno de los despachos, y tenía, además, algo que constituye una tradición inseparable de todos los locales de negocio que se jactan de ricos: una hilera de cubos para casos de incendio, vasijas que no sirven absolutamente de nada cuando el incendio se produce, pero que (era cosa probada) ejercían sobre cuantos los miraban un admirable efecto moral, equiparable casi al de las barras de oro.

El imperio de la señora Sparsit se completaba con una criada sorda y el porterito rubio. Se susurraba que la criada sorda era persona rica; durante bastantes años corría entre las gentes más pobres de Coketown el dicho de que alguien la mataría cualquier noche para robarle su dinero cuando el Banco estuviese cerrado. Tenían incluso la convicción de que ya debía haberse producido el hecho y que la sorda hubiera debido caer desde bastante tiempo antes; pero ella se había aferrado a su vida y a su posición con una tenacidad antipática que molestaba y defraudaba a muchos.

El servicio de té para la señora Sparsit acababa de ser colocado en una mesita coquetona, cuyas tres patas habían adoptado una actitud que sólo se permitían tomar después de las horas de oficina, a la par de la mesa severa, larga y forrada de cuero, que acaparaba el centro de la habitación. El porterito rubio colocó encima de la mesita la bandeja, y se golpeó la frente con los nudillos de la mano, a guisa de saludo. La señora Sparsit le dijo:

—Gracias, Bitzer.

—Las gracias a vos, señora —le contestó el porterito rubio.

Era, desde luego, un porterito rubio, tan rubio como en los días aquellos en que hizo entre pestañeos la definición del caballo para que sirviese de lección a la muchacha número veinte.

—¿Está cerrado todo, Bitzer?

—Todo está cerrado, señora.

Al servirse el té, preguntóle la señora Sparsit:

—¿Qué noticias hay por ahí...? ¿Nada...?

—La verdad, señora, que lo que he oído nada tiene de particular. Nuestra gente del pueblo es mala gente, señora; pero esto, por desgracia, no es ninguna novedad.

—¿Y qué es lo que hacen ahora esos descontentadizos individuos?

—Lo de siempre, señora. Formar uniones, coligarse, solidarizarse unos con otros.

La nariz de la señora Sparsit se hizo más romana aún, y sus cejas más a lo Coriolano a fuerza de adoptar una actitud severa.

—Es muy de lamentar que la Unión de patronos tolere que se formen esas ligas de una clase social.

—Así es, señora —dijo Bitzer.

—Estando unidos ellos, debían, todos a una, negarse a dar trabajo a ningún hombre que estuviese coligado con otro.

—Ya lo hicieron, señora; pero no dio resultado.

—Yo no me tengo por entendida en estas materias —dijo la señora Sparsit con dignidad—. He tenido, por mi nacimiento, que moverme en una esfera completamente distinta, porque el señor Sparsit, por el hecho de ser un Powler, hallábase también completamente apartado de esta clase de luchas. Sé únicamente que es preciso sujetar a estas gentes de una vez y para siempre, y que esto debía haberse realizado hace ya mucho tiempo.

Bitzer replicó, exteriorizando un gran respeto hacia la autoridad de oráculo de la señora Sparsit:

—En efecto, señora; no es posible exponer el asunto con mayor claridad, no es posible, señora.

Era el momento acostumbrado para su pequeña charla confidencial con la señora Sparsit; como, por la expresión de sus ojos, Bitzer había visto que esta señora iba a preguntarle algo, hizo como que arreglaba reglas, tinteros y demás útiles, mientras la dama seguía tomando el té y contemplando por la abierta ventana el espectáculo de la calle. La señora Sparsit preguntó por fin:

—¿Ha sido día de mucho movimiento, Bitzer?

—No, milady; el movimiento no ha sido mucho; más o menos como en los días corrientes.

El muchacho, simulando un involuntario tributo a la dignidad personal y a los títulos de respeto que correspondían a la señora Sparsit, dábale de cuando en cuando el tratamiento de milady en lugar del de señora.

La señora Sparsit, sacudiendo con mucho cuidado una miga imperceptible de pan y mantequilla que le había caído al mitón de la mano izquierda, preguntó:

—Y qué, ¿sigue el personal siendo tan de confianza, trabajador y puntual como de costumbre?

—Sigue portándose bastante bien, señora..., con la excepción de siempre.

Bitzer desempeñaba el respetable cargo de espía e informador general en el establecimiento; en pago a este servicio voluntario, recibió, con ocasión de las últimas Navidades, un regalo especial, además del sueldo de una semana, y por encima de éste. Se había convertido en un mozo muy calculador, precavido, prudente y que haría con seguridad carrera.

Su cerebro funcionaba con exactitud matemática y carecía en absoluto de sentimientos y de pasiones. Todos sus actos estaban inspirados en el más refinado y frío cálculo; y no sin motivo solía decir la señora Sparsit, refiriéndose a él, que era el joven de más sólidos principios que ella había conocido jamás. Convencido, a la muerte de su padre, de que su madre tenía derecho a ser asilada en Coketown, el joven economista hizo valer ese derecho con tan tenaz apego a las normas jurídicas, que logró verla encerrada desde entonces en la casa-asilo municipal. Para ser justos, aunque el hecho constituía en él una debilidad, hay que decir que le llevaba anualmente una libra de té; constituía esto una debilidad en él, en primer término, porque todos los regalos marcan una tendencia inevitable a empequeñecer al que los recibe, y, en segundo lugar, porque, puesto a comprar té, lo lógico hubiera sido que lo comprase al más bajo precio posible y que lo vendiese al precio más alto que pudiera conseguir; es cosa comprobada por todos los filósofos que los deberes del hombre se reducen a esto...; no una parte de sus deberes, sino la totalidad de los mismos. Al cabo de unos momentos volvió a repetir:

—Sigue portándose bastante bien, señora..., con la excepción de siempre.

—¡Ah! —exclamó la señora Sparsit, bebiendo un gran sorbo de té, después de mirar la taza cabeceando.

—Sí; me refiero al señor Tomás. Recelo bastante del señor Tomás, señora; no me gustan, en modo alguno sus maneras de comportarse.

La señora Sparsit le contestó con gran solemnidad:

—Bitzer, ¿ya no os acordáis de lo que os tengo dicho a propósito de nombres propios?

—Perdonadme, señora; es muy cierto que me prohibisteis emplear nombres propios, y reconozco que siempre es mejor no pronunciarlos.

La señora Sparsit prosiguió con su aire solemne:

—Os ruego que recordéis que yo ocupo aquí un cargo, que yo tengo aquí una misión bajo los auspicios del señor Bounderby. Por muy improbable que pareciese hace algunos años el que yo me viese dependiendo del señor Bounderby, sirviéndole por un regalo anual, no tengo más remedio que pensar en dicho señor desde ese punto de vista. Yo he merecido del señor Bounderby todos los respetos debidos a mi posición en la sociedad y todas las atenciones correspondientes a mi alcurnia que yo podía ambicionar. Más, muchas más. De aquí que mi protector merecerá siempre mi más escrupulosa lealtad. Si yo permitiese que bajo este techo que nos cubre se tomasen en boca nombres propios de personas con las que, por desgracia, por gran desgracia (no tengáis duda alguna al respecto), estamos relacionados, no creería, no querría creer, no podría creer que me portaba con escrupulosa lealtad.

Bitzer se golpeó de nuevo la frente con los nudillos de la mano, y de nuevo pidió perdón. La señora Sparsit prosiguió:

—No. Bitzer; no pronunciéis nombres propios; decid un individuo, y entonces podré escucharos; pero si nombráis a don Tomás tendréis que perdonarme que no os escuche.

Bitzer dio un salto atrás en el diálogo, y dijo:

—Con la excepción del individuo de siempre.

—¡Ah!

La señora Sparsit repitió la exclamación de antes, el cabeceo y el gran sorbo de té, como si con ello reanudase la conversación en el punto en que había sido interrumpida.

—El tal individuo, señora, no se comportó jamás como debía desde el momento mismo en que entró en estas oficinas. Es un vago, manirroto y crapuloso. No se merece el pan que come, señora, y tampoco sabría ganárselo, si no contase con un amigo y pariente en la Corte.

—¡Ah! —exclamó la señora Sparsit con otro cabeceo melancólico.

—Lo único que yo desearía, señora, es que su amigo y pariente no le proveyese de medios para seguir llevando la vida que lleva. Por lo demás, señora, bien sabemos vos y yo de qué bolsillo sale el dinero que gasta.

—¡Ah! —suspiró de nuevo la señora Sparsit, con otro cabeceo melancólico.

—Hay que compadecerlo, señora. Esa última persona a la que he aludido, merece, señora, que la compadezcamos.

—En efecto, Bitzer; yo siempre, siempre, he compadecido a los que viven en un engaño.

Bitzer se aproximó más, y dijo, bajando la voz:

—En el terreno personal, es un individuo tan poco precavido como el que más en esta ciudad, y vos sabéis muy bien cuán poco precavidos son en esta ciudad. Nadie puede saberlo mejor que una dama de vuestra alta categoría.

—Harían todos ellos bien en tomar ejemplo de vos, Bitzer —replicó la señora Sparsit.

—Muchas gracias, señora. Y, puesto que habéis hablado de mí, ved cómo soy. He conseguido poner ya de lado algunos ahorros. El regalo que recibí por Navidad, señora, ni siquiera lo he tocado. No gasto ni aun la totalidad de mi salario, aunque éste sea bien poco elevado. ¿No pueden hacer ellos lo mismo que yo he hecho? Lo que una persona es capaz de hacer, también puede hacerlo otra cualquiera.

Este último era otro de los mitos de Coketown. Cualquiera de sus capitalistas, de los que habían llegado a reunir sesenta mil libras esterlinas empezando con medio penique, salía de pronto y en cualquier ocasión preguntando asombrado por qué los sesenta mil obreros manuales que, más o menos, había en Coketown no se las arreglaban para convertir, todos y cada uno de ellos, su medio penique en sesenta mil libras, viniendo a reprocharles que no fuesen capaces de llevar a cabo una cosa tan sencilla. «Lo que yo hice, vos también podéis hacerlo. ¿Por qué no ponéis manos a la obra y lo lleváis a cabo?».

—Y sobre el asunto de si necesitan diversiones, creo, señora, que todo son tonterías y ganas de hablar. Yo, por ejemplo, no necesito diversiones. Nunca las necesité y nunca las necesitaré. No me agradan. Otro tema, el de sus asociaciones: estoy seguro de que hay muchos entre ellos que podrían beneficiarse un poco de cuando en cuando, en dinero o en protección, mejorando de este modo su nivel de vida, con solo que se vigilasen entre sí, comunicando después lo que saben. Siendo así, ¿por qué no aprovechan la ocasión de mejorar? Éste es el primer deber de todo ser racional, y ellos tienen la pretensión de que necesitan mejorar.

—¿Que tienen esa pretensión? —exclamó la señora Sparsit.

—Lo que estamos oyendo constantemente, señora, y sacan a relucir a sus mujeres y a sus familiares, hasta tal punto que ya resulta repugnante. Fijaos en mí, señora; yo no necesito mujer ni familia. ¿Por qué han de tenerla ellos?

—Porque no saben calcular —dijo la señora Sparsit.

—En efecto, señora; ésa es la realidad. Si ellos fueran más precavidos y menos viciosos, ¿sabéis lo que harían, señora? Se dirían: «Mientras toda mi familia quepa debajo de mi sombrero..., o debajo de mi cofia..., según sea el caso, no tengo que alimentar más que a una persona, y esa persona es precisamente la que más gusto tengo en alimentar».

—¡Naturalmente! —asintió la señora Sparsit, engullendo un mojicón.

Bitzer volvió a darse con los nudillos de la mano en la frente, correspondiendo así a la manera en que la señora Sparsit se dignaba elevar el tono de la conversación, y contestó:

—Muchas gracias, señora. ¿Deseáis que os traiga un poco más de agua caliente? ¿Necesitáis, señora, que os traiga alguna otra cosa?

—En este momento no necesito nada, Bitzer.

—Gracias, señora. No quisiera yo perturbar vuestras comidas, señora, y mucho menos el té, señora, sabiendo lo mucho que os agrada... —dijo Bitzer, estirándose un poco para ver desde su sitio lo que pasaba en la calle—; pero observo que hay un caballero que lleva unos momentos mirando hacia acá, y ahora cruza la calle como si fuera a llamar a la puerta... Ese aldabonazo, señora, lo ha dado él, sin duda alguna.

Bitzer avanzó hasta la ventana, asomó la cabeza, la volvió a retirar y se afirmó en lo dicho:

—En efecto, señora... ¿Deseáis que haga pasar al caballero?

—No sé, quién pueda ser —dijo la señora Sparsit, limpiándose la boca y arreglándose los mitones.

—Se ve claro que es forastero.

—No sé qué pueda querer un forastero a estas horas en el Banco, como no sea que se le haya hecho tarde para el asunto que traía; pero como yo ocupo un cargo en este establecimiento por delegación del señor Bounderby, estaré a la altura de mis obligaciones. Si entra en las que he aceptado el atender a ese caballero, lo recibiré. Bitzer, obrad según vuestro buen criterio.

Al llegar a este punto, el visitante, completamente ajeno a las palabras magnánimas de la señora Sparsit, repitió el aldabonazo con tal energía que el porterito rubio se apresuró a abrir la puerta. La señora Sparsit, entre tanto, tomaba la precaución de esconder su mesita, con todos los utensilios que había encima, dentro de un armario, y se marchó al piso superior, a fin de presentarse con mayor solemnidad, si el caso lo requería.

—Señora, si me lo permitís, el caballero desearía hablar con vos.

Esto lo dijo Bitzer puesto su ojo rubio en el agujero de la cerradura de la puerta de la señora Sparsit. Y de este modo, la señora Sparsit, que había aprovechado aquel intervalo para dar algunos toques a su cofia, bajó otra vez las escaleras con su cara de rasgos clásicos y penetró en el cuarto de la Comisión directiva del Banco con el ademán de una matrona romana que saliese de las murallas de la ciudad para conferenciar con un general invasor.

Esta entrada imponente no produjo el menor efecto sobre el visitante, que se había acercado paseando a la ventana y se hallaba en aquel instante mirando despreocupado a la calle. Silboteaba por lo bajo con toda la tranquilidad imaginable, cubierta aún la cabeza con el sombrero y con una expresión de cansancio que era en parte producto del mucho calor y en parte también de su excesiva elegancia de maneras. Saltaba a la vista del más ciego que se trataba de un perfecto caballero, cortado por el patrón de la moda de su tiempo: cansado de todo y tan escéptico de todo como el mismísimo Lucifer. La señora Sparsit dijo:

—Creo, caballero, que deseabais verme.

El visitante dio media vuelta y se quitó el sombrero.

—Perdón, señora; os ruego que me disculpéis.

La señora Sparsit pensó para sí misma, mientras se agachaba con una majestuosa inclinación: «¡Ejem...! Treinta y cinco, bien parecido, buena estampa, buena dentadura, buena voz, de buena casta, bien vestido, pelo negro, mirada audaz». Todo esto lo vio la señora Sparsit, como mujer que era..., por el estilo de aquel sultán que metió la cabeza en un cubo de agua... con sólo agacharse y levantarse. Y le dijo:

—Tened la amabilidad de sentaros.

—Gracias... Permitidme... El visitante le acercó una silla; pero él permaneció apoyado al desgaire en la mesa. Y siguió diciendo:

—Mi criado quedó en la estación cuidando del equipaje..., una gran impedimenta, y mucha parte de ella en el furgón..., y yo me vine paseando y curioseando. ¡Qué ciudad más extraordinaria! Permitidme una pregunta: ¿está siempre tan negra como hoy?

—Por lo general, suele estarlo mucho más —contestó la señora Sparsit con su acento inflexible.

—¿Es posible? Permitidme: ¿vos sois de aquí mismo?

La señora Sparsit le contestó:

—No, señor. Por mi buena o por mi mala suerte, me moví en una esfera distinta antes de quedarme viuda. Mi marido llevaba el apellido Powler.

—¡Perdón! ¿De modo que... era un...? La señora Sparsit repitió:

—¡Un Powler!

—De la familia de los Powlers...

El forastero lo dijo después de meditar unos momentos. La señora Sparsit asintió con el gesto. El forastero dio muestras de estar aún más fatigado que antes, y la consecuencia que sacó de aquel dato se manifestó en esta pregunta:

—Os aburriréis mucho aquí, ¿verdad?

—Soy esclava de las circunstancias y hace ya mucho tiempo que me doblegué a la fuerza que rige mi vida.

—Ésa es una actitud muy filosófica, muy ejemplar y digna de alabanza, y...

El forastero debió de juzgar que no valía siquiera la pena de dar fin a la frase, y se puso a juguetear cansinamente con la cadena del reloj.

—Permitidme, caballero, que os pregunte a qué debo el honor de...

—Os lo permito, claro que sí, y os agradezco mucho que me lo hayáis recordado. Soy portador de una carta de presentación para el banquero señor Bounderby. Paseando por esta ciudad tan extraordinariamente negra, mientras preparan la cena en el hotel, le hablé a un individuo con el que me crucé en el camino, a uno de estos trabajadores que parecía salir de tomar una ducha de cierta sustancia como pelusa, que yo supongo que será la materia prima...

La señora Sparsit hizo una inclinación de cabeza.

—... ¿verdad que sí...? la materia prima..., y le pregunté si sabía dónde residía el señor Bounderby, el banquero.

Él, equivocado, sin duda, por la palabra banquero , me dio la dirección del Banco. Me imagino, por lo que veo, que el señor Bounderby, el banquero, no reside en el edificio este en que tengo el honor de daros esta explicación, ¿no es cierto?

—En efecto, no reside aquí —le contestó la señora Sparsit.

—Gracias. No era, ni es, mi intención entregar la carta en este momento. Pero, al llegar en mi paseo hasta el Banco, tuve la buena suerte de descubrir en la ventana... —hacia la que movió con lánguido vaivén la mano, ligeramente encorvada— a una dama de aspecto muy aristocrático y agradable, y me dije que lo mejor que yo podía hacer era tomarme la libertad de preguntar a esa dama dónde reside el señor Bounderby, el banquero.

Y eso es lo que me atrevo a hacer, con todas las excusas que son del caso.

La indiferencia e indolencia de maneras que demostraba hallábanse suficientemente compensadas, en opinión de la señora Sparsit, por cierta galantería espontánea, que era también como un homenaje a ella. En aquel mismo instante, y aunque estaba casi sentado en la mesa, inclinábase al desgaire hacia ella, como si descubriese en la señora Sparsit un cierto atractivo que la hacía encantadora... a su modo.

El forastero, cuya facilidad y suavidad de expresión resultaban agradables y parecían indicar pensamientos mucho más razonables y graciosos que lo que realmente eran —lo que acaso constituía un hábil recurso ideado por el fundador de una escuela que tiene tan numerosos adeptos, fuera quien fuese ese gran hombre— dijo:

—Ya sé que los bancos son siempre recelosos y que oficialmente deben serlo. Por eso me permito decir que mi carta..., hela aquí..., procede del diputado por este distrito..., del señor Gradgrind..., a quien tuve el gusto de conocer en Londres.

La señora Sparsit identificó la letra, aseguró que no hacía falta semejante prueba, y dio la dirección del señor Bounderby, con todos los detalles y datos necesarios al forastero para encontrarla.

—Un millón de gracias... Supongo que conoceréis bien al banquero.

—Sí, señor; llevo diez años de tratarlo en la situación de dependencia en que estoy con respecto a él —contestó la señora Sparsit.

—¡Eso es una eternidad! Tengo entendido que casó con la hija de Gradgrind.

—En efecto, tuvo ese... honor —dijo la señora Sparsit, y apretó súbitamente la boca.

—Según me informan, esa dama es todo un filósofo. ¿Es cierto?

—¿Ah, sí? ¿De veras? —exclamó la señora Sparsit.

El forastero recorrió con la mirada las cejas de su interlocutora, adoptando una expresión propiciatoria mientras decía:

—Disculpad mi impertinente curiosidad: vos conocéis a esa familia y sois también mujer de mundo. Yo estoy en vísperas de conocerla y acaso tenga que tratarla mucho... ¿Es la dama tan alarmante como se dice? Ardo en deseos de saber si responde a la verdad la fama de mujer de cabeza sólida que le da su padre. ¿Es mujer a la que no hay que ponerle un pero? ¿Repugnante y apabullantemente sabia? Vuestra significativa sonrisa me está diciendo que no. Habéis vertido un bálsamo sobre mis preocupaciones. Veamos ahora la edad... ¿Cuarenta...? ¡Treinta y cinco!

La señora Sparsit soltó una risa franca, y exclamó:

—Una verdadera chiquilla. Se casó sin tener veinte años. El forastero le contestó, apartándose de la mesa:

—Os doy mi palabra de honor de que en mi vida me llevé chasco igual, señora Powler.

En efecto, aquello le impresionó todo lo que él era capaz de impresionarse. Se quedó mirando fijamente a su interlocutora por espacio de un cuarto de minuto largo, demostrando en todo ese tiempo la sorpresa que embargaba su alma. Y, al fin, exclamó, agotado:

—Os aseguro, señora Powler, que al escuchar al padre de la dama me preparé a encontrarme con una madurez agria y pétrea. Os quedo reconocido por todo; pero especialmente por haberme sacado de tan absurdo error. Disculpad mi entretenimiento. Muchísimas gracias. Adiós.

Abandonó la habitación con una reverencia. La señora Sparsit, oculta tras la cortina de la ventana, lo vio alejarse lánguido por el lado en sombra de la calle, y mientras caminaba iba siendo el blanco de las miradas de toda la ciudad.

Cuando Bitzer entró para alzar el servicio, la señora Sparsit preguntó al porterito rubio:

—¿Qué opináis del caballero, Bitzer?

—Que gasta mucho dinero en vestir, señora.

—Es preciso reconocer que tiene muy buen gusto.

—Desde luego, señora; si es que vale la pena de gastar en eso el dinero. Además, me da en la nariz, señora, que es un jugador —agregó Bitzer mientras sacaba brillo a la mesa.

—El juego es una inmoralidad.

—El juego es una ridiculez, señora, porque siempre hay una proporción de probabilidades en contra de los jugadores.

Fuese porque el calor se lo impedía, fuese porque no se sentía en disposición de hacerlo, el caso es que la señora Sparsit no trabajó aquella noche. Cuando el sol empezó a ponerse tras la cortina de humo, sentóse ella a la ventana; allí permaneció mientras el humo se iba tornando de un rojo llama, y cuando su color se fue apagando, y cuando la oscuridad pareció brotar lentamente de la tierra, y reptar hacia arriba, hacia arriba, hasta los tejados de las casas, hasta la aguja del campanario de la iglesia, hasta la boca de las chimeneas de las fábricas, hasta el firmamento..., la señora Sparsit siguió sentada a la ventana, sin encender luz en el cuarto, con las manos en cuña, sin enterarse de los ruidos del atardecer: el griterío de los muchachos, los ladridos de los perros, el retumbo de ruedas, los pasos y las voces de los transeúntes, los agudos pregones de la calle, el sonar de los zuecos sobre el pavimento cuando les llegó la hora de pasar por allí, el ruido de los postigos de los escaparates en el momento del cierre de tiendas. La señora Sparsit no salió de su estado de ensueño hasta que el porterito le anunció que estaba listo su nocturno plato de mollejas; entonces ella subió al piso superior con sus tupidas cejas negras, que para entonces, y a fuerza de contraerse meditando, necesitaban desarrugarse con un buen planchado.

—¡Qué estúpido!

Esta exclamación fue lanzada por la señora Sparsit mientras cenaba a solas. No dijo a quién se refería; desde luego no podía referirse al plato de mollejas.

CAPÍTULO II: DON SANTIAGO HARTHOUSE

El partido de los Gradgrinds necesitaba reclutas para su tarea de degollar a las Gracias. Y los buscaba por todas partes. ¿Dónde podía confiar en encontrarlos con más facilidad que entre los refinados caballeros que, tras de comprobar que ninguna cosa valía nada, hallábanse igualmente en disposición para cualquier cosa?

Además, esta clase de espíritus sanos, que habían ascendido a cumbres tan sublimes, ejercían atracción sobre muchos de los adeptos de la escuela de Gradgrind. A éstos les gustaban los caballeros refinados; afirmaban que no, pero la verdad es que les gustaban. Se fatigaban imitándolos; daban a su hablar las mismas inflexiones que aquéllos, y cuando agasajaban a sus discípulos con mohosos discursitos sobre economía política, lo hacían con aire de fatiga. No se había visto jamás en el mundo hasta entonces otra hibridación más asombrosa que aquélla.

Entre los caballeros refinados que no pertenecían de una manera normal a la escuela de Gradgrind, había uno de buena familia y mejor presencia, dotado de un feliz y extraño humorismo, que había obtenido un éxito inmenso en la Cámara de representantes en cierta ocasión en que la obsequió —a la Cámara y al Consejo de administración de cierto ferrocarril— con su descripción de un accidente ferroviario en el que los más cuidadosos empleados de ferrocarril que había en el mundo, a sueldo de los gerentes de compañía más espléndidos de que existía memoria, manejando la maquinaria más perfecta que jamás se planeó, en la línea ferroviaria mejor construida hasta entonces, habían matado a cinco personas y herido a treinta y dos por una pura desgracia, sin la cual todas las excelencias de todo aquel sistema habrían quedado real y verdaderamente imperfectas.

Entre los muertos en el accidente figuraba una vaca, y entre las prendas perdidas y sin propietario la cofia de una viuda. El honorable diputado había cosquilleado a la Cámara —que disfruta de un fino sentido del humor—, haciéndola reír de tal manera al ponerle la cofia en la cabeza a la vaca, que aquélla no quiso escuchar nada a propósito de la investigación judicial y absolvió al ferrocarril entre aplausos y risas.

Ahora bien: este caballero tenía un hermano más joven y de aspecto más agradable todavía, el que después de intentar hacer carrera como alférez de dragones encontró esta profesión molestísima; intentó a continuación abrirse camino en el séquito de un embajador inglés en el extranjero, pareciéndole también aquello un aburrimiento; hizo a continuación un viaje hasta Jerusalén y se aburrió allí por el estilo; inmediatamente emprendió un viaje en yate por el mundo y se aburrió en todas partes. A este caballero le dijo cierto día el honorable y divertido miembro del Parlamento, fraternalmente: «Santi, entre esta gente de realidades hay muy buenas ocasiones de abrirse camino, y necesitan hombres. ¿Por qué no te metes en estadística?». Santi, bastante complacido con la novedad de aquella idea y necesitadísimo de un cambio, se mostró tan dispuesto a meterse en estadística como en cualquier otra cosa. Se metió, pues, en ella. Entrenóse hojeando uno o dos libros azules, y su hermano el diputado puso el hecho en conocimiento de las gentes realistas, diciéndoles: «Si necesitáis para un cargo cualquiera un hermoso perro capaz de pronunciar discursos magníficamente endemoniados, buscad a mi hermano Santi, que es el hombre que os está haciendo falta». Después de unas cuantas y súbitas apariciones en mítines públicos, el señor Gradgrind y un consejo de sabios políticos dieron el visto bueno a Santi, decidiéndose enviarlo a Coketown para que lo fuesen conociendo en dicha ciudad y en sus alrededores. De todo ello tuvo origen la carta que Santi había mostrado la noche anterior a la señora Sparsit, y que tenía ahora el señor Bounderby en su mano; el sobrescrito rezaba así: «A Josías Bounderby, caballero, banquero, en Coketown. Exclusivamente para presentación de Santiago Harthouse, caballero. De Tomás Gradgrind».

Una hora después de recibir este mensaje y la tarjeta de don Santiago Harthouse, el señor Bounderby se caló el sombrero y se dirigió al hotel. Encontró en éste a don Santiago Harthouse mirando por la ventana en un estado de ánimo de tal desconsuelo, que ya estaba medio tentado a meterse en cualquier otra cosa. El visitante se presentó:

—Caballero: soy Josías Bounderby, de Coketown. Aunque su apariencia desmentía las palabras, don Santiago de Harthouse se manifestó encantado de que se le presentase una ocasión tan largamente esperada. El señor Bounderby le dijo, al mismo tiempo que echaba mano resueltamente a una silla:

—Caballero, Coketown es una ciudad muy diferente de aquélla en que vos estáis acostumbrado a vivir. Por tanto, si me lo permitís..., y que me lo permitáis o no, porque yo soy hombre a la pata la llana..., os voy a decir algunas cosas acerca de ella antes que pasemos adelante.

El señor Harthouse mostróse encantado, y Bounderby prosiguió:

—No os mostréis tan seguro de que os va a agradar lo que voy a deciros. Por mi parte, no os lo aseguro. En primer lugar, ya habréis visto el humo que acá nos gastamos, y que para nosotros es como el pan de cada día. Desde todo punto de vista, es la cosa más saludable que hay en el mundo, especialmente para los pulmones. Si acaso pertenecéis al partido de los que quieren obligarnos a suprimir el humo, desde ahora os digo que difiero de vos. No pensamos en estropear el fondo de nuestras calderas más pronto de lo que ahora se gastan por más paparruchas sentimentales que circulen en la Gran Bretaña y en Irlanda.

El señor Harthouse contestó, metiéndose así de lleno:

—Señor Bounderby: os doy la seguridad de que comparto en absoluto y por completo vuestra opinión. Con pleno conocimiento.

—Me alegra oíros hablar de ese modo. Con seguridad que habréis oído también hablar muchísimo del trabajo en nuestras fábricas... ¿Que sí que habéis oído? Perfectamente. Yo quiero exponeros las cosas tal y como son. Se trata del trabajo más agradable, del más llevadero y del mejor pagado que existe. Más aún, si nosotros mismos quisiésemos mejorar las fábricas, lo único que podríamos hacer sería cubrir los suelos con alfombras de Esmirna. Naturalmente que no pensamos hacer semejante cosa.

—Señor Bounderby, perfectamente de acuerdo.

—Por último —prosiguió Bounderby—, hablemos de nuestros obreros. No hay en nuestra ciudad hombre, mujer o niño que no esté poseído de una ambición en su vida. Esa ambición consiste en vivir de sopa de tortuga y carne de venado con cuchara de oro. Pues bien: ninguno de ellos conseguirá jamás verse alimentado de sopa de tortuga y carne de venado con cuchara de oro. Y con esto queda dicho cuanto hay que decir acerca de esta ciudad.

El señor Harthouse aseguró que era suficiente aquel epítome condensado de todo el problema de Coketown para que él quedase enterado y confortado en grado sumo. El señor Bounderby le replicó:

—Habréis visto que a mí me agrada confesarme sin rodeos a la persona con la que trabo relación por vez primera, especialmente cuando se trata de un hombre público. Sólo me queda por deciros otra cosa más, señor Harthouse, antes de daros la seguridad del placer con que, hasta donde llegue mi pobre capacidad, he de corresponder a la carta de presentación de mi amigo Tom Gradgrind. Sois hombre de buena familia. No os engañéis suponiendo ni siquiera por un momento que yo soy un hombre de buena familia. Yo soy un auténtico arrapiezo del arroyo, un andrajo, un hombre de baja ralea. Esto era precisamente la única cosa capaz de despertar el interés de Santi por la persona del señor Bounderby. Al menos, así se lo dijo, y el señor Bounderby siguió hablando:

—Siendo así, podemos darnos un apretón de manos de igual a igual. Y digo de igual a igual, porque, conociendo lo que yo soy, conociendo toda la profundidad del arroyo desde el que yo mismo conseguí levantarme como no la conoce nadie, estoy tan orgulloso como podáis estarlo vos. Una vez que he afirmado debidamente mi independencia, podemos entrar en las fórmulas de cómo os encontráis y que espero que os encontréis muy bien .

El señor Harthouse le dio a entender, al cruzar el apretón de manos, que se encontraba mucho mejor desde que respiraba los aires saludables de Coketown, cosa que agradó al señor Bounderby. Éste le dijo:

—Quizá sepáis..., o quizá no lo sepáis..., que yo me casé con la hija de Tom Gradgrind. Si no tenéis cosa mejor que hacer que venir paseando conmigo hacia la parte alta de la ciudad, tendré mucho gusto en presentaros a la hija de Tom Gradgrind.

—Señor Bounderby, con ello os habéis anticipado a mis más ardientes deseos —contestó Santi.

Y sin más cambio de palabras, salieron a la calle; el señor Bounderby hizo de guía de su nuevo amigo, cuya figura tanto contrastaba con la suya, conduciéndolo hasta su domicilio particular, en el edificio de ladrillo encarnado, contraventanas negras, persianas interiores verdes y puerta de calle negra sobre dos escalones blancos. En el cuarto de estar de aquella mansión salió a saludarlos la mujer joven más extraordinaria que don Santiago Harthouse viera hasta entonces. Era al mismo tiempo recatada y espontánea; reservada, pero siempre en guardia; fría y altiva, pero avergonzada y dolida de la fanfarrona humildad de su marido, que le producía sobresaltos igual que si cada exhibición que él hacía fuese un pinchazo o un golpe. El observarla resultó para Harthouse una emoción nueva. El rostro de la joven era tan notable como sus maneras. Las facciones, bellas; pero resultaba imposible adivinar su expresión auténtica, debido al freno impuesto al juego natural de las mismas. Era inútil intentar meterse todavía a comprender a la joven aquella, que despistaba por completo todo intento de penetración con su absoluta indiferencia, su completa seguridad en sí misma, jamás desorientada, y, sin embargo, jamás a sus anchas, con su cuerpo físico junto a ellos y con su alma aparentemente solitaria.

Después de fijarse en la señora de la casa, el visitante se fijó en la casa misma. No se advertía en aquella habitación ningún indicio de la existencia de una mujer, ningún adorno pequeño y gracioso, ninguna huella de menudas fantasías caprichosas, aunque triviales, que denunciasen por parte alguna la influencia de una mujer. La habitación, sin alegría y sin acogimiento, jactanciosa y tercamente rica, se encaraba con sus ocupantes momentáneos, sin que rastro alguno de mano femenina suavizase y aliviase su apariencia. De igual manera que el señor Bounderby se erguía en medio de aquellos dioses de su hogar, estas inflexibles divinidades ocupaban sus lugares en torno del señor Bounderby, siendo dignas las unas del otro y correspondiéndose perfectamente. El señor Bounderby dijo:

—Aquí tenéis, caballero, a mi esposa, la señora de Bounderby, hija mayor de Tom Gradgrind. Lu, éste es don Santiago Harthouse. El señor Harthouse se ha alistado en el rol de vuestro padre. Si no figura dentro de poco tiempo como colega de Tom Gradgrind, creo por lo menos que oiremos hablar de él como diputado de alguna de las poblaciones cercanas a la nuestra. Observaréis, señor Harthouse, que mi esposa es más joven que yo. Ignoro qué es lo que ella vería en mí para casarse conmigo, pero supongo que algo vio o, de lo contrario, no me habría tomado por marido. Es mujer de extensos conocimientos políticos y de otras clases. Si queréis daros un empacho de cualquier cosa, os aseguro que me costaría trabajo recomendaros a otro consejero mejor que Lu Bounderby.

Desde luego que no habrían podido recomendar al señor Harthouse a un consejero más agradable o del que pudiese probablemente aprender con más seguridad. El dueño de la casa siguió diciendo:

—¡Ea, si vuestra especialidad son los cumplidos, aquí triunfaréis, porque no habéis de encontrar competidor! Jamás tuve yo oportunidad de aprender galanterías, y reconozco que ignoro el arte de decirlas. La realidad es que me inspiran desdén. Pero vos habéis sido educado de diferente manera. Mi educación ha sido a ras de tierra, ¡por vida mía! Vos sois un caballero y yo no tengo la pretensión de serlo. Yo soy Josías Bounderby, de Coketown, y con esto me contento. Sin embargo, aunque a mí no me afectan ni los buenos modos ni la posición social, acaso estas cosas no le desagraden a Lu Bounderby. Ella no ha disfrutado de las ventajas mías... Vos las llamaríais desventajas, pero yo las llamo ventajas... De modo, pues, que me atrevo a suponer que vuestros esfuerzos no serán baldíos.

Santi se volvió sonriente hacia Luisa y le dijo:

—El señor Bounderby es un noble bruto en estado relativamente salvaje y está libre del todo de los arreos con que trabaja un caballejo corriente como yo.

—Respetáis mucho, y ello es natural, al señor Bounderby —contestó Luisa tranquilamente.

A pesar de ser un caballero que había corrido tanto mundo, el visitante se vio desmontado y pensó: «¿En qué sentido lo habrá dicho?».

—A juzgar por lo que ha explicado el señor Bounderby, pensáis consagraros al servicio de vuestro país. Estáis resuelto a indicarle al país la manera de salir de todas sus dificultades.

Esto lo dijo Luisa, en pie todavía, en el mismo sitio en que al principio se había detenido, y traicionando la extraña contradicción entre la seguridad de sí misma y el evidente sentimiento de malestar.

El señor Harthouse se echó a reír y contestó:

—Señora Bounderby: os aseguro por mi honor que no se trata de eso. Me guardaré muy bien de afirmar delante de vos semejante cosa. He visto un poco de mundo, aquí y allí, en un lado y en otro; he sacado la consecuencia de que todo en la vida es completamente despreciable, cosa que los demás han visto también y que algunos confiesan y otros no; y me voy a lanzar a defender las opiniones de vuestro respetado padre... A decir verdad, lo hago porque no me encuentro en disposición de optar entre distintas opiniones, así que lo mismo me da defender esas que otras.

—Según eso, ¿no tenéis formada ninguna? —preguntó Luisa.

—No siento, en verdad, predilección alguna. Os aseguro que no atribuyo la menor importancia a las opiniones, cualesquiera que sean. El resultado de las diversas clases de aburrimiento que he tenido que soportar ha sido el convencerme (si la palabra convencer no resulta demasiado artificiosa para aplicarla al perezoso, sentimiento que me inspira el tema) de que cualquier conjunto de teorías puede resultar tan provechoso como cualquier otro, y exactamente tan dañoso como todos las demás. Existe cierta familia inglesa que tiene en su escudo una encantadora divisa italiana: «Lo que ha de ser, será». No hay más verdad que ésa.

Al señor Harthouse le pareció que la joven quedaba un poco impresionada en favor suyo por aquella resabiada jactancia, mezcla de honradez y deshonestidad, vicio tan peligroso, tan dañino y tan corriente. Procuró el visitante sacar partido de esta ventaja, agregando del modo más galante y dejando que Lu diese a sus palabras una importancia mayor o menor, según a ella le agradase:

—El sistema que es capaz de demostrarlo todo en una línea de unidades, decenas, centenas y millares, me parece, señora Bounderby, que es el más divertido y el que proporciona a un hombre las mejores oportunidades. Yo lo defiendo con tanto calor como si creyese en él. Estoy completamente dispuesto a ponerme en favor suyo y lo haré hasta donde me lo exija mi supuesta fe en él. ¿Qué más podría yo hacer, si, en efecto, fuese un perfecto creyente?

—Sois un político muy particular —dijo Luisa.

—Perdonadme, ni siquiera tengo ese mérito. Os aseguro, señora Bounderby, que si todos los que pensamos como yo saliésemos de entre las filas en que formamos y nos pasasen juntos en revista, resultaríamos ser el partido más numeroso del país.

Al llegar a este punto, el señor Bounderby, que había estado a pique de estallar en silencio, se interpuso, apuntando la idea de retrasar la cena familiar hasta las seis y media, para llevarse, entre tanto, a don Santiago Harthouse a una gira de visitas a los personajes más notables de Coketown y de sus alrededores que disfrutaban del derecho de voto. Se llevó a efecto la gira de visitas, de la que don Santiago Harthouse salió airoso, aprovechando de una manera discreta la ayuda de su severo patrocinador, aunque salió también con un fuerte ataque de aburrimiento.

Al atardecer, se encontró con que la mesa estaba puesta para cuatro, aunque sólo se sentaron tres a ella. Fue una ocasión magnífica para que el señor Bounderby se explayase, hablando del aroma de la ración de anguilas guisadas que solía comprar en la calle cuando tenía ocho años de edad; y también del agua de calidad inferior, la que se empleaba para regar las calles, que él empleaba para asentar en el estómago aquella comida. Entretuvo también a su convidado, durante el servicio de la sopa y del pescado, con el cálculo de que él, Bounderby, se habría comido durante los años de su juventud por lo menos tres caballos disfrazados bajo distintos guisos y salsas. Santi acogía de cuando en cuando aquellos relatos con un «¡Qué encanto!», dicho con expresión fatigada; y es más que probable que, en vista de ello, se hubiese decidido a lanzarse otra vez al viaje de Jerusalén; de no sentir tanta curiosidad acerca de Luisa.

«¿No habrá nada, nada, capaz de poner emoción en esa cara?», se preguntaba al verla sentada en la cabecera de la mesa, donde su juvenil figura, pequeña y delgada, pero muy graciosa, parecía tan linda como fuera de lugar. ¡Pardiez! ¡Ya lo creo que había! Allí estaba, y en figura inesperada, apareció Tom, y en cuanto se abrió la puerta, cambió Luisa, y brotó en su rostro una sonrisa de felicidad.

Una sonrisa espléndida. Acaso no se lo hubiera parecido tanto a don Santiago Harthouse si no hubiese estado tanto tiempo contemplando intrigado la cara impasible. Luisa alargó la mano..., una manecita linda y fina, y sus dedos estrecharon los de su hermano, como si estuviese tentada de llevárselos a los labios.

«¡Hola, hola! —pensó el visitante—. Este mequetrefe es la única persona a quien tiene afecto... ¡Vaya, vaya!».

Le fue presentado el mequetrefe; éste tomó asiento a la mesa. El calificativo no era halagador, pero tampoco inmerecido. Bounderby exclamó:

—Cuando yo era de tu edad, mocito, tenía que ser puntual o no comía.

—Cuando vos teníais mis años, no teníais que rectificar un balance del día equivocado ni que vestiros después —le replicó Tom.

—No traigáis eso a cuento ahora —le dijo Bounderby.

—Bien; pero no empecéis a meteros conmigo —gruñó Tom.

El señor Harthouse, que se dio cuenta de aquella tirantez subterránea, intervino:

—Señora Bounderby, la cara de vuestro hermano me resulta muy familiar. ¿Será en el extranjero donde la he visto? ¿O quizá en alguna escuela pública de segundo grado?

Luisa, muy interesada, contestó:

—No puede ser, porque no ha salido del país y fue educado en nuestra misma casa. Tom, querido, le estoy diciendo al señor Harthouse que no ha podido verte antes de ahora en el extranjero.

—No he tenido semejante suerte, caballero —dijo Tom.

Poco era lo que se veía en el joven que fuese capaz de llevar la alegría al rostro de Luisa, porque era un individuo agrio, y de maneras poco simpáticas hasta con su hermana. Eso era una prueba de la gran soledad de aquel corazón y de la necesidad que sentía de consagrarlo a alguien. El señor Harthouse, dándole vueltas y más vueltas al problema, pensaba:

«Por eso mismo es este mequetrefe la única persona por la que ha sentido cariño en su vida... Por eso mismo..., por eso mismo...».

Igual en presencia de su hermana que después que ésta se retiró de la habitación, el mequetrefe no disimuló el desprecio que sentía por el señor Bounderby, haciendo visajes y guiñando un ojo cuantas veces pudo hacerlo sin que lo advirtiese aquel hombre independiente. El señor Harthouse no se dio por enterado de aquellos mensajes telegráficos, pero hizo cuanto pudo por animarle a ellos y le demostró una simpatía extraordinaria. Por último, al ponerse en pie para regresar al hotel y mostrar inseguridad en si acertaría de noche por el camino, el mequetrefe ofreció en el acto sus servicios como guía y salió con él para acompañarle hasta su destino.

CAPÍTULO III: EL MEQUETREFE

El que un caballerito joven, educado en un sistema permanente de represión de las tendencias naturales, fuese un hipócrita, resultaba sorprendente; sin embargo, ése era el caso de Tom. También resultaba extraordinario el que un caballerito joven al que no se le había dejado que hiciese lo que le venía en gana, ni siquiera durante cinco minutos, apareciese, en fin de cuentas, como incapaz de gobernarse a sí mismo; pero eso era lo que había ocurrido con Tom. Era completamente inconcebible el que un caballerito joven, a quien le han estrangulado la imaginación en la cuna, se viese perseguido por el fantasma de la misma, que ha adoptado la forma de una abyecta sensualidad; pues, sin género de duda, ese fenómeno se daba en Tom.

—¿Fumas? —le preguntó don Santiago Harthouse cuando llegaron al hotel.

—¡Pues no faltaba más! —le contestó Tom.

Lo menos que Harthouse podía hacer era invitar a Tom a que subiese a su cuarto; y lo menos que Tom podía hacer era subir. ¿Qué le parecería de una bebida refrescante, propia del tiempo, pero no tan floja como fresca? ¿Y qué le parecería si fumasen un tabaco más fino que el que se podía comprar en Coketown? Tom se vio pronto en un extremo del sofá, completamente a sus anchas y más dispuesto que nunca a admirar a su nuevo amigo, que estaba sentado al otro extremo.

Después de unos momentos, Tom dejó de fumar para examinar a su amigo. Y pensó: «Parece como si no se preocupara de la ropa, y, sin embargo, ¡qué bien que la lleva! ¡Qué elegancia natural la suya!».

La mirada de don Santiago Harthouse se cruzó con la de Tom; se extrañó de que no bebiese, y le llenó el vaso con su propia mano perezosa. Tom le dijo:

—Gracias, gracias... Bueno, señor Harthouse, os habéis dado esta noche una buena ración del viejo Bounderby.

Tom dijo estas palabras cerrando otra vez un ojo y mirando con el otro a su anfitrión por encima del vaso, con expresión de entendido.

—¡Es un tipo magnífico! —replicó don Santiago Harthouse.

—¿Verdad que sí? —dijo Tom, y volvió a guiñar el ojo.

El señor Harthouse se sonrió; a continuación se levantó del extremo del sofá en que estaba sentado, se colocó de espaldas a la chimenea, apoyado en la repisa, justamente de cara a Tom, lo miró y le dijo:

—¡Qué divertido hermano político eres!

—Me imagino que lo que queréis decir es: ¡qué divertido hermano político es Bounderby!

Don Santiago Harthouse le replicó:

—Eres muy mordaz, Tom.

Resultaba sumamente agradable una intimidad así con un hombre que llevaba semejante chaleco; el que lo tratase de Tom, en tono cordial, un hombre que tenía aquella voz; el haber llegado tan pronto a términos de camaradería con unas patillas como aquéllas. El muchacho estaba completamente satisfecho de sí mismo. Por fin dijo:

—Si lo que queréis insinuar es que se me da un bledo del viejo Bounderby, tenéis razón. De toda mi vida, siempre que me he referido a él he dicho «el viejo Bounderby», y he tenido de él la misma opinión que hoy. No voy a empezar ahora a hablar con miramientos del viejo Bounderby. Es demasiado tarde para eso.

—Por mí no te preocupes, pero otra cosa es cuando su esposa está presente, ¿no te das cuenta? —le contestó Santiago.

—¿Su esposa...? ¿Mi hermana Lu? ¡Oh, sí! —exclamó Tom; se echó a reír y tomó otro traguito de la bebida refrescante.

Santiago Harthouse siguió recostado en el mismo sitio y en idéntica actitud, fumando su cigarro con su manera despreocupada y mirando con simpatía al mequetrefe, como si tuviese conciencia de ser un demonio agradable que sólo con cernerse sobre su víctima tenía bastante para que ésta le entregase su alma entera, si él se la pedía. En efecto, parecía que el mequetrefe se doblegaba a esa influencia suya. Empezó Tom a mirarle de soslayo, luego lo contempló con admiración, después con valentía, y acabó por poner un pie en el sofá, diciendo:

—¿Mi hermana Lu? Jamás le ha importado nada del viejo Bounderby.

—Eso es hablar en pretérito perfecto, y ahora estábamos en presente de indicativo —replicóle Harthouse, sacudiendo la ceniza del cigarro con el dedo meñique.

—No importar, verbo neutro. Presente de indicativo, primera persona del singular, no me importa; segunda persona, no te importa; tercera persona, no le importa a ella —fue la contestación de Tom.

—¡Muy extraño! dijo su amigo—. Claro está que lo dices en broma.

—¡Es la purísima verdad! ¡Por vida mía, no me digáis, señor Harthouse, que vos creéis, en efecto, que a mi hermana se le da nada del viejo Bounderby! —exclamó Tom.

—Mi querido compañero —le replicó el otro—. ¿Qué es lo que tengo yo que suponer cuando me encuentro con dos personas casadas que viven en armonía y felicidad?

Al llegar a estas alturas de la conversación, ya Tom había colocado ambas piernas sobre el sofá. Si no hubiese tenido su segunda pierna sobre el sofá cuando se oyó llamar querido compañero, la hubiera puesto al llegar a un momento tan solemne de la conversación. Sintió, de todos modos, que era obligado hacer algo, y se estiró aún más, reclinó sobre un brazo del sofá la cabeza, se puso a fumar adoptando maneras de supremo abandono, y volvió su rostro vulgar y sus ojos no muy claros hacia aquel otro rostro que lo miraba con tanta despreocupación, pero con tanta fuerza.

—Vos conocéis a nuestro padre, señor Harthouse, y conociéndolo no debéis sorprenderos de que Lu se casase con el viejo Bounderby.

Ella no había tenido jamás novio; nuestro padre le propuso al viejo Bounderby, y ella lo aceptó.

—Eso demuestra que tu interesante hermana es una hija obediente — dijo don Santiago Harthouse.

—Sí, pero no se habría mostrado tan obediente, y la cosa no hubiera salido con tanta facilidad, de no haber sido por mí —contestó el mequetrefe.

El tentador se limitó a alzar las cejas; pero el mequetrefe se vio impelido a seguir hablando, y dijo con un elocuente aire de superioridad:

—La convencí yo. Me habían metido en el Banco del viejo Bounderby (al que yo nunca quise ir), y sabía que me moriría allí de asco si ella daba calabazas al viejo Bounderby; le dije, pues, cuál era mi deseo, y ella accedió. Fue una chica valiente, ¿no es cierto?

—¡Un verdadero encanto, Tom!

—Bien mirado, la cosa no era tan importante para ella como para mí — continuó diciendo Tom con mucha frialdad—. Yo me jugaba en el asunto mi libertad y mi regalo, y acaso mi carrera, mientras que ella no tenía otro novio, y la vida en nuestra casa era igual que vivir en una prisión..., especialmente después que yo me marché de allí. No es lo mismo que si para casarse con Bounderby hubiese ella tenido que renunciar a otro partido. Sin embargo, lo que hizo estuvo muy bien.

—Fue una cosa deliciosa..., y por lo que veo vive muy feliz. Tom le contestó, dándose aires desdeñosos de protector:

—Mirad, mi hermana es una chica muy normal. La mujer se las arregla para vivir perfectamente en cualquier situación. Luisa se ha hecho a esa vida suya definitivamente, y no le importa. Tanto se le da de esa como de otra. Además, Luisa es una mujer joven; pero no es una mujer como tantas otras. Ella es capaz de ensimismarse y pasarse pensando una hora entera de un tirón. Yo la he visto estar así muchas veces, sentada y contemplando el fuego.

—¡Vaya, vaya! Tiene recursos propios —exclamó Harthouse, fumando tranquilamente.

—No tantos como pudierais suponer, porque nuestro padre la atiborró con toda clase de desperdicios e insipideces. Es un sistema.

—Es decir, que hizo a su hija a imagen y semejanza suya, ¿no es así? — apuntó Harthouse.

—¿A su hija? A ella y a todo el mundo. ¿No me formó de esa

manera a mí también? —exclamó Tom.

—¡Eso no es posible!

—¡Pues lo hizo! —dijo Tom, cabeceando enérgicamente—. Quiero decir, señor Harthouse, que al dejar yo la casa para ir a vivir en la del viejo Bounderby, era tan aburrido como un hongo y conocía la vida más o menos como una ostra.

—Pero ¡qué me estás diciendo, Tom! Casi no alcanzo a creerlo. Como broma puede pasar.

—¡Por la salud de mi alma que es verdad! —exclamó el mequetrefe—. Hablo en serio; hablo completamente en serio.

Estuvo durante algunos momentos fumando, muy serio y muy digno; de pronto agregó en tono de gran complacencia:

—De entonces acá he aprendido un poquito, no lo niego; pero lo he aprendido por mí mismo y no gracias a mi padre.

—¿Y qué ha hecho de entonces acá tu inteligente hermana?

—Mi inteligente hermana está hoy más o menos donde entonces estaba. Solía lamentárseme de que ella no disponía de los recursos de que pueden echar mano otras muchachas. No creo que haya tenido ocasión de procurárselos de entonces acá. Pero eso le tiene sin cuidado; las muchachas tienen siempre medios para salir adelante —agregó como persona que sabe lo que se dice, y volvió a dar chupadas a su cigarro.

—Ayer por la tarde estuve en el Banco para que me proporcionasen la dirección del señor Bounderby, y me encontré allí con una dama de edad que dio muestras de sentir gran admiración hacia vuestra hermana.

Esto lo dijo don Santiago Harthouse, tirando el último resto del cigarro que había fumado. Tom le contestó:

—Sería la tía Sparsit. Pero ¿cómo? Usted ha hablado ya con ella, por lo que veo.

Su amigo cabeceó afirmativamente. Tom se quitó el cigarro de la boca para guiñarle con gran intención un ojo —que no se dejó manejar fácilmente— y para darse unos golpecitos con el dedo índice en la nariz. Y dijo:

—Lo que la tía Sparsit siente por Lu es, en opinión mía, más que admiración. Podríamos llamarlo afecto y reverencia. Tía Sparsit no tiró nunca el anzuelo a Bounderby cuando éste era soltero. ¡Muy lejos de eso!

Éstas fueron las últimas palabras que habló el mequetrefe antes que le acometiese una súbita modorra, seguida de completo olvido de todo. Salió de este último estado por obra de una pesadilla, en la que alguien lo zarandeaba dándole con la bota y diciéndole al mismo tiempo:

—¡Ea!, ya es tarde. ¡Márchate! Entonces él se bajó del sofá, y dijo:

—¡Vaya! Tengo que despedirme de vos... Oíd: vuestro tabaco es muy bueno, pero es demasiado suave.

—En efecto, es demasiado suave —le contestó su obsequiante.

—Una ridiculez de suave..., sí señor —dijo Tom—. ¿Dónde está la puerta? ¡Buenas noches!

El mequetrefe tuvo otra pesadilla, durante la cual le pareció que un camarero lo conducía por entre la niebla, y que ésta, después de pasar él algunos apuros y dificultades, se convertía en la calle principal, en la que se vio de pie y solo. Pudo caminar con bastante soltura hasta su casa, aunque le parecía estar aún bajo la impresión de la presencia y de la influencia de su nuevo amigo..., como si éste se hallase descansando no lejos de él en el aire, con su negligente actitud y mirándole con la misma mirada de antes.

El mequetrefe entró en casa y se metió en la cama. Si hubiese tenido la menor idea de lo que acababa de hacer aquella noche, y hubiese sido menos mequetrefe y más hermano, quizá se habría echado en seguida a la calle, se habría dirigido hasta la orilla del río maloliente teñido de negro y se habría acostado de una vez y para siempre dentro de él, cubriéndose la cabeza definitivamente con sus hediondas aguas.

CAPÍTULO IV: HOMBRES Y HERMANOS

—¡Amigos míos, obreros oprimidos de Coketown! ¡Amigos míos y compatriotas, esclavos de una mano de hierro y de un despotismo martirizador! ¡Amigos míos, compañeros de sufrimiento, compañeros trabajadores y compañeros hombres como yo! Os anuncio que ha llegado la hora de que nos agrupemos todos como una sola fuerza unida, y que pulvericemos a los opresores que durante tanto tiempo han engordado con el saqueo de nuestras familias, con el sudor de nuestra frente, con el trabajo de nuestras manos, con la fuerza de nuestros músculos, con los derechos humanos más gloriosos que Dios creó, con los dones sagrados y eternos de la fraternidad.

Estallaron muchos gritos de «¡Bravo! ¡Así se habla! ¡Hurra!», en distintos sitios del gran salón donde la muchedumbre se apretujaba en una atmósfera sofocante, y en cuyo escenario el orador se entregaba a todos los arrebatos de su ira y de su indignación. A fuerza de gritos se había acalorado, y su ronquera era tan grande como su acaloramiento. A fuerza de bramar a pleno pulmón debajo de un centelleante foco de gas; a fuerza de cerrar los puños, arrugar el entrecejo, apretar los dientes y bracear con energía, se había agotado de tal manera, que no tuvo más remedio que hacer un alto y pedir un vaso de agua.

Al verlo en aquella posición, buscando la manera de apagar el fuego de su rostro con el trago de agua, la comparación entre el orador y la multitud de caras vueltas hacia él con gran atención resultaba muy desventajosa para el hombre de la plataforma. A juzgar por los rasgos exteriores que ofrecía la Naturaleza, aquel hombre no sobresalía de la masa sino en la medida exacta en que sobresalía la plataforma en la que estaba encaramado. En otros muchos aspectos se hallaba fundamentalmente a una altura más baja que sus oyentes. Era menos honrado, menos valeroso, y poseía menor sentido del humorismo que ellos; la sencillez del auditorio era en el orador astucia, y el buen sentido de aquél era en éste pasión. Mal conformado, alto de hombros, cejijunto y con la fisonomía agriada por una expresión habitualmente antipática, formaba contraste desfavorable hasta en la mezcla que se observaba en sus vestidos con aquel gran conjunto de sus oyentes, que llevaban ropas sencillas de trabajo. Siempre resulta extraordinario el espectáculo de cualquier asamblea en el momento de entregarse sumisa a la inanidad de alguna persona complaciente, ya sea aristócrata, ya sea hombre vulgar al que las tres cuartas partes de los concurrentes no podrían, por ningún medio humano, levantar desde el barro de su vaciedad hasta el propio nivel intelectual; pero aún más extraordinario resultaba, y era mucho más doloroso, el ver aquella multitud de rostros serios, de cuya honradez fundamental no podría dudar el observador más competente y libre de prejuicios, agitados por un guía semejante.

«¡Bravo! ¡Así se habla! ¡Hurra!». Era impresionante el espectáculo del sentimiento que se leía en aquellos rostros, mezcla de atención y de resolución. Ni caras despreocupadas, ni caras indiferentes, ni caras de curiosidad holgazana, ni un solo momento se advertía en ellas ninguno de los muchos matices de indiferencia que suelen verse en todas las demás reuniones. Una persona que quisiese enterarse de lo que allí ocurría tenía que ver, con la misma claridad que veía las vigas del techo y los muros de ladrillo enjalbegados, que todos los hombres allí reunidos sentían el convencimiento de que las condiciones en que vivían eran, de un modo u otro, peores de lo que pudieran ser; que todos los hombres allí reunidos se consideraban obligados a coligarse con los demás para conseguir su mejora; que todos los hombres allí reunidos no tenían otra esperanza de conseguirlo que el aliarse con los camaradas que los rodeaban, y que en esta creencia, acertada o equivocada en aquel momento, y por desgracia equivocada, la totalidad de aquella multitud escuchaba grave, profunda y lealmente conmovida. Tampoco podía dejar de ver ese espectador, si era sincero, que aquellos hombres demostraban en sus mismas ilusiones poseer grandes cualidades, susceptibles de ser aplicadas a las más felices y mejores empresas; y que el afirmar, dejándose llevar de axiomas corrientes, por muy reales y verdaderos que pareciesen, que esos hombres perdían el rumbo sin razón alguna, movidos de ambiciones irracionales, era lo mismo que afirmar que podía existir el humo sin el fuego, la muerte sin el nacimiento, la cosecha sin la sementera, y que todas y cada una de las cosas pueden producirse sin causa real.

El orador, una vez desalterado, enjugóse varias veces la frente arrugada, de izquierda a derecha, con un pañuelo doblado, y concentró sus reavivadas energías en un gesto de mofa, rebosando desprecio y amargura.

—Pero, amigos míos y hermanos míos; ¡hombres, hombres de Inglaterra, obreros oprimidos de Coketown!, ¿qué diremos del hombre..., del trabajador, indigno de llevar este nombre glorioso que no tengo más remedio que darle..., qué diremos del hombre que, conociendo a fondo y prácticamente todos los agravios y calamidades que sufrís vosotros, que sois el nervio y la médula de este país..., qué diremos del hombre que sabiendo que vosotros, con noble y majestuosa unanimidad que hará temblar a los tiranos, habéis resuelto suscribiros a los fondos del Tribunal de Obreros Unidos, sometiéndoos a las resoluciones que este organismo tome en beneficio vuestro, cualesquiera que éstas sean..., qué diremos os pregunto, de ese trabajador..., ya que no tengo más remedio que darle ese nombre..., que en una ocasión como esta deserta de las filas y traiciona su bandera; que en una ocasión como ésta se porta como un traidor, un pusilánime y un apóstata; que en un tiempo como éste no se avergüenza de haceros la confesión humillante y cobarde de que él se mantendrá apartado, de que él no será uno de los que se han asociado en la honrosa lucha por la libertad y por el derecho?

Sobre este punto hubo división de opiniones en la asamblea. Oyéronse algunos siseos y murmullos, pero el sentimiento general del honor era en la concurrencia lo suficientemente fuerte para no condenar a aquel reo sin escuchar su defensa. «¿Estáis en lo cierto, Slackbridge?». «¡Que suba a la tribuna!». «¡Que dé sus razones!». Éstas y parecidas frases fueron lanzadas desde distintas partes de la sala. Por último, una voz fuerte gritó: «¿Está aquí el aludido? Si está presente, que nos hable él mismo y no tú». Esta intervención fue acogida con grandes aplausos.

Slackbridge, el orador, miró en torno suyo con mustia sonrisa; y alargando el brazo con la mano extendida, a la manera de todos los Slackbridges, hacia aquel mar todavía tormentoso, esperó a que se hiciese un silencio profundo, y entonces, moviendo enérgicamente la cabeza con gesto irónico, exclamó:

—¡Amigos míos y compañeros! No me extraña que vosotros, los oprimidos hijos del trabajo, dudéis de la existencia de un hombre semejante. Pero también existió un hombre que vendió su primogenitura por un plato de lentejas, y existió Judas Iscariote, y existió Castlereagh..., y existe el hombre de que os he hablado.

Al llegar a este punto hubo junto a la plataforma un breve revuelo y confusión, que acabó al mostrarse en aquélla, junto al orador, el hombre a quien aquél había aludido. Estaba pálido, y su rostro, especialmente los labios, delataban un poco de emoción; por lo demás, estaba sereno, esperando, con la mano izquierda en la barbilla, a ser escuchado. La asamblea tenía un presidente que regulaba la marcha del acto, y este funcionario se hizo cargo del caso, diciendo:

—Amigos míos: como presidente vuestro, pido a nuestro amigo Slackbridge, que quizá está excesivamente acalorado en este asunto, que tome asiento, mientras escuchamos a Esteban Blackpool. Todos lo conocéis por sus desgracias y por su buena reputación.

Después de estas palabras, el presidente le dio un apretón de manos cordial y volvió a sentarse. También se sentó Slackbridge, enjugándose la frente, siempre de izquierda a derecha y jamás en sentido contrario. Esteban empezó a hablar en medio de un silencio absoluto:

—Amigos míos, he escuchado lo que de mí se ha hablado, y es probable que no alcance a desvirtuarlo. Pero hubiera preferido que escuchaseis la verdad acerca de mí, de mis propios labios mejor que de los de otra persona, aunque nunca haya acertado yo a hablar delante de tanta gente sin emocionarme y aturrullarme.

Slackbridge sacudió enérgicamente la cabeza, como si, de puro enfado, quisiera lanzarla lejos.

—Yo soy el único obrero de la fábrica de Bounderby, entre todos los que allí trabajan, que no se ha adherido a los reglamentos propuestos. No me es posible aceptarlos. Amigos míos, dudo que os sean de ninguna utilidad; más bien creo que os perjudicarán.

Slackbridge se echó a reír, se cruzó de brazos y frunció sarcásticamente el ceño.

—Pero no es precisamente por esa razón por la que yo no entro. Si no fuese más que por eso, yo entraría con los demás. Es que yo tengo mis razones..., razones mías, personales..., que me lo impiden; no sólo de momento, sino para siempre..., para siempre, mientras viva.

Slackbridge se puso en pie de un salto, y habló con furia y rechinando los dientes:

—Amigos míos: ¿qué es lo que yo os dije sino esto? Compañeros y compatriotas, ¿no fue ésta la advertencia que os hice? ¡Y qué bien sienta esta conducta desleal en un hombre sobre el que ha caído con tanta fuerza la desigualdad de las leyes! A vosotros, ingleses, os pregunto: ¿cómo os parece que le sienta este soborno a uno de entre vosotros que consiente así en la ruina suya y en la vuestra, en la de vuestros hijos y en la de los hijos de vuestros hijos?

Algunos aplaudieron, mientras otros lanzaban gritos de «¡Es una vergüenza!», dirigidos al tránsfuga; pero la mayoría del auditorio guardó silencio. Contemplaban el rostro cansado de Esteban, en el que se retrataban las emociones sufridas en su hogar, dándole una expresión todavía más patética; y, como eran gente buena, más que indignación sentían pesar. Esteban dijo entonces:

—Quien tiene el oficio de hablar es este delegado; para eso le pagan y sabe cómo hacerlo. ¡Que hable, pues! Que hable sin preocuparse de todo lo que yo llevo encima de mí. Esto a él no le importa. Esto no le importa a nadie más que a mí.

Había tal propiedad, por no decir dignidad, en aquellas palabras, que los oyentes permanecieron aún más silenciosos y atentos. La misma fuerte voz de antes gritó:

«¡Slackbridge, deja que hable él, muérdete la lengua!».

Después de esto se hizo un silencio sorprendente. Esteban, al que, a pesar de hablar en voz baja, se le oía perfectamente, prosiguió:

—Hermanos y compañeros de trabajo..., que eso sois para mí, aunque no lo sois, que yo sepa, para este delegado...; yo no tengo más que una palabra, y no tendría otra aunque tuviera que estar hablando hasta el día de mi muerte. Sé bien lo que me espera. Sé perfectamente que todos vosotros habéis decidido no tener nada que ver con quien no está con vosotros en este asunto. Sé perfectamente que, aunque me vieseis muriendo al borde de un camino, pasaríais de largo mirándome como a un extraño y a un forastero. Yo lo he querido y he de procurar salir adelante lo mejor que pueda.

El presidente dijo, levantándose:

—Esteban Blackpool, piénsalo bien otra vez. Piénsalo bien otra vez, muchacho, antes que todos nuestros amigos te den de lado.

Hubo un murmullo general en apoyo de aquellas palabras, aunque nadie articuló claramente una sola. Todas las miradas estaban fijas en Esteban. Si éste se volviese atrás de su resolución, les habría quitado un peso de sus almas. Miró a su alrededor, y lo comprendió. En el corazón de Esteban no había ni un adarme de enojo contra ellos. Los conocía muy por debajo de sus debilidades y errores superficiales, como sólo podía conocerlos un compañero de trabajo.

—Lo he pensado ya, y no poco. Sencillamente, no puedo entrar. Yo debo seguir el camino que se me presenta por delante. Tengo que despedirme de todos los que estáis aquí.

Les hizo una especie de reverencia levantando los brazos, y permaneció unos momentos en aquella actitud, sin hablar, hasta que los dejó caer poco a poco, inertes, a ambos lados.

—Las palabras amables que algunos han tenido para mí han sido muchas, y muchas son las caras que aquí veo, tal como las vi por primera vez cuando yo era más joven y mi corazón estaba más alegre que ahora. No he tenido jamás un roce desde que nací con ninguno de mis iguales; bien sabe Dios que no tengo yo la culpa de lo que pueda ocurrir ahora. Me llamáis traidor... me refiero a vos —dijo, volviéndose hacia Slackbridge—, pero es más fácil decirlo que probarlo. Dejémoslo, pues, estar...

Había dado Esteban uno o dos pasos, como para bajar de la plataforma; pero se acordó de pronto de algo que había dejado de decir, y volvió a su sitio anterior. Miró a todas partes, lentamente, volviendo su cara arrugada, como si quisiera dirigirse individualmente a todo el auditorio, a los que estaban cerca y a los que estaban lejos, y exclamó:

—Acaso cuando se proponga y discuta esta cuestión se produzca una amenaza de paro si me quedo trabajando entre vosotros. Pero antes que se produjese un hecho así quisiera yo morir; si no se produce, seguiré trabajando solitario entre vosotros..., tengo que trabajar, amigos míos; no es desafiaros; es que tengo que vivir. No cuento para vivir sino con mi trabajo, ¿y adónde voy a ir yo, que he trabajado aquí, en Coketown, desde que era pequeño? No me quejaré de que, de hoy en adelante, me echéis al arroyo, de que me miréis como a un proscrito y me deis de lado, pero confío en que me dejaréis trabajar. Si algún derecho me queda, amigos míos, creo que es este.

Nadie habló una palabra. No se oyó en toda la sala más ruido que el roce de los pies de los concurrentes al abrir camino, en el centro de la sala, para que pudiese pasar hacia la puerta el hombre con el que todos ellos se habían comprometido a romper todo compañerismo. El viejo Esteban, cargado con el peso de todas sus penas, abandonó aquel lugar sin mirar a nadie, siguiendo su camino con una firmeza pausada que ni se jactaba de nada ni pedía nada.

Después de esto, Slackbridge, que mantuvo extendido su brazo de orador mientras que Esteban salía, como si estuviese conteniendo con infinita solicitud y gracias a una fuerza moral prodigiosa los ímpetus pasionales de la multitud, se dedicó a levantar los ánimos de la gente: «¿No condenó el romano Bruto, ¡oh compatriotas míos!, a muerte a su propio hijo? ¿No hicieron las madres espartanas, ¡oh amigos míos que habéis de conocer pronto la victoria!, no hicieron, digo, que sus hijos diesen cara a las espadas enemigas que los perseguían? ¿No era, pues, un deber sagrado de los coketownenses el arrojar a los traidores de las tiendas en que habían acampado, luchando como luchaban por una causa santa y casi divina, ante la mirada de sus antepasados, la admiración del mundo que los acompaña y la posteridad que vendrá después?». Los vientos del firmamento contestaban: «¡Sí!», y llevaban el «¡Sí!» hacia Levante, Poniente, Norte y Sur. Y, en consecuencia, «¡vengan tres ovaciones para el Tribunal de Obreros Unidos!».

Slackbridge actuó como cabeza de fila, y marcó el tiempo. La muchedumbre de caras perplejas, y con un ligero remordimiento de conciencia, recuperó la alegría al oír la señal, y siguió el ejemplo. Por encima de los sentimientos particulares estaba la causa común a todos. «¡Hurra!». Cuando la asamblea se dispersó, vibraba todavía la sala con el rumor de los aplausos.

Con esta sencillez cayó Esteban Blackpool en la más solitaria de las vidas: la del que vive aislado entre una muchedumbre que le es familiar. El que es forastero en un país y busca entre diez mil caras una siquiera que conteste a su mirada y no la encuentra, vive en una alegre sociedad comparado con el que se cruza cada día con diez caras que antes eran amigas y que ahora miran a otro lado. A eso estaba condenado Esteban durante todos los momentos de su vida; en la fábrica, al ir y venir de la fábrica, en la puerta de su casa, al asomarse a su ventana, en todas partes. Por consenso general, evitaban caminar por el lado de la calle por el que habitualmente marchaba Esteban, y se lo cedían a él para que fuese el único trabajador que circulaba por allí.

Había sido durante muchos años hombre callado y tranquilo; raras veces se comunicaba con los demás, y estaba acostumbrado a la compañía de sus propios pensamientos. No sabía hasta entonces con cuánta fuerza pedía su corazón la frecuente señal amistosa de una mirada, de una palabra, de una inclinación de cabeza; ni la suma inmensa de alivio que con cada una de esas pequeñas muestras de cariño había ido cayendo gota a gota en su corazón. Y aún le resultaba más duro el haber creído posible separar, en su propia conciencia, aquel abandono de todos sus compañeros de una sensación infundada de vergüenza y deshonor.

Los cuatro días primeros que tuvo que sufrir aquel tormento le resultaron tan largos y tristes que comenzó a sentir terror de las perspectivas que se abrían ante él. No sólo no se vio en todo ese tiempo con Raquel, sino que procuraba evitar toda posibilidad de tropezarse con ella. Sabía que la prohibición de tratar con él no se extendía a las mujeres que trabajaban en las fábricas, formalmente al menos; pero se encontró con que algunas de las que él conocía mostrábanse distintas con él, y temió hacer la prueba con otras; y aún le causó mayor espanto la idea de que pudiesen hacerle el vacío a Raquel si la veían en su compañía. Llevaba, pues, cuatro días de completa soledad, sin hablar con nadie, cuando, al salir una noche del trabajo, se le acercó en la calle un mozo joven, muy rubio, y le dijo:

—Os llamáis Esteban Blackpool, ¿no es así?

Esteban se puso colorado al advertir que se había quitado el sombrero por un impulso de gratitud que le había producido el que le dirigieran la palabra, por lo súbito del hecho, o por ambas cosas a la vez. Simuló que arreglaba el forro, y contestó que si.

—¿Sois, entonces, el obrero al que han condenado al ostracismo? —le preguntó Bitzer, que era el joven rubio en cuestión.

Esteban le contestó otra vez que sí.

—Me lo imaginé viendo que todos ellos parecen querer mantenerse alejados de vos. El señor Bounderby quiere hablaros, Vos conocéis ya su casa, ¿no es así?

Esteban contestó también afirmativamente.

—Entonces, id allá derecho, ¿queréis? Os están esperando, y no tenéis sino decir al criado que sois vos. Yo pertenezco al Banco, de modo que, si vais derecho de aquí a la casa sin necesidad de que yo os acompañe (me han mandado que os lleve), me ahorraréis una caminata.

Aunque Esteban llevaba dirección contraria, dio media vuelta y se encaminó, igual que si cumpliese una obligación, al castillo de ladrillo rojo del gigante Bounderby.

CAPÍTULO V: UN HOMBRE Y UNOS AMOS

El señor Bounderby le dijo con su acostumbrada solemnidad:

—Y bien, Esteban, ¿qué es lo que me dicen? ¿Qué ha hecho contigo toda esta mala ralea? Pasa y desembucha.

De esta manera le hizo pasar a la sala. Había dispuesta una mesa de té; la joven esposa del señor Bounderby, el hermano de ésta y un distinguido caballero de Londres se hallaban presentes. Esteban les hizo a todos un saludo, cerró la puerta y se quedó en pie cerca de ella, con el sombrero en la mano. El señor Bounderby habló de este modo:

—Aquí tenéis, Harthouse, al hombre de que os estaba hablando.

El caballero a quien de esta manera se dirigía se hallaba conversando en el sofá con la señora del dueño de la casa; se levantó, dejando escapar un indolente «¡Ah!, ¿sí?», y después se trasladó perezosamente a la alfombrilla del hogar en la que permanecía en pie el señor Bounderby.

—¡Ea, desembucha! —dijo Bounderby.

Esta invitación sonó de un modo rudo y discordante en los oídos de Esteban, después de aquellos cuatro días que había pasado. Además de que equivalía a un trato rudo de su alma herida, parecía que diesen por sentado que él era, en efecto, un desertor por cálculo, tal cual lo habían calificado en la asamblea. Por eso contestó:

—¿Para qué me habéis llamado, señor?

—Ya lo has oído —le contestó Bounderby—. Habla como hombre que eres y cuéntanos todo lo ocurrido entre tú y esa liga.

—Perdón, caballero; nada tengo que contar sobre ese particular —dijo Esteban Blackpool.

El señor Bounderby, que estaba siempre a punto de hacer el papel de ventarrón al tropezar en su camino con un obstáculo, soltó en seguida el chorro de su furia, y dijo:

—Ya lo veis, Harthouse; aquí tenéis una muestra de lo que es esa gente. Este hombre ha estado aquí antes de ahora, y yo lo puse en guardia entonces contra los malvados extranjeros que rondan siempre por esta ciudad..., y que debieran ser ahorcados en cuanto se les echase la mano encima... Yo le dije a este hombre que marchaba por mal camino. Pues bien: ¿podéis creerme si os digo que, a pesar del estigma con que lo han marcado, sigue tan esclavo de sus compañeros que ni siquiera se atreve a abrir los labios para darnos informes acerca de ellos?

—Lo que yo he dicho es que no tengo nada que hablar, señor, y no que tenga miedo de abrir mis labios.

—¿Eso has dicho? ¡Ajá! Yo sé bien lo que has dicho; más aún; sé hasta lo que piensas, ¿qué te parece? No siempre se piensa lo mismo que se dice. A veces se piensan y se dicen cosas muy distintas. Lo mejor que podías hacer es decirnos sin rodeos que el tal Slackbridge no anda por esta ciudad incitando a los obreros al motín; que no se trata de un jefe de organización de los obreros, es decir, de un canalla de lo más desvergonzado. Lo mejor que podías hacer es decirnos eso, sin más; lo que es a mí no me engañas. Eso es lo que quieres decirnos. ¿Por qué no lo dices?

Esteban contestó, cabeceando negativamente:

—Yo lamento, señor, tanto como vos, el que los jefes de los obreros sean malos. Los obreros toman los jefes que encuentran, y no es la menor de sus desgracias el que no puedan disponer de otros mejores.

El ventarrón empezó a alborotarse.

—Harthouse, ¿qué os parece esto? Muy bonito, ¿verdad? Con seguridad que lo encontraréis algo fuerte. Pues bien: por vida mía, aquí tenéis un ejemplar muy decente de la clase de hombres con que tienen que habérselas mis amigos. Pero esto no es nada, señor. Vais a oír la pregunta que quiero hacerle... —el ventarrón fue arreciando—. Decidme, señor Blackpool: ¿puedo tomarme la libertad de preguntaros cómo es que os habéis negado a entrar en esa liga?

—¿Que cómo ha sido el negarme?

—Sí; cómo ha sido —repitió el señor Bounderby, con los dedos pulgares en la sisa del chaleco, dando una sacudida a su cabeza y cerrando los ojos como en una confidencia con la pared de enfrente.

—Preferiría no hablar de ese asunto, señor; pero ya que me hacéis esa pregunta..., y como no quiero parecer mal educado..., responderé. Lo hice para cumplir una promesa.

—A mí, al menos, no me la habíais hecho —exclamó Bounderby. (Tiempo borrascoso intercalado de engañosas calmas, una de ellas la de ahora).

—¡Claro que no, señor! No os la había hecho a vos. Bounderby, siguiendo su confidencia con la pared, dijo:

—Es decir, que en ese asunto no habéis pensado para nada en mí, no ha influido para nada ninguna consideración hacia mí. Si únicamente se hubiera tratado de Cosías Bounderby, de Coketown, os habríais juntado con ellos sin ningún escrúpulo.

—Desde luego, señor. Ésa es la pura verdad. El señor Bounderby se convirtió en galerna:

—¡Y eso lo dice aunque sabe que todos ellos son unos bergantes y unos rebeldes, para los que el castigo de la deportación sería demasiado benigno! Pues bien, señor Harthouse; vos, que habéis corrido mundo durante algún tiempo, ¿encontrasteis jamás, fuera de este desdichado país, otro hombre comparable a éste?

Y, al decir esto, el señor Bounderby extendió hacia él su índice airado, señalándolo, para que lo mirase bien. Esteban Blackpool, protestando valerosamente contra las palabras que se habían empleado, y dirigiéndose instintivamente a Luisa, después de haberla mirado a la cara, exclamó:

—¡Nada de eso, señora! Ni rebeldes ni bergantes. Nada de eso, señora, ni mucho menos. Seguramente, señora, que lo que han hecho conmigo no me parece nada bien. A pesar de todo, no hay entre ellos, señora, ni una docena de hombres..., ¿qué digo una docena?, ni seis siquiera..., que no estén convencidos de que han obrado como era su deber para con ellos mismos y para con todos los demás. ¡Dios me libre de que yo, que conozco a esos hombres y que he tratado con ellos durante toda mi vida..., con ellos he comido y bebido, con ellos he sudado y trabajado y los he amado..., falte a la verdad hablando de ellos, aunque me han hecho lo que me han hecho!

Se expresaba con la ruda seriedad propia de su situación y de su carácter, realzada quizá por el orgullo consciente de que, a pesar de todas las desconfianzas, él seguía siendo fiel a su clase; pero no se olvidó por un momento del lugar en que se encontraba, y por ello no levantó siquiera la voz.

—No, señora; no. Ellos son leales unos con otros, fieles unos a otros, cariñosos unos con otros, aunque se vieran en peligro de muerte. Si os encontraseis pobre entre ellos, enfermo entre ellos, sufriendo entre ellos por alguna de las muchas cosas que lleva la aflicción a la puerta del pobre, veríais cómo ellos se mostraban cariñosos, tiernos, serviciales y cristianos con vos. Tened la completa seguridad de ello, señora. Antes se dejarían hacer pedazos que cambiar de manera de ser.

—En una palabra —exclamó Bounderby—: que habéis abandonado sus filas porque son unas gentes rebosantes de virtud. Ya que estáis en vena, proseguid, proseguid sin reparo.

Esteban prosiguió, mirando siempre a Luisa, como si encontrase en ella su refugio natural.

—Yo no sé cómo ocurre, señora, que las mejores cualidades que tenemos nosotros son precisamente las que nos llevan a casi todas nuestras dificultades, desdichas y errores. Pero es precisamente lo que ocurre. Lo sé lo mismo que sé que hay un cielo por encima del humo. Somos, además, gente sufrida, y, por regla general, queremos obrar bien. No puedo pensar que todas las culpas estén del lado nuestro.

El señor Bounderby, al que no había nada que exasperase más que aquella manera de hablar dirigiéndose a otra persona, aunque Esteban lo hacía sin darse cuenta de ello, dijo:

—Bien está, amigo mío; pero ahora me vais a conceder a mí medio minuto de atención, porque deseo cambiar con vos algunas palabras. Nos habéis dicho hace un instante que nada teníais que decirnos acerca del asunto en cuestión. Antes de que sigamos adelante, ¿os afirmáis en, ello?

—Completamente, señor.

El señor Bounderby apuntó hacia atrás con el dedo pulgar, señalando a don Santiago Harthouse:

—Aquí tenéis a un caballero de Londres, a un caballero del Parlamento. Me gustaría que escuchase un pequeño diálogo que vamos a tener vos y yo, en lugar de conocerlo solamente en su esencia, en lugar de recibirlo de mi boca y bajo la fe de mi palabra... Y digo eso porque sé de antemano cómo va a desarrollarse. ¡Nadie lo sabe mejor que yo, fijaos bien!

Esteban saludó con una inclinación de cabeza al caballero de Londres y dio muestras de hallarse algo más turbado que de costumbre. Buscó involuntariamente con la mirada su anterior refugio; pero, obedeciendo a la que ella le dirigió (una mirada instantánea, pero expresiva), puso los ojos en el rostro del señor Bounderby. Éste le preguntó:

—¿Queréis decirme de qué os quejáis?

—No he venido para quejarme, señor. Vine porque me mandasteis buscar —le recordó Esteban.

—¿De qué os quejáis de un modo general vosotros, los trabajadores? — repitió el señor Bounderby, cruzándose de brazos.

Esteban lo miró un momento algo indeciso; pero de pronto pareció tomar una resolución.

—Señor, aunque yo he tenido mi parte de sufrimientos, nunca tuve habilidad para exponerlos. Señor, vivimos metidos en un embrollo. Fijaos en nuestra ciudad..., con todo lo rica que es..., y ved la gran cantidad de personas que han tenido la idea de reunirse aquí para tejer, para cardar y para ganarse la vida, todos con el mismo oficio, de un modo u otro, desde que nacen hasta que los entierran. Fijaos en cómo vivimos, en dónde vivimos, en qué apiñamiento y con qué uniformidad todos. Fijaos en cómo las fábricas funcionan siempre, sin que con ello nos acerquen más a ninguna meta determinada y distante..., como no sea a la muerte. Fijaos en el concepto en que nos tenéis, en lo que escribís acerca de nosotros, en lo que decís de nosotros, en las comisiones que enviáis a los ministros con quejas de nosotros y en que siempre tenéis razón y jamás la tuvimos nosotros en todos los días de nuestra vida. Fijaos en cómo todas estas cosas han ido creciendo y creciendo, haciéndose más voluminosas, adquiriendo mayor amplitud, endureciéndose más y más, de año en año, de generación en generación. ¿Quién que se fije con atención en todo esto no dirá, si es sincero, que es un embrollo?

—¡Naturalmente! —exclamó el señor Bounderby—. Y, después de todo eso, quizá tengáis a bien explicarle a este caballero cómo pondríais vos en orden este embrollo, como os gusta llamarlo.

—Lo ignoro, señor. ¿Cómo voy a arreglarlo yo? Eso les

corresponde a los que están por encima de mí y por encima de todos nosotros. ¿De qué discuten, señor, entre ellos, si no discuten de cómo arreglarlo?

Bounderby le replicó:

—Algo haremos en ese sentido, y os lo voy a decir. Haremos un escarmiento con media docena de Slackbridges. Denunciaremos a todos esos, a canallas como a criminales, y los haremos deportar a las colonias penitenciarías.

Esteban cabeceó negativamente con mucha gravedad.

—¡No me digáis que no, porque sí que lo haremos, os lo aseguro! — bramó Bounderby, convertido ya en huracán.

Esteban le replicó, con la tranquila confianza de quien está absolutamente seguro:

—Aunque echaseis el guante a un centenar de Slackbridges..., a todos los que andan por ahí y a un número diez veces mayor..., y los metieseis a cada uno en un saco y los hundieseis en lo más profundo del océano, donde no será jamás de los jamases tierra seca, aunque hicieseis eso, habríais dejado el embrollo tal y como antes estaba. ¡Hablar de extranjeros perversos, cuando no hemos tenido entre nosotros, desde que podemos hacer memoria, ni uno solo! —Esteban acompañó estas palabras de una sonrisa apesadumbrada—. No son ellos los que crean las dificultades; no han empezado éstas con ellos. Yo no pretendo patrocinarlos..., ninguna razón tengo para favorecerlos...; pero es deplorable e inútil soñar con prohibirles ejercitar sus oficios, en lugar de ganarles la mano por mayor habilidad que ellos. Yo soy el mismo que era antes de venir a esta habitación y seré el mismo que ahora soy después que me haya marchado de aquí. Poned ese reloj a bordo de un barco y expedidlo para la isla del Norfolk, y seguirá marcando la hora de la misma manera. Eso es exactamente lo que ocurre con Slackbridge.

Al llegar a este punto, se volvió a mirar hacia su anterior refugio y observó en aquellos ojos un cauto movimiento que le señalaba que se fuese. Esteban retrocedió y puso la mano en la manija de la puerta. Pero aún no había hablado a todo su deseo y voluntad; sintió en su corazón el impulso de pagar el trato injurioso de que había sido objeto, permaneciendo leal hasta lo último a los que lo habían repudiado. Y se quedó para acabar de decir lo que llevaba en su cerebro.

—Señor yo soy hombre de pocos conocimientos y de maneras

ordinarias para que pueda indicar a este caballero el modo de mejorar todo esto..., aunque hay en esta ciudad trabajadores de más talento que yo y podrían hacerlo... pero sí que puedo decirle qué es lo que no mejorará jamás la situación. La mano dura no la mejorará. Con vencer y triunfar en los conflictos no se mejorará. Poniéndose de acuerdo para dar siempre, contra naturaleza, la razón a una de las partes, y quitársela siempre, contra toda lógica, a la otra parte, jamás, jamás se mejorará. Mientras se aísle a millares y millares de personas que viven todas de la misma manera, metidas siempre en idéntico embrollo, por fuerza han de ser como un solo hombre, y vosotros seréis como otro solo hombre, con un mundo negro e imposible de salvar entre unos y otros, mientras subsista esta situación desdichada, sea poco o sea mucho tiempo. No se mejorará la situación ni en todo el tiempo que ha de transcurrir hasta que el Sol se vuelva hielo, si se persiste en no acercarse a los trabajadores con simpatía, paciencia y métodos cariñosos como hacen ellos unos con otros en sus muchas tribulaciones, acudiendo al socorro de sus compañeros necesitados con lo que a ellos mismos les está haciendo falta... No lo hacen mejor, esa es mi humilde opinión, los trabajadores de ninguno de los países por donde ha viajado el caballero. Sobre todo valorándolos como tanta o cuánta mano de obra y moviéndolos como números en una suma, o como máquinas, igual que si ellos no tuviesen amores y gustos, recuerdos e inclinaciones, ni almas que pueden entristecerse, ni almas capaces de esperar...; menospreciándolos como si para nada contasen ellos, cuando están tranquilos, y echándoles en cara la falta de sentimientos humanos en sus tratos con vosotros, cuando ellos se desasosiegan...; de ese modo, señor, no se mejorará la situación mientras el mundo sea mundo y no vuelva a la nada de que Dios lo sacó.

Esteban había abierto la puerta y permanecía con la mano en la manija por si querían alguna otra cosa de él.

Bounderby, con la cara hecha viva grana, le dijo:

—Esperad un momento. La última vez que estuvisteis aquí para traerme una lamentación os dije que lo mejor que podíais hacer era cambiar de rumbo y dejaros de todas esas cosas. Os dije también, si lo recordáis, que a mí no me asustaban los que buscan la cuchara de oro.

—Os aseguro, señor, que yo no pensaba en ella.

—Ahora comprendo con toda claridad que sois uno de esos individuos que siempre andan quejosos. Y que vuestra ocupación es sembrar el descontento y recoger los frutos. Ésa es la ocupación de vuestra vida, amigo mío.

Esteban cabeceó negativamente, en tina afirmación muda de que tenía otras cosas de que ocuparse en la vida.

Pero Bounderby prosiguió:

—Sois un individuo tan venenoso, tan áspero, tan descontentadizo, que ni siquiera los hombres mismos de vuestro Sindicato, que son los que os conocen mejor que nadie, quieren tener trato alguno con vos. No creí jamás que esta gente pudiera hacer algo con sano juicio; pero escuchad lo que os voy a decir. Por primera vez voy a estar de acuerdo con ellos y tampoco yo quiero tener trato ninguno con vos.

Esteban alzó rápidamente los ojos para mirarle a la cara. El señor Bounderby agregó, con una expresiva inclinación de cabeza:

—Acabad el trabajo que tenéis entre manos y marchaos después a trabajar a otra parte.

Esteban le dijo vivamente:

—Señor, vos sabéis perfectamente que si me despedís de vuestra fábrica ya no podré trabajar en ninguna otra.

—Lo que yo sepa se queda para mí, y lo que vos sabéis se queda para vos. Nada más tengo que decir a este respecto.

Esteban miró también ahora a Luisa, pero ésta no levantó sus ojos hacia él. En vista de eso, dejó escapar un suspiro, y murmuró con voz muy queda: «¡Que Dios nos proteja a todos en este mundo!», y se marchó.

CAPÍTULO VI: EL ALEJAMIENTO

Era ya oscurecido cuando Esteban salió de la casa del señor Bounderby. Las sombras de la noche se habían apretado tanto, que aquél no miró a su alrededor después de cerrar la puerta, sino que echó a caminar, sin más, calle adelante. Nada estaba más alejado de sus pensamientos en aquel instante que la curiosa viejecita con la que había trabado conversación en su anterior visita a la misma casa; pero, al darse media vuelta, porque había oído unos pasos que le eran conocidos, la vio acompañada de Raquel. Fue a ésta a la que vio primero, porque sólo sus pasos había oído.

—¡Raquel, amor mío...! ¿Vos con ella, señora? La anciana contestó:

—Ya lo veis; aquí estoy de nuevo, y no me extraña nada que os sorprenda el verme.

—Pero ¿cómo es posible que os encuentre en compañía de Raquel? — exclamó Esteban, caminando entre las dos y amoldándose a su paso, mirando tan pronto a una como a otra de las dos mujeres.

—Pues veréis, he entrado en relación con esta muchacha de una manera muy parecida a como entré en relación con vos —dijo la anciana alegremente, encargándose de contestarle ella misma—. Este año he hecho mi visita a Coketown más tarde que de costumbre; estuve bastante molesta de asma y la demoré hasta que el tiempo fuese bueno y cálido. Por la misma razón no he querido hacer en el mismo día el viaje de ida y vuelta, sino que me he tomado dos días; hoy dormiré en el Café de los Viajeros, junto a la estación del ferrocarril (una casa muy limpia), y haré el viaje de regreso mañana en el tren Parlamentario, que sale a las seis de la mañana. Pero, diréis, ¿,qué tiene que ver todo esto para explicar el encontrarme con esta buena muchacha? Os lo voy a decir. Supe que el señor Bounderby se había casado. Lo leí en un periódico, ¡qué boda más suntuosa y elegante! —la anciana puso un extraño entusiasmo en esta exclamación—, y quise ver a su señora. Todavía no lo he conseguido. ¿Creeréis que no ha salido de casa en toda la tarde? No quise darme por vencida con demasiada facilidad, y anduve por aquí al acecho un rato más; dio la casualidad de que me cruzase dos o tres veces con esta buena muchacha, y como la expresión de su cara es tan bondadosa, le hablé y ella me habló. ¡Y eso es todo! Podéis adivinar el resto vos mismo con mucha mayor facilidad que yo... ¡me lo supongo al menos! —díjole la anciana a Esteban.

También ahora tuvo éste que dominar un impulso instintivo de antipatía hacia la anciana, a pesar de que las maneras de ésta eran todo lo sinceras y sencillas que se podía pedir. Sin embargo, obedeciendo a una amabilidad que era natural en él, y que era también natural en Raquel, según a Esteban le constaba, siguió hablando del tema que tanto interesaba a la anciana, a pesar de sus años, y dijo:

—Pues yo, señora, he visto a esa dama, que es joven y hermosa. Tiene unos ojos negros pensativos y una actitud tan serena como yo no he visto en otra mujer.

—Joven y hermosa —exclamó la anciana, con verdadero deleite—, ¡eso es! Tan fresca como una rosa. ¡Y qué feliz mujer!

—Sí, señora, supongo que lo es —dijo Esteban, pero al mismo tiempo dirigió a Raquel una mirada de duda.

—¿Que suponéis que lo es? ¡No tiene más remedio que serlo! Es la esposa de vuestro amo —replicó la anciana.

Esteban cabeceó afirmativamente; pero dijo, mirando de nuevo a Raquel:

—En cuanto a que sea mi amo... ya no lo es. Entre él y yo ha terminado todo.

—¿Te has despedido, Esteban? —preguntó Raquel, rápida y anhelante.

—Mira, Raquel: que yo me haya despedido, o que él me haya despedido, el resultado es idéntico. Ya no trabajo más en su fábrica. Lo mismo da..., lo mismo no, es mejor; eso venía yo pensando en el momento de encontrarme con vosotras. El seguir yo en la fábrica no habría traído otro resultado que complicar aún más las cosas. El que yo me marche acaso sea del agrado de muchos; acaso también me haya hecho un bien con ello a mí mismo; de todos modos, la cosa no tiene remedio. Tengo que salir de Coketown por algún tiempo a buscar fortuna, querida Raquel, empezando de nuevo.

—¿Y adónde irás, Esteban?

Esteban se quitó el sombrero, se alisó los ralos cabellos con la palma de la mano, y dijo:

—De momento, lo ignoro; pero no me marcho esta noche, Raquel, ni mañana tampoco. No es cosa muy sencilla el decidirme hacia dónde he de tirar; pero vendrá en mi ayuda un buen corazón.

También entonces le favoreció la falta de egoísmo que había en su manera de pensar. Aún no había acabado de cerrar la puerta de la calle de la casa del señor Bounderby, cuando acudió a su mente el pensamiento de que Raquel se beneficiaba con su marcha, porque de ese modo no corría el peligro de ser puesta en entredicho por los demás si no rompía con él. Costábale un vivo dolor el dejarla, pero aunque no podía pensar en su traslado a ningún otro lugar al que no le siguiese también su condena, el hecho solo de verse obligado a romper con el sufrimiento de aquellos últimos cuatro días, aunque le esperasen dificultades y aflicciones desconocidas, servíale casi de alivio. Por eso dijo con verdad:

—No creía que esta desgracia fuera tan llevadera.

No sería Raquel quien hiciese más pesada su carga. Le contestó con su alentadora sonrisa y los tres fueron caminando juntos.

La ancianidad, especialmente cuando es valerosa y alegre, suele hallar un gran respeto entre los pobres. Aunque sus achaques se habían agravado desde su encuentro anterior con Esteban, tanto éste como Raquel se interesaron mucho por aquella anciana tan modosa y satisfecha. Lucía su agilidad para que ellos no tuviesen que acortar el paso por su causa; mostrábase agradecida de que le hablasen y muy dispuesta a hablar todo lo que fuese necesario. De ahí que no hubiese decaído aún su vivacidad animosa cuando llegaban a la parte de la ciudad en que Esteban y Raquel vivían. Aquél le dijo:

—Venid a mi pobre habitación, señora, y tomad una taza de té. Si vos venís, también vendrá Raquel; después os acompañaré yo a vuestro Café de los Viajeros... Quizá pase mucho tiempo aún, Raquel, antes que vuelva yo a disfrutar de tu compañía.

Las mujeres accedieron y los tres se encaminaron a la casa en que vivía Esteban. Al entrar en la estrecha calle, miró éste a su ventana con el temor que le inspiraba siempre su desolada habitación; la ventana estaba abierta, como él la había dejado, y no había nadie dentro. El espíritu maligno de su vida había vuelto a fugarse, meses atrás, sin que Esteban hubiese vuelto a tener noticias suyas. Las únicas huellas que habían quedado de su última visita eran algunos muebles menos en el cuarto y algunas canas más en la cabeza de Esteban.

Encendió una vela, colocó su mesita de té, subió agua caliente de la planta baja y trajo de la tienda de ultramarinos más próxima pequeñas cantidades de té, azúcar, un pan y algo de mantequilla. El pan era tierno y bien tostado; la mantequilla, fresca; el azúcar, de terrón...; no podía ser de otro modo, señor, si habían de resultar ciertas las afirmaciones de los magnates de Coketown de que los trabajadores vivían como príncipes. Raquel preparó el té —como la reunión era tan numerosa, hubo que pedir prestada una taza—, y la anciana visitante disfrutó en grande. En cuanto al anfitrión, era aquél el primer rato de sociabilidad que había tenido en muchos días. Él también, aunque el mundo se le presentaba como un erial, gozó con aquella colación...; otra prueba más de que tenían razón los magnates, sí, señor, porque era un ejemplo de la completa falta de previsión de aquellas gentes. Esteban dijo a la anciana:

—Señora, no se me ha ocurrido nunca preguntaros por vuestro nombre. La anciana se dio a conocer como la señora Pegler.

—Viuda, ¿no es así? —preguntó Esteban.

—¡Desde hace muchísimos años!

La señora Pegler calculó que su esposo, uno de los mejores hombres que habían existido, había muerto ya cuando Esteban nació.

—Mucho más de sentir entonces su pérdida, siendo tan bueno —dijo Esteban—. ¿Tenéis algún hijo?

—No..., actualmente, no...; actualmente, no.

Pero el tintineo tembloroso de la taza contra el platillo denotó cierto nerviosismo de la anciana al decirlo. Raquel apuntó en voz baja a Esteban:

—Quiere decir que se le ha muerto.

—Siento mucho haber hablado de eso —dijo Esteban—. Debí haber tenido más cuidado en no tocar un punto doloroso. Lo siento.

Mientras Esteban se disculpaba, la taza de la anciana seguía repiqueteando cada vez con más fuerza. Por último, extrañamente afligida, pero sin que se advirtiesen en ella los síntomas más corrientes del dolor, dijo:

—Sí, tuve un hijo que consiguió hacer una carrera magnífica en la vida, una carrera maravillosa. Pero no hablemos de él, por favor, porque ha... —colocó su taza en la mesa y movió las manos como si hubiese querido decir muerto . Pero en lugar de esto, dijo en voz alta—: Lo perdí.

No había conseguido Esteban reponerse todavía de su pesar por haber dado un motivo de aflicción a la anciana, cuando la dueña de la casa subió a tropezones por la estrecha escalera, y haciéndole salir a la puerta, le cuchicheó algo al oído. La señora Pegler no tenía nada de sorda, porque se dio cuenta de una de las palabras que la dueña de la casa pronunció:

—¡Bounderby! —exclamó con voz ahogada, levantándose de la silla—. ¡Por favor, escondedme! No permitáis por nada del mundo que me vea. No le dejéis subir hasta que haya salido yo de aquí. ¡Por favor, por favor!

La anciana temblaba, presa de agitación extraordinaria; escondíase detrás de Raquel, cuando ésta intentaba tranquilizarla, dando señales de que no sabía lo que se hacía. Esteban dijo, asombrado:

—Reportaos, señora, reportaos. No se trata del señor Bounderby, sino de su señora. No puede inspiraros miedo, ya que hace una hora estabais entusiasmada con ella.

—¿Estáis completamente seguro de que se trata de la señora y no del caballero? —preguntó temblorosa todavía.

—Completamente seguro.

—Pues, entonces, haced el favor de no hablarme, ni de daros por enterado de mi presencia, dejándome completamente tranquila en este rincón —dijo la anciana.

Esteban asintió con un movimiento de cabeza, miró a Raquel, como buscando una explicación de todo aquello, explicación que ella no pudo darle; tomó el candelero, descendió a la planta baja y regresó a los pocos momentos alumbrando el camino a Luisa, que entró en la habitación. Detrás de ella entró el mequetrefe.

Raquel se había levantado, permaneciendo en pie y a un lado con el chal y la cofia en la mano; Esteban, lleno también de asombro por aquella visita, colocó el candelero encima de la mesa. Hecho esto, permaneció en pie, apoyando la mano sobre la mesa que estaba cerca, y esperó que la recién llegada le dirigiese la palabra.

Por primera vez en su vida entraba Luisa en una habitación de una familia obrera de Coketown; por primera vez en su vida hallábase frente a frente de algo individual en relación con los obreros. Se representaba la existencia de éstos por centenares y por millares. Sabía la cantidad de trabajo que rendía un número determinado de obreros en un determinado tiempo. Los había visto salir en grandes grupos de sus nidos y volver a ellos, lo mismo que las hormigas y los coleópteros. Pero, gracias a sus lecturas, sabía muchísimo más de la vida de estos insectos trabajadores que la de aquellos hombres y mujeres obreros.

Eran algo a lo que se le exigía tanto y cuanto de trabajo y se le pagaba tanto y cuanto, terminando allí la cosa; eran algo que debía regirse infaliblemente por las leyes de la oferta y la demanda; eran algo que se revolvía contra estas leyes, creándose dificultades; algo que adelgazaba un poco cuando el trigo encarecía y que se atracaba cuando el trigo se vendía barato; eran algo que se multiplicaba todos los años de acuerdo con un porcentaje determinado de delincuentes y otro porcentaje de indigentes; eran un artículo al por mayor, con el que se hacían grandes fortunas; algo que de pronto se encrespaba como el mar, causaba algunos destrozos y pérdidas —principalmente a sí mismos— y luego se calmaba. Todo esto sabía Luisa de los obreros de Coketown. Pero tan lejos estaba de su pensamiento el separar a esa masa en unidades, como de separar las aguas del mar en las gotas que las integran.

Permaneció unos momentos examinando la habitación. De las

pocas sillas, escasos libros, estampas vulgares y cama única, pasó a mirar a las dos mujeres y a Esteban.

—He venido para hablar con vos a propósito de lo ocurrido hace poco. Desearía seros de alguna utilidad, si me lo permitís. ¿Es esta vuestra esposa?

Raquel levantó los ojos hacia los de Luisa; su mirada fue suficientemente negativa y volvió a bajar la vista. Luisa se sonrojó al darse cuenta de su equivocación, y dijo:

—Ya caigo. Recuerdo ahora haber oído hablar de vuestras desdichas domésticas, aunque en ese momento no hice caso de detalles. No ha sido mi propósito preguntar nada que pudiese ocasionar molestia a ninguno de los presentes. Si por casualidad alguna otra pregunta mía tuviese el mismo resultado, creedme, por favor, que se deberá a mi ignorancia de cómo debo hablaros.

De la misma manera que, no hacía mucho, Esteban la miraba a ella instintivamente, mientras hablaba, miraba ahora Luisa instintivamente a Raquel. Su modo de expresarse era lacónico y brusco, aunque vacilante y tímido.

—¿Os ha explicado lo ocurrido entre él y mi esposo? Me imagino que, antes que a nadie, os lo habrá contado a vos.

—Me he enterado nada más que del final, señorita —contestó Raquel.

—¿Debo entender que, al ser despedido por el dueño de una fábrica, le negarán probablemente el trabajo todos los demás? Me pareció oírle expresarse así.

—Un hombre que adquiere entre los amos mala reputación, tiene muy pocas probabilidades..., mejor dicho, casi ninguna..., de que le den trabajo.

—¿A qué os referís al hablar de mala reputación?

—A la de ser un obrero descontentadizo.

—¿De modo, pues, que resulta tan sacrificado por los prejuicios de los de su propia clase como por los de la otra? ¿Viven las dos clases tan separadas en esta ciudad que no hay lugar alguno para el trabajador honrado que se coloca entre ambas?

Raquel movió negativamente la cabeza en silencio.

—Parece que sus compañeros de oficio, los tejedores, lo han puesto en entredicho porque él había prometido a alguien que no se asociaría con ellos. Supongo que seréis vos la persona a la que él había hecho esa promesa. ¿Me permitís que os pregunte por qué la hizo?

Raquel rompió a llorar.

—Yo no se la exigí. Lo que hice fue suplicarle que, en su propio interés, se mantuviese apartado de las luchas, no sospechando que por mi culpa se colocaría precisamente en una situación difícil. Pero sé muy bien que antes de faltar a la palabra que me dio se dejaría matar cien veces. Estoy muy segura de eso, porque lo conozco bien.

Esteban permanecía mientras tanto en su habitual posición reflexiva, con la mano en la barbilla, muy atento a la conversación. Al llegar a este punto, habló con voz menos segura que de costumbre.

—Sólo yo, y nadie más, puede saber toda la lealtad, amor y respeto que Raquel me merece y por qué razones.

En el momento de hacerle aquella promesa me ligué con ella con tanta fuerza como si fuera mi ángel de la guarda. Fue una promesa solemne que me liga para toda la vida.

Luisa se volvió hacia él e inclinó la cabeza con un respeto que era nuevo en ella. Después miró a Raquel y la expresión de su rostro se suavizó, preguntando a Esteban:

—¿Qué vais a hacer ahora?

También la voz de Luisa era más suave que antes.

Esteban pareció tomar su situación de la mejor manera, y contestó sonriente:

—Veréis, señora; en cuanto haya terminado con la fábrica, me marcharé de esta región y procuraré trabajar en otra parte. Con buena o con mala suerte, no tiene uno más remedio que intentarlo; al que renuncia a intentarlo no le queda ya otro recurso que acostarse y dejarse morir.

—¿Y cómo viajaréis?

—A pie, mi amable señora, a pie.

Luisa se puso colorada, y apareció en su mano un monedero. Se oyó el roce de un billete de banco que ella desdobló y colocó sobre la mesa.

—Raquel, ¿queréis decirle..., porque vos sabréis cómo expresarlo sin ofensa para él... que disponga libremente de este dinero como ayuda de viaje? ¿Queréis suplicarle que lo acepte?

—No puedo hacer eso, señorita —contestó Raquel, mirando hacia otro lado—. ¡Bendita seáis por haber pensado con tanto cariño en este pobre muchacho! Sin embargo, es él quien debe saber cómo piensa y obrar en consecuencia.

Luisa vio, en parte con incredulidad, en parte con temor y en parte poseída de súbita simpatía, cómo aquel hombre que tan completo dominio ejercía sobre sí mismo, que tan firme y sereno se había mantenido en el transcurso de la conversación habida en su casa, perdía ahora, en un instante, su equilibrio y se cubría la cara con la mano. Ella alargó la suya, como movida por un impulso de tocarle; pero se dominó y permaneció quieta. Cuando Esteban retiró la mano con que se cubría el rostro, dijo:

—Ni la misma Raquel sería capaz de hacer con sus palabras más amables esta oferta tan amable. Para demostraros que no soy un hombre ingrato ni descomedido, aceptaré dos libras. Os las aceptaré como un préstamo que pagaré a su tiempo. Será para mí el trabajo más agradable de mi vida aquél que me permita demostraros una vez más mi eterna gratitud por esta acción vuestra.

Luisa se resignó a recoger el billete de banco, reemplazándolo por la cantidad, mucho menor, que él acababa de indicar. No era Esteban hombre galante, hermoso, ni llamativo en sentido alguno; sin embargo, en la manera como aceptó el obsequio y en el modo que tuvo de darlas gracias sin excederse en palabras, había una elegancia que ni en un siglo de aleccionamiento hubiera podido lord Chesterfield enseñar a su propio hijo.

Durante todo este tiempo había permanecido Tom sentado en la cama, balanceando una pierna y chupando su bastón, como si todo aquello le fuese indiferente; pero cuando las cosas llegaron a ese punto, y al ver que su hermana se preparaba para marcharse, se levantó con bastante precipitación, y dijo:

—Espera un momento Lu. Quisiera hablar unas palabras con este hombre antes que nos marchemos. Se me ha ocurrido una idea. Blackpool, si queréis salir conmigo a la escalera, os lo diré. ¡Dejaos de encender una vela! No hace falta luz.

Tom dio muestras de notable impaciencia al ver que Esteban se dirigía hacia el aparador para tomar una vela. Salió Esteban detrás de Tom a la escalera, y éste cerró la puerta de la habitación, permaneciendo con la mano en el picaporte.

—Escuchad —cuchicheó Tom—. Creo que puedo haceros un buen servicio. No preguntéis cuál es, porque quizá quede en un simple deseo. Pero nada se pierde con intentarlo.

El aliento de Tom era tan febril, que caía en la oreja de Esteban lo mismo que una llama.

—Fue nuestro porterito rubio del Banco el que os llevó esta noche el mensaje, ¿no es así? Digo nuestro porterito, porque yo también estoy empleado en el Banco.

Esteban pensó: «¡Qué prisas tiene!». Porque, en efecto, hablaba atropelladamente.

—Veamos... Decidme, ¿cuándo os marcháis? —dijo Tom.

—Estamos a lunes —contestó Esteban, calculando—. Pues bien, señor, el viernes o el sábado, creo yo.

—El viernes o el sábado —dijo Tom—. Mirad. Yo no tengo la seguridad absoluta de poder haceros el servicio que quisiera...; esta señora que está en el cuarto es hermana mía, ¿sabéis...? Es posible que lo consiga, pero si fracaso, en nada salís perjudicado. De modo, pues, que..., veamos... ¿Conoceríais al porterito rubio si lo vieseis otra vez?

—¡Desde luego que sí! —contestó Esteban.

—Entonces, desde hoy hasta el día en que os marchéis, pasearos cerca del Banco, después que salgáis al anochecer del trabajo, por espacio de una hora más o menos. Si él se fijase en que rondáis por allí, no hagáis como que estáis con un propósito determinado; porque él no os llevará ningún mensaje de mi parte, a menos que yo tenga la seguridad de poder haceros el servicio que deseo. Si así fuese, él os entregaría una nota o un mensaje verbal; pero nada más... Veamos, Blackpool, ¿tenéis la seguridad de haberme comprendido?

Tom había embutido un dedo, mientras hablaba, en uno de los ojales de la chaqueta de Esteban y daba vueltas con él como si fuese un tornillo, de un modo rarísimo.

—Os he comprendido, señor —dijo Esteban.

—Mucho cuidado, ¿eh? —repitió Tom—. No cometáis ningún error y no os olvidéis de nada. Ahora, camino de nuestra casa, le explicaré a mi hermana lo que me propongo, y estoy seguro de que le ha de parecer bien a ella... ¿Estamos, pues? ¿Habéis comprendido todo? ¿No tenéis duda alguna...? Perfectamente... ¡Vámonos, Lu!

Dijo estas últimas palabras abriendo de par en par la puerta de la habitación, pero no volvió a entrar en ésta ni esperó a que le alumbrasen para bajar la estrecha escalera. Cuando Luisa empezó a bajarla, ya Tom estaba en la planta baja, saliendo a la calle sin esperar a dar el brazo a su hermana.

La señora Pegler permaneció sin moverse de su silla hasta que los dos hermanos se ausentaron y Esteban regresó con el candelero en la mano. Hallábase en un acceso de indecible admiración hacia la señora Bounderby, y lloraba, lo mismo que una anciana cuyo cerebro no rigiese bien, «porque era una mujercita muy linda y cariñosa». Sin embargo, era tal el azaramiento de la señora Pegler, de sólo pensar que el objeto de su admiración pudiese presentarse de nuevo en la habitación, o acudir a ésta cualquier otra persona, que se le acabó la alegría por aquella noche. Se hacía también demasiado tarde para gentes que se levantaban temprano y trabajaban duramente; se dio, pues, por terminada la reunión, y Esteban y Raquel acompañaron a su misteriosa amiga hasta la puerta del Café de los Viajeros, donde se despidieron de ella.

Después regresaron juntos hasta la esquina de la calle en que Raquel vivía; conforme se acercaban, iba haciéndose entre ambos el silencio. Al llegar al oscuro rincón que siempre señalaba el final de sus poco frecuentes entrevistas, se detuvieron, siempre silenciosos, como si ambos tuviesen miedo de hablar.

—Tengo grandes deseos de volver a verte, Raquel, antes de mi partida; pero si no lo consigo...

—No lo conseguirás, Esteban; estoy segura. Lo mejor es que nos decidamos a decirnos claramente lo que pensamos.

—Tú siempre tienes razón. Sí, es mejor y más valeroso. Pues bien, sí; yo pensaba en que, como sólo me quedan uno o dos días de estancia en esta ciudad, es mejor que no nos vean juntos. Lo contrario pudiera acarrearte graves perjuicios y ningún beneficio.

—No me importa nada de eso; pero ya sabes, Esteban, nuestro convenio anterior. A él me refería.

—Sí, desde luego; siempre es mejor —dijo él.

—¿Me escribirás, Esteban, contándome todo lo que te ocurra?

—Te escribiré; y ahora, ¿qué puedo yo decir sino que el Cielo te acompañe, que el Cielo te bendiga, que el Cielo te lo premie y agradezca?

—¡Que él te bendiga también a ti, Esteban, en tus andanzas, y que te envíe, al fin, la paz y el descanso!

—Te prometí la otra noche, amiga mía, que jamás me irritaría por nada de lo que viese o pensase, y que te tendría siempre a mi lado a ti, que vales mucho más que yo. Ahora te tengo a mi lado. Por eso veo las cosas mejor. Bendita seas... ¡Buenas noches...! ¡Adiós!

Era aquella una despedida precipitada en una calle pobre; pero era para aquellos dos pobres seres un recuerdo sagrado. ¡Oh, economistas utilitarios, maestros de escuela en esqueleto, comisarios de realidades, elegantes y agotados incrédulos, charlatanes de tantos credos pequeñitos y manoseados, siempre habrá pobres en vuestra sociedad! Cultivad en ellos, ahora que todavía estáis a tiempo, las gracias supremas de la fantasía y del corazón, para adornar con ellas sus vidas, que tanta necesidad tienen de ser embellecidas, o de lo contrario, cuando llegue el día de vuestro triunfo completo, cuando hayáis conseguido raer de sus almas todo idealismo y ellos se encuentren cara a cara y a solas con su vida desnuda de todo ornato, la realidad se volverá lobo y acabará con vosotros.

Esteban trabajó al día siguiente, y al otro, sin que nadie le dirigiese una palabra de aliento, aislado siempre en sus idas y venidas. Al final del segundo día vio ya tierra; al finalizar el tercero, su telar estaba vacío.

Los dos días anteriores acudió al lugar señalado y permaneció en los alrededores del Banco más tiempo que el señalado, sin que ocurriese nada, ni para bien ni para mal. Aquella tercera y última noche resolvió esperar dos horas largas, con objeto de no parecer remiso en cumplir la parte que le correspondía en el convenio.

Esa noche, como las otras, se hallaba asomada a la ventana del primer piso la señora que un tiempo fue ama de llaves del señor Bounderby; vio también al porterito rubio, unas veces conversando con ella, otras mirando por encima de la persiana del piso bajo, en la que estaba pintada la palabra «Banco», y de cuando en cuando saliendo a la puerta y permaneciendo en los escalones exteriores de la misma para airearse un poco. La primera vez que salió se dijo Esteban que acaso estuviese buscándolo, y pasó cerca de él; pero el porterito rubio no hizo sino fijar en él un instante sus ojos parpadeantes, sin decirle nada.

Dos horas de ir y venir por los alrededores del Banco, después de una larga jornada de trabajo, eran mucho tiempo. Esteban se sentó en el escalón de la puerta de una casa, permaneciendo otro rato recostado en la pared, debajo de unos arcos, paseó calle arriba y calle abajo, oyó dar la hora en el reloj de la iglesia y se detuvo para ver jugar a los chiquillos en la calle. Es cosa tan natural que cada cual lleve un propósito determinado en sus andanzas, que no hay como vagar sin finalidad concreta para atraer las miradas y hacer que se fijen en uno. Al finalizar la hora primera, Esteban empezó a sentir la incómoda sensación de que estaba haciendo un papel deshonroso.

Llegó más tarde el farolero, y se encendieron dos hileras de luces a todo lo largo del panorama de la calle, hasta confundirse y esfumarse en la lejanía. La señora Sparsit cerró la ventana del piso primero, bajó la persiana y subió al piso superior. Poco después fue tras ella, escaleras arriba, una luz pasando en su camino ascendente, primero por detrás del abanico de la puerta de la calle, y después por detrás de las ventanas de la escalera. Al poco rato se movió un ángulo de la persiana del segundo piso, como si anduviese allí espiando un ojo de la señora Sparsit, y luego el otro ángulo de la persiana, como si espiase en aquel lado un ojo del porterito rubio. Pero ningún mensaje fue dado a Esteban. Al cumplirse las dos horas de espera, éste, como quien se quita un peso de encima, echó a andar con paso ligero, buscando así compensación a tan largo holgazanear.

No le quedaba sino despedirse de la dueña de la casa y tumbarse en el suelo sobre la cama improvisada; tenía preparado ya el hatillo de ropa, y todo estaba listo para la marcha. Pensaba alejarse de la ciudad a una hora muy temprana: antes que los obreros saliesen a la calle.

Amanecía apenas cuando salió de casa, después de echar una ojeada de despedida a su cuarto, preguntándose tristemente si volvería a verlo alguna vez. La ciudad se hallaba tan desierta como si sus habitantes la hubiesen abandonado antes que tener trato alguno con él. Todo resultaba descolorido a aquellas horas; hasta el sol naciente daba al firmamento un aspecto de desierto pálido, de mar melancólico.

Pasó cerca del sitio en que vivía Raquel, aunque para ello tuvo que desviarse de su camino; pasó por las calles bordeadas de casas de ladrillo rojo; pasó junto a las grandes fábricas silenciosas, sin vibración aún, en cuya línea empezaban a borrarse las luces de peligro, a medida que la del día se hacía más intensa; por el barrio desvencijado de la estación, mitad en derribo y mitad en construcción; por entre aislados palacetes de ladrillo rojo, rodeados de plantas perennes, envueltas a cada paso en humo y salpicadas de polvo negro, con aspecto de sucios tomadores de rapé; por caminos apisonados con escorias de carbón; por toda clase de fealdades; por todas esas cosas fue pasando Esteban, hasta que llegó a la cumbre de una colina y se detuvo para mirar atrás.

El sol brillaba ya radiante sobre la ciudad y las campanas de las fábricas llamaban al trabajo del día. Los hogares de las casas no se habían encendido aún y las altas chimeneas eran dueñas de todo el cielo. No tardarían mucho en ocultarlo, a fuerza de echar por sus bocas sus humos venenosos; pero por espacio de media hora, algunas de las muchas ventanas por las que las gentes de Coketown veían un sol en eclipse eterno, a través de una atmósfera de cristal ahumado, aparecieron doradas.

¡Qué extraño se le hacía volver la espalda a las chimeneas para mirar a los pájaros! ¡Qué extraño el sentir bajo los pies el polvo de la carretera en lugar de la carbonilla! ¡Qué extraño el haber llegado a una edad tan avanzada y estar empezando a vivir en aquella mañana de verano lo mismo que un muchacho! Con estos pensamientos en la cabeza y el hatillo de ropa bajo el brazo, Esteban, pensativo como siempre, echó a andar carretera adelante. Los árboles se doblaban a su paso, susurrándole que dejaba detrás un corazón leal y enamorado.

CAPÍTULO VII: PÓLVORA

Don Santiago Harthouse, metido de lleno en las actividades de su partido de adopción, empezó a apuntarse tantos inmediatamente. Con un poco más de visitas de propaganda entre los hombres políticos de categoría, un poco más de exhibir su elegante indiferencia entre los elementos de menos relieve, una tolerable administración de fingida honradez en la inmoralidad, el más eficaz y más generalizado de todos los pecados capitales elegantes, consiguió rápidamente que lo considerasen como a un hombre de gran porvenir. Otro gran punto a favor suyo era el que no tomaba las cosas en serio, y esto le permitía amoldarse con tanta espontaneidad a la manera de ser de las gentes estrictamente realistas, como si perteneciese a su tribu desde su nacimiento, y tirar por la borda a las otras tribus como a gentes conscientemente hipócritas.

—Ni nosotros creemos en las cosas que ellos dicen, querida señora Bounderby, ni ellos mismos las creen. La única diferencia que existe entre nosotros y esos que profesan la virtud, la benevolencia o la filantropía (llamadlo como queráis), consiste en que nosotros sabemos que todo eso es palabrería sin sentido y lo decimos, en tanto que ellos lo saben igual que nosotros, pero se lo callan.

¿Por qué había de sorprenderse desagradablemente Luisa, o ponerse en guardia por esta insistencia en el mismo tema? Después de todo, no era tan grande como para sobresaltarse la diferencia que había con los principios de su padre y con las lecciones en que ella había sido educada desde los primeros años de su vida. ¿Dónde estaba la gran diferencia entre ambas escuelas, puesto que una y otra la encadenaban a las realidades materiales, y ninguna de las dos le inspiraba fe en otra cosa?

¿Qué es lo que Tomás Gradgrind había moldeado en el alma de su hija cuando estaba en estado de inocencia y que Santiago Harthouse pudiese destruir?

Resultaba más dañoso todavía en semejante situación el que, aun antes que su eminentemente práctico padre hubiese empezado a moldearla, existiese dentro de ella una tendencia que pugnaba, entre dudas y resentimientos, por creer en una Humanidad más noble y más amplia que aquella de que le hablaban. Entre dudas, porque esa aspiración había quedado arrumbada durante su juventud. Con resentimientos, por el daño que con ello se le había causado, si es que constituía en verdad un vislumbre de la verdad. La filosofía de Harthouse venía a traer un alivio y una justificación a un temperamento habituado durante tanto tiempo al dominio de sus propios impulsos, a un alma martirizada y en lucha consigo misma. «¿Qué más da?», había ella contestado a su padre cuando éste le propuso casarse con su marido actual.

«¿Qué más da?», seguía diciendo ahora... «¿Qué más da cualquier cosa?», se dijo, presa de una burlona seguridad en sí misma..., y siguió adelante.

Adelante, pero ¿hacia dónde? Paso a paso, hacia adelante, hacia abajo, hacia un destino, iba ella; pero tan poco a poco, que creía no moverse de donde estaba. En cuanto al señor Harthouse, cualquiera que fuese el destino hacia el que él se iba acercando, ni meditaba en el mismo ni le preocupaba. No tenía ante él un designio determinado, ni un plan; no encrespaba su laxitud ninguna voluntad de hacer un mal. De momento sólo estaba interesado y divertido, como cumplía a un caballero tan distinguido como era él; quizá más interesado de lo que correspondía a su reputación. A poco de llegar, escribió lánguidamente a su hermano, el honorable y festivo miembro del Parlamento, una carta en la que le decía que el matrimonio Bounderby «era divertidísimo»; y algo más, a saber: que la dama de Bounderby no era, como él había creído, una especie de Gorgona, sino joven y de una hermosura extraordinaria. Ya no volvió a escribirle nada acerca del matrimonio; pero dedicó principalmente sus ocios a la casa de los Bounderbys. Durante sus andanzas y visitas por el distrito de Coketown acudía con frecuencia a ella, con gran satisfacción del señor Bounderby. Estaba muy de acuerdo con las maneras fanfarronas de este último al jactarse ante todo su mundo de que a él se le daba un bledo de las gentes de la aristocracia, pero que el señor Harthouse era bien venido a su casa, en vista de que a su esposa, la hija de Tom Gradgrind, le agradaban esa clase de relaciones.

El señor Harthouse empezó a pensar en que constituiría para él una sensación nueva que aquel rostro que tan bellamente cambiaba de expresión mirando al mequetrefe, cambiase también mirándolo a él.

Era hombre rápido en observar; estaba dotado de buena memoria y no echó en olvido ni una sola de las palabras del hermano de Luisa. Las fue enlazando con todo cuanto observaba en ésta, y empezó a comprenderla. Naturalmente que la parte mejor y más profunda de su carácter se escapaba a la percepción de Harthouse, porque en las almas, como en los mares, el abismo responde al abismo; pero pronto empezó a observar con mirada de estudioso todo lo demás que caía dentro de la esfera de su percepción.

El señor Bounderby había adquirido una casa y unos terrenos situados a unas quince millas de distancia de la ciudad y que quedaban a cosa de un par de millas de la estación del ferrocarril que cruzaba por medio de viaductos un territorio inhóspito, socavado por pozos de minas de carbón abandonadas y salpicado durante la noche de fuegos y siluetas de máquinas fijas de vapor que funcionaban en las bocaminas. El terreno se suavizaba cerca ya del retiro del señor Bounderby, tomando morbideces de panorama campestre, dorado de brezales, cubierto de la nieve del espino albar en primavera y envuelto durante el verano en temblores y sombras de enramada. El Banco se había quedado con esta posesión, tan bellamente situada, levantando una hipoteca hecha por uno de los magnates de Coketown, que, deseando dar a su enorme fortuna un giro más rápido que lo normal, se metió en especulaciones que le produjeron un déficit de unas doscientas mil libras esterlinas. Esta clase de percances solían ocurrir de cuando en cuando en las familias mejor gobernadas de Coketown; pero las quiebras comerciales no tenían conexión alguna con las clases imprevisoras.

Para el señor Bounderby constituyó una satisfacción máxima el instalarse en aquella finca pequeña y recogida para cultivar coles en su huerta con jactanciosa humildad. Encantábale vivir entre el mobiliario elegante lo mismo que si viviese en una barraca, y encocoraba hasta a los cuadros hablando de su origen. Acostumbraba decir a los visitantes:

—Según me han dicho, Nickits, el propietario anterior de la finca, pagó setecientas libras por este cuadro titulado Playa de mar . Para seros franco, caballero, todo lo más que puedo hacer es echarle siete ojeadas en mi vida, con lo que cada ojeada me saldrá por cien libras. ¡Por vida mía, que yo no me olvido de que soy Cosías Bounderby, de Coketown! Durante muchísimos años yo no he tenido en poder mío más cuadros que el grabado de un hombre que se afeitaba mirándose en una bota como en un espejo; era el que llevaban estampado las botellas de betún que yo empleaba y que después de gastar el contenido vendía yo por un maravedí. ¡Y muy contento! También solía hablar en ese mismo estilo al señor Harthouse.

—Escuchad, Harthouse: tenéis aquí dos caballos. Mandad traer, si gustáis, media docena más, que ya encontraremos dónde colocarlos. La finca tiene medios para estabular una docena de caballos; Nickits acostumbraba tenerlos, si no ha mentido. Una docena completa, señor. Siendo niño, asistí a la escuela de Westminster. Él estudiaba en Westminster como alumno del rey, cuando yo me alimentaba principalmente de desperdicios y dormía en los canastos del mercado. Si yo llegase a tener una docena de caballos..., cosa que no haré, porque con uno me basta..., cada vez que los viese instalados en sus establos pensaría en la clase de alojamiento que yo tenía entonces. No podría verlos sin que me entrasen ganas de mandarlos desalojar de allí. Así es como dan vueltas las cosas de la vida. Ved esta finca; vos estáis en condiciones de poder apreciarla; sabéis que, en su tamaño, no hay otra más completa en todo el reino, ni en parte alguna..., no me importa dónde...; pues bien: aquí, en el interior de ella, lo mismo que un gusano dentro de una nuez, está Cosías Bounderby. Y mientras tanto (según ayer me dijo un individuo que estuvo en mi oficina), Nickits, que solía actuar en las obras teatrales que se representaban en latín en el Colegio de Westminster, ante los altos magistrados y la nobleza del reino que lo aclamaba hasta enronquecer, vive en un quinto piso de una negra callejuela de Amberes, y su cabeza no rige bien..., no rige ya su cabeza, señor.

Entre la umbría de aquel retiro, durante los largos días ardorosos del estío, fue donde el señor Harthouse empezó a poner a prueba aquel rostro que lo había dejado perplejo la vez primera que lo vio y que ahora se esforzaba por conseguir que cambiase de expresión con respecto a él.

—Señora Bounderby, me felicito muchísimo de esta afortunada casualidad que me ha hecho encontraros sola. Hace tiempo que anhelo hablaros.

No era ninguna casualidad sorprendente el haberla encontrado, porque era aquella una hora del día en que Luisa se hallaba siempre sola y en el sitio preferido de la finca, un claro del bosque umbrío; había en ese lugar varios troncos de árboles caídos; Luisa se sentaba en uno de ellos y permanecía contemplando las hojas caídas del año anterior, igual que contemplaba en casa las chispas que al saltar se convertían en cenizas.

Harthouse sentóse junto a ella, observando antes de una ojeada la expresión de su cara.

—Vuestro hermano, mi joven amigo Tom... Instantáneamente se colorearon las mejillas de Luisa y se volvió hacia Harthouse con una mirada llena de interés. Este último pensaba para sí: «¡No he visto en mi vida un espectáculo tan extraordinario y tan cautivador como sus facciones cuando cobran animación!». El rostro de Harthouse traicionó sus pensamientos..., quizá sin traicionar sus intenciones, porque acaso entrase en sus propósitos el que así ocurriese.

—Perdonadme. En el interés que demostráis por Tom encuentro tal belleza... Tom debería estar muy orgulloso de ese sentimiento que os inspira... Yo no tengo más remedio que dejarme llevar de mi admiración, aunque sé que es una cosa imperdonable...

—¿Tan impulsivo sois? —dijo ella, sin perder su compostura.

—No, señora Bounderby; ya sabéis que no tengo la pretensión de serlo. Sabéis que soy una criatura humana codiciosa, que estoy dispuesto a venderme en cualquier momento por una cantidad razonable y que soy totalmente incapaz de puntos de vista propios de una Arcadia.

—Espero que sigáis hablando de mi hermano —le contestó ella.

—Me merezco vuestra severidad. Soy en todo un perro despreciable, menos en una cosa: que no engaño..., Que no engaño. Pero en esta ocasión me sorprendisteis, haciendo que me desviase del tema. Me intereso por vuestro hermano.

—¿Es posible, señor Harthouse, que os interéseis por algo? —le preguntó Luisa, entre incrédula y agradecida.

—Si me hubieseis hecho esta pregunta de recién llegado aquí, no hubiera tenido más remedio que contestaros que no. Actualmente, y aun a riesgo de que se tome por afectación y de despertar con justicia vuestra incredulidad, digo que sí.

Luisa hizo un leve movimiento, como si fuera a hablar y no le respondiese la voz. Por último, dijo:

—Señor Harthouse, os creo cuando decís que os interesáis por mi hermano.

—Gracias. Insisto en que lo merezco. Ya sabéis de cuán pocas cosas me creo merecedor, pero esta cae dentro de ellas. Vos habéis hecho muchas cosas por vuestro hermano, le tenéis un gran cariño; vuestra vida entera, señora Bounderby, demuestra un encantador espíritu de sacrificio hacia él por vuestra parte... Perdonadme..., me estaba apartando del tema. El interés que yo tengo por ese muchacho se debe exclusivamente al afecto que siento por su persona.

Luisa hizo un ligerísimo movimiento, como si fuera a levantarse precipitadamente para alejarse de allí; pero en ese mismo instante dio él un nuevo giro a la conversación, y ella permaneció en su sitio. El señor Harthouse siguió hablando en un tono de mayor superficialidad, aunque supo demostrar que para ello tenía que violentar su espíritu, actitud esta que resultaba todavía más elocuente que la que había seguido antes.

—Señora Bounderby, creo yo que no puede achacarse como pecado imperdonable a un joven de los años de vuestro hermano el que sea irreflexivo, atolondrado y gastador...; en una palabra, y para emplear el calificativo corriente, un poco juerguista. Vuestro hermano lo es, ¿verdad?

—En efecto.

—Permitidme que os sea franco. ¿Suponéis que él juega?

—Supongo que hace apuestas.

El señor Harthouse se quedó esperando como si Luisa no hubiese dicho todo, y ésta agregó:

—Me consta que hace apuestas.

—¿Y que pierde, como es natural?

—Sí.

—Todo el que hace apuestas pierde. ¿No os ofenderéis si me

permito insinuar que en algunas ocasiones vos le habéis proporcionado dinero con este objeto?

Luisa permaneció sentada y con los ojos bajos; pero al oír esta pregunta miró a Harthouse con expresión interrogadora y de ligero resentimiento.

—Disculpad, señora Bounderby, mi impertinente curiosidad. Pienso que quizá Tom pudiera verse metido gradualmente en dificultades, y quiero alargarle una mano auxiliadora desde la sima de mi mala vida pasada... ¿Hará falta que insista en que lo hago por él mismo? ¿Es indispensable?

Luisa pareció que intentaba darle una respuesta, pero ésta no salió de su boca. Santiago Harthouse volvió a adoptar sus maneras más superficiales, dejando ver que esto le costaba un esfuerzo, y prosiguió:

—Para que yo pueda confesaros todo cuanto me ha ocurrido, empezaré por manifestaros que abrigo la duda de que vuestro hermano no ha encontrado muchas facilidades en la vida. Perdonadme mi franqueza: dudo de que haya existido nunca una gran confianza entre vuestro hermano y vuestro muy digno padre.

—No lo creo probable —contestó Luisa, sonrojándose con el vivo recuerdo de sus propias experiencias en ese terreno.

—Ni creo que exista tampoco (y confío en que daréis a mis palabras el verdadero alcance que tienen) entre él y su muy estimado hermano político.

El sonrojo de Luisa se hizo cada vez más intenso y parecía como si le ardieran las mejillas al contestar con voz débil:

—Tampoco eso me parece probable.

—Señora Bounderby —dijo Harthouse, tras un breve silencio—, ¿no habría modo de que llegásemos, entre vos y yo, a un mejor entendimiento? ¿Os ha pedido prestada Tom alguna suma considerable de dinero?

Luisa había mostrado síntomas de sentirse insegura y turbada durante toda esta conversación, aunque, en términos generales, había conseguido mantener sus maneras reservadas. Ahora, después de una breve perplejidad, le contestó:

—Tened en cuenta, señor Harthouse, que, si contesto a lo que insistís en saber, no lo hago como queja ni como señal de que estoy pesarosa. Yo jamás me quejaría de nada, y no lamento en manera alguna lo que he hecho.

«¡Es, después de todo, valerosa!», pensó para sí el señor Santiago Harthouse.

—Cuando me casé, descubrí que mi hermano se hallaba por entonces fuertemente endeudado. Quiero decir que sus deudas eran fuertes para él. Eran también lo bastante fuertes para obligarme a vender algunas de mis pequeñas joyas. Esto no constituyó ningún sacrificio. Las vendí muy gustosa. No les concedía valor alguno. En realidad, no me merecían ningún aprecio.

Luisa se calló y enrojeció de nuevo, tal vez porque adivinó en la cara de Harthouse que ya éste lo sabía, o tal vez porque temió, allá en su conciencia, que supiese que se refería a algunos de los regalos de su esposo. Si Harthouse no hubiese estado enterado ya, le habría bastado esta actitud para descubrirlo, aunque hubiese sido mucho menos inteligente de lo que era.

—De entonces acá, he dado a mi hermano en varias ocasiones el dinero de que me era posible disponer; en una palabra, cuanto dinero he tenido. Puesta a concederos mi confianza, movida por el interés que demostráis por mi hermano, no quiero quedarme a medias. Desde que vos visitáis esta casa, habrá él necesitado en total un centenar de libras, que yo no he podido darle. Las consecuencias que pudiera acarrearle esta deuda suya me ha traído inquieta, pero a nadie he confiado estos secretos hasta ahora que los confío a vuestro honor. En nadie he tenido confianza hasta ahora, porque..., por una razón que vos mismo habéis apuntado hace poco...

Luisa se calló bruscamente. Harthouse era hombre de decisiones rápidas; vio, y aprovechó, la oportunidad de presentarle a Luisa su propia imagen ligeramente disfrazada, como si fuese la de su hermano.

—Señora Bounderby, aunque soy la más réproba persona del mundo, os aseguro que lo que acabáis de decirme despierta en mí el más alto grado de interés. Yo no puedo mostrarme riguroso con vuestro hermano. Comprendo y comparto el prudente criterio con que vos miráis sus errores. Con todo el respeto posible hacia el señor Gradgrind y hacia el señor Bounderby, creo comprender que la educación que Tom ha recibido no fue afortunada para él. Criado de una manera inadecuada para la sociedad en que él tiene que desenvolverse, se lanza por sí mismo a extremos que no son sino los opuestos a otros extremos en que le han forzado a vivir..., desde luego con las mejores intenciones del mundo. La encantadora independencia inglesa de que blasona el señor Bounderby no invita..., y en esto los dos estamos ya de acuerdo..., no invita, digo, a la confianza, por muy simpática que sea esta característica suya. Si me atreviese a apuntar la observación de que esa independencia está acaso falta de aquella delicadeza que invita a un joven descarriado, a un temperamento mal entendido y a unas actividades mal encaminadas, a buscar en ella alivio y dirección, sólo expresaría la opinión que me merece.

Luisa, sentada, miraba a través de los reflejos de la luz en la hierba derecho ante ella, hacia la oscuridad del bosque que se extendía más allá. El señor Harthouse leyó en su rostro cómo ella se aplicaba a sí misma las palabras que él había pronunciado recalcando su sentido.

—Es preciso ser comprensivos —prosiguió—. Sin embargo, encuentro en Tom una gran falta que no puedo perdonar y por la que lo censuro fuertemente.

Luisa le miró a los ojos y le preguntó qué falta era aquélla. Harthouse le contestó:

—Quizá he dicho ya bastante. Quizá, bien mirado, habría sido preferible que no hubiese hecho ninguna alusión a la misma.

—Me alarmáis, señor Harthouse. Por favor, explicaos.

—Obedezco para ahorraros temores innecesarios..., y teniendo en cuenta esta confianza que con respecto a vuestro hermano se ha establecido entre nosotros y que yo aprecio por encima de todas las cosas posibles. No puedo perdonarle el que no se muestre más razonable en sus palabras, miradas y en los actos de su vida, para corresponder al afecto de su mejor amiga, de la devoción que le profesa su mejor amiga, de la falta de egoísmo de esta amiga, de su espíritu de sacrificio. La manera como, hasta donde yo he podido observar, corresponde a esa persona amiga, es muy pobre. Lo que ella ha hecho por él exige un amor y una gratitud constantes de su parte, y no el mal humor y el capricho. Por muy despreocupado que yo sea, no llega mi indiferencia, señora Bounderby, hasta el punto de no importarme este defecto de vuestro hermano, ni hasta el punto de inclinarme a considerarlo como un pecado venial.

El bosque flotaba ante Luisa, porque tenía los ojos inundados de lágrimas. Subíanle éstas desde un manantial profundo, largo tiempo oculto, y su corazón rebosaba de un pesar agudo que las lágrimas no conseguían aliviar.

—En una palabra, señora Bounderby: a lo que yo aspiro es a

corregir a vuestro hermano en este punto. Mi apreciación más exacta de la situación en que se encuentra, mi consejo y mi guía para sacarlo de ella..., consejo y guía que creo han de ser de bastante utilidad, viniendo como vienen de quien ha hecho bribonadas mucho mayores..., me darán alguna influencia sobre él, y toda la que llegue a conseguir me comprometo a emplearla en este designio mío. Ya he dicho lo suficiente, y aún más que lo suficiente. Estoy dándoos la impresión de ser una buena persona; os aseguro por mi honor que no es esa, ni mucho menos, mi intención; reconozco abiertamente que no tengo nada de tal. Allá, entre los árboles, veo a vuestro hermano; seguramente que acaba de llegar —Harthouse había estado contemplándola, fijamente mientras él hablaba, pero al llegar a este punto desvió sus ojos, mirando a su alrededor—. Como, según parece, se dirige lentamente hacia acá, quizá convendría que nosotros saliésemos a su encuentro. En los últimos días se muestra muy callado y triste. Es posible que le remuerda su conciencia fraternal..., si es que, en efecto, existe esa cosa que llaman conciencia. Por mi honor, que es mucho lo que oigo hablar de conciencia para creer en ella.

Harthouse la ayudó a levantarse; Luisa se colgó de su brazo y ambos se adelantaron al encuentro del mequetrefe. Éste avanzaba lentamente, golpeando distraído las ramas, cuando no se agachaba con el mal propósito de arrancar con su bastón el musgo del tronco de los árboles. Estaba entretenido en este último pasatiempo cuando ellos se le acercaron; se sobresaltó y cambió de color, tartamudeando:

—¡Hola! Ignoraba que anduvieseis por aquí.

El señor Harthouse le puso una mano en el hombro, le hizo dar media vuelta y los tres echaron a andar juntos hacia la casa, preguntándole:

—¿Qué nombre era, Tom, el que estabas grabando en el tronco de los árboles?

—¿Qué nombre...? ¡Ah, ya caigo! Queréis decir qué nombre de muchacha.

—Las apariencias sospechosas daban a entender que estabas inscribiendo en la corteza el nombre de alguna linda mujercita.

—No pienso en semejante cosa, señor Harthouse, a menos que haya alguna linda mujercita que disponga de una gran fortuna y que se encapriche de mí. En ese caso, podría ella estar segura de que no le diría que no, aunque fuese tan fea como rica. Grabaría su nombre en la corteza de los árboles cuantas veces se me antojase.

—Sospecho, Tom, que tenéis un temperamento mercenario.

—¿Mercenario? —repitió Tom—. ¿Y quién es el que no se vende? Preguntádselo a mi hermana.

—¿Has querido decir con eso que ese es un defecto mío? —le dijo Luisa, sin darse de otro modo por enterada del enojo de su hermano y de su mal carácter.

Tom le contestó, ceñudo:

—Tú sabrás si el gorro te viene bien, Lu, y en tal caso, puedes quedarte con él.

—Tom está hoy algo misántropo, como suele ocurrirles de cuando en cuando a todas las personas hastiadas —dijo el señor Harthouse—. No hagáis caso de sus palabras, señora Bounderby. Su pensamiento es muy diferente. Si vuestro hermano sigue en ese plan, no tendré más remedio que revelaros algunas opiniones suyas que me ha expuesto particularmente.

La admiración que Tom sentía por su protector le hizo suavizarse, pero dijo, cabeceando tristemente:

—En todo caso, señor Harthouse, no podréis decirle que yo la haya elogiado porque sea mercenaria. Acaso lo haya hecho precisamente por lo contrario, y volvería a elogiarla si se me presentase una razón tan buena como aquélla. Pero dejémonos ahora de eso; para vos tiene poco interés, y yo estoy asqueado del asunto.

Fueron caminando hasta la casa, y al llegar a ella Luisa se soltó del brazo de su visitante y se metió dentro. Harthouse se quedó contemplándola mientras Luisa subía los escalones, y cuando penetró en la sombra que proyectaba la puerta, entonces volvió a poner la mano en el hombro del hermano de aquélla y lo invitó con un movimiento confidencial de la cabeza a pasear por el jardín.

—Tom, mi buen amigo, quiero hablar contigo unas palabras.

Se detuvieron entre un abigarramiento de rosas... —un detalle de la humildad del señor Bounderby consistía en conservar en escala reducida las rosas de Nickits—, sentándose Tom en la balaustrada de la terraza; arrancaba los pimpollos, haciéndolos añicos; entre tanto, su poderoso demonio tentador permanecía cerca de él, con un pie en la balaustrada y el rostro descansando airosamente sobre el brazo que se apoyaba en su rodilla. Podían ser vistos desde la ventana; quizá Luisa los vio.

—¿Qué es lo que te pasa, Tom?

—¡Me pasa, señor Harthouse, que estoy apuradísimo y cansado de la vida!

—Yo también lo estoy, mi buen amigo.

—¡Vos! —le contestó Tom—. Vos sois el vivo retrato del hombre de holgada posición. Yo, señor Harthouse, sí que estoy en un lío terrible. No podéis haceros idea de la situación en que me he metido..., de la situación de que mi hermana hubiera podido sacarme si hubiese querido hacerlo.

Se puso ahora a mordiscar los pimpollos de rosa, tirando de ellos cuando los tenía sujetos con los dientes, con una mano que temblaba igual que la de un anciano inválido. Su acompañante, tras de clavar en Tom una mirada profundamente observadora, volvió a caer en su aire despreocupado.

—Tom, no eres razonable; esperas demasiado de tu hermana. Tú has recibido dinero de ella, mala persona; demasiado sabes que te ha dado dinero.

—¡Claro que lo sé, señor Harthouse! ¿Cómo, si no, iba yo a disponer de dinero? Tengo a mi lado al viejo Bounderby jactándose siempre de que él vivía a mis años con dos peniques al mes, o algo por el estilo. Tengo a mi lado a mi padre, empeñado en trazar lo que él llama una norma y ligándome a ella desde que era yo un bebé, por el cuello y por los talones. Tengo a mi lado a mi madre, que jamás dispone de nada propio, como no sea de sus lamentaciones. ¿Qué es lo que uno podía hacer para conseguir dinero y a quién voy a pedírselo si no es a mi hermana?

Tom estaba casi llorando, y desparramó los capullos de rosas por docenas. El señor Harthouse lo agarró de la chaqueta, diciéndole persuasivamente:

—Pero, mi querido Tom, y si vuestra hermana no disponía de ese dinero...

—¿Si no lo tenía? Yo no he dicho que lo tenga. Es posible que yo necesitase más del que Luisa disponía; pero mi hermana pudo conseguirlo. Es inútil, después de todo cuanto os he dicho, andarse con secretos. Vos sabéis ya que ella no se casó, con Bounderby por interés propio ni por amor a éste, sino en interés mío. Siendo esto así, ¿por qué no le saca a él, mirando por mí, el dinero que yo necesito? Ella no necesitaba decirle qué iba a hacer con ese dinero; Luisa no tiene nada de tonta; si ella quisiese, podía engatusarlo y sacárselo. Entonces, ¿por qué no lo hace, después de haberle explicado yo la importancia que para mí tiene? Pues no, señor. Se sienta al lado de su marido como un marmolillo, en lugar de hacérsele agradable y sacárselo con facilidad. No sé qué calificativo le daréis vos a esa conducta, pero yo digo que es absurda.

Al otro lado de la balaustrada, adosado a ésta y en un plano inferior, había un estanque ornamental; Santiago Harthouse sintió fuertes deseos de tirar a Tomás Gradgrind, hijo, al estanque, igual que los perjudicados ciudadanos de Coketown amenazaban con tirar sus riquezas al océano Atlántico. Sin embargo, mantuvo su actitud despreocupada y lo único que cayó por encima de la balaustrada de piedra fue el montón de capullos de rosa, que formaron, al flotar en el agua, una islita superficial.

—Mi querido Tomás, permíteme que haga yo de banquero tuyo.

—¡Por amor de Dios! —exclamó súbitamente Tom—. ¡No nombréis para nada a los banqueros!

Formando contraste con las rosas, Tom parecía muy blanco, muy blanco.

El señor Harthouse era hombre demasiado bien educado y se movía entre la mejor sociedad para mostrar sorpresa alguna... Eso hubiera equivalido a dejarse llevar por el sentimiento...; sin embargo, alzó un poquito más los párpados, como si el asombro los hubiese levantado dándoles un tironcito. A pesar de que el asombro iba tan en contra de los preceptos de su escuela, como en contra de las doctrinas del Colegio de Gradgrind.

—¿A cuánto asciende tu apuro actual? ¿A tres cifras? Venga. Di cuáles son.

Tom le contestó, pero ahora lo hizo llorando, y aunque presentaba una figura lamentable, era mejor verle llorar que insultar:

—Señor Harthouse, es demasiado tarde; de nada me sirve por el momento el dinero. Antes sí me hubiera sido de utilidad. Sin embargo, os quedo muy reconocido; vos sí que sois un verdadero amigo.

—¡Un verdadero amigo!

El señor Harthouse pensó lánguidamente: «¡Ay mequetrefe, mequetrefe! ¡Qué borrico eres!».

Tom le dijo, estrechando su mano:

—Considero vuestro ofrecimiento como una gran fineza... Como una gran fineza, señor Harthouse.

—Bien; quizá lo necesites en cualquier momento. Pues bien, mi buen amigo: si cuando te aprieten de firme los maleficios te confiesas conmigo, quizá pueda yo indicarte caminos mejores para salir de tus dificultades que los que por ti mismo encontrarías.

—Gracias, señor Harthouse —dijo Tom, cabeceando tristemente y masticando capullos de rosa—. ¡Ojalá que os hubiera conocido antes!

Para cerrar la conversación, el señor Harthouse dijo, tirando él también uno o dos capullos al agua, como para contribuir al engrandecimiento de la islita, que ahora se arrastraba hacia el muro igual que si quisiese formar parte de la tierra firme:

—Bien Tom; pero quiero que sepas que todo el mundo es egoísta en sus actos, y yo no me diferencio en nada de los demás mortales. Tengo un interés desesperado —la desesperación de Harthouse era de una languidez tropical— en que te muestres menos rudo con tu hermana..., tienes obligación de hacerlo..., en que seas un hermano más amante y cariñoso..., cosa que tienes también obligación de ser.

—Lo seré, señor Harthouse.

—Ninguna ocasión mejor que esta de ahora. Empieza inmediatamcntc.

—Lo haré, desde luego; y mi hermana Lu os lo confesará seguramente.

—Y después de hacer entre nosotros este trato, separémonos hasta la hora de la cena.

Harthouse acompañó sus palabras de unos golpecitos en el hombro y de una expresión que a Tom le permitía pensar... ¡y así lo hizo el desatinado joven...!, que esta orden no tenía más objeto que aliviar su ánimo, por pura bondad, del peso de la gratitud que tenía que embargarlo.

Cuando Tom se dejó ver, antes de la cena, iba bien animoso físicamente, aunque su espíritu estuviese bastante abatido; se presentó antes que acudiese el señor Bounderby, dio la mano a su hermana y besó la de ésta, diciéndole:

—No tuve intención de molestarte, Lu; ya sé que me quieres, y tú también sabes que yo te quiero.

Después de esta escena, Luisa se mostró sonriente con alguien más. ¡Sí, con alguien más, por desgracia! Santiago Harthouse, retorciendo el sentido de la reflexión que se hizo el primer día que vio su linda cara, pensó: «Eso de menos tiene de exclusivo el interés que se toma por el mequetrefe..., eso de menos..., eso de menos».

CAPÍTULO VIII: LA EXPLOSIÓN

La mañana siguiente amaneció demasiado brillante para quedarse durmiendo, y Santiago Harthouse levantóse temprano, se sentó en el mirador de su cuarto y fumó de aquel extraño tabaco que tan saludable influencia había ejercido en su joven amigo. Gozando de los rayos del sol, envuelto en la fragancia de su pipa oriental, viendo desvanecerse el humo ensoñador en el aire cargado de suaves aromas primaverales, calculó sus avances, lo mismo que un ganador desocupado sus ganancias. Aún no le había invadido el aburrimiento y estaba en disposición de concentrar su atención en el asunto.

Había logrado ligar con Luisa una confianza de la que estaba excluido el marido de aquélla. Había ligado con ella una confianza basada precisamente en la indiferencia que Luisa sentía hacia su marido y en la ausencia, total y permanente, de toda simpatía entre ellos. Harthouse se había dado maña para llevar al ánimo de Luisa el convencimiento de que conocía su corazón hasta en sus últimos repliegues; se había acercado mucho a ella por el camino del más tierno afecto de Luisa; había conseguido que su propia persona estuviese asociada a ese sentimiento, y se había desvanecido la muralla tras la que ella se escudaba. ¡Muy curioso y muy satisfactorio resultaba todo aquello!

Y, sin embargo, no había aún en Harthouse ningún designio malvado. Tanto desde el punto de vista público como desde el punto de vista privado, era preferible, para la época en que vivían, que Harthouse y la legión de que él formaba parte fuesen decididamente malvados y no indiferentes o vacuos. Los barcos se van a pique cuando chocan con los icebergs que marchan a la deriva de una corriente cualquiera.

Cuando el demonio se echa por el mundo en forma de león rugiente, esa forma suya sólo puede atraer a los salvajes y a los cazadores. Pero cuando se presenta ataviado, elegantizado y pimpante con todos los requisitos de la moda; cuando se presenta hastiado del vicio y hastiado de la virtud, cansado de oler a azufre y cansado de oler a gloria, entonces sí que es un verdadero demonio, lo mismo si se dedica a manejar el rojo balduque que a avivar el rojo fuego.

De esa misma manera, Santiago Harthouse, recostado en la ventana, fumando indolentemente, calculaba los pasos que había dado en el camino por el que casualmente caminaba. La meta a la que ese camino conducía, mostrábase ante él con suficiente claridad; pero Harthouse no se molestaba en meditar acerca de ella. Lo que ha de ser, será.

Aquel día, Harthouse tenía que hacer una larga caminata a caballo porque a cierta distancia de allí había de celebrarse un acto público, en el que él podía trabajar en lo suyo, pues le ofrecía una buena oportunidad de ganarse a los hombres de Gradgrind. Se vistió, pues, temprano y bajó a desayunarse. Tenía gran interés en ver si Luisa había recaído desde la noche anterior. No. Él la volvió a encontrar en el punto en que la había dejado.

También ahora hubo en los ojos de ella una mirada de interés para Harthouse.

El día transcurrió tan a su gusto —o tan contra su gusto— como podía esperarse, teniendo en cuenta lo fatigoso de la tarea, y a las seis de la tarde regresó a caballo. Desde el pabellón del guarda de la finca hasta la casa principal había un trayecto de una media milla; iba Harthouse a caballo y al paso por la fina gravilla del camino, en otro tiempo de Nickits, cuando irrumpió en aquél, saliendo de entre los arbustos, el señor Bounderby, y lo hizo con tal violencia que el caballo reculó asustado.

—¡Harthouse! ¿No os habéis enterado? —dijo a gritos.

—Enterado, ¿de qué? —contestó Harthouse, sosegando al caballo y dedicando interiormente al señor Bounderby frases que no eran precisamente bendiciones.

—Entonces, ¿nada habéis oído?

—Acabo de oíros a vos, y también os ha oído este animal. Y no he oído nada más.

El señor Bounderby, colorado y acalorado, se plantó en mitad del camino, delante de la cabeza del caballo, para hacer estallar su bomba con mayor efecto.

—¡Han robado en el Banco!

—¿En serio?

—Han robado en el Banco la noche pasada, señor. Un robo extraordinario. Han robado con llave falsa.

—¿Mucho?

El señor Bounderby, que buscaba producir el máximo efecto, dio pruebas evidentes de que le molestaba el tener que contestar:

—No; no ha sido mucho. Pero pudiera haber sido.

—¿Cuánto fue?

—¡Oh! La cantidad, ya que insistís en saberla, no ha pasado de ciento cincuenta libras —contestó Bounderby con impaciencia—. Pero lo importante no es la cantidad, sino el hecho en sí mismo. Lo importante del caso es el hecho de haber sido robado el Banco. Me extraña que no lo comprendáis.

—Mi querido señor Bounderby —replicó Santiago, desmontando del caballo y entregando las bridas al criado—, lo he comprendido, y me encuentro todo lo apabullado que podéis desear que yo esté ante el espectáculo que me ofrece mi visión mental del hecho. Sin embargo, espero que me permitáis felicitaros..., y lo hago con todo mi corazón, podéis creerme..., porque vuestras pérdidas no hayan sido mayores.

Bounderby le contestó de una manera concisa y poco simpática:

—Muchas gracias; sí, podéis felicitarme, porque pudieran haberme quitado veinte mil libras esterlinas.

—Me lo imagino.

—¡Que os lo imagináis! ¡Por Dios, que os lo podéis imaginar! ¡Por vida mía, que habrían podido ser dos veces veinte mil! —exclamó el señor Bounderby, cabeceando amenazadoramente y agitando la cabeza de varias maneras—. ¡Cualquiera sabe la cantidad que podía haber sido o dejado de ser, si los ladrones hubiesen podido actuar a sus anchas!

Entre tanto llegaron Luisa, la señora Sparsit y Bitzer.

—¡Aquí está la hija de Tom Gradgrind, que sabe perfectamente cuánto podían haberme robado, ya que vos no lo sabéis! —bramó Bounderby—. ¡Luisa rodó por el suelo, como si hubiese recibido un tiro, cuando se lo dije! Creo que ha sido la primera vez que le ha ocurrido cosa semejante. En mi opinión, y dadas las circunstancias, esto habla mucho en su favor.

Luisa estaba aún abatida y pálida. Santiago Harthouse le rogó que se agarrase a su brazo y echó a andar lentamente, preguntándole la forma en que había tenido lugar el robo. Bounderby ofreció, irritado, el brazo a la señora Sparsit, y dijo:

—Os lo voy a decir. Si no hubieseis insistido tanto en el detalle de la cantidad robada, os lo hubiera dicho en seguida. ¿Conocéis a esta dama, la señora Sparsit...? Porque es una verdadera dama.

—He tenido ya el honor...

—Perfectamente. Creo que a este joven, Bitzer, lo visteis en esa misma ocasión.

El señor Harthouse inclinó su cabeza en señal de asentimiento, y Bitzer se dio con los nudillos de la mano en la frente.

—Bien, pues. Los dos viven en el Banco. ¿Sabíais quizá que ambos viven en el Banco? Perfectamente entonces. Ayer, por la tarde, al terminarse las horas de trabajo, se dejó todo en la forma acostumbrada. En la cámara acorazada, a cuya puerta duerme este joven, había una cantidad de dinero que no os interesa saber. En la caja pequeña que hay en el armario del joven Tom, y que se usa para los gastos menudos, había ciento cincuenta libras, más o menos.

—Ciento cincuenta y cuatro libras, siete chelines y un penique —dijo Bitzer.

—¡Ea! No nos vengáis con vuestras interrupciones —le replicó Bounderby, deteniéndose para volverse y encararse con él—. Ya es bastante que le roben a uno mientras vos roncabais por exceso de comodidad, sin que vengáis a rectificarme con vuestras cuatro libras, siete chelines y un penique. Permitidme que os diga que, cuando yo tenía vuestros años, no roncaba. No comía bastante para roncar. Y no rectificaba con cuatro libras, siete chelines y un penique. No lo hacía, aunque conociese el detalle.

Bitzer se llevó otra vez los nudillos de la mano a la frente, de una manera servil, dando muestras de que le había impresionado y abatido mucho el último ejemplo de la abstinencia moral del señor Bounderby. Éste siguió hablando:

—Esa cantidad de dinero fue la que el joven Tom encerró en la caja. Ésta no era muy fuerte; pero ese es un detalle que ahora no tiene importancia. Todo quedó como debía. Durante la noche, no se sabe a qué hora, mientras este mozo roncaba... Vos, señora Sparsit, habéis dicho que le oísteis roncar.

La señora Sparsit replicó:

—No puedo decir yo, señor, que le haya oído precisamente roncar, y, por consiguiente, no debo hacer una afirmación semejante. Lo que sí puedo decir es que en las veladas de invierno, alguna vez que se quedó dormido en su mesa, le he oído hacer unos ruidos como si se estuviese casi ahogando. En esos momentos le he oído producir unos ruidos de naturaleza similar a los que escuchamos a veces en los relojes holandeses. No hago con esto ningún cargo a su moralidad —exclamó la señora Sparsit, demostrando un alto apego a la verdad estricta—. ¡Lejos de mí semejante cosa! Yo he tenido siempre a Bitzer por un joven de los más elevados principios, y sobre este punto ruego que se tenga en cuenta mi testimonio.

—¡Bueno va! —exclamó Bounderby, exasperado—. Mientras él roncaba, se ahogaba, hacía el reloj holandés o lo que fuese..., pero durmiendo..., alguien, que estaba o no estaba escondido en el interior de la casa..., eso está por ver..., se acercó a la caja de Tom, la forzó y extrajo su contenido. Al verse sorprendido, el ladrón o los ladrones huyeron, saliendo por la puerta principal y cerrándola otra vez con llave... estaba cerrada con doble vuelta, y la llave, debajo de la almohada de la señora Sparsit..., con una llave falsa que ha sido encontrada en la calle, cerca del Banco, a eso de las doce del día de hoy. Nadie dio la alarma, hasta que este muchacho, Bitzer, se levantó esta mañana, procediendo a abrir y preparar las oficinas para el trabajo del día. En ese momento, al volver la vista hacia la caja de Tom, la vio entreabierta y se encontró con que la cerradura estaba forzada y el dinero había desaparecido.

—A propósito: ¿dónde está Tom? —preguntó el señor Harthouse, mirando en torno suyo.

—Ha estado colaborando con la Policía, y se ha quedado en el Banco cuando yo he venido para acá. Me gustaría que estos ladrones hubiesen intentado robarme a mí cuando tenía los años que él tiene. Habrían perdido dinero si hubiesen invertido en el negocio más de dieciocho peniques; pueden estar seguros de eso.

—¿Se sospecha de alguien? —preguntó el señor Harthouse.

—¿Que si se sospecha? ¡Naturalmente que se sospecha! —exclamó Bounderby, soltándose del brazo de la señora Sparsit para enjugarse la cabeza sudorosa—. ¡Bueno estaría que se saquease a Cosías Bounderby, de Coketown, sin que se sospechase de nadie! ¡Hasta ahí podríamos llegar!

¿Podría el señor Harthouse preguntar de quién se sospechaba?

El señor Bounderby se detuvo y, colocándose de manera que daba la cara a todos, exclamó:

—Os lo voy a decir, aunque es una cosa que no debe mencionarse fuera de aquí; no debe mencionarse fuera de aquí..., para que los granujas culpables del hecho, que son toda una cuadrilla..., no se pongan en guardia.

Tomadlo, pues, como un dato confidencial; pero antes esperad un momento.

El señor Bounderby se enjugó de nuevo la cabeza, y dijo a continuación:

—¿Qué diríais si supieseis... —y aquí alzó violentamente la voz— que anda en el asunto un obrero?

—No será, supongo, nuestro amigo Blackpot —dijo con languidez Harthouse.

Y Bounderby le replicó:

—Decid Pool y no Pot, señor, y habréis dado con el individuo.

Luisa dejó escapar una débil exclamación de incredulidad y sorpresa, que no escapó al oído de Bounderby. Éste replicó inmediatamente:

—¡Sí, ya lo sé; ya sé lo que vais a decir! ¡Estoy al cabo de la calle! Que estos individuos son la mejor gente del mundo. Tienen la palabra fácil, sí, señor. Ellos no quieren sino que se les expliquen sus derechos. Nada más. Pues bien: ¿queréis que os diga lo que siento? Mostradme a un obrero descontento, y yo os diré que ese hombre está dispuesto a todo lo malo, sea lo que sea.

Éste era otro de los mitos de Coketown que algunos se habían tomado el trabajo de popularizar..., y que para algunas personas constituía artículo de fe.

—Pero yo los conozco bien a estos individuos —decía Bounderby—. Yo soy capaz de leer dentro de ellos como en un libro abierto; Señora Sparsit, distinguida señora, apelo a vuestro testimonio. ¿Qué consejo le di a ese individuo la vez primera que vino a mi casa con el único propósito de que yo le dijese cómo podía pisotear la religión y echar por los suelos a la Iglesia establecida? Señora Sparsit, vos, que por vuestros altos parentescos estáis al nivel de la aristocracia, ¿le dije o no le dije a ese fulano: «A mí no podéis ocultarme la verdad; no pertenecéis a la categoría de individuos que a mí me gustan; no acabaréis bien?».

—Desde luego, señor —repuso la señora Sparsit—, le hicisteis esa advertencia de un modo impresionante.

—Se lo dije cuando sus palabras os escandalizaron. ¿No es cierto, señora, que se lo dije cuando sus palabras os escandalizaron? —exclamó Bounderby.

—En efecto, señor, sus palabras me escandalizaron —contestó la señora Sparsit, moviendo suavemente la cabeza a derecha e izquierda—. Sin embargo, quiero hacer constar que mis sentimientos al respecto no serían más débiles..., o, si lo preferís, más irreflexivos..., aunque hubiese ocupado siempre mi situación actual.

El señor Bounderby dirigió al señor Harthouse una mirada en la que reventaba de orgullo, y que parecía querer decir: «Yo soy el amo de esta dama y creo que ella merece que le deis importancia, caballero». Luego reanudó su perorata.

—Vos mismo. Harthouse, tenéis que recordar lo que le dije en vuestra presencia. No me anduve con remilgos con él. Yo jamás los trato con remilgos. Porque los conozco. Y ahí tenéis, caballero: a los tres días se fuga. Se largó nadie sabe dónde; hizo igual que mi madre cuando yo era niño..., con la diferencia de que se portó aún peor que mi madre, si esto es posible. ¿Y qué hizo antes de marcharse? ¿Qué me decís —preguntó el señor Bounderby, con el sombrero en la mano y remachando cada frase, como si estuviese tamborileando, con un golpecito en cada palabra inicial— de que se le haya visto..., noche tras noche..., acechando... en los alrededores del Banco...? ¿Qué me decís de su merodeo por allí... después de anochecido...? Hasta el punto de hacer pensar a la señora Sparsit... en que no se traía ningún fin bueno... Hasta el punto de que llamase la atención de Bitzer, y de que una y otro lo vigilasen... Hasta el punto de haber llamado también la atención de la vecindad..., según se ha visto hoy al practicar la Policía sus investigaciones.

—Desde luego, todo eso es sospechoso —dijo Harthouse. Bounderby prosiguió, con un cabeceo de desafío:

—Eso mismo me parece a mí, señor; eso mismo me parece a mí. Pero aún hay más. Anda también de por medio una mujer anciana. No se entera uno jamás de estas cosas hasta después que el daño está hecho. Cuando ha sido robado el caballo se descubre que no cerraba bien la puerta del establo. Se trata de una mujer que parece que solía venir de cuando en cuando a esta ciudad, cabalgando por los aires en una escoba. Antes que este fulano empezase su tarea, ella se había pasado un día entero vigilando el edificio; y la noche en que vos le visteis a él, la vieja y él anduvieron a escondidas de conferencia... Supongo que ella le daría su informe al relevarla él en su trabajo, comprometiéndose en su delito.

Luisa recordó que, en efecto, la noche aquella había una persona de esas características en la casa de Esteban, y que procuró que no la viesen.

Bounderby, subrayando sus palabras con movimientos de cabeza del más profundo misterio, prosiguió:

—Y aún hay más, a pesar de que no lo sabemos todo; pero ya he dicho bastante por el momento. Me haréis el favor de guardar el secreto, no hablando de esto con nadie. Tal vez nos exija tiempo, pero les echaremos el guante. Es una táctica la de darles soga, y no me opongo a que se adopte.

Santiago Harthouse le contestó:

—Desde luego, serán castigados con el máximo rigor de la ley, como suelen decir los tablones de avisos, y bien merecido se lo tienen. El que asalta un Banco debe atenerse a las consecuencias. Si no tuviera ninguna consecuencia, todos nos meteríamos a salteadores de bancos.

Mientras hablaba quitó a Luisa la sombrilla de la mano, la abrió, y Luisa echó a andar bajo su sombra, aunque allí no daba el sol. Entonces le dijo su marido:

—De momento, Lu Bounderby, es preciso cuidar de la señora Sparsit. Este asunto le ha quebrantado los nervios, y permanecerá con nosotros un par de días. Instaladla, pues, con comodidad.

Pronto se vio que, si por algo no estaba a sus anchas la señora Sparsit en aquel hogar, era por el empeño suyo, que llegaba a ser molesto, de no preocuparse en absoluto de sí misma y preocuparse, en cambio, de los demás. Al enseñarle su habitación, se mostró tan tremendamente afectada por sus comodidades, que cualquiera hubiera pensado al verla que prefería pasar la noche en la mesa de planchar del lavadero. Naturalmente, los Powlers y los Scadgers estaban acostumbrados al lujo. «Pero yo estoy en la obligación de acordarme —gustaba de decir con majestuosa gracia la señora Sparsit, especialmente cuando estaba delante algún otro individuo del servicio— que ya no soy lo que fui». Y agregaba: «La verdad es que si yo tuviera que borrar de mi memoria el recuerdo de que el señor Sparsit era un Powler y que yo estoy emparentada con la familia de los Scadgers; si pudiera destruir incluso la realidad para convertirme en una persona de estirpe vulgar y con parientes vulgares, lo haría de muy buena gana. Creo que, dadas mis circunstancias actuales, era lo que correspondía hacer». Esta misma actitud de austeridad la llevó a renunciar durante la cena a los platos muy ricos y a los vinos, hasta que el señor Bounderby le ordenó amablemente que se sirviese de ellos. Entonces ella contestó: «¡Qué bondadoso sois, señor!», y abandonó su resolución, anunciada con bastante solemnidad en público, de «que esperaría hasta que sirviesen el carnero sin adorno alguno», También se deshizo en excusas al pedir la sal, y, sintiéndose amablemente obligada a dejar en buen lugar al señor Bounderby en su afirmación de que los nervios de la señora Sparsit estaban quebrantados, apoyábase de cuando en cuando en el respaldo de la silla y lloraba; en esos instantes deslizábase por su nariz de perfil romano una lágrima de gran tamaño, parecida a un pendiente, que todos podían ver (mejor dicho, que no tenían más remedio que ver, porque reclamaba imperiosamente la atención pública).

Pero en lo que mayor hincapié hizo la señora Sparsit, desde el principio hasta el fin, fue en su decisión de compadecer al señor Bounderby. Veces había en que, al mirarle, no podía contenerse y movía involuntariamente la cabeza, como diciendo: «¡Ay desdichado Yorick!». Después de hacer ver a los demás que se había dejado traicionar por aquellos síntomas de emoción, se dejaba ir a una vivacidad forzada y exagerada, mostrándose violentamente alegre, y decía: «¡Cuánto me alegro, señor, de ver que no habéis perdido el buen humor!», y parecía calificar como de una excepción bendita el que el señor Bounderby se sostuviese tan bien como se sostenía, Disculpábase asimismo por una manía que, al decir de ella, no conseguía dominar, y era su curiosa propensión a llamar a la señora Bounderby «señorita Gradgrind», cosa que hizo durante la cena no menos de sesenta u ochenta veces, Siempre que incurría en este desliz mostrábase llena de modesta confusión; pero decía: «Es que me resulta tan natural lo de señorita Gradgrind...», mientras que casi le era imposible convencerse de que la joven a la que ella había tenido la felicidad de conocer cuando sólo era una niña fuese ahora, real y verdaderamente, la señora de Bounderby. Lo más extraordinario del caso era que, cuanto más lo pensaba, más imposible le parecía, porque «¡son tan grandes las diferencias entre ellos...!».

Después de la cena, en el cuarto de estar, el señor Bounderby juzgó, lo mismo que si estuviese en audiencia pública, el caso del robo cometido; pasó en revista a los testigos, tomó nota de las pruebas, declaró culpables a los sospechosos y los sentenció al castigo máximo que señala la ley, Después de lo cual, envió a Bitzer a la ciudad con órdenes de que viniese Tom a casa por el tren correo.

Cuando trajeron las luces, la señora Sparsit murmuró:

—No estéis abatido, señor, Por favor, quiero veros alegre, igual que en otro tiempo.

El señor Bounderby, sobre quien estas frases de consuelo habían empezado a producir el efecto de ponerlo sentimental, con un sentimentalismo torpón y agresivo, suspiró lo mismo que un animal marino de gran tamaño. Entonces la señora Sparsit le dijo: «No puedo sufrir el veros de ese modo, señor. Jugad una partida de chaquete, como acostumbrabais cuando yo tenía el honor de vivir bajo el mismo techo que vos». El señor Bounderby le contestó: «No he jugado al chaquete desde entonces, señora». A lo que la señora Sparsit contestó, conciliadora: «En efecto, señor; ya sé que no habéis jugado. Recuerdo que la señorita Gradgrind no se interesa en los juegos. Pero yo seré muy dichosa, señor, si os dignáis jugar conmigo».

Y jugaron los dos al chaquete junto a una ventana que daba al jardín, La noche era deliciosa; no de luz de luna, sino de bochornosa y llena de fragancia. Luisa y el señor Harthouse salieron a pasear por el jardín, desde el que llegaban sus voces, aunque no se distinguía lo que hablaban. Desde su sitio, frente al tablero del chaquete, la señora Sparsit se desojaba por penetrar en la oscuridad del exterior. Hasta que el señor Bounderby le preguntó: «¿Qué os pasa? ¿Es que veis algún fuego, señora?». A lo que ella contestó: «Nada de eso, señor, Estaba pensando en el relente». «¿Y por qué os preocupa el relente, señora?». La señora Sparsit le contestó: «No es por mí. Es que temo que se resfríe la señorita Gradgrind». «Nunca tiene un catarro», díjole Bounderby, A lo que ella contestó: «¿De veras, señor?», y se sintió instantáneamente atacada de una tosecita de garganta.

Cuándo se hizo hora de retirarse, el señor Bounderby se bebió un vaso de agua, La señora Sparsit le preguntó:

—¡Oh señor!, ¿no tomáis ya vuestro jerez caliente, con una cáscara de limón y nuez moscada?

—He perdido ya la costumbre de tomarlo, señora —le contestó el señor Bounderby, y ella le replicó:

—¡Qué pena, señor, que estéis perdiendo vuestras buenas costumbres de otros tiempos! ¡Ánimo, señor! Si la señorita Gradgrind me lo permite, me ofrezco a prepararároslo como lo he hecho otras veces.

La señorita Gradgrind permitió sin dificultad que la señora Sparsit hiciese todo lo que gustase, y entonces la atenta señora preparó la bebida y se la ofreció al señor Bounderby.

—Os sentará bien, señor, Os reconfortará el corazón. Es la clase de bebida que os conviene y que deberíais tomar.

Cuando el señor Bounderby dijo: «¡A vuestra salud, señora!», ella le contestó con gran emoción: «¡Gracias, señor! ¡A la salud vuestra y a vuestra felicidad!». Por último le dio con gran emoción las buenas noches; y el señor Bounderby se fue a la cama con la sensiblera convicción de haber sido atacado en algo vivo, aunque no hubiera podido decir en qué por más esfuerzos que hizo.

Mucho tiempo después de desvestirse y acostarse, estuvo Luisa esperando a su hermano. Sabía perfectamente que éste no podía llegar a casa antes de la una de la madrugada; pero en la tranquilidad del campo, que hacía todo menos calmar el desasosiego de sus pensamientos, el tiempo se deslizaba con aburrida lentitud. Por último, después de varias horas en las que el silencio y la oscuridad parecían darse mutuamente mayor cuerpo, oyó sonar la campanilla de la puerta exterior. Luisa tuvo la sensación de que le habría alegrado que estuviese sonando hasta el amanecer; pero la campana se calló y su sonido se desparramó por el aire en círculos cada vez más débiles y más amplios, volviendo a reinar el silencio absoluto.

Aún esperó cosa de un cuarto de hora, según su cálculo, Entonces se levantó, se echó encima un vestido amplio, salió a la oscuridad del pasillo y subió al piso superior, donde estaba el cuarto de su hermano. Viendo que tenía cerrada la puerta, la abrió suavemente y le habló, acercándose con paso quedo hasta su cama.

Se arrodilló en el suelo junto a ésta, pasó a Tom el brazo por el cuello y juntó la cara de él con la suya. Sabía que él se fingía dormido, pero no le dijo nada. Tom empezó a moverse poco a poco, igual que si acabase de despertar, y preguntó quién era y qué pasaba.

—Tom, ¿no tienes nada que decirme? Si me has querido alguna vez en tu vida y si tienes algo que has ocultado a todos, dímelo a mí.

—No sé de qué me estás hablando, Lu, Has tenido alguna pesadilla.

Luisa apoyó su propia cabeza en la almohada de Tom y su cabellera se desparramó por encima de su hermano como si quisiera ocultarlo de todos menos de sí misma.

—Querido hermano mío, ¿no tienes nada que decirme? ¿No podrías decirme alguna cosa si tú quisieses? Me digas lo que me digas, yo seguiré siendo la misma. ¡Oh Tom, dime la verdad!

—No sé de qué me hablas, Lu.

—Hermano querido, ten en cuenta que lo mismo que ahora estás ahí tendido en medio de la noche melancólica, yacerás también alguna noche en otro sitio, y que incluso yo, si vivo entonces, no podré acompañarte.

Y también yo estaré un día tendida, tal como ahora estoy a tu lado, descalza, desnuda, envuelta en tinieblas, en la larga noche de mi descomposición, hasta que quede reducida a polvo. Pensando en lo que seremos entonces, ¡Tom, dime la verdad!

—¿Y qué es lo que quieres saber?

La violencia de su amor dio fuerzas a Luisa para colocar a su hermano en su regazo lo mismo que si fuera un niño.

—Ten la seguridad de que no he de echarte nada en cara. Ten la seguridad de que te compadeceré y te seré leal. Ten la seguridad de que te salvaré a cualquier precio... ¿Nada tienes que decirme, Tom? Háblame muy quedo al oído. Dime solamente ¡sí! y yo te comprenderé.

Luisa arrimó su oído a los labios de su hermano, pero éste permaneció obstinadamente mudo.

—¿No me dices ni una sola palabra, Tom?

—¿Cómo voy a decirte sí ni cómo voy a decirte no , si no sé de qué hablas? Lu, empiezo a pensar que eres una chica valiente, cariñosa, digna de tener un hermano mejor que yo. No tengo nada más que decirte. Anda, ve y acuéstate, ve y acuéstate.

—Estás cansado —le cuchicheó ella, en un tono que se acercaba más al corriente.

—Sí, estoy que no puedo más.

—¡Has pasado un día tan atareado y tan preocupado! ¿Se ha hecho algún nuevo descubrimiento?

—Únicamente los que ya le habréis oído decir... a él.

—Tom, supongo que no habrás contado a nadie la visita que hicimos a esa gente y que nos encontramos allí con tres personas.

—No he contado nada. ¿No me pediste tú misma, concretamente, que guardase el secreto cuando me rogaste que te acompañase?

—Sí, pero yo ignoraba lo que iba a ocurrir después.

—Tampoco yo lo sabía. ¿Cómo iba a saberlo?

Tom contestó sin dar apenas tiempo de hablar a su hermana. Ésta siguió diciéndole, en pie ya junto a la cama, porque se había ido desasiendo poco a poco hasta levantarse:

—Después de todo lo que ha ocurrido, ¿debo decir que hice esa visita? ¿Estoy en la obligación de decirlo? ¿Es imprescindible que lo diga?

—¡Por los clavos de Cristo, Lu! Tú no tienes costumbre de pedirme consejos. Di lo que gustes. Si tú te lo callas, yo me lo callaré. Si lo haces público, ahí acaba el compromiso.

La oscuridad era demasiado impenetrable para que ninguno de los dos viese la cara del otro; pero ambos parecían tener el oído en tensión y medían sus palabras antes de hablar.

—Tom, ¿crees verdaderamente que el hombre aquel a quien di el dinero está complicado en el crimen?

—Lo ignoro, pero no veo por qué razón no ha de poder estarlo. —A mí me pareció un hombre honrado.

—Hay otros que tal vez te parezcan criminales y no lo son.

Hubo unos momentos de silencio, porque Tom se calló, tras una visible vacilación. Pero a los pocos momentos habló como si ya hubiese tomado su partido:

—Para que veas que yo distaba mucho de tener una opinión favorable de ese individuo, te diré que lo llamé fuera para decirle en voz baja que podía darse por muy satisfecho de la ganancia impensada que le llovía de manos de mi hermana y que esperaba que hiciese buen uso de la misma. Supongo que te acordarás de que lo saqué de la habitación. Yo no digo nada contra ese hombre: quizá sea una buena persona, a pesar de todo. ¡Ojalá que lo sea!

—¿Se ofendió con lo que le dijiste?

—No; lo tomó de bastante buen talante y se mostró bastante cortés... ¿Dónde estás, Lu? —Tom se incorporó en la cama y la besó—. ¡Buenas noches, querida, buenas noches!

—¿No tienes nada más que decirme?

—No. ¿Qué puedo yo tener que decirte? Supongo que no pretenderás que te diga ninguna mentira.

—No quisiera que me la dijeras, Tom, y en esta noche menos que en ninguna de tu vida. ¡Ojalá que sean muchas y muy felices las que tengas!

—Gracias, mi querida Lu. Estoy tan rendido, que hasta yo mismo me maravillo de que no te diga cualquier cosa para que me dejes dormir. ¡Ea, vete a acostar, vete a acostar!

La besó otra vez, se dio media vuelta, se echó el cobertor por encima de la cabeza y permaneció tan inmóvil como si hubiese llegado ya la hora aquella por la que su hermana le había conjurado a que hablase. Luisa permaneció algún tiempo junto a la cama antes de alejarse muy poco a poco. Al llegar a la puerta se detuvo, la abrió, dio media vuelta para mirar hacia el interior de la habitación y preguntó a su hermano si la había llamado. Pero él permaneció inmóvil, y entonces ella cerró suavemente la puerta y regresó a su dormitorio.

Al cabo de unos momentos, el desgraciado muchacho levantó la cabeza para mirar cautelosamente; al ver que Luisa se había marchado, deslizóse fuera de la cama, cerró la puerta con llave y se arrojó otra vez sobre la almohada, mesándose el cabello, llorando con ira, amándola a pesar suyo, despreciándose a sí mismo con rencor, pero sin arrepentimiento, y maldiciendo con igual rencor y ningún provecho de todo cuanto de bueno hay en el mundo.

CAPÍTULO IX: OYENDO LA ÚLTIMA PALABRA

Mientras la señora Sparsit descansaba para tonificar sus nervios en la finca del señor Bounderby, sus ojos permanecían noche y día tan al acecho bajo sus cejas a lo Coriolano, como dos faros en una costa bordeada de un muro de acero, que, de no ser por la placidez de sus maneras, cualquier marinero prudente habría visto en ellos un aviso para alejarse de tan rudo escollo: su nariz de perfil romano y la negra y escarpada región circundante. Aunque costaba trabajo creer que el retirarse a su dormitorio fuese otra cosa que simple fórmula, dada la severidad con que aquellos típicos ojos permanecían siempre abiertos de par en par, y aunque parecía cosa imposible que aquélla su rígida nariz se dejase ganar por ninguna influencia mitigadora, sin embargo, al verla sentada, alisando sus incómodos, por no decir punzantes, mitones —hechos de un material aislante como el de una cámara para guardar carne—, y al verla amblar hacia metas desconocidas con el pie en el estribo de algodón, mostraba tal seguridad exterior, que muchos observadores se habrían visto obligados a tomarla por una paloma, encarnada, por algún capricho de la Naturaleza, en el tabernáculo terrenal de un ave de las de pico encorvado.

Era un prodigio de mujer para rondar por la casa. Su manera de estar tan pronto en un piso como en otro era un misterio sin solución posible. Nadie iba a sospechar que una dama tan cuidadosa de las buenas formas y tan altamente emparentada saltase por encima de las balaustradas o se dejase deslizar por ellas; y, sin embargo, su extraordinaria facilidad de locomoción sugería esa idea fantasma. Otro detalle que se advertía en la señora Sparsit era el de que nunca tenía prisa. Podía bajar como un proyectil, con rapidez inigualada, desde el techo de la casa hasta el vestíbulo; pero en el momento de llegar a su destino aparecía en plena posesión de su aliento y de su dignidad. Y ningún ojo humano la vio jamás caminar con paso rápido.

Mostróse muy cariñosa con el señor Harthouse y mantuvo con él algunas agradables conversaciones a raíz de su llegada a la finca. Cierta mañana, antes de desayunarse, le hizo ella en el jardín su reverencia de gran gala y le dijo:

—Me parece, señor, que fue ayer mismo cuando tuve el honor de recibiros en el Banco, en aquella ocasión en que tuvisteis la amabilidad de solicitar que os indicase la dirección de la casa del señor Bounderby.

—Tened la seguridad de que fue un momento que no olvidaré en el transcurso de muchas épocas —contestó el señor Harthouse, y saludó a la señora Sparsit inclinando la cabeza con la más indolente de todas las expresiones posibles.

—Vivimos en un mundo muy especial, caballero —dijo la señora Sparsit.

—Por una coincidencia de la que me siento muy orgulloso, he tenido el honor de hacer antes de ahora una observación parecida en cuanto al contenido, aunque menos feliz en su expresión epigramática.

Después de agradecer el cumplido con una contracción de sus negras pestañas, expresión no tan suave como las inflexiones dulzarronas de su voz, prosiguió la señora Sparsit:

—Un mundo muy especial, diría yo, señor, refiriéndome a la intimidad que se liga en un momento entre individuos que eran poco antes completamente extraños. Recuerdo, caballero, que en aquella ocasión llegasteis a decir que sentíais verdadero recelo de la señorita Gradgrind.

—Vuestra memoria me hace un honor excesivo para lo que mi insignificancia se merece. Vuestras amables indicaciones tuvieron por efecto corregir mi timidez, siendo innecesario que yo agregue que resultaron ser completamente exactas. El talento de la señora Sparsit..., para todo cuanto exige exactitud..., un talento que es una mezcla de fortaleza de espíritu..., y de estirpe..., no admite discusión, porque está a la vista en cualquier momento.

Harthouse pareció dormirse mientras desarrolló su cumplido. ¡Tanto fue el tiempo que invirtió y tanto rebuscó las frases mientras le dio forma!

—¿Habéis encontrado a la señorita Gradgrind...; la verdad, no me acostumbro a llamarla señora Bounderby; me resulta muy absurdo...; la habéis encontrado, digo, tan juvenil como os la describí yo? —preguntó muy melosa la señora Sparsit.

—Dibujasteis su retrato perfectamente; representasteis su imagen, pero sin vida —contestó el señor Harthouse.

—Es de un gran atractivo, señor —dijo la señora Sparsit, haciendo girar sus mitones el uno sobre el otro.

—No la presentasteis así precisamente.

—Todo el mundo estaba antes de acuerdo en que a la señorita Gradgrind le faltaba vivacidad, pero confieso que la veo actualmente aventajada en ese sentido de una manera notable y sorprendente. A propósito, ¡aquí tenemos al señor Bounderby! —exclamó la señora Sparsit, saludando con repetidas inclinaciones de cabeza, como si no hubiese estado hablando ni pensase en nadie más que en él—. ¿Cómo os encontráis esta mañana, señor? ¡Ea, queremos veros alegre, por favor!

Tan persistentes esfuerzos por aliviar su aflicción y por aligerar su carga, habían empezado ya para entonces a suavizar más que de costumbre la actitud del señor Bounderby hacia la señora Sparsit, produciendo simultáneamente una actitud más exigente hacia casi todas las demás personas, desde su esposa para abajo. Por eso cuando la señora Sparsit dijo con forzada despreocupación: «Es ya hora de que os desayunéis, señor, pero me atrevo a decir que no tardará la señorita Gradgrind en llegar para sentarse a la cabecera de la mesa», el señor Bounderby le contestó: «Si estuviese yo esperando a los cuidados de mi esposa, querida señora, supongo que sabéis sobradamente que tendría que esperar hasta el día del Juicio; de modo, pues, que os ruego que os toméis la molestia de encargaros de la tetera». Entonces la señora Sparsit obedeció y sentóse en el lugar de la mesa que de antiguo ocupaba.

El hecho de ocupar ese lugar puso también a la señora Sparsit de un humor altamente sentimental. Mostróse desde ese instante tan humilde, que, cuando Luisa se presentó, ella se levantó del asiento, haciendo protestas de que ni por asomos podía pensar, dadas las actuales circunstancias, en sentarse en aquel sitio, por muchas veces que hubiese tenido el honor de preparar el desayuno del señor Bounderby antes que la señora Gradgrind..., ¡perdón, cómo estaba ella...!, quería decir antes que la señorita Bounderby..., ¡qué barbaridad!, ya la disculparían, porque aún no había conseguido hacerse al verdadero tratamiento, aunque confiaba en que, poco a poco, se familiarizaría con él..., hubiese ocupado su situación actual. Insistió en que únicamente se había tomado la libertad de atender el requerimiento que le había hecho el señor Bounderby..., aunque los deseos de éste habían sido para ella como una ley durante mucho tiempo..., porque la señorita Gradgrind se había retrasado un poco y los minutos del señor Bounderby eran muy preciosos, constándole a la señora Sparsit desde siempre que era esencial el que se desayunase sin perder uno solo.

—¡Por favor! ¡No os mováis de donde estáis, señora; no os mováis de donde estáis! —manifestó el señor Bounderby—. Creo que será un placer para la señora Bounderby el que la releven de esa molestia.

La señora Sparsit replicó con expresión casi severa:

—No digáis eso, señor, porque os mostráis con ello muy poco amable con la señora Bounderby..., y no es propio de vuestra manera de ser el mostraros poco amable.

—Podéis estar tranquila, señora... Decidme, Lu: no os molestáis por ello, ¿verdad?

Eso lo dijo el señor Bounderby de una manera jactanciosa.

—¡Naturalmente que no! Es una cosa sin importancia... ¿Qué importancia puede tener eso para mí?

—¿Por qué había de dar nadie importancia a eso, señora Sparsit? —exclamó el señor Bounderby, esponjándose con un sentimiento de desdén—. Concedéis demasiada importancia a estos detalles, señora. Por vida mía que tendréis que renunciar aquí a algunas de vuestras ideas. Estáis anticuada, señora. Vivís retrasada para los tiempos de los hijos de Tom Gradgrind.

—¿Qué os ocurre? —preguntó Luisa, sorprendida y con frialdad—. ¿De qué os habéis molestado?

—¿Molestarme? —repitió Bounderby—. ¿Suponéis que si algo me hubiese molestado, no soy quién para decirlo y para pedir que cese la molestia? Me tengo por un hombre franco y no me gusta andarme por las ramas.

Luisa le contestó serenamente:

—Me imagino que a nadie se le ha ocurrido juzgaros ni excesivamente receloso ni demasiado quisquilloso. Ni de niña ni de mujer os he encontrado yo jamás ese defecto. No comprendo, por tanto, lo que ahora os ocurre.

—¿Lo que me ocurre? —replicó el señor Bounderby—. No me ocurre nada. Si me ocurriera, ¿no sabéis bastante bien que yo, Cosías Bounderby, de Coketown, no me lo hubiera callado? Bounderby dio un puñetazo en la mesa haciendo temblar las tazas de té; Luisa miró a su marido, y del orgullo saliéronle a la cara unos colores tan vivos que no parecía la misma, o al menos no le pareció al señor Harthouse. Luisa dijo:

—Os mostráis incomprensible esta mañana. Por favor, no os molestéis más en dar a entender lo que os pasa. No tengo curiosidad de saberlo. ¿Qué importancia tiene? No se habló nada más acerca del asunto, y no tardó el señor Harthouse en exhibir su fútil alegría tocando temas sin importancia. Pero desde aquel día, la influencia de la señora Sparsit sobre el señor Bounderby acercó más aún a Luisa y a Santiago Harthouse, reforzó el peligroso desvío de Luisa para con su marido y la mutua intimidad de ella y de Harthouse contra él, intimidad a la que Luisa llegó de un modo gradual y tan insensible que ni ella misma hubiera podido luego explicar cómo fue. Pero si intentó o no rehacer ese camino, es cosa que quedó oculta en su hermético corazón.

Aquel incidente produjo de momento tal emoción en la señora Sparsit, que, al ofrecer al señor Bounderby su sombrero, después que se hubo desayunado, y encontrándose a solas con él en el vestíbulo, imprimió en su mano un casto beso, y murmuró: «¡Oh, bienhechor mío!», y se retiró abrumada de dolor. A pesar de lo cual, es un hecho indudable, y que le consta al autor de este relato, que cinco minutos después de haber salido de la casa el señor Bounderby con el mismísimo sombrero, la mismísima descendiente de los Scadgers y emparentada por su matrimonio con los Powlers, agitó el mitón de su mano derecha frente al retrato del dueño de la casa, hizo una mueca despectiva a aquella obra de arte y exclamó: «¡Te lo tienes merecido, mentecato, y yo me alegro mucho!».

No hacía mucho que se había marchado el señor Bounderby cuando apareció Bitzer. Había llegado desde la ciudad con un mensaje que enviaban desde el Palacio de Piedra; hizo el viaje en el tren, que cruzó rechinante y estrepitoso sobre la larga línea de arcos que se alzan a horcajadas en la inhóspita región de los pozos carboníferos del pasado y del presente. El mensaje consistía en un aviso apresurado informando a Luisa de que la señora Gradgrind se encontraba muy enferma. Hasta donde alcanzaba a recordar Luisa, su madre no había estado nunca sana; pero en los últimos días había desmejorado mucho; durante la noche última se había ido agotando y se encontraba ahora tan próxima a morir como se lo permitía su imposibilidad de verse en ningún estado que implicase la más leve intención de ver el remate de una cosa. Luisa marchó entre retumbos a Coketown, por encima de los pozos de minas de carbón pasadas y presentes, lanzada como un torbellino entre sus mandíbulas humeantes, en compañía del más blondo de los porteritos, apropiado y exangüe servidor para abrir las puertas de la Muerte cuando la señora Gradgrind llamase a ellas. Al llegar a la ciudad, Luisa despidió al mensajero para que atendiese a sus propios asuntos y se trasladó en coche a su casa.

Pocas veces había vuelto a ella después de su matrimonio. Su padre seguía en Londres cribando y cribando su montón de desperdicios en el Parlamento —sin que se supiese hasta entonces que hubiese sacado de tanta basura ningún producto valioso— y aún estaba entregado a su dura tarea en aquel vertedero nacional. A su madre, que seguía recostada en su sofá, las visitas le resultaban una molestia más que otra cosa; con los hermanos más jóvenes no sabía Luisa alternar; con Cecilia no volvió a mostrarse amable desde la noche aquella en que la hija del trotamundos había levantado los ojos para mirar a la que iba a ser la esposa del señor Bounderby. Nada, pues, la atraía hacia la casa de sus padres, y sólo raras veces había vuelta a ella.

Tampoco ahora se vio envuelta, al acercarse a su viejo hogar, en ninguna de las emociones que el hogar en que hemos vivido nos produce. Sueños de la infancia..., fábulas vivaces; galas, llenas de gracia, bellas, humanas, imposibles, del mundo del más allá, tan dulces de creer, tan dulces de recordar cuando uno es mayor, porque cualquiera de ellas adquiere entonces en el corazón la magnitud de una gran madre de piedad, a la que pueden acogerse los niños pequeños para cultivar entre los pedregales de este mundo un jardín en el que todos los hijos de Adán harían bien en asolearse más a menudo, acudiendo con corazones sencillos y creyentes y no con la sabiduría mundana... ¿Qué valor tenía todo esto para Luisa? Memorias de cómo había llegado por etapas hasta el pequeño mundo de sus conocimientos, por las veredas encantadas de la esperanza y de la fantasía que la animaban, como animaban a millones de inocentes criaturas; de cómo llegó por vez primera a la razón por la suave luz de la fantasía, descubriendo que era aquella una diosa benéfica, sometida a otros dioses tan grandes como ella..., no un ídolo adusto, cruel y frío, que exigía víctimas atadas de pies y de manos, con su mudo rostro fijo en una mirada ciega y todo él incapaz de sentirse afectado por nada que no fuese por una palanca calculada de tantas o cuantas toneladas de peso... ¿Qué valor tenía todo esto para Luisa? Sus memorias del hogar y de la niñez traíanle el recuerdo de cómo habían ido cegando, apenas brotaban, todos los manantiales y fuentes de su joven corazón. No había en él aguas vivas; corrían éstas a fertilizar tierras en las que se recogen racimos en los espinos e higos en los cardos.

Entró en la casa y en el cuarto de su madre, dominada por un dolor que la abrumaba y la agarrotaba. Desde la época en que Luisa se marchó de la casa de sus padres, Cecilia había vivido como una más de la familia. Ahora Luisa la encontró junto a su madre; también su hermana Juana, que andaba entre los diez y los doce años de edad, hallábase en la habitación.

Costó grandes trabajos hacer comprender a la señora Gradgrind que había llegado su hija mayor. Hallábase acostada en una meridiana y parecía mantenerse incorporada más o menos en su postura de siempre por la pura fuerza de la costumbre, hasta donde podía esperarse de aquel ser inútil. Habíase negado terminantemente a que la acostasen en su cama, alegando que si lo hacían no acabaría jamás de oír hablar de tal asunto.

Su voz débil parecía salir desde tan lejos por entre el envoltorio de chales, y la de quienes le hablaban parecía tardar tanto tiempo en llegar hasta sus oídos como si estuviera metida en lo hondo de un pozo. Jamás había estado la pobre señora tan cerca de la verdad, y eso explicaba en parte el fenómeno.

Cuando le dijeron que había llegado la señora Bounderby, contestó, como en un juego de despropósitos, que ella no le había dado ese nombre desde que se casó con Luisa; que mientras se le ocurría un nombre que pudiese ella pronunciar sin inconveniente, se había limitado a llamarle J.; y que no disponiendo aún de su sustituto definitivo, no quería apartarse de la norma adoptada. Para cuando llegó a comprender con toda claridad quién era la persona que había llegado, llevaba ya Luisa un buen rato sentada junto a su madre y le había hablado con frecuencia. De pronto, pareció que súbitamente se le aclaraba todo y dijo:

—Pues bien, querida mía, espero que sigas viviendo de una manera que sea satisfactoria para ti. Todo fue obra de tu padre. Se empeñó en ello con toda su alma. Y, sin embargo, hubiera debido saber lo que se hacía.

—Quiero que me habléis de vos, madre, y no de mí.

—¿Quieres que te hable de mí, querida? Esto sí que es cosa nueva; todos quieren ahora oírme hablar de mí. Pues no estoy nada bien, Luisa. Me siento débil y aturdida.

—¿Sufrís mucho, querida madre?

—Me parece que hay en alguna parte de esta habitación un sufrimiento, pero no podría decir terminantemente que soy yo quien lo tiene.

Después de estas extrañas palabras, permaneció durante un rato en silencio. Luisa, que tenía la mano de su madre entre las suyas, dejó de sentir el pulso; la besó, y entonces percibió un ligerísimo hilillo de vida que parecía revolotear dentro de ella. La señora Gradgrind dijo:

—Vienes pocas veces a ver a tu hermana. Crece lo mismo que tú. Yo quisiera que mirases por ella. Cecí, tráela.

La trajeron junto a la meridiana, y se quedó allí, con una mano en la de su hermana, Luisa, que la había visto echar el brazo al cuello de Cecilia, se dio cuenta de la diferencia de intimidad.

—¿Ves cómo se te parece, Luisa?

—Sí, madre; yo diría que es como yo, pero...

—¿Qué? Sí, yo lo digo siempre —exclamó la señora Gradgrind con inesperada prontitud—. Y eso me hace recordar una cosa. Quiero..., quiero hablar contigo, querida mía. Cecilia, mi buena muchacha, déjanos a solas un momento.

Luisa había soltado la mano de su hermana; se dijo que el rostro de ésta denotaba mayor bondad y alegría de las que el suyo propio tuviera nunca; vio en él, no sin que incluso en aquel lugar y en aquel instante brotase en su corazón un ligero resentimiento, vio en él algo de la simpatía de otro rostro que había en el cuarto: el rostro dulce, de ojos sinceros, de tina palidez que la brillante cabellera negra hacía aún más intensa que lo que la habían hecho las noches pasadas en vela y el cariño.

Una vez a solas con su madre, vio Luisa que ésta yacía con una espantable expresión de sosiego en el rostro, como de persona que va flotando sobre una corriente en alta mar, agotadas ya sus fuerzas, feliz de sentirse arrastrada hacia el fondo. Volvió a llevarse a los labios aquella sombra de mano, y recordó a su madre sus palabras:

—Me habéis dicho que queríais hablarme.

—¿Cómo? ¡Ah, sí! Desde luego que quiero, hija mía. Como sabes, tu padre vive ahora ausente casi siempre de esta casa, de modo que tengo que escribirle acerca del asunto.

—¿Acerca de qué, madre? No os preocupéis. ¿Acerca de qué?

—Debes tener presente, hija, que siempre que he dicho alguna cosa le han dado tantas vueltas que no han acabado nunca; por eso renuncié hace ya tiempo a decir nada.

—Os oigo, madre.

Pero sólo a fuerza de acercar el oído, sin dejar de mirar al propio tiempo atentamente al movimiento de sus labios, conseguía ligar aquellos sonidos, tan débiles y entrecortados, en una cadena de frases con sentido.

—Estudiaste muchísimo, Luisa, y lo mismo hizo tu hermano..., toda clase de logías desde la mañana hasta la noche. Si hay alguna logía , la que sea, que no se ha traído y llevado en esta casa, todo lo que yo puedo decir es que espero, por lo menos, que no me obligarán jamás a oír su nombre.

Luisa, para evitar que divagase, le dijo:

—Os oigo bien, madre, si es que queréis seguir hablando.

—Pero hay algo, Luisa, que no es ninguna logía , y que vuestro padre ha pasado por alto o lo ha olvidado. Yo no sé lo que es. Muchas veces, teniendo sentada a mi lado a Cecilia, he pensado en ello. Ya no podré saber nunca su nombre. Acaso lo sepa tu padre. Me trae desasosegada. Quiero escribirle, para que me diga, por amor de Dios, qué es ello. Dame una pluma, dame una pluma.

Hasta la facultad de moverse la había abandonado, excepto en la cabeza, que a duras penas conseguía ladear a derecha e izquierda.

Su imaginación le hizo creer, sin embargo, que su deseo había sido satisfecho y que tenía en la mano la pluma, que hubiera sido incapaz de sostener. Poco importa que los dibujos que empezó a trazar sobre el cobertor de su cama tuviesen una maravillosa falta de sentido. Pronto la mano se detuvo en su tarea; la débil y pálida lucecita que brillaba siempre detrás de la tenue transparencia se apagó. Al salir de las tinieblas entre las que el hombre camina y se afana en vano, hasta la señora Gradgrind se revistió de la imponente serenidad de los sabios y de los patriarcas.

CAPÍTULO X: LA ESCALERA DE LA SEÑORA SPARSIT

Como los nervios de la señora Sparsit tardaron mucho en recobrar su temple, la digna dama alargó su estancia en el retiro del señor Bounderby durante algunas semanas; a pesar de que la conciencia de haber descendido de su alta situación en la vida daba a su temperamento tendencias eremíticas, se resignó con noble fortaleza a vivir, como si dijéramos, en la opulencia, y a mantenerse de la nata de la tierra. La señora Sparsit, mientras duraron sus vacaciones de la guardianía del Banco, dio pruebas de una persistencia de conducta que puede citarse de modelo: siguió mostrando una gran compasión hacia el señor Bounderby cuando estaba frente a su persona, una compasión como rara vez es objeto de ella un hombre, y siguió llamándolo mentecato, con el encono y el desdén mayores que es posible imaginar, siempre que se encontraba frente al retrato suyo.

Al señor Bounderby se le metió en su explosivo temperamento la convicción de que la señora Sparsit era una mujer de condición muy elevada para darse cuenta de que él llevaba sobre sí, en sus soledades, aquella carga indeterminada (aún no sabía concretamente en qué consistía), y se le metió además el convencimiento de que Luisa se habría opuesto a las frecuentes visitas de la señora Sparsit, de haber sido compatible con la grandeza suya, la de Bounderby, que su mujer pusiese inconvenientes a nada de lo que él hacía. Por eso resolvió no privarse tan fácilmente de su compañía. Cuando ya los nervios de la señora Sparsit se habían templado lo suficiente como para volver a consumir mollejas en la soledad, le dijo él, mientras cenaban, la víspera del día señalado para su marcha:

—Quiero deciros una cosa, señora: mientras dure el buen tiempo vendréis a la finca todos los sábados y permaneceréis aquí hasta el lunes.

A esto contestó la señora Sparsit con la frase, aunque no con el espíritu, mahometana:

—Oír es obedecer.

Ahora bien: la señora Sparsit no era un alma poética; pero se le metió en la cabeza una idea en forma de fantástica alegoría. A fuerza de vigilar a Luisa y a fuerza de observar con insistencia su impenetrable manera de ser, parece como si las facultades de la señora Sparsit se hubiesen estimulado y aguzado, dándole, como si dijéramos, un empujoncito en el camino de la inspiración. Construyó en su fantasía una altísima escalera y a los pies de la misma una negra sima de oprobio y de ruina; día a día y hora a hora veía ella descender a Luisa por aquella escalera.

La vida de la señora Sparsit no tuvo de allí en adelante más objeto que mirar a la escalera y observar cómo Luisa descendía por sus escalones. Unas veces con lentitud, otras con rapidez, en ocasiones varios escalones de un salto, haciendo circunstancialmente algunas pausas, pero sin retroceder jamás. Cualquier retroceso de Luisa pudiera haber dado lugar a que la señora Sparsit se muriese de melancolía y de pesar.

Antes del día y en el día mismo en que el señor Bounderby hizo a la señora Sparsit la invitación semanal de que antes hemos hablado, Luisa venía bajando resueltamente por la escalera. La señora Sparsit estaba alegre y con ganas de conversar. Por eso dijo:

—Decid, señor, si es que puedo aventurarme a hacer una pregunta acerca de un asunto en el que os mostráis reservado, cosa temeraria en mí, que sé perfectamente que siempre hacéis las cosas con su cuenta y razón, ¿habéis recibido alguna noticia referente al robo?

—Veréis, señora; no la he recibido. Tampoco esperaba recibirla, dadas las circunstancias que concurren. Roma no se hizo en un día, señora.

—Eso es una gran verdad, señor —contestóle la señora Sparsit, con un enérgico cabeceo.

—Ni siquiera en una semana, señora.

—Es cierto, señor; ni siquiera en una semana —volvió a contestarle la señora Sparsit, adoptando un aire de elegante melancolía.

—Yo también sé esperar, señora. Ya sabéis que yo sé esperar. Si Rómulo y Remo esperaron, Cosías Bounderby esperará. A pesar de que ellos tuvieron una juventud mucho más brillante que la mía. Ellos disponían de una loba para que los amamantase; la loba que yo tuve no me servía sino de abuela, y no me suministraba leche, sino chicoria. En esto no fallaba jamás.

—¡Ah! —suspiró, estremeciéndose, la señora Sparsit.

Y Bounderby prosiguió:

—No, señora; no he vuelto a tener noticias del asunto. Pero no por eso se deja de la mano; y en ello colabora el joven Tom, que ahora... (cosa nueva en él, porque no ha tenido la escuela que yo tuve) se muestra muy atento a sus tareas. Mis instrucciones son: calladamente, que parezca que ya no nos ocupamos de ello. Haced lo que queráis debajo del rosal; pero que no sospechen lo que hacéis; de lo contrario, no faltará medio centenar de individuos de su calaña que se encargarán de poner definitivamente fuera del alcance de nuestra mano al fugitivo. No os mováis; que los ladrones se vayan confiando, y nos haremos con ellos.

—Eso es obrar con sagacidad, sí, señor —dijo la señora Sparsit—. Eso es muy interesante. Aquella anciana de la que hablasteis...

Bounderby la cortó, como si aquel descubrimiento no ofreciese motivo particular para jactarse del mismo.

—La anciana de la que yo hablé, señora, no ha sido habida tampoco; pero puede estar segura de que lo será, si eso ha de servirle de alguna satisfacción a su vieja alma encanallada. Entre tanto, soy de opinión, señora..., si es que me preguntabais mi opinión, que cuanto menos se la mencione, será mejor.

Aquella misma noche, asomada a su ventana, y mientras descansaba del trabajo de preparar su equipaje, volvió la señora Sparsit la vista hacia la alta escalera, y vio cómo Luisa descendía por ella siempre.

La esposa del señor Bounderby se hallaba sentada junto al señor Harthouse en un rincón del jardín; hablaban en voz muy baja, y durante sus cuchicheos Harthouse se inclinaba hacia Luisa, y tocaba casi los cabellos de ésta con su cara.

—¡Poco le falta ya! —exclamó la señora Sparsit, aguzando hasta el máximo la vista.

La señora Sparsit estaba demasiado lejos para poder oír ni una sola palabra de lo que hablaban, ni aun siquiera podía saber que hablaban en voz baja, a no ser por la expresión de sus rostros; pero lo que se decían era esto:

—¿Os acordáis de aquel hombre, señor Harthouse?

—¡Perfectísimamente!

—¿De sus facciones, de sus maneras, de lo que dijo?

—Perfectamente. A mí me pareció una persona muy aburrida. Extremoso y aburrido en alto grado. Supo mantenerse hasta lo último en las normas de la exaltación de la virtud humilde; pero os aseguro que yo pensaba, entre tanto, para mis adentros: «¡Buen hombre, os estáis pasando de la raya!».

—A mí me ha costado mucho trabajo pensar mal de ese hombre.

—Mi querida Luisa..., como dice Tom —cosa que nunca decía—, ¿sabéis alguna cosa buena del individuo?

—Ninguna, desde luego.

—¿Y de alguna otra persona de su clase?

—¿Cómo voy a saber, si no conozco a ninguno de ellos, ni hombres ni mujeres?

—Entonces, mi querida Luisa, dignaos recibir un consejo que os da vuestro leal amigo, que sabe algo de algunas de las variedades de sus excelentes compañeros de Humanidad..., porque son unas criaturas excelentes, a pesar de ciertas debilidades, como la de echar siempre mano a todo cuanto ven a su alcance. Este individuo habla. Y ¿quién es el hombre que no habla? Este individuo predica la moral. Perfectamente; toda clase de farsantes la predican. Desde la Cámara de los Comunes hasta el Correccional, todo el mundo habla como un moralista, excepto la gente de nuestra clase; por eso es precisamente por lo que da gusto hablar con las gentes de nuestra clase. Vos misma visteis y oísteis esa noche. Un miembro de las clases apelusadas..., de las que trabajan entre pelusa..., ve que mi estimado amigo el señor Bounderby lo ata muy corto..., y ya sabemos que mi estimado amigo no posee delicadeza como para suavizar el apretón de su mano. Ese miembro de las clases apelusadas sale de la casa ofendido, exasperado, renegando; se tropieza con alguien que le propone ir a partes en este negocio del Banco; entra en el ajo, se mete algún dinero en el bolsillo, que antes estaba vacío, y con eso se quita un peso de encima. La verdad que, si no hubiese aprovechado semejante oportunidad, no habría sido un individuo vulgar, sino un hombre extraordinario. Y, en tal caso, quizá hubiese planeado él solo todo el asunto si su inteligencia daba para tanto.

Luisa le contestó, después de permanecer unos momentos pensativa:

—Me da la impresión de que está mal que yo me sienta tan dispuesta a mostrarme de acuerdo con vuestras palabras y que éstas parezcan quitarme un peso del corazón.

—Yo me limito a exponer un punto de vista que me parece razonable, sin agravar las cosas. He hablado del asunto más de una vez con mi amigo Tom... Sigo, como comprenderéis, en términos de la más perfecta confianza con Tom..., y él comparte por completo mi opinión, de igual manera que yo comparto por completo la suya... ¿Queréis daros un paseo?

Echaron a andar por los caminos del jardín alejándose de la casa. La penumbra crepuscular iba difuminándolo todo; Luisa se apoyaba en el brazo de Harthouse, sin sospechar cómo iba descendiendo, descendiendo, descendiendo, por la escalera de la señora Sparsit.

Noche y día, la señora Sparsit mantenía enhiesta su escalera. Cuando Luisa hubiese descendido hasta el último escalón y desaparecido en la sima, poco le importaba a la señora Sparsit que la escalera cayese encima de ella misma; pero hasta ese momento tenía que permanecer en su sitio, lo mismo que una construcción, ante los ojos suyos. ¡Y Luisa siempre en la escalera! ¡Siempre deslizándose hacia abajo, hacia abajo, hacia abajo!

La señora Sparsit contempló el ir y venir de Santiago Harthouse; oyó hablar de él de cuando en cuando; observó los cambios que se realizaban en el rostro que aquel hombre había estudiado; también ella pudo ver, en sus mínimas tonalidades, cómo y cuándo se ensombrecía, cómo y cuándo se alegraba; mantuvo muy abiertos sus negros ojos, sin muestra alguna de compasión en ellos, sin rastro alguno de arrepentimiento), absorta por completo en lo que le interesaba.

Y lo que a la señora Sparsit le interesaba era el ver a Luisa acercarse siempre, sin que una mano se interpusiese para detenerla, hacia el escalón inferior de la escalera gigantesca.

Con toda la deferencia que le merecía el señor Bounderby, en contraposición al desprecio que le inspiraba su retrato, no tenía la señora Sparsit la menor intención de interrumpir el descenso. Anhelando que éste se realizase, pero sin impaciencias, esperaba la última caída, para que así cuajase y madurase la cosecha de sus esperanzas. Muda de expectación, no apartaba un instante sus fatigados ojos de la escalera; y, si acaso, alguna que otra vez se limitó a agitar sombríamente su mitón derecho, con el puño dentro, en dirección de aquella figura de mujer que caminaba hacia el abismo.

CAPÍTULO XI: CADA VEZ MÁS ABAJO

La figura iba bajando por la gran escalera constantemente, ininterrumpidamente; aproximándose siempre, como un objeto pesado dentro de las aguas profundas, hacia el negro abismo del fondo.

Avisado el señor Gradgrind del fallecimiento de su esposa, acudió desde Londres y procedió a su entierro como pudiera proceder a un asunto cualquiera. Y en seguida regresó al vertedero nacional y reanudó su criba en busca de los datos y retazos que necesitaba, cuidando de levantar polvareda para cegar a otras personas que andaban también a la búsqueda de sus datos y retazos... En una palabra: reanudó sus obligaciones parlamentarias.

Mientras tanto, la señora Sparsit mantenía un servicio de patrulla constante. Aunque separada durante la semana de su escalera por todo el largo del ferrocarril que mediaba entre Coketown y la casa de campo, mantenía su contemplación felina de Luisa, por medio del marido de ésta, por medio de su hermano, por medio de Santiago Harthouse, por medio de los sobrescritos de las cartas y de los paquetes, por medio de todos los seres, animados o inanimados, que se acercaban en algún momento a la escalera. Apostrofando a la figura que bajaba y con ayuda de su mitón amenazador, le decía:

—¡Estáis ya con el pie en el último escalón, señora mía! ¡Con todo vuestro disimulo, sois incapaz de engañarme!

Fuese disimulo o fuese cosa natural, fuese condición original del carácter de Luisa, o fuese un injerto hecho en el mismo por las circunstancias, el hecho es que su sorprendente reserva desorientaba y servía de estímulo al mismo tiempo a otra persona de tanta vista como la misma señora Sparsit. Había momentos en que Santiago Harthouse no veía con claridad en aquella mujer. Había momentos en los que no acertaba a leer en el rostro que tan detenidamente había estudiado; momentos en que aquella joven solitaria le resultaba un misterio aún mayor que cualquier dama de mundo rodeada de un círculo de satélites colaboradores suyos.

Fue pasando el tiempo, hasta que se presentó un asunto que exigió que el señor Bounderby hiciese un viaje que había de tenerlo tres o cuatro días fuera de casa. Era viernes el día en que el señor Bounderby notificó a la señora Sparsit, estando en el Banco, su próxima ausencia, agregando:

—De todos modos, señora, vos iréis mañana a la finca. Iréis ni más ni menos que si yo estuviese allí. Para vos el caso es igual.

La señora Sparsit le contestó en tono de reconvención:

—Por favor, señor, no digáis semejante cosa. Vuestra ausencia supondrá una gran diferencia para mí, y creo que vos debéis de saberlo ya.

—Siendo así, señora, tendréis que arreglaros en mi ausencia lo mejor que podáis —exclamó el señor Bounderby, al que no habían desagradado las anteriores palabras.

—Vuestros deseos son órdenes para mí, señor Bounderby —replicóle la señora Sparsit—. De otro modo, yo me sentiría inclinada a desobedecer vuestros amables mandatos, porque no estoy segura de que a la señorita Gradgrind le resulte el recibirme tan grato como a vuestra generosa hospitalidad. Pero no es necesario que insistáis más, Iré, invitada por vos.

—Me imagino, señora, que cuando yo os invito a mi casa, no necesitáis de la invitación de nadie más —contestóle el señor Bounderby con ojos de sorpresa.

—¡Naturalmente que no, señor! ¡Desde luego que no! Basta; no digáis más. Lo que yo quisiera, señor, es poder veros alegre otra vez.

—¿Qué queréis decir con eso, señora? —vociferó Bounderby.

—Quiero decir, señor, que antes se advertía siempre en vos una vivacidad que ahora echo yo muy en falta. ¡Alegraos, señor!

Bajo los efectos de tan difícil conjuro, respaldado por una mirada compasiva de la señora Sparsit, no acertó el señor Bounderby sino a rascarse la cabeza de un modo desmañado y ridículo, aunque luego, como afirmación lejana de su propia personalidad, anduvo a gritos durante toda la mañana con la gente menuda del Banco, para que la señora Sparsit pudiese oírle.

Aquella tarde, después que su protector hubo salido de viaje, y cuando estaba cerrando el Banco, dijo la señora Sparsit:

—Bitzer, presentad mis respetos al joven señor Tomás e invitadle de parte mía a que venga a compartir conmigo una chuleta de cordero en salsa de nueces, con un vaso de cerveza de la India.

El joven señor Tomás, dispuesto casi siempre a semejantes convites, envió a la señora Sparsit una contestación amable, y fue pisando los talones al mensajero. La señora Sparsit le dijo:

—Señor Tomás, al ver sobre la mesa estos sencillos manjares, pensé que quizá tentasen vuestro apetito.

—Gracias, señora Sparsit —contestó el mozalbete, y empezó a comer melancólicamente.

—¿Cómo sigue el señor Harthouse? —le preguntó la señora Sparsit.

—Sigue perfectamente... —replicó Tom.

—¿Por dónde anda ahora?

La señora Sparsit hizo esta pregunta con aire despreocupado, después de enviar mentalmente al mozalbete a todas las Furias, por mostrarse tan poco comunicativo.

—Está cazando en Yorkshire. Ayer le envió a Lu un canasto lleno de piezas cobradas que parecía una iglesia de grande.

—Cualquiera apostaría a que un caballero como él es una buena escopeta —dijo la señora Sparsit con mucha dulzonería.

—Una magnífica escopeta.

Tom había sido durante largos años un joven cabizbajo, pero esta característica suya se había acentuado de tal manera últimamente, que nunca alzaba sus ojos para mirar a nadie a la cara más de tres minutos seguidos. De modo, pues, que la señora Sparsit podía fijarse a sus anchas en la expresión de su rostro.

—Yo le tengo una gran simpatía al señor Harthouse, como se la tienen otras muchas personas —dijo la señora Sparsit—. Quizá lo veamos pronto por aquí, ¿no es verdad, Tom?

—¿Verlo? Yo espero verlo mañana —contestó el mequetrefe.

—¡Cuánto me alegro! —exclamó beatíficamente la señora Sparsit.

—Tengo cita con él para esperarlo en la estación mañana al atardecer, y me imagino que después cenaré en su compañía. A la casa de campo no creo que vaya hasta dentro de una semana más o menos, porque tiene compromisos en otra parte. Por lo menos, eso es lo que él ha dicho; aunque a mí no me extrañaría que se quedase a pasar aquí el domingo y en tal caso haría alguna escapada hasta la quinta.

—¡A propósito! —exclamó la señora Sparsit—. Si yo os diese un mensaje para vuestra hermana, ¿os acordaríais de transmitírselo?

El mequetrefe contestó con acento reacio:

—Lo intentaré, si no es muy largo.

—Nada más que presentarle mis respetuosos saludos y manifestarle que acaso no la moleste esta semana con mi compañía, porque me siento aún un poco nerviosa y con ganas de estar a solas con mi pobre persona.

—Vaya, si no es más que eso, no importaría nada aunque me olvidase de darlo —dijo Tom—, porque no es probable que Lu se acuerde de vos si no os tiene delante.

Después de pagar el convite de la señora Sparsit con este amable piropo, volvió a caer en su descortés silencio hasta que ya no quedó más cerveza amarga de la India; entonces se limitó a decir:

—Tengo que marcharme, señora Sparsit —y se largó.

La señora Sparsit se pasó todo el día siguiente, sábado, sentada junto a su ventana, viendo cómo entraban y salían los clientes, siguiendo con la vista a los carteros, vigilando el tráfico público de la calle, revolviendo mil pensamientos en su cerebro; pero, sobre todo, contemplando atentamente su escalera. Al llegar la noche, se puso rápidamente la cofia y el chal y salió con disimulo a la calle; tenía sus razones para rondar furtivamente en torno de la estación, por la que habría de llegar de Yorkshire determinado viajero, y para preferir el husmear desde los rincones y a la vuelta de las columnas, más bien que dejarse ver abiertamente en aquella zona. Tom estaba esperando, y anduvo haciendo tiempo hasta que llegó el esperado tren. El señor Harthouse no venía en él. Tom esperó hasta que se dispersó la multitud y pasó el ajetreo; entonces fue a mirar un horario de trenes y consultó con los mozos de equipajes. Después de lo cual se alejó de allí, paseando perezosamente, parándose en la calle, mirando arriba y abajo, quitándose el sombrero y estirándose, en una palabra, exhibiendo todos los síntomas de mortal aburrimiento propios de quien tenía que esperar hasta la llegada del próximo tren, una hora y cuarenta minutos más tarde.

La señora Sparsit, apartándose de la oscura ventana de un despacho desde la que estuvo espiándolo por última vez, se dijo:

—Esta es una añagaza para quitárselo de en medio. ¡Harthouse está en estos momentos reunido con su hermana!

Aquella idea fue el fruto de un momento de inspiración, y la señora Sparsit se lanzó con toda la prisa posible a sacar de ella todas sus consecuencias. La estación en la que se tomaba el tren para la casa de campo se hallaba situada en el extremo opuesto de la ciudad; el tiempo apremiaba; el camino no era fácil; pero se dio ella tal maña en saltar a un coche desocupado, y saltó al suelo desde el coche, echó mano a su dinero, sacó su billete y metióse en el tren con tanta prisa, que pronto se vio transportada por encima de los arcos que jalonaban la región de minas de carbón pasadas y presentes, lo mismo que si la hubiesen levantado en una nube y arrebatado en aquella dirección.

Durante todo el viaje, inmóvil en los aires, pero siempre a la misma distancia, patente a los negros ojos de su imaginación, de la misma manera que estaban patentes a los negros ojos de su cuerpo los alambres eléctricos que dibujaban sobre el cielo del atardecer un colosal pentagrama de papel de música, la señora Sparsit veía su escalera, y en la escalera la figura de mujer que bajaba por ella. Estaba ya muy próxima al escalón inferior. Al borde mismo del abismo.

En el momento de cerrar la noche sus párpados, una noche encapotada del mes de septiembre, vio ésta cómo la señora Sparsit se deslizaba fuera del vagón, bajaba por las escaleras de madera de la pequeña estación al camino pedregoso, desembocaba de éste en una verde vereda y quedaba oculta bajo la veraniega exuberancia de ramas y de hojas. Todo lo que la señora Sparsit vio y oyó desde ese momento, hasta que cerró con mucho cuidado la puerta de entrada de la finca, fueron los adormilados gorjeos de algunos pájaros trasnochadores en sus nidos, los aleteos de un murciélago que cruzaba una y otra vez, soñoliento, por delante de ella, y la polvareda que levantaban sus propios pasos en la gruesa capa de polvo, que daba la sensación de caminar sobre una alfombra de terciopelo.

Se dirigió hacia la casa, manteniéndose dentro de la zona de arbustos, dio la vuelta alrededor de aquélla, acechando por entre las ramas en las ventanas del piso bajo. Casi todas estaban abiertas, como era costumbre con tiempo tan caluroso; pero aún no se habían encendido las luces, y todo estaba en silencio. Acechó por el jardín, sin lograr mejores resultados. Pensó entonces en el bosque y se deslizó furtivamente hacia él, sin preocuparse de las altas hierbas ni de las espinas, ni de los gusanos, culebras, babosas y demás animales reptantes de la creación. Con sus negros ojos y su encorvada nariz avanzando rígidamente por delante de ella, la señora Sparsit se abría camino con suaves pisadas por entre el monte bajo, tan absorta en su búsqueda, que le hubiera dado probablemente lo mismo si se hubiese tratado de un monte de víboras.

«¡Hola!».

La señora Sparsit se detuvo y escuchó; era tal el centelleo de sus ojos en la oscuridad, que hubieran sido capaces de arrancar, fascinados, de sus nidos a los pajarillos más pequeños.

Se oían muy cerca voces apagadas. La voz de él y la voz de ella. ¡La cita dada a Tom era, en efecto, una añagaza para mantenerlo alejado! ¡Ahí estaban ellos, un poco más allá, junto al tronco del árbol caído!

La señora Sparsit avanzó, agachándose, por entre la hierba húmeda de rocío, y se acercó más a ellos. Luego se enderezó, ocultándose detrás de un árbol, lo mismo que Robinson Crusoe cuando su emboscada contra los salvajes; estaba tan próxima a la pareja, que le hubiera bastado dar un salto, y no muy grande, para tocarlos a ambos. Harthouse había acudido en secreto y no se había dejado ver por la casa. Había venido a caballo, atravesando seguramente los campos vecinos, porque su caballo estaba amarrado a pocos pasos de allí, del lado de afuera de la cerca.

—Amor mío —decíale Harthouse—, ¿qué iba a hacer yo? ¿Era posible que me mantuviese alejado, sabiendo que vos estabais sola?

La señora Sparsit pensó para sus adentros: «Puedes ladear tu cabeza para hacerte más interesante; yo no me explico lo que ven en ti cuando la mantienes erguida. ¡Qué lejos estás de pensar, amor mío, quién tiene puestos en ti sus ojos!».

Era muy cierto que Luisa ladeaba su cabeza. En efecto: le instaba a que se marchase, le ordenaba que se alejase de allí; pero ni volvía la cabeza para mirar a Harthouse ni la levantaba. Lo verdaderamente notable era que permaneciese sentada con el mismo sosiego que había mostrado en todos los momentos de su vida en que la cariñosa mujer que ahora se encontraba acechando la había visto en la misma posición. Sus manos descansaban una encima de la otra, igual que las de una estatua; hasta su manera de hablar era mesurada.

—Mi querida niña —dijo Harthouse, y la señora Sparsit vio con placer que su brazo le rodeaba el talle—, ¿no queréis soportar mi compañía por un ratito?

—Aquí no.

—¿Dónde, entonces, Luisa?

—Aquí no.

—¡Es tan corto el tiempo de que disponemos para lo mucho que tenemos que hacer, he venido de tan lejos, te quiero tanto y estoy tan frenético! Jamás hubo enamorado tan leal a su dama y tan maltratado por ella como yo. Me parte el alma que me recibáis de esta manera tan fría, cuando esperaba encontrar la acogida luminosa vuestra, que ha sido como el sol que me ha vuelto a la vida.

—¿Hace falta que os repita que quiero estar a solas conmigo en este lugar?

—Pero necesitamos estar juntos, mi querida Luisa. ¿Dónde queréis que nos reunamos?

Ella y él tuvieron un sobresalto. También laque estaba escuchándolos tuvo un sobresalto de culpabilidad, porque le pareció que había entre los árboles otra persona al acecho. Sin embargo, no era sino la lluvia que empezaba a caer con fuerza y en grandes goterones.

—¿Queréis que dentro de unos minutos me llegue yo a caballo hasta la casa, fingiendo creer inocentemente que el dueño está allí, y que recibirá un gran placer con mi visita?

—¡No!

—Vuestras órdenes, aunque crueles, llevan implícita mi obediencia; a pesar de ser el hombre más desdichado del mundo, creo que me mantuve insensible frente a todas las mujeres, para venir por último a caer rendido a los pies de la más hermosa, la más encantadora y la más imperiosa de todas ellas. Mi querida Luisa, no es posible que yo me marche, ni que os deje marchar, bajo la impresión de este duro exceso de vuestro dominio.

La señora Sparsit vio cómo retenía a la joven, rodeándole el talle con el brazo, y escuchó inmediatamente cómo al alcance de sus oídos anhelantes (los de la señora Sparsit) le decía cuán grande era su amor, y cómo era ella el premio por el que deseaba jugárselo todo en la vida. Todas las ambiciones que últimamente venía persiguiendo resultaban despreciables comparadas con ella; todo el éxito que tenía ya casi al alcance de la mano, él lo arrojaba lejos de sí como una cosa inmunda comparada con ella. Pero todo: sus ambiciones, si éstas servían para estar cerca de ella; o la renuncia a las mismas, si le obligaban a apartarse de ella, la fuga misma, si Luisa la compartía; el secreto, si ella lo exigía; cualquier cosa, o todo lo que el Destino le deparase, todo, absolutamente todo le era igual, con tal que Luisa le fuese fiel a él; Harthouse, el hombre que había visto cuán abandonada estaba ella; el hombre al que ella había inspirado desde su primer encuentro una admiración y un interés de que él mismo se juzgaba incapaz; el hombre al que ella había admitido en sus confidencias, que sentía abnegación y adoración por ella. Todas estas cosas y otras muchas, dichas con la prisa que tenía Harthouse, y con la precipitación en que estaba Luisa, entre el vendaval de su conciencia por dejarse arrastrar de sus pecaminosos deseos; el terror de verse descubierta; el estrépito de la fuerte lluvia, que cada vez resonaba con más fuerza sobre las hojas, y el retumbo del trueno; todo esto, decimos, llegó a los oídos de la señora Sparsit y se grabó en su mente con un halo de confusión y de vaguedad tal, que cuando, por último, Harthouse saltó la tapia y se alejó con su caballo, no supo ella fijamente en qué lugar ni cuándo se habían dado cita, fuera de haberles oído decir que sería aquella misma noche.

Pero aún quedaba uno de ellos en la oscuridad delante de la señora Sparsit, y mientras pudiese seguir la pista al que quedaba, ella acabaría por saberlo. «¡Oh, amor mío —pensó para sus adentros la señora Sparsit—, qué poco te imaginas lo bien vigilada que estás!».

La señora Sparsit vio salir a Luisa del bosque y la vio también entrar en la casa. ¿Qué haría luego? Llovía ya a cántaros. Las medias blancas de la señora Sparsit estaban ya teñidas de varios colores, entre los que predominaba el verde; tenía en los zapatos cosas pegajosas; colgaban de varias partes de sus ropas orugas en hamacas de su propia fabricación; corríanle de la cofia, deslizándose por su nariz de perfil romano, riachuelos de agua. A pesar de esto, la señora Sparsit permanecía oculta entre los tupidos arbustos, meditando en lo que tenía que hacer a continuación.

«¿Cómo? ¡He ahí a Luisa que sale de la casa! Se ha echado a toda prisa el manto y la bufanda, y escapa furtivamente. ¡Se fuga! ¡Ha caído ya del último escalón y se la traga el abismo!».

Sin hacer caso de la lluvia, avanzando con paso rápido y decidido, Luisa tiró por un sendero paralelo al de los carruajes. La señora Sparsit la siguió, ocultándose entre la sombra de los árboles, aunque a corta distancia; no era fácil seguir a una persona que camina con paso apresurado por entre la oscuridad y las sombras sin perderla de vista ni un momento.

Cuando Luisa se detuvo para cerrar sin meter ruido la puerta lateral de salida a la carretera, la señora Sparsit se detuvo también. Cuando ella siguió adelante, la señora Sparsit echó también a andar. Ella fue por el mismo camino por donde la señora Sparsit había venido, salió de la verde vereda, cruzó la carretera pedregosa, subió por los escalones de madera a la estación del ferrocarril. La señora Sparsit sabía que de un instante a otro pasaría un tren para Coketown; de ahí dedujo que su primer punto de destino era esta ciudad.

Pocas precauciones se necesitaban para disfrazar a la señora Sparsit y hacer que no la conociese nadie, dado que iba coja y chorreando agua. Detúvose, sin embargo, al abrigo del muro de la estación, dobló su chal de distinta forma y se lo echó por encima de la cofia. Con este disfraz no temió que nadie la reconociese cuando subió los escalones de la estación y pagó su billete en la pequeña ventanilla. Luisa esperó el tren, sentada en un rincón. La señora Sparsit se sentó a esperar en el otro. Ambas escucharon el fuerte retumbo de los truenos y el ruido de la lluvia que barría el tejado de la estación y golpeaba en el parapeto de los arcos del viaducto. El agua humedeció y apagó dos o tres faroles, y de este modo pudieron las dos mujeres ver mucho mejor el temblor y zigzagueo de los relámpagos a lo largo de los carriles del ferrocarril.

El anuncio de la llegada del tren fue el sentirse acometida la estación de un acceso de temblores que se fue haciendo cada vez más fuerte, hasta convertirse en un lamento del corazón. Fuego, vapor, humo, luces rojas; un resoplido, un estrépito, una campana, un chillido; Luisa se ha metido en un vagón, la señora Sparsit se ha metido en otro; la pequeña estación es un puntito desierto en medio de la tormenta.

La señora Sparsit sentíase fabulosamente feliz, aunque le castañeteaban los dientes por efecto de la humedad y del frío. La figura de la mujer se había tirado al precipicio y la señora Sparsit se encontraba ahora como si estuviese cuidando el cadáver. ¿Podía hacer otra cosa sino regocijarse, ella, que se había mostrado tan activa en conseguir aquel triunfo fúnebre? «Por muy bueno que sea el caballo del señor Harthouse —se dijo para sus adentros la señora Sparsit—, llegará ella a Coketown mucho antes que él. ¿En dónde le esperará y a dónde se encaminarán juntos? ¡Paciencia! Ya lo sabremos».

El tremendo aguacero que caía dio origen a una gran confusión en el momento de llegar el tren a su destino. Las alcantarillas y algunas tuberías habían reventado, el agua se había desbordado y las calles estaban inundadas. Lo primero que hizo la señora Sparsit al bajar del tren fue dirigir sus alocados ojos hacia los coches de alquiler, que se veían muy solicitados, porque pensaba: «Se meterá en uno y éste se alejará antes que yo pueda seguirlo en otro; aun a riesgo de que me atropellen, tengo que enterarme del número y de la dirección que da al cochero».

Pero la señora Sparsit calculó mal. Luisa no se había metido en ningún coche, y, sin embargo, había desaparecido. Los ojos negros, fijos en el vagón de ferrocarril en que Luisa había viajado, descubrieron este hecho un segundo demasiado tarde. Al ver que, pasados algunos minutos, no se abrían las portezuelas del vagón, la señora Sparsit pasó y repasó por delante sin ver nada; entonces miró en el interior y lo encontró vacío. Calada completamente por el agua, con los pies chapoteando y rezumando humedad dentro de los zapatos a cada paso que daba, con un sarpullido de gotas de agua en sus facciones clásicas; la cofia lo mismo que un higo demasiado maduro y toda la ropa hecha una lástima; sus aristocráticas espaldas marcadas con húmedas señales de todos los botones, cordones y corchetes que llevaba encima; el moho verdoso agarrado por todas partes a su ropa exterior, al modo como suele acumularse en la cerca de un parque lindante con un sendero húmedo..., no le quedaba a la señora Sparsit otro recurso que romper en lágrimas de amargura y exclamar:

—¡La he perdido!

CAPÍTULO XII: EL DERRUMBE

Los basureros nacionales se habían desbandado momentáneamente, después de mantener entre ellos infinidad de pequeñas y ruidosas escaramuzas, y el señor Gradgrind se encontraba en su casa pasando las vacaciones.

En aquel momento estaba escribiendo en su habitación, la del reloj mortalmente estadístico, atareado sin duda en demostrar algo. Quizá su empeño principal estribaba en demostrar que el buen samaritano era un mal economista. El estrépito de la lluvia no le distraía mucho en sus pensamientos; pero llamó su atención lo suficiente para hacer que levantase varias veces la cabeza, como si estuviese reconviniendo a los elementos. En un momento en que el trueno resonó con gran fuerza, el señor Gradgrind miró hacia Coketown, porque se le ocurrió que quizá cayese un rayo sobre alguna de sus altas chimeneas.

Se oían a lo lejos los retumbos del trueno, caía la lluvia como un diluvio, y en ese instante se abrió la puerta del cuarto del señor Gradgrind. Éste se ladeó para mirar por un lado de la lámpara que tenía encima de la mesa y vio con asombro a su hija mayor.

—¡Luisa!

—Padre, necesito hablaros.

—¿Qué te pasa? ¡Qué aspecto más extraño tienes! ¡Dios santo! —exclamó el señor Gradgrind cada vez más asombrado—. ¿Y has venido aguantando esta tormenta?

Luisa se llevó las manos a sus ropas, como si no se hubiese dado cuenta hasta entonces.

—Sí.

A continuación se descubrió la cabeza, y dejando caer al desgaire el manto y la capucha, se quedó mirando a su padre, tan pálida, tan desmelenada, tan retadora y tan desesperada, que inspiró miedo al señor Gradgrind.

—¿Qué te pasa? Te conjuro, Luisa, a que me digas lo que te pasa.

Ella se dejó caer en una silla delante de su padre y apoyó la mano helada en su brazo.

—Padre, vos habéis sido quien me ha educado desde la cuna.

—Así es, Luisa.

—¡Maldita sea la hora en que nací para un destino semejante!

El señor Gradgrind la miró, entre perplejo y asustado, repitiendo de un modo automático:

—¿Qué maldices la hora? ¿Qué maldices la hora?

¿Cómo pudisteis vos darme la vida y despojarme de todos los dones inapreciables que la distinguen de un estado de muerte consciente? ¿Dónde han quedado los adornos de mi alma? ¿Dónde los sentimientos de mi corazón? ¿Qué habéis hecho, padre mío, qué habéis hecho del jardín que debió florecer en mí en medio de la gran soledad de este mundo? —Luisa se golpeó con ambas manos el pecho—. Si hubiese estado aquí dentro ese jardín, tan sólo sus cenizas me habrían bastado para salvarme del vacío en que se hunde toda mi vida. No quise nunca decíroslo; pero ¿recordáis, padre, la última vez que vos y yo hablamos en esta habitación?

Lo tomaron tan de sorpresa estas palabras, que a duras penas logró contestar:

—Sí, Luisa.

—Si hubiese encontrado en vos un poco de ayuda, esto que ahora sube a mis labios habría subido entonces a ellos. No os echo nada en cara. Lo que jamás cultivasteis en mí no lo habéis cultivado tampoco en vos mismo; pero si todo lo hubieseis hecho hace mucho tiempo, o si no os hubieseis cuidado de mí, ¡cuánto mejor y más dichosa sería yo hoy!

Al escuchar esto aquel hombre que tanto se había preocupado de su hija, apoyó la cabeza sobre su mano y dejó escapar un gemido ruidoso.

—Padre, si la última vez que estuvimos aquí de conversación hubieseis sabido lo que yo misma temía y contra lo que yo luchaba, porque mi principal tarea desde mi infancia ha sido luchar contra todos los impulsos que brotaban en mi corazón; si hubierais sabido que dentro del mío dormían sensibilidades, afectos, flaquezas, que, bien cultivadas, se habrían convertido en una fuerza y que contravienen todos los cálculos hechos por el hombre y escapan a sus fórmulas aritméticas igual que su Creador, ¿me habríais entregado a ese hombre al que ahora estoy bien segura de que odio?

Él le contestó:

—No, pobre hija mía, no.

—¿Me habríais condenado jamás al frío y a la esterilidad, que me han endurecido el alma y me la han envenenado? ¿Me habríais despojado..., sin beneficio alguno para nadie, y únicamente para la mayor desolación de este mundo..., de la parte inmaterial de mi vida, de la primavera y el verano de mi ilusión, de lo que constituía mi refugio para esquivar lo que hay de sórdido y de malo en el mundo que me rodea, de lo que hubiera sido la escuela en que habría aprendido a ser más humilde y más cordial con los demás y a esforzarme por mejorarlos dentro de mi reducida esfera?

—¡Claro que no, Luisa! ¡Claro que no!

—Pues bien, padre; si yo hubiera sido ciega, si hubiese tenido que buscar mi camino a tientas, pero hubiese gozado de libertad, conociendo exactamente las formas y superficies de las cosas, para ejercitar hasta cierto punto mi imaginación con respecto a ellas, hoy sería un millón de veces más sabia, más feliz, más cariñosa, más satisfecha, más inocente y humana en todos los aspectos que lo que soy, teniendo estos ojos míos para ver. Y ahora, escuchad lo que he venido a deciros.

El señor Gradgrind se adelantó a sostenerla con su brazo. Luisa se levantó al mismo tiempo, y ambos permanecieron en pie, cerca el uno del otro; ella, con una mano puesta en el hombro de su padre, mirándole fijamente a la cara.

—Crecí, padre mío, poseída de un hambre y de una sed que no se han visto apagadas ni un solo instante, con un ardiente impulso que me llevaba hacia alguna región en que las reglas, los números y las definiciones no reinasen como señores absolutos; crecí, y cada pulgada de mi camino me costó una batalla.

—Nunca supe, hija mía, que fueras desdichada.

—Pues yo, padre, lo supe siempre. En esta contienda he llegado casi a expulsar y aplastar lo mejor de mí misma, convirtiéndolo de ángel en demonio. Las cosas que he aprendido me han dejado en la duda, en la incredulidad, en el desdén, lamentando haberlas aprendido; mi único y triste recurso ha sido pensar que la vida se pasa pronto y que nada en ella merece el dolor y la preocupación de una lucha.

—¡Con lo joven que eres, Luisa! —exclamó el señor Gradgrind con acento compasivo.

—¡Con lo joven que soy! Así las cosas, padre..., me propusisteis un marido. Os estoy mostrando, sin miedo y en toda su realidad, la mortal situación en que se encontraba de ordinario mi espíritu... Me propusisteis un marido, y yo lo acepté. Jamás os fingí a vos ni a él que lo amaba. Sabía yo, y vos, padre, sabíais, como lo sabía él, que jamás sentí amor por Bounderby. No me era totalmente indiferente el casarme porque esperaba que de esa manera podría ser agradable y útil a Tom. Fue lo mismo que una loca fuga hacia una irrealidad, y poco a poco he comprobado toda la locura de esa fuga. Pero la verdad es que Tom había sido el objeto de todas las pequeñas ternuras de mi vida; quizá lo fue porque yo sabía muy bien cuán digno de compasión era. Pero eso importa poco ahora, como no sea para disponer vuestro ánimo a que juzguéis con más benignidad sus errores.

Mientras su padre la sostenía en sus brazos, Luisa puso la otra mano en el hombro de su padre, y mirándole siempre fijamente a la cara siguió diciendo:

—Cuando estuve ya irrevocablemente casada, estalló de nuevo en mi interior mi vieja porfía, rebelándose contra el nuevo lazo; hiciéronla aún más furiosa todas aquellas causas de disparidad que surgen de nuestros dos caracteres individuales, causas que ninguna ley general podrá reprimir ni reglamentar, sustituyéndose al individuo, padre, mientras no sepan los hombres dar reglas al anatomista para hundir el bisturí en los misterios del alma.

—¡Luisa! —exclamó su padre en tono de súplica, porque recordaba perfectamente lo que había ocurrido entre ellos durante su entrevista anterior.

—No os lo echo en cara, padre, ni me quejo. He venido con otro propósito.

—¿Qué puedo hacer yo, hija mía? Pídeme lo que quieras.

—Voy llegando a ello. Padre, en estas condiciones, la casualidad puso en mi camino una nueva amistad, a un hombre que no se parecía a los que yo había conocido: mundano, alegre, cortés, de conversación fácil, sin fingimientos; a un hombre que confesaba el poco aprecio en que tenía las cosas que yo en secreto no me atrevía a despreciar; a un hombre que me dio casi en el acto la sensación..., yo no sé cómo ni por qué pasos graduales..., de que me comprendía y de que leía en mis pensamientos. No me pareció que él fuese peor que lo que yo era. Entre nosotros parecía existir una cercana afinidad. Lo único que me extrañó fue que se interesase tanto por mí un hombre que no se interesaba por nada en el mundo.

—¿Qué se interesase por ti, Luisa?

El señor Gradgrind experimentó un impulso instintivo de aflojar la presión con que sostenía a su hija; pero sintió que a ésta le abandonaba su fuerza física, y vio una llamarada salvaje en los ojos que le miraban a él fijamente.

—No digo nada de las súplicas suyas para ganar mi confianza. Importa muy poco cómo la ganó. El hecho es, padre, que la ganó. Todo lo que vos sabéis de la historia de mi matrimonio lo supo él en detalle sin tardar mucho.

El rostro de su padre estaba cubierto de una lividez mortal, mientras la sostenía con ambos brazos.

—No he hecho nada peor que lo que os cuento, no os he deshonrado. Pero si me preguntáis si he amado a ese hombre, o si le amo, os diré con franqueza, padre mío, que es posible que sí. Ni yo misma lo sé.

Luisa apartó de pronto sus manos de los hombros de su padre y las apretó sobre su costado, mientras que en su rostro, que parecía otro distinto, y en todo su cuerpo, erguido, resuelto a terminar en un último esfuerzo todo lo que tenía que decir, estallaban tumultuosamente los sentimientos largamente contenidos.

—Esta noche, en ausencia de mi esposo, tuvo una entrevista conmigo, y en ella me declaró su amor. En este mismo instante está esperándome; sólo así pude librarme de su presencia. No sé si estoy arrepentida, no sé si estoy avergonzada, no sé si me siento rebajada en mi propia estimación. Todo lo que sé es que vuestra filosofía y vuestras enseñanzas no me salvarán. ¡Ahí tenéis, padre, a lo que me habéis traído! ¡Salvadme por algún otro medio!

El padre de Luisa cerró más sus brazos para impedir que su hija cayese desplomada; pero ella gritó con voz terrible:

—¡Si seguís sosteniéndome, voy a morirme! ¡Dejadme caer al suelo!

Y su padre la dejó tendida en el suelo y vio a la que era el orgullo de su corazón y el triunfo de su sistema tendida a sus pies como un bulto insensible.

LIBRO TERCERO: EL ACOPIO

CAPÍTULO I: OTRA COSA NECESARIA

Cuando Luisa despertó de su sopor sus ojos se abrieron, lánguidos, para ver el lecho de otros tiempos, el que ocupaba en su casa, y su antigua habitación. Al principio le pareció como si todas las cosas que habían ocurrido desde los tiempos en que estos objetos le eran familiares hubieran sido como sombras en un sueño; pero gradualmente, a medida que estos objetos que la rodeaban adquirían mayor realidad, también aquellos acontecimientos fueron haciéndose más reales en su memoria.

Apenas podía mover la cabeza de dolor y de pesadez; sentía los ojos escocidos y fatigados, y la debilidad de todo su cuerpo era muy grande. Hallábase dominada por una pasiva y extraña falta de atención hasta el punto de no advertir durante algún tiempo la presencia en el cuarto de su hermana pequeña. Aun después de encontrarse sus miradas y de acercarse la hermana a la cama, permaneció Luisa por espacio de algunos minutos mirándola en silencio, y dejó pasivamente que ella le tomase con timidez la mano antes de preguntarle:

—¿Cuándo me trajeron a este cuarto?

—La noche pasada, Luisa.

—¿Y quién me trajo?

—Creo que fue Cecilia.

—¿Por qué dices que crees?

—Porque me la encontré aquí esta mañana. No vino a despertarme a mi cama, como lo hace siempre, y he tenido que salir en busca suya. Tampoco la encontré en su habitación; la busqué por toda la casa y me la encontré aquí, cuidándote y refrescándote la frente. ¿Quieres ver a papá? Me dijo Cecilia que le avisase a él cuando tú recobrases el conocimiento.

—¡Qué carita más alegre que tienes, Juana! —díjole Luisa a su hermanita, cuando ésta, tímida aún, se inclinaba para darle un beso.

—¿Te parece? Me alegra mucho que lo creas. Estoy segura que se lo debo a Cecilia.

El brazo con que Luisa había empezado a rodear el cuello de su hermana se puso rígido.

—Avísale a padre, si quieres —luego reteniéndola un momento, le dijo—: ¿Has sido tú quien ha dado al cuarto este aspecto tan alegre, arreglándolo como para darme la bienvenida?

—No, Luisa; ya estaba así cuando yo llegué. Fue...

Luisa dio media vuelta en la almohada y no oyó más. Después que se marchó su hermana giró la cabeza a su anterior postura y permaneció mirando hacia la puerta, hasta que se abrió y entró su padre.

El señor Gradgrind tenía una expresión de fatiga y de ansiedad en su rostro, y su mano, habitualmente firme, temblaba en la de su hija. Tomó asiento junto a la cama, preguntándole cómo se encontraba e insistiendo en la necesidad que tenía de descanso después de las emociones y de la mojadura de la pasada noche. Hablaba con una voz apagada e inquieta, muy distinta de la manera dictatorial con que se expresaba de ordinario y a veces encontraba dificultades para dar con la palabra que buscaba.

—Mi querida Luisa..., mi pobrecita hija... —tuvo que hacer un alto, porque no sabía cómo seguir; empezó de nuevo—: ¡Desdichada hija mía!

Pero le resultaba tan difícil pasar de ahí, que se vio obligado a intentar una nueva arrancada:

—Sería inútil, Luisa, que quisiese explicarte lo abrumado que me quedé, y que aún sigo, con todo lo que anoche me soltaste como un chaparrón. El terreno que piso vacila bajo mis pies. Ha cedido de pronto el único apoyo en que me sustentaba, y la fuerza de ciertas cosas que me parecían y que aún me parecen indiscutibles. Me encuentro anonadado por estos descubrimientos. No anima ningún egoísmo mis palabras; pero el golpe que anoche recibí me resulta durísimo.

Luisa no podía ofrecer ningún consuelo a su padre en este punto, que era el escollo en que había naufragado su vida entera.

—No diré, Luisa, que si por cualquier feliz circunstancia me hubiese desengañado hace algún tiempo, no hubiera sido acaso mejor para los dos; mejor para tu tranquilidad y mejor para la mía. Comprendo que quizá no haya entrado nunca en mi sistema el dar pie a confianzas de esa clase. Yo puse a prueba en mí mismo mi..., mi sistema, y lo he aplicado rígidamente; debo, pues, sobrellevar la responsabilidad de sus fracasos. Lo único que te suplico, hija mía, la más querida, es que estés convencida de que sólo he buscado tu bien.

Lo dijo con acento anhelante, y es preciso decir, para hacerle justicia, que era cierto. Al intentar medir profundidades insondables con su mezquina sonda de cobrador del impuesto de consumos y al dar tumbos por el universo con sus brújulas mohosas y renqueantes, el señor Gradgrind tenía el propósito de realizar grandes empresas. Dentro del corto perímetro de libertad en que su amarre le permitía moverse, había dado tropezones, dedicándose a pisotear las flores de la vida con más sinceridad de propósitos que otros vociferantes personajes de su mismo grupo.

—Estoy bien convencida de lo que decís, padre. Sé que he sido vuestra hija preferida. Sé también que os propusisteis mi felicidad. No os he censurado ni os censuraré jamás.

El padre de Luisa tomó la mano que ésta le tendía y la retuvo entre las suyas.

—Querida mía, he permanecido toda la noche sentado a mi mesa meditando una vez y otra en lo que tan dolorosamente ha pasado entre nosotros. Cuando me pongo a pensar en tu carácter, en que esto que yo conozco sólo hace algunas horas lo has guardado tú en secreto durante años y en el acoso tan apremiante que ha sido necesario para que lo revelases al fin, llego a la conclusión de que debo desconfiar de mí mismo.

Hubiera podido agregar «más que nadie», viendo aquella cara que tenía los ojos fijos en él. Quizá agregó, efectivamente, esas palabras, mientras apartaba suavemente de la frente de su hija sus revueltos cabellos. Actos tan pequeños como éste, y en los que nadie repara cuando los ejecuta otro hombre, llamaban la atención en el señor Gradgrind, y su hija lo recibió como si fueran palabras de contrición.

El padre de Luisa prosiguió luego muy despacio, titubeando, como dominado por un doloroso sentimiento de inutilidad:

—Pero si por lo que respecta al pasado tengo razones para desconfiar de mí, debo también desconfiar de igual manera por lo que respecta al presente y al futuro. No quiero tener reservas contigo; desconfío. Aunque anoche quizá pensase de diferente manera, por lo que respecta a la actual situación, hoy estoy muy lejos de creer que me hallo en condiciones de responder a la confianza que tú pones en mí; de que sé cómo responder al llamamiento que, viniendo a esta casa, has querido hacerme; de que..., suponiendo por un momento que exista en la Naturaleza algo como un instinto..., tenga yo el instinto certero para socorrerte y para situarte en tu verdadero camino.

Luisa se había dado media vuelta en la almohada y apoyaba su cara sobre el brazo, de manera que su padre no pudiese verla. Había amainado toda su impetuosidad y desesperación; pero, aunque se sentía enternecida, no lloró. En nada había cambiado tanto su padre como a este respecto; ahora se habría alegrado de ver llorar a su hija. Y prosiguió, vacilando, aún:

—Algunas personas sostienen que existe una sabiduría del cerebro y una sabiduría del corazón. Yo nunca he pensado así pero ya te he dicho que desconfío de mí mismo. Siempre di por supuesto que bastaba para todo con el cerebro. Acaso no baste para todo; pero ¿cómo voy a arriesgarme esta mañana a decir que sí? Si yo no he dado la importancia que tiene a ese otro género de sabiduría y si lo que se necesita es el instinto, entonces, Luisa...

Apuntó la idea entre vacilaciones, como si aún ahora se resistiese a aceptarla. Luisa no le contestó; yacía en la cama, a medio vestir todavía, más o menos como la había visto su padre en el suelo la noche anterior. El señor Gradgrind volvió a apoyar su mano en la de su hija.

—Luisa, hija mía; en los últimos tiempos, mis ausencias de casa han sido largas, y aunque la educación de tu hermana se ha llevado adelante de acuerdo con las normas del... sistema —parecía pronunciar siempre esta palabra con bastante repugnancia—, éste ha tenido por fuerza que modificarse por ciertas relaciones personales diarias que ella ha contraído a una edad muy tierna. Y yo te pregunto, hija mía..., humildemente y con la convicción de mi ignorancia..., ¿crees que ha salido ganando con eso?

Luisa contestó sin hacer el más ligero movimiento:

—Padre, si alguien ha despertado en el corazón de mi hermanita armonías que permanecieron mudas en el mío hasta que éste desentonó, dejadla que dé las gracias al Cielo por ello y que siga por ese camino más feliz pensando en que la mayor bendición que ha podido recibir es el haberse salvado de seguir por el mío.

El señor Gradgrind dijo con acento de desesperación:

—¡Hija mía, hija mía! ¡Qué desgraciado soy viéndote así! ¿Qué me importa que tú no me eches nada en cara, si yo me censuro tan amargamente? —Inclinó la cabeza y le habló muy quedo—: Luisa, sospecho que en esta casa y en torno mío se viene realizando poco a poco un cambio, que es sólo obra del cariño y del agradecimiento; que quizá donde el cerebro fracasó y no pudo hacer su obra, el corazón ha estado laborando en silencio. ¿Podría ser esto?

Luisa no respondió.

—No soy tan orgulloso como para creerlo imposible, Luisa. ¿Cómo podría yo presumir de arrogancia teniéndote a ti delante...? ¿Es posible lo que te digo? ¿Ha ocurrido eso, hija mía?

El señor Gradgrind miró otra vez a su hija, que yacía ante sus ojos como un bajel naufragado, y, sin hablar ni una palabra más, salió de la habitación. A poco de haber salido su padre oyó Luisa que caminaban suavemente cerca de la puerta, y tuvo la sensación de que alguien estaba cerca de su cama.

No levantó la cabeza. En su interior, y como un rescoldo dañino, ardía una latente irritación de que la viesen sumida en su dolor y de que la mirada involuntaria, que tanto la había ofendido, se hubiese visto confirmada de esta manera. Todas las fuerzas comprimidas con exceso desgarran y destrozan. El aire que hace saludable a la tierra, el agua que la fertiliza, el calor que la madura, la desgarran cuando se ven comprimidos en su seno. Eso mismo ocurría ahora en el corazón de Luisa; sus más enérgicas cualidades, oprimidas largo tiempo, habíanse convertido en una masa de obcecación que se alzaba ahora contra una persona amiga.

¡Qué suerte que aquella mano suave se posase sobre su cuello y que Luisa comprendiese que la creían dormida! Aquella mano tan cariñosa no merecía su enojo. ¡Que siguiese allí, que siguiese allí!

Y allí siguió, despertando con su tibieza a la vida un gran número de pensamientos más amables; Luisa sintió gran alivio. Ese alivio, y la sensación de verse atendida de ese modo, dulcificaron su sensibilidad e hicieron asomar a sus ojos algunas lágrimas. Otra mejilla rozó la suya, y Luisa adivinó que también en esa otra mejilla había lágrimas y que lloraban por ella. Cuando Luisa fingió que se despertaba y se incorporó en la cama, Cecilia se apartó, permaneciendo serenamente a un lado.

—Espero que no os haya causado molestia. Vine para preguntaros si me permitís que os haga compañía.

—¿Y por qué habías de hacerme compañía? Mi hermana te echará de menos. Parece que para ella no hay en el mundo nada sino tú.

—¿De veras? —le contestó Cecilia, moviendo la cabeza—. ¡Cuánto daría por suponer también algo para vos!

—¿Y qué ibas, Cecilia, a suponer para mí?

—Lo que vos prefirieseis, si yo pudiese llegar a tanto. En todo caso, desearía intentar acercarme cuanto fuese posible a ese ideal. Y por muy lejano que éste se encontrase, yo no cejaría en mis esfuerzos... ¿Me lo permitiréis?

—¿Ha sido mi padre quien te ha enviado para que me lo preguntes?

—¡De ninguna manera! —contestó Cecilia—. Lo que me dijo hace un momento fue que ya podía entrar; pero esta mañana me mandó salir de aquí..., o, por lo menos... —Cecilia se calló, vacilante.

—O, por lo menos..., ¿qué? —exclamó Luisa, clavando en ella una mirada escrutadora.

—... que preferí yo misma que me mandase salir, porque dudaba mucho de que os agradase el verme aquí.

—¿Es que siempre te he odiado tanto?

—Ojalá que no, porque yo siempre os he amado y siempre he deseado que lo supieseis. Pero vos cambiasteis algo hacia mí, poco antes de marcharos de esta casa. No me sorprendió, después de todo. Vos sabíais tanto y yo tan poco, y era además una cosa natural desde muchos puntos de vista, puesto que ibais a vivir entre otros amigos, que no encontré en ello motivo de queja y no me sentí en modo alguno ofendida.

Dijo todo esto con gran modestia y azoramiento y le subieron los colores a la cara. Luisa comprendió aquel disimulo amoroso y sintió remordimiento.

Al ver que Luisa inclinaba insensiblemente su cuello hacia ella, Cecilia se animó a poner en él su mano y a preguntarle:

—¿Me permitís intentarlo?

Luisa atrajo hacia sí la mano que se disponía a abrazarla, la retuvo entre las suyas y contestó:

—En primer lugar, Cecilia, ¿me conoces tú a mí? ¡Soy una mujer tan orgullosa y tan dura de corazón, me encuentro tan confundida y turbada, tan resentida y tan rencorosa con todos y conmigo misma, que sólo hay en mí tormentas, oscuridad y maldad! ¿No te inspira todo esto repulsión?

—¡No!

—Me siento tan desdichada y se han dilapidado de tal manera todas las cualidades que debían hacerme feliz, que si yo hubiese estado privada de razón hasta este momento, y en lugar de ser tan sabia como tú me crees tuviese que empezar ahora a adquirir las verdades más sencillas, no necesitaría quien me guiase hacia la paz, la alegría, el honor y todas las virtudes de que me encuentro desprovista; y en cambio, ahora lo necesito de la manera más vergonzosa. ¿No te inspira todo esto repulsión?

—¡No!

La inocencia de su valeroso cariño y la cariñosa abnegación de otros tiempos que rebosaban de su alma envolvían a la antigua muchacha abandonada en una magnífica luminosidad que se proyectaba sobre las tinieblas de la otra. Luisa levantó la mano para que pudiera rodear el cuello de Cecilia y enlazarse allí con la otra. Y después cayó de rodillas, y, colgándose de la hija del trotamundos, alzó hacia ella sus ojos con una mirada que era casi de veneración.

—¡Perdóname, compadéceme, ayúdame! ¡Apiádate de mi gran necesidad; y permite que descanse mi cabeza sobre un corazón amante!

—¡Descansa en él! ¡Descansa en él, querida Luisa! —exclamó Cecilia.

CAPÍTULO II: MUY RIDÍCULO

Don Santiago Harthouse pasó toda una noche y un día en un estado de tan gran desasosiego, que el mundo, aun poniéndose el cristal de más aumento para mirarle, hubiera reconocido difícilmente en él, durante ese intervalo de locura, a Santi, el hermano del honorable y chistoso diputado. Su emoción era auténtica. Varias veces se expresó con una energía parecida a la que emplean al hablar los seres vulgares. Entró y salió de casa de un modo inexplicable, igual que hombre que no sabe lo que se hace. Jineteó igual que un salteador de caminos. En una palabra, tan horriblemente le aburrieron las cosas que le ocurrían, que se olvidó de aburrirse en la forma que mandan los cánones.

Después de poner rumbo con su caballo en medio de la tormenta hacia Coketown, como si se tratase de un simple salto, esperó durante toda la noche, llamando a cada momento con fuertes tirones de campanilla, acusando al portero de guardia del crimen de guardarse las cartas o mensajes que no podían menos de haber llegado para él y exigiendo su entrega inmediata. Alboreó, amaneció, llegó el día, y como no llegase con la mañana ni con el día ninguna carta ni mensaje, el señor Harthouse marchó a la casa de campo. Allí le informaron de que el señor Bounderby estaba de viaje y la señora Bounderby en la ciudad. Había salido repentinamente para Coketown la noche anterior. Ni siquiera lo habían advertido hasta que llegó un mensaje de ella anunciando que no se esperase su regreso por el momento.

No le quedaba al señor Harthouse otro recurso que seguirla a la ciudad. Fue a casa de los señores de Bounderby. La señora no estaba allí. Preguntó en el Banco. El señor Bounderby estaba de viaje, y la señora Sparsit también estaba fuera. ¡La señora Sparsit fuera! ¿Quién era él, que podía hallarse reducido súbitamente a situación tan desesperada que necesitase la compañía de semejante grifón?

—Pues la verdad que no lo sé —le dijo Tom, que tenía sus propias razones para estar intranquilo—. Esta mañana, al amanecer, nos encontramos con que había salido no se sabe para dónde. Siempre anda con misterios. La odio. Y odio también a ese individuo descolorido, que no hace sino mirarle a uno pestañeando.

—¿Y dónde estuviste la noche pasada, Tom?

—¿Que dónde estuve? ¡Eso sí que me hace gracia! Me quedé en Coketown esperándoos, hasta que empezó a llover como no he visto llover en mi vida. ¡Que dónde estuve yo! Querréis decir que dónde estuvisteis vos.

—Me vi imposibilitado de venir... Me retrasé.

—¡Que os retrasasteis! Entonces fuimos dos los que nos retrasamos. Yo me retrasé esperándoos, perdiendo todos los trenes menos el correo. Pero no resultaba nada agradable ir en ese tren a semejante hora y tener que ir de la estación hasta casa caminando por una charca. En fin de cuentas, tuve que quedarme a dormir en la ciudad.

—¿Dónde?

—¿Dónde...? En mi casa: en casa de Bounderby.

—¿Viste a tu hermana?

—¿Cómo diablos podía verla —exclamó Tom, mirándole sorprendido—, si estaba a quince millas de distancia?

Maldiciendo las rápidas contestaciones del caballerito hacia el que sentía tan leal amistad, el señor Harthouse dio fin a la entrevista con la menor suma posible de consideraciones y se quedó discutiendo consigo mismo qué sentido tenía aquello. Una sola cosa estaba clara. Él, Harthouse, estaba en el deber de quedarse para hacer frente a los acontecimientos, fuesen los que fuesen, ya se hallase Luisa en la ciudad o fuera de la ciudad, ya hubiese dado él un paso prematuro con aquella mujer tan difícil de comprender, o que Luisa se hubiese asustado, como si hubiesen sido descubiertos, o hubiese ocurrido cualquier otra cosa, incomprensible de momento, por mala suerte o por alguna equivocación. El hotel en el que todos sabían que tenía su residencia desde que fue condenado a vivir en aquella región tenebrosa venía a ser el poste al que estaba sujeto. En cuanto a todo lo demás..., lo que ha de ser será.

—Por de pronto, lo mismo si ha de llegarme un mensaje hostil que una cita amorosa, una reconvención arrepentida o una improvisada pelea con mi amigo Bounderby al estilo del Lancashire..., cosa tan probable como otra cualquiera en las actuales circunstancias..., me pondré a comer. Bounderby me aventaja en peso, y si ha de haber entre nosotros un incidente cualquiera, de acuerdo con la manera de ser inglesa, lo mejor será estar en buena forma.

Esto fue lo que se dijo Harthouse; dio, pues, un tirón a la campanilla y, tumbándose con negligencia en el sofá, ordenó:

—La cena, a las seis..., y que haya en ella un bistec.

Mató el tiempo como pudo hasta esa hora. Y no lo mató muy agradablemente, porque siguió dominado por la máxima perplejidad, y ésta fue aumentando al interés compuesto a medida que pasaban las horas y no le llegaba explicación de ninguna clase.

Sin embargo, tomó la situación con toda la serenidad de que es capaz de tomarla una persona, y más de una vez se le ocurrió la divertida idea de que necesitaba estar en forma. Una de ellas, se dijo a sí mismo, bostezando: «No estaría de más darle cinco chelines al camarero y tirarlo al suelo». Y en otro momento se le ocurrió que también podía alquilar a tanto la hora a un hombre de ochenta a noventa kilos. Pero estas bromas no aliviaban materialmente las horas ni su ansiedad, y en el mejor de los términos estaban muy por debajo de la situación.

No hubo modo de evitar, mientras llegaba la hora de la comida, el pasear alrededor de la habitación siguiendo el dibujo de la alfombra, mirar por la ventana, escuchar junto a la puerta esperando oír ruido de pasos, y hasta el emocionarse en ocasiones si alguien caminaba en dirección al cuarto. Pero, después de la cena, cuando el día se convirtió en crepúsculo y el crepúsculo se hizo noche, sin que le llegase mensaje alguno, empezó a estar, de acuerdo con sus propias palabras, «igual que el Santo Oficio y el tormento lento». Sin embargo, fiel todavía a su convicción de que en la indiferencia radicaba la auténtica norma de conducta aristocrática —y ésta era la única convicción que tenía—, aprovechó aquella crisis para mandar que le trajesen velas y un periódico.

Llevaba ya media hora intentando inútilmente leer el periódico, cuando apareció el camarero y le dijo con misterio y al propio tiempo en tono de disculpa:

—Perdonad, señor... Haced el favor, señor..., si tenéis la bondad, señor.

Harthouse tenía una vaga idea de que éstas eran las expresiones con que los guardias de orden público hablaban a la plebe irritada, y de ahí que él, a su vez, contestase al camarero con encrespada indignación que qué diablos significaba aquello.

—Perdonad, señor; ahí fuera hay una dama que desea veros.

—¿Ahí fuera? ¿Dónde?

—A la puerta de la habitación, señor.

El señor Harthouse corrió al pasillo, enviando al camarero al personaje que acaba de mencionar, porque se lo tenía bien ganado por torpe. Y se encontró frente a una mujer joven, a la que veía por vez primera. Vestida con sencillez, muy serena, muy bonita. Al hacerla pasar a la habitación y acercarle una silla para que tomase asiento, observó a la luz de las velas que era aún más bonita de lo que al principio había creído. Su cara era inocente y juvenil, de una expresión extraordinariamente agradable. No daba señales de asustarse de él, ni de estar en modo alguno desconcertada; parecía hallarse totalmente absorta en el motivo de su visita, y ello le impedía pensar en sí misma. Así que estuvieron solos, preguntó:

—¿Es con el señor Harthouse con quien hablo?

—Con el señor Harthouse habláis —dijo éste, y agregó para sus adentros: «Y le habláis con los ojos más confiados que yo vi jamás y con la voz más ansiosa (a pesar de su serenidad) que yo oí jamás».

—Si por acaso yo no estuviese enterada..., y no lo estoy, señor —dijo Cecilia—, de la fuerza que tiene sobre vos el honor en otros asuntos —y al decir estas palabras le salieron efectivamente los colores a la cara—, sí que estoy segura de que puedo confiar en ese honor para que guardéis el secreto de mi visita y el de las cosas que voy a deciros. Yo me entregaré a vuestro honor si vos, señor, me aseguráis que puedo confiar.

—Podéis, os lo aseguro.

—Como veis, soy joven, y como veis, estoy sola. He venido a veros sin que haya mediado más consejo ni estímulo que el de mi esperanza.

«Pero es un estímulo muy fuerte», pensó su interlocutor al ver que ella miraba hacia lo alto. Y pensó, además: «El principio es muy extraño. No veo adónde vamos a parar».

—Me imagino, señor, que habéis adivinado ya de qué persona me acabo de separar hace un momento —dijo Cecilia.

Harthouse le contestó:

—Llevo veinticuatro horas (que me han parecido veinticuatro años) poseído de la mayor preocupación e inquietud a propósito de una dama. Confío que no me hayan engañado las esperanzas que he concebido de que venís de su parte.

—Me separé de ella hace una hora.

—¿En dónde?

—En casa de su padre.

La cara de Harthouse se alargó, a pesar de su sangre fría, y su inquietud aumentó, pensando: «Ahora sí que no sé adónde vamos a parar».

—Llegó precipitadamente anoche. Venía presa de una gran emoción y ha estado sin conocimiento toda la noche. Yo vivo en casa de su padre y la acompañé. Podéis tener, señor, la seguridad de que no volveréis a verla en todos los días de vuestra vida.

El señor Harthouse hizo una inspiración profunda, e hizo también el descubrimiento de que si alguien se había encontrado alguna vez en situación de no saber qué decir, ese alguien era él. La ingenuidad infantil con que hablaba su visitante, su modestia valerosa, la lealtad con que dejaba de lado todo artificio, el completo olvido de sí misma para entregarse de una manera seria y serena al objeto que la había traído; todo esto, agregado a la fe de la joven en la promesa hecha con demasiada facilidad por Harthouse..., y que bastaba para avergonzar a éste..., le llevaba a un terreno en el que se encontraba tan falto de experiencia, y contra el que sus armas habituales tenían que resultar tan ineficaces, que no fue capaz de dar con una frase en que escudarse.

Por último, dijo:

—Resulta en verdad desconcertante en grado sumo un anuncio como ése, hecho con tanta confianza y por unos labios como los vuestros. ¿Me será permitido preguntaros si ha sido la dama misma de quien habláis la que os ha encargado de transmitirme esa noticia con esas palabras tan desesperanzadoras?

—Ella no me ha dado ningún encargo.

—Quien se ahoga se aferra a un clavo ardiendo. Sin faltar ni siquiera por un momento a vuestro buen criterio y sin poner en duda vuestra sabiduría, me perdonaréis que os diga que aún me aferro a la creencia de que puedo esperar que no seré condenado a un destierro perpetuo de la presencia de esa dama.

—No existe para vos ni la más pequeña esperanza. El objeto primordial de mi venida aquí, señor, es el daros la seguridad de que debéis creer que existe la misma perspectiva de que volváis a hablar con ella que si hubiese muerto anoche en el momento de llegar a casa.

—¿Que debo creer...? Pero si no puedo..., o si, por debilidad de mi naturaleza, me obstinase, y no...

—Pues a pesar de todo eso, lo que os he dicho sigue siendo verdad. No esperéis nada.

Santiago Harthouse la miró con una sonrisa de incredulidad en los labios; pero la atención de Cecilia estaba fija más allá y por encima de él, y la sonrisa resultó completamente innocua.

Harthouse se mordió el labio y se tomó algún tiempo para meditar, diciendo finalmente:

—¡Sea! Y si resultase por desgracia que, a pesar de mis merecidos sacrificios y de cumplir con lo que me correspondía, me veo reducido a esta situación tan desdichada de extrañamiento, no me convertiré por eso en su perseguidor. Pero habéis dicho que ella no os ha dado ningún encargo.

—No tengo otro encargo que el del amor que yo le tengo a ella y el que ella me tiene a mí. No tengo otro poder que el que me confiere el no haberme apartado de su lado desde que llegó a casa y el de que ella me ha abierto su alma. No tengo otro poder que el de que conozco algo de su temperamento y de su matrimonio. ¡Creo, señor Harthouse, que vos también habéis recibido sus confidencias a este respecto!

Se sintió tocado por el fervor de aquella reconvención en la cavidad en que hubiera debido estar su corazón..., en aquel nido de huevos hueros en donde vivirían los pájaros del cielo, si él no los hubiese ahuyentado.

—Yo no soy un individuo virtuoso, ni jamás he aspirado a que me tomen por tal. Al mismo tiempo, y a propósito de causar el menor dolor a la señora de quien hablamos, o de comprometerla malamente en ningún sentido, o de dejarme llevar a expresar hacia ella sentimientos que no sean perfectamente compatibles con su hogar doméstico; o de aprovecharme de que su padre es una máquina, su hermano un mequetrefe y su marido un oso..., permitidme que os dé la seguridad de que jamás abrigué malas intenciones, sino que me he deslizado de un paso a otro con una suavidad tan perfectamente diabólica, que jamás pensé que el catálogo fuese ni la mitad de largo de lo que es hasta que he empezado a hojearlo. Y ahora me doy cuenta —dijo Santiago Harthouse como conclusión— que forma varios volúmenes.

Por una vez, y aunque dijo todas estas cosas de un modo frívolo, parecía todo ello un recurso consciente para pulir una fea superficie. Permaneció callado un instante, y luego prosiguió ya con más dominio de sí mismo, aunque evidenciando síntomas de molestia y desilusión que no había manera de pulir.

—Después de lo que acaba de serme anunciado de un modo que no admite duda... (creo que no me habría dado por convencido tan fácilmente, de venir la noticia por otro conducto cualquiera), me creo en la obligación de deciros a vos, en quien ha sido puesta la confianza de que habéis hablado, que no me es posible aceptar la perspectiva de no volver a entrevistarme jamás, aunque sea por la más inesperada circunstancia, con esa dama. Lo único de que puede censurárseme es de que las cosas hayan llegado al extremo en que están..., y ahora os diré..., ahora os diré..., que no abrigo ninguna esperanza optimista de convertirme nunca en un hombre virtuoso y que no tengo fe en ningún hombre virtuoso, sea de la clase que sea.

Estas últimas frases las dijo bastante pobremente, tratándose de un final de párrafo. El rostro de Cecilia demostraba a las claras que aún no le había pedido todo lo que tenía que pedirle, y el señor Harthouse, al ver que ella alzaba la vista hacia él, prosiguió:

—Hablasteis de que vuestra visita tenía un primer objeto, lo que me hace suponer que aún tenéis que exponerme otro.

—Efectivamente.

—¿Queréis hacerme el favor de decirlo?

—Señor Harthouse —empezó a decir Cecilia con una mezcla de suavidad y de firmeza que acabó de desbaratarlo, y con una sencilla convicción de que tenía el deber de cumplir con lo que ella le pedía, que colocó a Harthouse en una situación de extraña inferioridad—, la única reparación que podéis ofrecer es la de marcharos de esta ciudad inmediata y definitivamente. Estoy absolutamente convencida de que sólo así podréis aminorar el daño y la mala acción que habéis cometido. Estoy absolutamente convencida de que es esa la única especie de reparación que está en vuestra mano ofrecer. No digo que sea grande, ni que sea suficiente; pero algo es, y además es necesaria. Por consiguiente, aunque sin más autoridad que la que os he dicho y sin que lo sepa nadie más que vos y yo, os pido que os ausentéis de aquí esta misma noche, con el compromiso de no regresar jamás.

Si Cecilia hubiese alegado para influir sobre Harthouse cualquier otra fuerza fuera de su plena fe en la verdad y en la justicia de lo que decía; si hubiese guardado en su interior la más ligera duda o irresolución, o si hubiese recurrido para el mejor éxito a cualquier disimulo o fingimiento; si se hubiese sentido afectada por el ridículo que él hacía, por su asombro o por cualquiera reconvención que pudiera hacerle, Harthouse habría puesto en juego contra ella tal recurso al llegar a este punto. Pero le habría sido tan imposible a Harthouse ensombrecer un claro cielo con sólo alzar la vista sorprendido, como influir en el ánimo de Cecilia. Preguntó, pues, en el colmo de la confusión:

—¿Os dais cuenta del alcance de lo que me pedís? Vos ignoráis probablemente que yo me encuentro aquí en una especie de misión pública, bastante absurda en sí misma, pero en la que me he metido de lleno, en la que estoy formalmente comprometido y a la que se me supone consagrado con verdadero ahínco. Vos ignoráis eso probablemente, pero yo os aseguro que es una realidad.

Fuese o no realidad, ello no conmovió a Cecilia. El señor Harthouse dio unos paseos por la habitación y siguió hablando, indeciso:

—Además, sería una cosa alarmantemente absurda. El retirarme de un modo tan incomprensible, después de haberme lanzado a la conquista de estos señores, me cubriría de ridículo.

—Tengo la absoluta seguridad —repitió Cecilia— de que es esta la única reparación que está en vuestras manos ofrecer, señor. De no tener tal seguridad, nunca habría venido a visitaros.

El señor Harthouse la miro a la cara y se puso de nuevo a caminar por el cuarto.

—¡Por vida mía que no sé lo que decir! ¡Es tan inmensamente absurdo todo esto...!

Ahora le tocó a Harthouse el poner como condición el secreto. Se detuvo de pronto y, apoyándose en la repisa de la chimenea, dijo:

—Sólo si se me diese la seguridad de un inviolable secreto sería capaz de una acción tan ridícula como ésa.

Cecilia le replicó:

—Señor, yo confío en vos y vos debéis confiar en mí.

Al fijarse que estaba apoyado en la repisa de la chimenea, se acordó el señor Harthouse de la noche en que habló con el mequetrefe. La repisa era la misma, pero él tenía la vaga sensación de que quien esta noche hacía de mequetrefe era él. No veía salida ninguna. Después de mirar al suelo, de mirar al techo, de reírse, de fruncir el ceño, de dar unos paseos, de volver sobre sus pasos, dijo, por último:

—Me imagino que jamás se vio un hombre colocado en situación tan ridícula. Pero no veo modo de salir de ella. Lo que ha ser será; y supongo que esto será. Estoy viendo que tendré que quitarme de en medio...; pues bien, me comprometo a ello.

Cecilia se levantó. El resultado conseguido no la sorprendía, pero la hacía feliz y su rostro irradiaba alegría.

—Me permitiréis que os diga —prosiguió don Santiago Harthouse— que ningún otro embajador o embajadora habría podido dirigirse a mí con tanto éxito. No sólo debo reconocer que me encuentro en una posición ridícula, sino que debo confesarme vencido en toda la línea. ¿Me concederéis el honor de que pueda recordar el nombre de mi vencedora?

—¿Mi nombre? —dijo la embajadora.

—Es el único nombre por el que esta noche sería yo capaz de sentir interés.

—Cecí Jupe.

—Perdonad esta mi curiosidad al despedirnos... ¿Estáis emparentada con esa familia?

—Yo no soy más que una pobre muchacha —replicó Cecilia—. Me vi separada de mi padre..., no era sino un artista ambulante..., y el señor Gradgrind se compadeció de mí. Desde entonces vivo en su casa.

Se fue, sin más. Don Santiago Harthouse exclamó, dejándose caer en el sofá con aire resignado, después de haber estado unos instantes como clavado en su sitio:

—Esto era lo único que faltaba para hacer completa mi derrota. Esta puede ya considerarse como perfecta y absoluta. Nada más que una pobre muchacha, nada más que una trotamundos... y nada más que Santiago Harthouse, tirado por el suelo... Santiago Harthouse, convertido en la Gran Pirámide de los fracasados.

Este nombre de la Gran Pirámide hizo que se le metiese en la cabeza el marcharse río Nilo arriba. Echó en el acto mano de una pluma y escribió a su hermano la siguiente nota (en los correspondientes jeroglíficos):

«Querido Juanito: Se acabó lo de Coketown. Me marcho aburrido de este lugar, y me lanzo en busca de camellos. Cariñosamente...

Santi ».

Tiró de la campanilla.

—Que venga mi criado.

—Se acostó ya, señor.

—Decidle que se levante y haga las maletas.

Escribió dos notas más. La una, para el señor Bounderby anunciándole que se ausentaba de la región y explicándole dónde podría encontrarlo durante los quince días siguientes. La otra, en términos parecidos, era para el señor Gradgrind. Y cuando aún estaban casi frescos los sobrescritos de estas notas, el señor Harthouse, metido en un vagón del ferrocarril, dejaba atrás las altas chimeneas de Coketown rasgando el negro panorama con estrépito y resplandores.

Acaso las personas virtuosas se imaginen que esta rápida retirada le proporcionaría a don Santiago Harthouse más adelante algunos consoladores pensamientos, porque habría sido uno de los pocos actos suyos con el que había ofrecido satisfacción a todos, y porque constituía para él un recuerdo de haber escapado de lo más serio y difícil de un mal asunto. Pues no fue así, ni mucho menos. Un secreto sentimiento de fracaso y de haber hecho el ridículo... el miedo a lo que habrían dicho de él, si lo supiesen, los hombres que buscan aventuras de esta clase..., lo agobiaban de tal manera, que lo que acaso fue el mejor entre todos los episodios de su vida era el que por ningún concepto habría él confesado y el único que le hacía sentirse avergonzado de sí mismo.

CAPÍTULO III: DECISIÓN TERMINANTE

La infatigable señora Sparsit, con un violento catarro encima, con la voz reducida a un cuchicheo y la majestuosa armazón de su cuerpo tan sacudida por constantes estornudos que parecía en peligro de desmembramiento, dio caza sin cesar a su protector, hasta que lo encontró en la capital; y allí, cayendo majestuosamente sobre él en su hotel de Saint James Street, hizo estallar todos los explosivos de que venía cargada y reventó. Después de cumplida su misión con infinito placer, aquella mujer de tan alta inteligencia se desmayó, agarrada al cuello de la chaqueta del señor Bounderby.

Lo primero que hizo el señor Bounderby fue quitarse de encima a la señora Sparsit, dejándola que pasase como pudiese en el suelo por las distintas etapas de su dolor. Luego recurrió a poderosos reactivos, tales como el retorcerle los pulgares, darle fuertes golpes en las manos, rociarle la cara con abundancia y meterle sal en la boca. Una vez que estas atenciones la hicieron volver en sí —lo que tuvo lugar rápidamente—, la metió aprisa y corriendo en un tren rápido, sin ofrecerle ningún refrigerio, y se la llevó a Coketown más muerta que viva.

Mirada como una ruina clásica, la señora Sparsit constituía un interesante espectáculo cuando llegó al término de su viaje; pero, considerada desde cualquier otro punto de vista, los estragos que había sufrido en su físico eran excesivos y perjudicaban su derecho a la admiración. El señor Bounderby, sin dársele un ardite de los destrozos de su ropa y de su físico y sordo a sus patéticos estornudos, la empujó inmediatamente a un coche y salió con ella en dirección al Palacio de Piedra.

El señor Bounderby, entrando como una tromba, ya avanzada la noche, en la habitación de su padre político, habló así al señor Tomás Gradgrind:

—Veamos, Tom Gradgrind; os traigo a esta dama, la señora Sparsit... Ya conocéis a la señora Sparsit, que tiene que deciros algo que va a dejaros mudo de asombro.

—¡Veo que no habéis recibido mi carta! —exclamó el señor Gradgrind, sorprendido por aquella aparición.

—¡Que no he recibido vuestra carta! —bramó el señor Bounderby—. ¡Para cartas estamos ahora! Cosías Bounderby, de Coketown, no consiente que nadie le hable de cartas en el estado de espíritu en que ahora se encuentra.

—Bounderby, me refiero a una carta de índole muy especial que os he escrito a propósito de Luisa —repuso el señor Gradgrind en tono de amable reproche.

—Tom Gradgrind —replicó Bounderby, golpeando varias veces y con gran vehemencia en la mesa con la palma de la mano—, yo me refiero a un mensajero de índole muy especial que ha venido a hablarme a propósito de Luisa. Señora Sparsit..., señora..., acercaos.

Pero la desdichada señora, intentado hacer su declaración, afónica y con gesticulaciones doloridas que daban a entender la inflamación de su garganta, ofreció un espectáculo tan irritante e hizo tantas contorsiones faciales, que el señor Bounderby, incapaz de sufrirla, la agarró del brazo y la zarandeó, diciéndole:

—Si no podéis explicaros, dejádmelo a mí, señora, que yo desembucharé. No es este momento de que una dama, por grande que sea su alcurnia, se quede afónica y parezca que está tragando piedras. Tom Gradgrind: la señora Sparsit se halló, por una simple casualidad, en cierto sitio desde el que escuchó una conversación que sostenían fuera de casa vuestra hija y ese lindo caballero amigo vuestro, el señor Harthouse.

—¿De veras? —exclamó el señor Gradgrind.

—¡De veras, sí, señor! —gritó Bounderby—. Y en el transcurso de esa conversación...

—No es preciso que la repitáis, Bounderby. Sé lo que allí pasó.

—¿Ah, sí?

Bounderby, poniendo toda su energía en los ojos, clavó su mirada en su padre político, que permanecía tan sereno y pacífico, y exclamó:

—Entonces, quizá sepáis también dónde se encuentra vuestra hija en este momento.

—¡Claro que lo sé! Está aquí.

—¿Aquí?

—Mi querido Bounderby, permitidme que os ruegue que moderéis, por lo menos, esos gritos. Luisa está aquí. En el instante mismo en que pudo librarse de la entrevista con el caballero ese de quien estáis hablando..., y al que lamento mucho habéroslo presentado..., Luisa vino corriendo a buscar protección en esta casa. Llevaba yo muy pocas horas en casa cuando la acogí..., en este mismo cuarto que estamos. Vino en tren a la ciudad, y de la ciudad a esta morada en medio de una furiosa tormenta, y se presentó ante mí en un estado de extravío. Como es natural, no se ha movido de aquí desde entonces. Permitirme que os ruegue, por vos y por ella, que recuperéis un poco la calma.

El señor Bounderby estuvo durante algunos momentos mirando a todas partes, menos hacia donde se encontraba la señora Sparsit, y, volviéndose de pronto hacia la sobrina de lady Scadgers, dijo a la desdichada mujer:

—¡Veamos, señora! Nos haría muy felices el oír alguna pequeña disculpa que podáis ofrecernos para excusaros de haber cruzado el país a paso de tren expreso sin otro equipo que un cuento fantástico.

—Señor —murmuró la señora Sparsit—, mis nervios se hallan momentáneamente demasiado quebrantados, y mi salud en general es demasiado mala, todo en servicio vuestro, para que yo pueda hacer otra cosa que refugiarme en el llanto.

Y así lo hizo.

—Muy bien, señora —dijo Bounderby—. Y sin querer agregar ninguna observación que no pueda hacerse sin faltar al respeto a una dama de alcurnia, tengo que deciros que también podríais refugiaros en otra cosa, a saber: un coche. Y como el coche que nos ha traído hasta aquí se encuentra en la puerta, me permitiréis que os dé el brazo para llevaros hasta el mismo y despacharos a vuestras habitaciones del Banco. Una vez allí, lo mejor que podéis hacer es meter los pies en agua, tan caliente como podáis resistir, y que, ya en la cama, os toméis un vaso de ron hirviendo con mantequilla.

El señor Bounderby alargó su mano derecha a la llorosa mujer y la acompañó hasta el carruaje en cuestión, mientras ella iba sembrando el camino de estornudos. No tardó en regresar solo al cuarto, donde reanudó la conversación.

—Me habéis dado a entender en la expresión de vuestra cara que queréis hablarme. Aquí me tenéis; pero os digo con franqueza que no me encuentro de un humor muy agradable, porque ni aun así me agrada este asunto, y porque considero que en ningún momento he sido tratado por vuestra hija del modo como Cosías Bounderby, de Coketown, debe ser tratado por su esposa. Acaso vos tengáis vuestra opinión; pero también yo tengo la mía. Si tenéis el propósito de hablarme esta noche algo que vaya en contra de esta sincera opinión mía, lo mejor será que no hablemos más por hoy.

Por estas palabras se deducirá que cuanto más tratable se mostraba el señor Gradgrind, más cuidado tenía el señor Bounderby en mostrarse intratable en todo. Era ésta su manera de ser.

—Mi querido Bounderby... —empezó a decir el señor Gradgrind.

—Bien —exclamó Bounderby—, no lo toméis a mal, pero no quiero ser demasiado querido. Eso para empezar. Siempre que alguien me pone por delante mucho «querido Bounderby», resulta que lo que busca es pasar por encima de mí. No os trato con remilgos; pero ya sabéis que yo no soy ningún remilgado. Si os gustan las filigranas, ya sabéis dónde las gastan. Tenéis amigos caballeros que podrán serviros esa mercancía hasta hartaros. Yo no la tengo en mi almacén.

—Bounderby —insistió Gradgrind—, todos estamos sujetos a equivocaciones.

—Creí que vos no las cometíais nunca —le interrumpió Bounderby.

—Tal vez lo pensase yo también. Pero digo que todos estamos sujetos a equivocaciones; y me daríais pruebas de vuestra delicadeza, que yo os agradecería, si me ahorraseis estas referencias a Harthouse. No quiero mezclarle en nuestra conversación con vuestra amistad ni estímulo; así que, por favor, no le mezcléis más con los míos.

—¡No he nombrado a Harthouse para nada! —dijo Bounderby.

—Bien..., bien... —le contestó Gradgrind con expresión tolerante y hasta humilde, y se quedó meditando durante algunos instantes—. Bounderby, me está pareciendo que nunca hemos comprendido bien a Luisa.

—¿A quién os referís al pluralizar?

—Hablaré, pues, en singular —dijo Gradgrind, en contestación a esa pregunta disparada de modo grosero—. Me parece que no he comprendido bien a Luisa.

Y dudo de que haya estado completamente acertado en la manera de educarla.

—¡Ahora habéis dado en el clavo! —le replicó Bounderby—. ¡Ahí estoy de acuerdo con vos! ¿De modo que habéis terminado por descubrirlo, eh? ¡Educación! Yo os diré en qué consiste la educación... Que lo tiren a uno sin más al arroyo, poniéndolo a ración escasa de todo y a ración abundante de golpes. A eso es a lo que yo llamo educar.

El señor Gradgrind le reconvino con toda humildad:

—Me imagino que vuestro sentido os hará ver que, sean los que sean los méritos de semejante sistema, resultaría de aplicación difícil a las muchachas jóvenes.

—Pues no lo veo en modo alguno —replicó el obstinado Bounderby.

—Bueno —suspiró el señor Gradgrind—, no vamos a entrar a discutirlo. Os aseguro que no tengo el menor deseo de entrar en disputas. Trato únicamente de reparar lo mal hecho, si me es posible, y confío en que vos me ayudaréis con buena voluntad, Bounderby, porque he sufrido un gran dolor.

—Sigo sin entenderos —contestó Bounderby, voluntariamente obstinado —, y, por consiguiente, no quiero prometeros nada.

El señor Gradgrind prosiguió con la misma expresión triste y conciliadora:

—Me parece, querido Bounderby, que en el transcurso de algunas horas he podido conocer mejor que en todos los años anteriores el carácter de Luisa. Este descubrimiento me ha sido impuesto dolorosamente por las circunstancias, y no es obra mía. Quizá os sorprenda, Bounderby, el oírme decir lo que sigue: creo que existen en Luisa cualidades que... han sido, por desgracia, lamentablemente descuidadas y un poco pervertidas. Y yo..., yo os sugeriría que si os unieseis a mí en un esfuerzo oportuno para dejarla por algún tiempo entregada a la acción de la parte mejor que hay en su naturaleza..., alentándola a fuerza de ternura y de consideración a que la desarrolle cada vez más, quizá todos saliésemos ganando. Luisa —y al decir esto se cubrió el señor Gradgrind la cara con las manos— fue siempre mi hija preferida.

El fanfarrón de Bounderby enrojeció al escuchar estas palabras, y se esponjó de tal manera que parecía estar al borde mismo de que le diese un ataque..., y probablemente estaba en ese punto. Sin embargo, con las orejas de un color púrpura encendido, con manchas de color carmesí, frenó su indignación y preguntó:

—En resumidas cuentas, que desearíais que se quedase aquí por algún tiempo.

—Tenía el propósito de aconsejaros, mi querido Bounderby, que permitieseis a Luisa quedarse como de visita en esta casa, al cuidado de Cecí (quiero decir de Cecilia Jupe), que la comprende y en quien ella confía.

Bounderby, en pie y con las manos en los bolsillos, dijo:

—De todo cuanto habéis dicho, Tom Gradgrind, saco la conclusión de que creéis que entre Luisa y yo existe lo que la gente suele llamar cierta incompatibilidad.

—Me temo que en el actual momento exista cierta incompatibilidad general entre Luisa y... y casi todas las personas con quienes yo la he relacionado —fue la triste contestación del padre.

Bounderby, el impetuoso, plantado frente a Gradgrind con el compás de las piernas muy abierto, las manos hundidas aún más en los bolsillos y el pelo convertido en campo de heno por el que circulase como un ventarrón su enojo ruidoso, contestó:

—Muy bien, Tom Gradgrind; habéis dicho vuestra verdad, y yo voy ahora a decir la mía. Yo soy un hombre de Coketown. Soy Cosías Bounderby, de Coketown. Conozco los ladrillos de esta ciudad, conozco sus fábricas, conozco sus chimeneas, conozco el humo de esta ciudad y conozco a los obreros de esta ciudad. Los conozco perfectamente. Son realidades. Si un hombre cualquiera me habla de cualidades imaginarias, yo le contesto siempre, sea quien sea, que comprendo perfectamente lo que quiere decir con eso. Quiere decir sopa de tortuga y carne de venado, con cuchara de oro, y lo que busca es que le pongan un coche con un tiro de seis caballos. Eso es lo que busca vuestra hija. Y puesto que vos sois de opinión que se le debe dar lo que ella busca, os aconsejo que se lo proporcionéis vos mismo. Porque de mí..., oídlo, Tom Gradgrind, no lo obtendrá nunca.

—Yo esperaba, Bounderby, que, después de mi súplica, adoptaríais otra actitud —dijo el señor Gradgrind.

—Esperad un momento —le replicó Bounderby—. Creo que vos habéis dicho vuestra verdad. Yo os escuché hasta el fin; escuchadme también vos a mí, por favor. No deis el espectáculo de mostraros injusto, después de haberos mostrado falto de lógica porque, aunque me duele el ver reducido a Tom Gradgrind a su situación actual, me dolería mucho más el verlo caído hasta ese extremo. Pues bien, existe, y vos me lo dais claramente a entender, cierta incompatibilidad, sea la que sea, entre vuestra hija y yo. En contestación a eso, quiero yo daros a entender que existe, indiscutiblemente, una incompatibilidad de primera magnitud que se puede resumir en esto: en que vuestra hija no conoce debidamente los méritos de su esposo, y en que no se halla poseída, como debiera, del honor que para ella supone un matrimonio como éste. Me parece que hablo claro, ¿no es así?

—Bounderby —insistió Gradgrind—, no os ponéis en razón.

—¿No? Me alegro de oíros hablar así, porque si Tom Gradgrind, con sus nuevos principios, me dice que una cosa no está puesta en razón, eso basta para convencerme de que es razonable a no poder más. Y con vuestro permiso, prosigo. Vos conocéis mis orígenes; sabéis que si durante muchos años de mi vida no he necesitado calzador, ha sido porque no tenía zapatos que ponerme. Sin embargo..., lo creáis o no lo creáis..., según os parezca..., hay damas..., damas de alcurnia..., de familias aristocráticas, ¡aristocráticas!..., que casi besarían donde yo piso.

Dascargó la frase, como un petardo, a la cabeza de su padre político. Y prosiguió:

—Y en cambio, vuestra hija está muy lejos de ser una mujer de alcurnia. Eso vos mismo lo sabéis. No es que a mí se me dé un rábano de tales cosas, como os consta a vos mismo; pero la realidad es esa, y vos, Tom Gradgrind, no la podéis alterar. ¿Por qué digo esto?

—Supongo que no será para mostraros generoso conmigo —dijo con voz queda el señor Gradgrind.

—Escuchadme hasta el fin —dijo Bounderby—, y absteneos de interrumpirme hasta que os llegue vuestro turno. Lo he dicho porque damas altamente emparentadas se han asombrado de la conducta de vuestra hija y de la insensibilidad que han visto en ella. Y se han preguntado cómo era posible que yo lo consintiese. Y yo mismo me asombro de haberlo consentido, y no lo consentiré de aquí en adelante.

—Bounderby —dijo el señor Gradgrind, levantándose—, creo que cuanto menos hablemos esta noche, mejor será.

—Al contrario, Tom Gradgrind, creo que cuanto más hablemos esta noche, mejor será. Quiero decir —esta idea contuvo a Bounderby—, mientras no haya dicho todo lo que tengo que decir. Después, no me importa que lo dejemos inmediatamente. Voy a plantear una pregunta que podría acortar el asunto. ¿Qué buscáis con la proposición que me acabáis de hacer?

—¿Qué busco, Bounderby?

—Sí, con la proposición de la visita de vuestra hija —contestó Bounderby, con un respingo enérgico de su campo de heno.

—Busco el induciros a que concedáis de una manera amistosa a Luisa un período de descanso y de meditación en esta casa, lo que podría tener como resultado una mejora de su espíritu en muchos aspectos.

—En otras palabras, que se suavizase la incompatibilidad actual —dijo Bounderby.

—Si preferís, ponedlo en esos términos.

—¿Qué os llevó a pensar en tal cosa? —dijo Bounderby.

—He dicho ya que me parece que Luisa no ha sido comprendida. ¿Es mucho pediros, Bounderby, el que vos, que le lleváis tantos años, colaboréis en la tarea de ponerla en el buen camino? Al casaros con ella habéis tomado una gran responsabilidad; para bien o para mal, para...

Acaso molestó al señor Bounderby que le repitiesen las propias palabras que él había dicho a Esteban Blackpool; el hecho es que cortó la frase a Tomás Gradgrind, exclamando con enojo:

—¡Vaya! No me habléis de eso. Yo sé por qué me casé con ella. Tan bien como vos. No os preocupéis de porqué me casé con ella; ése es asunto mío.

—Yo iba a limitarme a consignar, Bounderby, que quizá todos estemos más o menos equivocados, sin exceptuaros a vos; y que al mostraros transigente, teniendo en cuenta la obligación que habéis contraído, no sólo teníais un rasgo cariñoso, sino que quizá reparabais una deuda en que habéis incurrido con Luisa.

—Pienso de manera distinta —fanfarroneó Bounderby—. Voy a dar fin a este asunto de acuerdo con mi propio parecer. Pero no quiero que esto dé ocasión a una pelea entre nosotros, Tom Gradgrind. Si he de seros franco, creo que perdería mi reputación con pelearme por un motivo como éste. En cuanto a vuestro amigo, el caballerito, puede largarse a donde mejor le parezca. Si se cruza en mi camino, le diré lo que pienso. Si no se cruza, no se lo diré, porque no me parece que valga la pena. Por lo que respecta a vuestra hija, a la que convertí en Lu Bounderby, aunque quizá hubiera hecho mejor en dejarla seguir como Lu Gradgrind, si no ha regresado a mi casa para mañana, a las doce del día, entenderé que prefiere vivir lejos de mí, y procederé a enviarle su ropa y demás efectos personales, y vos os encargaréis de ella en adelante. Y la explicación que daré al público en general de la incompatibilidad que nos ha traído a esta situación será la siguiente. Yo soy Cosías Bounderby, que ha tenido una clase de educación; ella, la hija de Tomás Gradgrind, ha tenido otra diferente; y no había modo de que la yunta de caballos tirase al unísono. Creo que la gente sabe de sobra que yo no soy un hombre de nivel corriente, y serán muchos los que se dirán que únicamente una mujer fuera de lo corriente podría, a la larga, ponerse a mi altura.

—Permitidme, Bounderby, que os suplique muy seriamente que volváis a pensarlo antes que llevéis a cabo semejante resolución —le instó el señor Gradgrind.

—Yo tomo siempre una resolución —dijo Bounderby, calándose el sombrero—, y lo que hago lo hago en el momento mismo. Me sorprendería que Tom Gradgrind hiciese semejante observación a Cosías Bounderby, de Coketown, conociéndolo como lo conoce, si pudiera sorprenderme de nada de lo que Tom Gradgrind haga, después de entregarse, él también, a ridículos sentimentalismos. Os he notificado mi resolución, y nada más tengo que añadir. ¡Buenas noches!

Y el señor Bounderby se marchó, pues, a su casa de la ciudad y se recogió a dormir. Al siguiente día, cinco minutos después de las doce, remitió todos los efectos personales de la señora Bounderby, convenientemente empaquetados, a la casa del señor Tomás Gradgrind, sacó a la venta por negociación particular su finca campestre y reanudó su vida de solterón.

CAPÍTULO IV: PERDIDO

El robo cometido en el Banco no había sido olvidado antes, y no dejó de ocupar ahora un lugar predominante en la atención del dueño del establecimiento. Como jactanciosa prueba de su prontitud y actividad, propias de un hombre extraordinario, hijo de sus obras, maravilla comercial más digna de admiración que la misma Venus, salido del arroyo y no de la espuma del mar, gustábale poner en evidencia ante las gentes cuán poco sus asuntos domésticos mermaban su ardor en los negocios. En consecuencia, durante las primeras semanas de su nueva soltería demostró una actividad más impetuosa aún que la corriente en él, armando todos los días tales alborotos en sus investigaciones acerca del robo, que los funcionarios policíacos que llevaban entre manos el asunto casi deseaban que el robo no se hubiese cometido jamás.

Estaban, además, fracasados y desorientados. No ocurrió nada, a pesar de que desde el comienzo del asunto permanecieron tan tranquilos, que la mayoría de la gente supuso que éste había sido abandonado por no tener esperanza de sacar nada en limpio. Nadie, hombre o mujer, de los posibles comprometidos se animó prematuramente a dar pasos que lo delatasen. Y lo que era aún más notable: nada se supo de Esteban Blackpool, y la misteriosa anciana siguió en el misterio.

Llegadas las cosas a este punto, y no dando señales de pasar más adelante, las investigaciones del señor Bounderby lo llevaron a tomar una medida audaz y ruidosa.

Redactó un cartelón ofreciendo un premio de veinte libras esterlinas por la captura de Esteban Blackpool, sospechoso de complicidad en el robo cometido tal noche en el Banco de Coketown. Describía al tal

Esteban Blackpool detallando tan minuciosamente como pudo sus ropas, color, estatura aproximada y modales; contaba de qué manera había abandonado la ciudad y la dirección que llevaba la última vez que fue visto en ruta; hizo imprimir todo esto en grandes caracteres negros sobre una gran tira de papel llamativo; ordenó que lo pegasen en las paredes a horas avanzadas de la noche, de manera que llamase de golpe la atención de todos los habitantes de la ciudad.

Las campanas de la fábrica tuvieron que resonar aquella mañana con mayor energía que nunca para hacer que se dispersasen los grupos de trabajadores, que permanecían, durante aquel amanecer lento, reunidos alrededor de los cartelones, devorándolos con ojos ansiosos. Y no eran los ojos de los que no sabían leer los que demostraban menor ansiedad. Esta clase de personas, al escuchar la voz amiga que leía para todos..., nunca faltaba un lector que acudiese en su ayuda..., miraban asombrados los caracteres de imprenta que decían tantas cosas, y el confuso temor y respeto que se advertía en sus semblantes habría resultado medio cómico si la ignorancia pública en cualquiera de sus aspectos pudiese considerarse de otro modo que como una amenaza y una completa calamidad. Por muchas horas, y entre el girar de los husos, el traqueteo de los telares y el rechinar de las ruedas, hubo muchos oídos y muchos ojos ocupados en el tema de aquellos cartelones; y cuando los obreros volvieron a salir de las fábricas y caminaron por las calles, tuvieron otra vez los cartelones tantos lectores como antes.

Slackbridge, el delegado, tenía que dirigir la palabra a su auditorio también aquella noche; y Slackbridge había conseguido que el impresor le entregase un cartelón flamante, que llevó en el bolsillo. ¡Qué barahúnda se armó allí, oh amigos y compatriotas míos, los oprimidos trabajadores de Coketown, oh hermanos y obreros y ciudadanos y hombres, compañeros míos, cuando Slackbridge desdobló lo que calificó de «documento condenatorio» y lo exhibió al asombro y a la execración de la comunidad de trabajadores!

—¡Oh compañeros míos, ved para qué es apto y capaz un traidor a los principios de los grandes espíritus alistados en las sagradas banderas de la justicia y de la unión! ¡Oh, mis oprimidos amigos, que soportáis en vuestros cuellos el irritante yugo de los tiranos y que sentís el férreo pie del despotismo pisoteando vuestros cuerpos caídos en el polvo de la tierra, en el que vuestros opresores se alegrarían muchísimo de ver cómo os arrastrabais sobre vuestros vientres durante todos los días de vuestras vidas, lo mismo que se arrastra la serpiente en el jardín...! ¡Oh, hermanos míos, y no quiero decir también hermanas mías, dada mi calidad de hombre...! ¿Qué me decís, ahora, de Esteban Blackpool, el de espaldas ligeramente cargadas y de cinco pies y siete pulgadas de estatura aproximadamente, como lo describe este documento vergonzoso y repugnante, este infame cartelón, este pérfido edicto, este abominable anuncio? ¿Cómo no habéis de aplastar con una solemne condenación a esta víbora que se disponía a arrojar semejante mancha y baldón sobre la clase de hombres casi divina que afortunadamente lo expulsó para siempre lejos de su seno? ¡Sí, compatriotas míos, que lo expulsó afortunadamente de su seno, enviándolo mundo adelante! Recordaréis cómo se presentó aquí, en este escenario, delante de vosotros; recordaréis cómo, sin perderle la cara ni echar pie atrás, sin apartarme de él en sus zigzagueos, lo perseguí yo; recordaréis cómo se escabullía, se escurría, se ladeaba y se salía por bobadas, hasta que, cuando ya no le quedó ni una pulgada de terreno en que sostenerse, lo arrojé de aquí sobre vosotros como un pelele señalado a perpetuidad con el dedo del escarnio, y como un blanco que había de marchitar y consumir el fuego vengador de todos los hombres libres y pensadores. Y ahora, amigos míos..., amigos míos trabajadores, porque yo me regocijo y me honro con este estigma...; amigos míos, cuyo lecho duro, pero honrado, está aderezado por el trabajo, y cuyas marmitas de comida, pobres, pero independientes, hierven al calor de las fatigas; y ahora, amigos míos, yo os pregunto: ¿qué nombre se ha ganado este miserable holgazán, cuando, una vez que se le ha arrancado la máscara, se nos presenta con toda su deformidad congénita? ¿Qué nombre? ¡El de ladrón! ¡El de saqueador! ¡El de fugitivo proscrito, con un precio ofrecido por su cabeza; el de una llaga y una herida sobre el noble rostro del trabajador de Coketown! Por eso, grupo de hermanos unidos por un lazo sagrado, al que vuestros hijos y los hijos de vuestros hijos que están por nacer han ofrecido ya sus firmas y sus rúbricas infantiles, yo os propongo, en nombre del Tribunal de obreros unidos, siempre vigilante para cuidar de vuestro bienestar, siempre celoso de cuanto suponga un beneficio para vosotros, que esta asamblea vote la resolución siguiente: «Que habiendo la comunidad de obreros de Coketown desautorizado ya solemnemente al tejedor Esteban Blackpool, de quien se habla en este cartel, ninguna vergüenza les cabe en sus malas acciones, y no puede reprochársele a ella, como clase, ningún acto suyo deshonroso».

Eso fue lo que propuso Slackbridge, rechinando los dientes y sudando de una manera prodigiosa. Unas pocas voces ásperas contestaron con un ¡no!, y tres o cuatro decenas acogieron con aplausos la advertencia que hizo un hombre de la concurrencia, diciendo:

—Slackbridge, lo has tomado con demasiada pasión; vas demasiado aprisa en este asunto.

Pero estos eran unos enanos frente a todo un ejército; la asamblea general votó, como si fuese el evangelio, la proposición de Slackbridge, y le otorgó tres ovaciones, mientras él se sentaba, jadeando espectacularmente.

Aún seguían estos hombres y mujeres en las calles, dirigiéndose tranquilamente cada cual a su casa, cuando Cecilia, que había dejado sola a Luisa por unos momentos, porque la habían llamado fuera, volvió junto a ella.

—¿Quién es? —preguntó Luisa.

—Es el señor Bounderby —contestóle Cecilia, pronunciando este nombre con cierta cortedad—, que viene acompañado de vuestro hermano Tom y de una mujer joven que dice llamarse Raquel, y que vos la conocéis.

—¿Y qué vienen buscando, querida Cecí?

—Quieren hablar con vos. Raquel ha llorado, y parece enojada.

—Padre —dijo Luisa a don Tomás Gradgrind, que se hallaba presente—, no puedo negarme a recibirlos, por una razón que luego se aclarará por sí misma. ¿Los hago pasar aquí?

Al contestar aquél afirmativamente, Cecí salió para hacerlos pasar, y reapareció con ellos en seguida. Tom fue el último en entrar, y se quedó cerca de la puerta, en pie, en el sitio más oscuro de la habitación. El marido de Luisa saludó, al entrar, con una fría inclinación de cabeza, y dijo:

—Señora Bounderby, espero que mi visita no os molestará. La hora es intempestiva, pero viene conmigo una joven que ha hecho determinadas afirmaciones que me obligan a venir. Tom Gradgrind, como vuestro hijo, el joven Tom, se niega obstinadamente, por una u otra razón, buena o mala, a decir nada para aclararlas, no tengo más remedio que celebrar un careo entre ella y vuestra hija.

—Señorita, vos y yo nos hemos visto en otra ocasión antes de ahora

— dijo Raquel, plantándose delante de Luisa.

Tom carraspeó.

—Nos hemos visto antes de ahora, señorita —repitió Raquel, viendo que Luisa no le contestaba.

Tom volvió a carraspear.

—En efecto, así es.

Raquel volvió sus ojos con orgullo hacia el señor Bounderby, y dijo:

—¿Queréis manifestar, señorita, dónde nos vimos y quién estaba allí?

—Yo fui de visita a la casa en que se alojaba Esteban Blackpool la noche misma en que fue despedido del trabajo, y os vi allí. También él estaba, y además una anciana, que no abrió la boca y a la que no pude apenas entrever, se hallaba en un rincón oscuro. Conmigo fue mi hermano.

—¿Por qué no dijisteis vos todo eso, joven Tom? —preguntó el señor Bounderby.

—Porque le prometí a mi hermana que no lo diría —cosa que Luisa se apresuró a corroborar—. Y, además, —prosiguió con sarcasmo el mequetrefe—, como ella sabe contar sus propias cosas tan admirablemente... y con todos los detalles..., ¿cómo iba yo a quitarle este relato de la boca?

—Decidme, señorita, por favor —prosiguió Raquel—, ¿por qué razón vinisteis en mala hora a visitar a Esteban aquella noche?

—Me inspiró compasión —dijo Luisa, poniéndose colorada—, y quise saber cuáles eran sus propósitos para ofrecerle ayuda.

—Os lo agradezco, señora; eso me halaga y me favorece —dijo Bounderby.

—¿Es cierto que le ofrecisteis un billete de Banco? —preguntó Raquel.

—Sí; pero él se negó a aceptarlo, y tan sólo tomó dos libras en oro.

Raquel volvió a clavar otra vez su mirada en el señor Bounderby. Éste dijo:

—¡De acuerdo! Si lo que habéis preguntado ha sido nada más que para demostrar que vuestro relato, ridículo e improbable, era cierto, no tengo más remedio que confesar que queda confirmado.

—Señorita —dijo Raquel—. Esteban Blackpool se ve ahora acusado de ladrón en letras de molde puestas por toda la ciudad, y quién sabe si en otros sitios más. Esta noche se ha celebrado una reunión pública en la que se ha hablado de Esteban en iguales y vergonzosos términos. ¡De Esteban! ¡Del hombre más honrado, del hombre más leal, del mejor de los hombres!

La indignación le impidió proseguir, y se calló, sollozando.

—Lo siento, lo siento muchísimo —dijo Luisa.

—¡Ay señorita, señorita...! —replicó Raquel—. ¡Ojalá que así sea, aunque a mí no me consta! ¿Qué sé yo qué manejos os trajisteis? Las gentes de vuestra clase no nos conocen; nada les importa de nosotros, son ajenas a nosotros. ¡Qué sé yo qué motivo os trajo aquella noche! Lo único que puedo decir es que acaso traíais un propósito interesado, sin importaros las desdichas que acarreabais a un buen hombre. Aquella noche os bendije por haber venido, y os bendije de todo corazón, porque me pareció que sentíais lástima de él; pero ¡qué sé yo, qué sé yo...!

Luisa no podía hacerle ningún reproche por su injusta sospecha; Raquel seguía inconmovible en su lealtad hacia Esteban, transida de dolor, exclamando entre sollozos:

—¡Cuando pienso que el pobre muchacho os quedó tan agradecido, creyendo que os mostrabais muy buena con él...; cuando recuerdo que se tapó con la mano su cara cansada para ocultar las lágrimas que vuestra acción le trajo a los ojos...! ¡Ojalá que lo sintáis de veras y que vuestro sentimiento no nazca de ninguna mala causa! Pero ¡qué sé yo, qué sé yo...!

El mequetrefe gruñó, revolviéndose intranquilo en su oscuro rincón:

—¡Buena estáis vos! ¡Venir aquí con imputaciones de esa clase...! Bien merecido tendríais que os echasen a la calle por no saber comportaros debidamente.

Raquel nada contestó y sólo se oyó en la habitación su llanto contenido, hasta que por último habló el señor Bounderby.

—¡Dejemos esto! Recordad a qué ós habéis comprometido. Lo mejor que podéis hacer es pensar en vuestra promesa, no en esto.

Raquel contestó, enjugándose los ojos:

—Ciertamente que me molesta que nadie me haya visto aquí de esta manera; pero no volverán a verme otra vez. Señorita, cuando leí lo que han puesto en letras de molde acerca de Esteban..., y que es tan verdadero como si hubiesen dicho eso mismo de vos en letras de molde..., fui derecha al Banco para decirles que yo sabía el paradero de Esteban, y que me comprometía de un modo terminante y seguro a que estuviese de vuelta en el término de dos días. No conseguí entonces verme con el señor Bounderby; vuestro hermano me despidió, y entonces intenté verme con vos; pero no hubo manera de encontraros, y regresé a la fábrica. Esta noche, así que salí del trabajo, me apresuré a escuchar lo que se hablaba acerca de Esteban..., ¡porque me consta con orgullo que él volverá para confundir la calumnia...!; y en seguida volví en busca del señor Bounderby; lo encontré, y le dije cuanto yo sabía; no me creyó ni una sola palabra, y me ha traído aquí.

—Hasta ahora todo se ajusta bastante bien a la verdad —asintió el señor Bounderby con las manos en los bolsillos y el sombrero puesto—. Pero tened en cuenta que yo, que conozco de antes de ahora a los trabajadores, sé que no moriréis por falta de conversación. Pues bien: os recomiendo que por ahora os preocupéis más de hacer que de hablar. Os habéis comprometido a una cosa. Todo lo que por el momento os digo es esto: ¡hacedla!

—He escrito a Esteban por el correo que salió esta tarde, y le había escrito ya otra vez desde que se marchó —dijo Raquel—. Estará aquí, cuando más, dentro de dos días.

—Pues yo voy a deciros una cosa —le replicó el señor Bounderby—. Quizá ignoréis que vos misma —habéis estado sometida de cuando en cuando a vigilancia; no se os consideraba completamente libre de sospecha en este asunto, porque ya sabéis que a la gente se la juzga casi siempre por las compañías que frecuenta. Tampoco se nos ha pasado por alto el vigilar la Casa de Correos. Lo que os digo es que a ésta no ha llegado absolutamente ninguna carta para Esteban Blackpool. Dejo, pues, que vos misma recapacitéis sobre lo que ha podido ocurrir con la carta de que habláis. Acaso estéis equivocada y no la hayáis escrito jamás.

Raquel se volvió hacia Luisa como implorando su ayuda:

—No llevaba Esteban fuera ni una semana, señorita, cuando me escribió la única carta suya que hasta hoy he recibido; en ella me decía que se veía obligado a solicitar trabajo usando un nombre que no era el suyo.

—¡Por vida mía! —exclamó Bounderby, moviendo de un lado al otro la cabeza, al mismo tiempo que silbaba—. De modo que se ha cambiado de nombre, ¿no es así? ¡Sí que la cosa resulta poco afortunada para un individuo tan inmaculado! Tengo entendido que los Tribunales de Justicia recelan un poco de los inocentes que usan distintos nombres.

—Y ¿qué iba a hacer, qué iba a hacer, señorita, el pobre muchacho, por amor de Dios? Por un lado, los dueños de las fábricas en contra suya; por otro lado, en contra suya los trabajadores, y él sin más deseo que el de que le dejasen trabajar firmemente y en paz, resuelto a no hacer sino lo que él cree justo. ¿Es que un hombre no puede obrar de acuerdo con su conciencia propia, ni puede pensar como a él le parece? ¿Es que no tiene más recurso que indisponerse con los de un lado o con los del otro si no quiere verse acosado lo mismo que si se tratara de una liebre?

—Tenéis razón, tenéis razón; yo lo compadezco con toda mi alma, y confío en que demostrará su inocencia —le contestó Luisa.

—No paséis cuidado de que no lo haga, señorita. ¡No fallará!

—Y mucho menos, digo yo, si vos rehusáis declarar dónde se encuentra, ¿no es así? —apuntó el señor Bounderby.

—No quiera Dios que por culpa mía pase él por el bochorno inmerecido de que lo traigan a la fuerza. Él volverá espontáneamente para justificarse y para cubrir de ignominia a todos cuantos han calumniado su buena reputación, no estando él aquí para defenderse. Le cuento en mi carta lo que aquí se ha hecho contra él, y estará de vuelta, a lo sumo, dentro de dos días —exclamó Raquel, rechazando todas las desconfianzas de la misma manera que una roca rechaza la acometida del mar.

—Pues, a pesar de todo eso —agregó el señor Bounderby—, si podemos echarle el guante algo más pronto, antes tendrá la oportunidad de demostrar su inocencia. En cuanto a vos, no tengo nada en contra; lo que vinisteis a decirme ha resultado cierto, y yo os he dado los medios de demostrar que lo era, de modo que podemos dar este asunto por concluido. ¡Buenas noches a todos! Tengo que marcharme para hacer algunas indagaciones más a este respecto.

Tom, al ver que el señor Bounderby se ponía en movimiento, salió del sitio en que estaba; él también echó a andar, manteniéndose muy cerca de su amo, y salió de la casa en su compañía. Las únicas palabras de despedida que pronunció fueron las de «¡Buenas noches, padre!», dichas en tono sombrío. Y, después de hablar brevemente y en tono de reconvención a su hermana, salió de la casa.

El señor Gradgrind se había mostrado corto de palabras desde que su áncora de salvación había venido a casa. Aún seguía silencioso, cuando Luisa dijo en tono cariñoso:

—Raquel, día llegará en que no recelaréis de mí, porque me conoceréis mejor.

Raquel le contestó con cortesía:

—El recelar de otra persona va contra mi temperamento; pero cuando se desconfía hasta tal punto de mí..., cuando se desconfía de todos nosotros..., me resulta imposible arrojar de mi cabeza esa clase de pensamientos. Os pido perdón por haberos ofendido de esa manera. Ya no creo lo que antes dije. Sin embargo, viendo al pobre muchacho tan perjudicado, quizá vuelva a pensarlo otra vez.

—¿Le dijisteis en vuestra carta —preguntó Cecilia— que si se sospechaba de él era porque lo habían visto rondar cerca del Banco durante la noche? De esa manera sabrá, cuando vuelva, las explicaciones que tendría que dar, y vendría preparado.

—Sí, querida —contestó Raquel—; pero no me imagino qué es lo que pudo llevarle a ese lugar, al que jamás iba, porque no quedaba en su camino. Él y yo llevábamos siempre el mismo, y ni siquiera pasábamos cerca.

Ya Cecí se había acercado a ella para preguntarle dónde vivía y si podía pasar al día siguiente por la noche a preguntarle si tenía alguna noticia de Esteban, a lo que Raquel contestó:

—Dudo que pueda estar aquí antes de pasado mañana.

—Entonces, iré también pasado mañana —dijo Cecí.

Después que Raquel dio su asentimiento y se marchó, el señor Gradgrind levantó la cabeza y dijo a su hija:

—Luisa, hija mía, yo no recuerdo haber visto nunca a ese hombre. ¿Crees que esté complicado?

—Yo llegué a sospecharlo, aunque me costó gran trabajo, padre mío. Pero ya no lo creo.

—Es decir, que llegaste a convencerte de que era sospechoso, porque supiste que se le tomaba por tal. ¿Tiene el aspecto y las maneras de un hombre honrado?

—De un hombre honradísimo.

—¡Y la confianza de esa mujer permanece inconmovible! —dijo, pensativo, él señor Gradgrind—. Me pregunto si el verdadero culpable está al corriente de tales acusaciones... ¿Dónde está ese culpable?

¿Quién es?

Últimamente había empezado a cambiar el color del pelo del señor Gradgrind. Luisa, al verlo otra vez canoso y envejecido, fue precipitadamente hacia él con expresión temerosa y compadecida, y tomó asiento a su lado. En ese instante los ojos de la joven tropezaron con los de Cecilia. Ésta se sobresaltó y se puso colorada, y Luisa se llevó el dedo a los labios.

La noche siguiente, al regresar Cecí a casa, informó a Luisa de que Esteban no había regresado, y se lo dijo cuchicheando. Y a la siguiente, cuando regresó a casa con idéntica noticia y agregó que nadie había oído hablar de él, se expresó también con el mismo tono de susto. Desde el instante de aquel intercambio de miradas ya no volvieron a pronunciar su nombre ni a hacer alusión alguna a su persona en voz alta. Ni aun siquiera siguieron la conversación al señor Gradgrind cuando éste habló del robo.

Transcurrieron los dos días de plazo, transcurrieron tres días con sus noches, sin que Esteban Blackpool regresase ni nadie supiese de él. Al cuarto día, Raquel, inquebrantable en su confianza, pero temerosa de que su carta se hubiese extraviado, acudió al Banco y mostró la carta recibida de Esteban, en la que figuraba su actual residencia, en una de las muchas colonias de trabajo, alejada de la carretera real y a unas sesenta millas de Coketown. Se despacharon mensajeros a dicho punto, y toda la población esperó que Esteban sería traído al día siguiente.

Durante todo este tiempo, el mequetrefe iba y venía junto al señor Bounderby como si fuera su sombra, ayudándole en todas las gestiones. Estaba muy excitado, terriblemente febril; se mordió las uñas hasta la raíz, hablaba con voz áspera y cascada, y tenía los labios amoratados y con pupas. Hallábase en la estación a la llegada del tren en que era esperado Esteban, y se brindó a apostar a que este último se habría largado para cuando llegasen las personas enviadas en busca suya, y a que no se le encontraría.

El mequetrefe acertó. Los mensajeros regresaron solos. La carta de Raquel había llegado; la carta de Raquel había sido entregada, y en el acto mismo Esteban Blackpool se había largado de allí, y nadie sabía su paradero. La única duda que existía en Coketown era la de si Raquel había escrito de buena fe, convencida de que regresaría, o si lo que había hecho era avisarle para que huyese. En este último punto, la opinión estaba dividida.

Pasaron seis días, pasaron siete días, y se entró de lleno en la semana siguiente. El malaventurado mequetrefe sacó fuerzas de flaqueza, y empezó a mostrarse desafiador. ¿Que si el sospechoso era, efectivamente, el ladrón? ¡Linda pregunta! Si no lo era, ¿dónde se escondía, y por qué no regresaba?

¿Dónde se escondía y por qué no regresaba? Los ecos de sus propias palabras, que en las horas del día habían ido extendiéndose Dios sabe hasta dónde, volvían a él en la noche cerrada, y ya no le abandonaban hasta que amanecía.

CAPÍTULO V: ENCONTRADA

Un día y una noche otra vez, un día y una noche otra vez. Y Esteban Blackpool sin aparecer. ¿Dónde se encontraba y por qué no regresaba?

Cecí iba todas las noches a la habitación de Raquel, y permanecía con ella en el cuartito pequeño y limpio.

Raquel trabajaba durante todo el día, como no tiene más remedio que trabajar la gente de su clase, cualesquiera que sean sus preocupaciones.

A las serpientes de humo les tenía sin cuidado quién se perdía o era encontrado, quién se desgraciaba o se beneficiaba; los elefantes, locos de melancolía, al igual que los hombres de realidades tangibles, no rompían ninguna de sus rutinas, ocurriese lo que ocurriese. Un día y una noche otra vez, un día y una noche otra vez. La monotonía era siempre continua. Hasta la misma desaparición de Esteban Blackpool entraba en la corriente general de las cosas, y se transformaba en una interrogación tan monótona como cualquiera de las máquinas de Coketown.

—Dudo mucho —decía Raquel— qué haya en toda la ciudad ni siquiera veinte personas que sigan teniendo fe en el pobre y querido muchacho.

Decíaselo a Cecí; las dos se hallaban sentadas en el cuarto de aquélla, alumbrado únicamente por la luz del farol que había en la esquina de la calle. Cecí había acudido, siendo ya noche, a esperarla cuando volviese del trabajo; y desde que llegó permanecieron sentadas junto a la ventana, tal como estaba Cecilia cuando llegó Raquel, sin querer mayor luz mientras conversaban tristemente.

—Hay momentos —prosiguió Raquel— en los que creo que mi imaginación habría desvariado, de no habérseme concedido la merced de teneros a vos para poder conversar. De vos recibo yo esperanza y fortaleza. ¿Creéis que, aunque las apariencias se levanten contra Esteban, demostrará su inocencia?

—Lo creo de todo corazón —le contestó Cecí—. Estoy tan segura, Raquel, de que la fe, que vos conserváis a prueba de todo desfallecimiento, no es probable que resulte equivocada, que la mía en Esteban es tan grande como si lo hubiese tratado durante un número de años tan largo como vos.

—Pues yo, querida amiga —dijo Raquel con voz temblorosa—, durante todo ese número de años, y dentro de sus maneras tranquilas, lo he visto siempre tan apegado a todo lo que es honrado y bueno, que aun en el caso de no volver a tener nunca más noticias suyas y de vivir yo hasta los cien años, diría, al entregar mi último aliento, que en ningún momento he dejado de tener fe en Esteban Blackpool. ¡Y Dios ve en mi corazón!

—En el Palacio de Piedra creemos todos que más tarde o más temprano quedará libre de toda sospecha.

—Cuanto más me consta que allí creen eso —dijo Raquel—, y cuanto más consolada me siento porque vengáis desde allí a propósito para darme ánimos y acompañarme, haciendo que os vean en mi compañía cuando no estoy aún yo misma libre de toda sospecha, tanta más pena me da el haber dicho a la señorita aquellas palabras de desconfianza. Y, sin embargo...

—Ya no desconfiáis de ella, ¿verdad, Raquel?

—Desde que vos habéis hecho que nos conozcamos mejor, no. Pero hay momentos en que no puedo apartar de mi imaginación...

Su voz bajó de tono, y se hizo tan queda y tan lenta hablando consigo misma, que Cecilia, que estaba a su lado, tuvo que concentrar toda su atención.

—Hay momentos en que no puedo apartar de mi imaginación la desconfianza en que intervino alguien, no se me ocurre quién es ese alguien, ni cómo o por qué lo hizo; pero recelo que alguien ha desorientado a Esteban. Recelo que alguien quedaría en evidencia si Esteban regresase por su propia voluntad y demostrase ante todo el mundo su inocencia, y que ese alguien, a fin de que eso no ocurra, lo ha detenido en el camino y lo ha desorientado.

—Es una idea espantosa —exclamó Cecí, empalideciendo.

—Sí; es espantoso pensar que acaso haya sido asesinado. Cecilia tuvo un escalofrío y empalideció aún más.

Raquel prosiguió:

—Cuando ese pensamiento se abre paso en mi cerebro, y esto ocurre algunas veces, amiga mía, a pesar de que me esfuerzo para alejarlo de mí y de que mientras trabajo cuento hasta llegar a cifras muy altas y repito una vez y otra cosas que aprendí cuando era niña, me entra una comezón tan desatinada e impaciente, que, por muy cansada que esté, caminaría a paso ligero millas y millas. Quiero sacar todo el partido posible de esta conversación antes de retirarme a descansar. Os acompañaré hasta vuestra casa.

—Es posible —dijo Cecilia, brindándole un débil resto de esperanza— que Esteban haya enfermado durante el viaje de regreso; si así fuese, pudiera haberse detenido en alguno de los muchos lugares que hay a lo largo de la carretera.

—Pero no está en ninguno de ellos, porque se le ha buscado en todos sin encontrarlo.

—Es verdad —tuvo que admitir Cecilia a regañadientes.

—Debía cubrir el camino en dos días. Por si andaba dolorido de los pies y no estaba en condiciones de caminar, yo le envié en la carta que llegó a su poder el dinero necesario para que hiciese el viaje a caballo, pues temía que no dispusiese de la cantidad precisa.

—Esperemos que el día de mañana nos traiga cosas mejores, Raquel. Salgamos a la calle.

Las manos bondadosas de Cecilia ajustaron el chal de Raquel sobre su brillante cabellera negra, al modo como solía llevarlo, y las dos salieron a la calle. Como la noche era benigna, había en las esquinas, aquí y allá, pequeños grupos de obreros; pero la concurrencia en las calles era escasa, porque para la mayor parte era la hora de cenar.

—Ya ha cesado algo vuestra inquietud, Raquel, y vuestra mano está menos febril.

—Sí; querida; con sólo caminar y respirar un poco de aire fresco, me pongo mejor; cuando no puedo hacerlo, hay veces que me siento débil y mareada.

—No debéis permitir que empiece a decaer vuestra salud, Raquel, porque puede ser preciso en cualquier momento que ayudéis a Esteban. Mañana es sábado. Si durante el día no se reciben noticias, ¿queréis que el domingo por la mañana vayamos a pasear al campo, a fin de que hagáis acopio de fuerzas para otra semana? ¿Qué os parece?

—Sí, querida amiga.

Caminando y conversando, pasaban ya por la calle donde se alzaba la casa del señor Bounderby. El punto de destino de Cecilia las obligaba a pasar por delante de la puerta, y avanzaron en línea recta hacia la casa. Acababa de llegar a la estación de Coketown algún tren que puso en movimiento cierto número de vehículos y derramó por la ciudad un ajetreo considerable. Delante y detrás de Cecilia y de Raquel, cerca ya de la casa del señor Bounderby, avanzaban con estrépito varios coches; uno de los que iban detrás se detuvo tan bruscamente en el momento en que ellas pasaban por delante de la casa, que se volvieron instintivamente a mirar. A la brillante luz del farol de gas que brillaba sobre los escalones de la puerta del señor Bounderby, vieron dentro del coche a la señora Sparsit, en el colmo de la excitación, esforzándose por abrir la portezuela; también la señora Sparsit las vio a ellas en el mismo instante, y les gritó que se detuviesen.

—¡Vaya una coincidencia! —exclamó la señora Sparsit así que el cochero le abrió la portezuela y bajó del coche—. La Providencia lo ha hecho... ¡Salid, señora! —dijo a continuación a alguien que estaba dentro del coche—. ¡Salid, si no queréis que os saque a rastras!

Y quien salió del coche no fue otra persona que la anciana misteriosa, a la que la señora Sparsit agarró inmediatamente por el cuello, gritando con gran energía:

—¡Que nadie se le acerque! ¡Que nadie la toque! Es cosa mía. ¡Entrad, señora! —dijo luego, cambiando su anterior frase de mando—. ¡Entrad, señora, si no queréis ser llevada a rastras dentro de la casa!

En cualquier circunstancia, el espectáculo de una dama de maneras aristocráticas que agarra por el cuello a una anciana y la obliga a entrar en una casa particular habría constituido suficiente tentación para todos los desocupados y auténticos ingleses que hubiesen tenido la suerte de presenciarlo, y los hubiera lanzado a penetrar en el edificio, a fin de ver en qué paraba aquello. Pero si, además de eso, se veía realizado aquel fenómeno por la celebridad y el misterio que iban asociados para entonces en toda la ciudad al robo cometido en el Banco, los desocupados se habrían visto atraídos de una manera irresistible, aunque supiesen que el techo de la casa se iba a desplomar sobre sus cabezas. En consecuencia, los testigos que se hallaban casualmente sobre el terreno, y que eran gentes de lo más atareado de la vecindad, hasta el número de unos veinticinco, se metieron dentro, detrás de Cecilia y de Raquel, cuando éstas entraron detrás de la señora Sparsit y de su presa; el grupo entero irrumpió atropelladamente en el comedor del señor Bounderby, y los últimos llegados no perdieron un momento en subirse a las sillas para así ver mejor la concurrencia que tenían delante.

—¡Decid al señor Bounderby que baje! —gritó la señora Sparsit—. Escuchad, joven Raquel: ¿conocéis a esta mujer?

—Es la señora Pegler —contestó Raquel.

—¡Naturalmente que sí! —exclamo la señora Sparsit, radiante de alegría—. ¡Id en busca del señor Bounderby...! ¡Apártense todos!

Al llegar a este punto, la señora Pegler se embozó cuanto pudo, procurando ocultarse, y susurró algunas palabras de súplica, a las que la señora Sparsit contestó en voz alta:

—Os he dicho ya veinte veces durante el viaje que no os soltaré hasta entregaros yo misma a él.

En ese instante apareció el señor Bounderby acompañado del señor Gradgrind y del mequetrefe, con los que se hallaba celebrando una conferencia en el piso superior. Al ver en su comedor tanta concurrencia de no invitados, el señor Bounderby puso una cara que era más de asombro que de hospitalidad, y preguntó:

—Bueno. ¿Qué pasa ahora? Señora Sparsit, señora, ¿queréis decírmelo? Y la noble señora se expresó así:

—Señor, mi buena suerte me permite entregaros a una persona que vos deseabais muchísimo encontrar. Estimulada por mi anhelo de aliviar vuestra preocupación y atando cabos sueltos y muy incompletos sobre el punto en que residía esta fulana, datos que me fueron proporcionados por la joven Raquel, que por suerte se halla aquí presente para identificarla, he tenido la felicidad de ver coronados mis esfuerzos por el éxito y de traer conmigo a esta persona..., siendo inútil que os diga que muy contra su voluntad. Esto que he hecho, señor, me ha exigido bastante trabajo; pero el trabajo puesto en servicio vuestro es para mí un placer; el hambre, la sed y el frío me resultan verdaderamente un premio.

Aquí terminó de hablar la señora Sparsit, porque en la cara del señor Bounderby se advertía, desde el instante en que le pusieron ante la vista a la señora Pegler, la más extraordinaria combinación de todos los colores y expresiones posibles del desconcierto.

—Pero ¿qué os proponéis con esto? —preguntó con gran enojo y de la manera más inesperada—. Yo os pregunto, señora Sparsit, ilustre señora, qué os proponéis con esto.

—¡Señor...! —balbució la señora Sparsit. Y el señor Bounderby bramó:

—¿Por qué no os metéis en vuestros propios asuntos, ilustre señora? ¿Cómo tenéis el atrevimiento de meter vuestra indiscreta nariz en mis asuntos de familia?

Esta alusión a la parte de su cuerpo que más la enorgullecía dejó apabullada a la señora Sparsit; se dejó caer rígidamente en una silla lo mismo que si estuviese helada, y, mirando fijamente al señor Bounderby, empezó a frotar poco a poco sus mitones uno con otro, igual que si estuviesen también helados.

—¡Mi querido Cosías...! —exclamó, temblorosa, la señora Pegler—. ¡Mi hijo adorado! No me censures a mí.

No ha sido culpa mía, Cosías. He insistido una y otra vez con esta señora en que tenía la certeza de que estaba haciendo una cosa que te disgustaría; pero no hubo manera de que desistiese.

—¿Y por qué permitisteis que os trajera? ¿No podíais arrancarle la cofia, o la dentadura, o arañarla, o hacerle cualquier cosa...? —preguntó Bounderby.

—¡Hijo mío! Me amenazó con que, si me resistía, sería traída por los guardias, y siempre era mejor venir tranquilamente que armar semejante alboroto en una... —la señora Pegler miró con timidez, pero orgullosamente, por toda la habitación—, en una casa tan hermosa como ésta. ¡De veras, de veras que no es culpa mía! ¡Hijo mío querido, noble y magnífico! Me he mantenido siempre tranquila y sin darme a conocer, querido Cosías. Jamás he faltado a la condición que una vez me impusiste. Jamás dije que yo era tu madre. Te he admirado desde lejos; y si, muy de tarde en tarde, he venido algunas veces a la ciudad para echar un vistazo orgulloso a ti y a tus cosas, lo hice siempre sin darme a conocer, amor mío, y volví a marcharme.

El señor Bounderby, con las manos en los bolsillos, paseaba su impaciencia y su bochorno arriba y abajo, a un lado de la larga mesa del comedor, mientras los espectadores anhelantes no perdían sílaba de las súplicas de la señora Pegler y abrían ojos de asombro cada vez mayor a medida que se sucedían sus palabras. En vista de que el señor

Bounderby seguía en sus paseos cuando terminó de hablar la señora Pegler, el señor Gradgrind se encaró con la calumniada anciana y le dijo con severidad:

—Me sorprende, señora, el que a vuestros años tengáis la desfachatez de llamar hijo vuestro al señor Bounderby, después de la conducta inhumana y desnaturalizada que con él observasteis.

—¡Yo desnaturalizada! —exclamó la pobre señora Pegler—. ¡Yo inhumana! ¿Y con mi hijo querido?

—¡Querido...! —repitió el señor Gradgrind—. Sí; supongo que ahora, después que ha llegado por su propio esfuerzo a la prosperidad, os es querido, señora. Pero, sin embargo, no os era muy querido cuando lo abandonasteis de niño, dejándolo entregado a la brutalidad de una abuela borracha.

—¡Que yo abandoné a mi Cosías! —exclamó la señora Pegler, entrelazando las manos en gesto de súplica—. ¡Que Dios os perdone, señor, vuestras malvadas suposiciones y la vergonzosa calumnia contra la memoria de mi pobre madre, que murió en mis brazos antes que hubiese nacido Cosías! ¡Que podáis arrepentiros de lo que habéis dicho, señor, y que viváis para enteraros mejor de las cosas!

Hablaba con tan intensa expresión de mujer ofendida y sincera, que el señor Gradgrind, desagradablemente impresionado por las posibilidades que iban aclarándose ante él, dijo con tono más cariñoso:

—Pero ¿negáis, señora, que dejasteis a vuestro hijo tirado en el arroyo?

—¡Cosías en el arroyo! —exclamó la señora Pegler—. ¡Nada de eso, señor! ¡Jamás! ¡Es una vergüenza que digáis eso! Mi hijo querido sabe, y él os lo dará a entender, que, aunque procede de padres humildes, eran padres que lo amaron con todo el amor que pudieron y que nunca les pareció sacrificio el privarse ellos de ciertas cosas para que su hijo aprendiese a escribir y hacer hermosos números, como puedo demostrarlo con sus cuadernos, que guardo en casa. ¡Sí, los guardo! — repitió la señora Pegler con orgullo indignado—. Y mi hijo querido sabe, y os lo dará a entender, señor, que después de la muerte de su muy amado padre, cuando él tenía ocho años, también su madre podía ahorrar algo, como era su deber, su gusto y su orgullo el hacerlo, para ayudarle a abrirse camino en la vida y para ponerlo en aprendizaje. Era mi hijo muchacho listo y encontró un amo que le ayudó y se abrió camino hasta hacerse rico y próspero. Quiero que sepáis, señor (porque esto no os lo dirá mi querido hijo), que, aunque su madre no tenía sino una pequeña tienda en una aldea, él no la olvidó nunca y le señaló una pensión de treinta libras al año..., que es más de lo que yo necesito..., porque aún ahorro una parte..., poniendo como única condición la de que permaneciese en mi misma aldea, sin andar fanfarroneando de que soy su madre y sin venir a molestarle. Yo nunca falté a esta condición, limitándome a venir una vez al año para verle, sin que él lo supiese. Y es justo —dijo la pobre señora Pegler, tomando cariñosamente la defensa de su hijo— que yo me estuviese en mi puesto, porque no me cabe duda alguna de que si hubiese vivido aquí habría cometido muchas tonterías, y yo vivo muy satisfecha, guardando para mí misma el orgullo que siento de mi Cosías y amándolo por puro amor. Estoy avergonzada de vos, caballero, por las calumnias y sospechas vuestras —dijo, por último la señora Pegler—. Nunca hasta ahora estuve en esta casa, y nunca quise estar en esta casa, una vez que mi hijo querido dijo que no. Tampoco habría venido ahora, si no me hubiesen traído a ella. ¡Qué vergüenza para vos, sí, qué vergüenza, acusarme de haber sido una mala madre para mi hijo, estando él presente para deciros todo lo contrario!

Los concurrentes, lo mismo los que estaban encima que fuera de las sillas del comedor, dejaron escuchar un murmullo de simpatía hacia la señora Pegler, y el señor Gradgrind tuvo conciencia de encontrarse puesto inocentemente en una lamentable situación. El señor Bounderby, que no había cesado en todo este tiempo de ir y venir en su constante pasear y que iba esponjándose por momentos y enrojeciendo por instantes, se detuvo en seco y dijo:

—Ignoro a punto fijo cómo ha sido el verme favorecido con la visita de todos los señores aquí presentes; pero me abstengo de hacer preguntas. Cuando se den completamente por satisfechos, quizá tendrán la amabilidad de dispersarse; y estén o no estén satisfechos, quizá tendrán la amabilidad de dispersarse. Yo no estoy en la obligación de dar una conferencia pública acerca de mis asuntos de familia; no me he comprometido a darla, y no la daré. Por consiguiente, cuantos aguardan una explicación a ese respecto van a llevarse chasco..., especialmente Tom Gradgrind; y cuanto antes él lo comprenda, será mejor. Con referencia al robo del Banco, se ha cometido un error, mezclando a mi madre. Si no hubiese habido una oficiosidad excesiva, no se habría cometido ese error, y a mí me encocora la excesiva oficiosidad, lo mismo con éxito que sin éxito. ¡Buenas noches!

Aunque el señor Bounderby salió del paso con estas palabras y abrió de par en par la puerta para que se marchase la concurrencia, advertíase en él un embarazo fanfarrón, que, si por un lado delataba su gran abatimiento, resultaba por otro superlativamente absurdo. Su figura no podía ser más ridícula al ser puesto en evidencia como el fanfarrón de la Humildad, que se había creado una triste leyenda a fuerza de mentiras y que había llegado, con sus jactancias, a alejar de sí la verdad, igual que si con ello aspirase de una manera despreciable —de la más despreciable de las maneras— a ligar su apellido a una genealogía ilustre. Y mientras la gente desfilaba por la puerta que él mantenía de par en par abierta, sabiendo como sabía que iban a contar en la ciudad todo lo allí ocurrido, esparciéndolo a los cuatro vientos, el señor Bounderby parecía un fanfarrón tan lamentable y abyecto, que ni aun dejándose desorejar hubiera podido parecerlo más. Ni siquiera aquella desafortunada mujer, la señora Sparsit, caída desde el pináculo de la gloria en la charca de la desesperación, se encontraba en situación tan desairada como aquel ciudadano distinguido y farsante por méritos propios, Cosías Bounderby, de Coketown.

Raquel y Cecí, dejando que la señora Pegler ocupase aquella noche una cama en la casa de su hijo, caminaron juntas hasta la puerta cochera del Palacio de Piedra, y allí se separaron. Don Tomás Gradgrind las había alcanzado a poco de salir de la casa del señor Bounderby y habló con gran interés de Esteban Blackpool, manifestando su creencia de que aquel estrepitoso fracaso de las sospechas contra la señora Pegler le favorecería.

En cuanto al mequetrefe, durante toda aquella escena, al igual que en todas las ocasiones últimas, se había mantenido muy cerca del señor Bounderby. Parecía convencido de que podía considerarse seguro mientras el señor Bounderby no hiciese descubrimiento alguno del que él tuviese conocimiento. No había hecho ninguna visita a su hermana y tan sólo habíala visto una vez desde que Luisa vivía en casa de sus padres; es decir, la noche en que estuvo allí con Bounderby, sin apartarse un punto de éste, según antes hemos relatado.

Rondaba en el alma de Luisa un temor confuso y difuso, que ella se abstenía de manifestar y que envolvía al desgarbado y desagradecido muchacho en un terrible misterio. Era la misma ominosa posibilidad que se había presentado a la imaginación de Cecilia aquel mismo día cuando Raquel le habló de alguien que quedaría en evidencia cuando Esteban regresase y que había sacado a éste de su camino. Luisa no había hablado jamás de que abrigase ninguna sospecha sobre su hermano en relación con el robo, y ella y Cecilia no se habían hecho nunca confidencias al respecto, salvo en la mirada que cruzaron entre ellas cuando el padre, desconocedor de todo, descansó su cabeza en la mano; era un secreto común a las dos y ambas lo sabían. Pero este otro temor era tan espantoso que se cernía alrededor de las dos jóvenes lo mismo que una sombra fantasmal, sin que ninguna de ellas se atreviese a pensar en que la tenía cerca de sí misma, y aún menos que estuviese cerca de la otra.

Y, entretanto, el mequetrefe seguía animado del mismo forzado brío de que se había revestido. Si Esteban Blackpool no era el ladrón, que se presentase. ¿Qué hacía que no se presentaba?

Otra noche. Otro día y otra noche. Y Esteban Blackpool sin aparecer. ¿Dónde estaba aquel hombre y por qué no regresaba?

CAPÍTULO VI: LA LUZ DE UNA ESTRELLA

El domingo siguiente, un luminoso domingo de otoño, claro y fresco, se reunieron por la mañana temprano Cecí y Raquel para salir a dar un paseo por el campo.

Como las cenizas que despide Coketown no caen solamente sobre su propia cabeza, sino también sobre la zona que la rodea..., al estilo de ciertas personas piadosas que hacen penitencia de sus pecados obligando a los demás a vestirse de arpillera..., era costumbre entre los que de cuando en cuando sentían la necesidad de saturarse de aire puro, costumbre que no es precisamente la más pecaminosa entre las vanidades de la vida, el alejarse en tren algunos kilómetros de la ciudad y empezar allí su paseo, si no preferían tumbarse a descansar en los campos. Cecí y Raquel salieron fuera de la zona de humo valiéndose de los medios corrientes, y el tren las dejó en una estación situada a la mitad del camino entre Coketown y la finca de descanso del señor Bounderby.

Aunque el verde panorama hallábase emborronado aquí y allá por montones de carbón, era, no obstante, verde; descubríanse árboles en él; las calandrias cantaban, a pesar de ser domingo; el aire estaba embalsamado de aromas y un cielo azul y luminoso formaba bóveda por encima de todo. A un lado y a lo lejos, Coketown se mostraba como una masa de negra niebla; de otro lado, arrancaba una línea, ascendente de colinas, y en un tercer lado dintinguíase un suave cambio en la tonalidad del cielo, porque allí se reflejaba sobre un mar lejano. Sentían bajo sus pies la hierba fresca, y sobre la hierba las sombras magníficas que con estremecimientos y espejeos proyectaban las ramas; los setos vivos mostraban una vegetación exuberante y la calma reinaba sobre todas las cosas. También estaban en calma las máquinas de las bocaminas y los caballos viejos y flacos que habían cerrado dentro de la tierra del círculo de su diario trabajo; las ruedas habían dejado de girar por un corto espacio de tiempo; hasta la gran rueda del globo terráqueo parecía girar sin el estrépito y los sobresaltos de otros días.

Caminaron a campo traviesa y por los sombreados senderos; unas veces pasaban por encima de trozos de cerca tan ruinosos, que se venían abajo al poner el pie encima, y otras, cruzando por restos de muros de ladrillos y de viguetas cubiertos de hierba, que indicaban el lugar en que hubo en tiempos un taller. Iban por caminos y huellas, aunque algunos apenas si se distinguían ya. Evitaban pasar por las pequeñas elevaciones de tierra, cubiertas de vegetación tupida y alta, en las que se entremezclaban confusamente las zarzas, las malvas silvestres y otras plantas por el estilo; porque se contaban por el país patéticos relatos de bocas de pozo ocultas en sitios así.

El sol estaba ya muy alto cuando se sentaron para descansar. Hacía mucho rato que no habían visto a nadie, ni de cerca ni de lejos, y nada había que perturbara la soledad.

—Reina aquí una quietud tan grande y el camino está tan sin trillar, Raquel, que me parece que somos nosotras las primeras personas que pasamos por estos lugares en todo este verano.

Al decir esto Cecilia, sus ojos se sintieron atraídos por otro fragmento de cerca de madera en ruinas que se alzaba del suelo. Se puso en pie para mirarlo, y prosiguió:

—Sin embargo, no sé. Yo diría que esta cerca ha sido pisada por alguien no hace mucho. La madera está aún fresca en el sitio donde se quebró. Y aquí veo unas pisadas... ¡Oh, Raquel!

Retrocedió a toda prisa y le echó los brazos al cuello. Raquel se había levantado ya, sobresaltada.

—¿Qué ocurre?

—No sé; pero hay un sombrero en el suelo.

Avanzaron juntas. Raquel levantó el sombrero, temblando de pies a cabeza, y luego rompió en un acceso de llanto y de lamento. En la parte interior del sombrero estaba escrito el nombre de Esteban Blackpool.

—¡Ay pobre muchacho, pobre muchacho! Alguien lo ha matado. Su cadáver debe de estar tirado por aquí.

Cecilia balbució, desfalleciente:

—¿Tiene..., tiene el sombrero alguna mancha de sangre?

Sintieron miedo de mirar; pero al fin lo examinaron, sin encontrar en su interior ni en su exterior señal alguna de violencia. Debía de llevar en el suelo algunos días, porque mostraba manchas de lluvia y de rocío y se advertía la marca del óvalo del sombrero encima de la hierba en que había estado asentado. Miraron asustadas en torno suyo, sin moverse del sitio, pero no vieron nada de particular. Cecilia cuchicheó:

—Raquel, avanzaré un poco yo sola.

Se había soltado ya de Raquel e iba a dar un paso hacia adelante, cuando ésta se abrazó a ella con todas sus fuerzas, lanzando un chillido que resonó en el ancho panorama. Delante de ellas, a sus mismos pies, abríase la boca negra y deforme de un pozo, oculto por la tupida vegetación. Dieron un salto atrás y cayeron ambas de rodillas, ocultando cada una de ellas su cara en el cuello de la otra.

—¡Oh Dios misericordioso! ¡Está en el pozo! ¡Ha caído al fondo del pozo!

Raquel no cesaba de repetir estas palabras y de lanzar alaridos terribles; lágrimas, súplicas, amonestaciones, todo fue inútil para hacerla callar. Y Cecilia tuvo que contenerla desesperadamente, porque de otro modo se habría lanzado al pozo.

—¡Raquel, Raquel querida, por amor de Dios! ¡No gritéis de ese modo tan terrible! ¡Pensad en Esteban, pensad en Esteban, pensad en Esteban!

A fuerza de repetir anhelante esta súplica, pronunciada con toda la angustia del momento, acabó Cecilia por reducirla al silencio; Raquel se quedó mirándola con ojos sin lágrimas y cara petrificada por el espanto.

—Raquel, acaso Esteban esté aún con vida. ¿Verdad que no consentiríais que siguiese en el fondo del pozo, incapaz de valerse, ni un momento más, si pudieseis traer elementos de socorro?

—No, no, no.

—Por amor a Esteban, entonces, no os mováis de aquí. Voy a

acercarme a la boca del pozo para escuchar. La idea de acercarse al pozo la hizo estremecerse; pero llegó hasta el borde, arrastrándose a gatas, y llamó a Esteban con toda la fuerza de sus pulmones. Se puso a escuchar, pero nadie le contestó. Volvió a llamar y volvió a escuchar, y tampoco le contestaron. Y llamó y escuchó veinte, treinta veces. Cogió un terrón del sitio mismo en que Esteban había tropezado, y lo tiró al interior del pozo. Pero no oyó ruido de que hubiese tocado fondo. Al volver a ponerse en pie y no descubrir a nadie que pudiese acudir en su ayuda, aquel ancho panorama que tan magnífico le había parecido unos minutos antes por su sosiego, casi sumió ahora a su valeroso corazón en la desesperación.

—Raquel, no perdamos un momento. Vayamos cada una en dirección distinta, buscando socorro. Vos iréis por el camino que hasta aquí hemos traído y yo avanzaré por este mismo sendero. Si encontráis a alguien, contadle lo que ha ocurrido. ¡Pensad en Esteban, pensad en Esteban!

La expresión del rostro de Raquel le dio a entender que podía ahora confiar en ella. Cecilia se quedó un momento viéndola alejarse a la carrera, estrujándose las manos al mismo tiempo que corría, y ella, a su vez, dio media vuelta y avanzó en busca de socorro por su propio camino; se detuvo un instante junto al seto para atar allí su chal, a fin de que sirviese de señal orientadora, se quitó la cofia y echó a correr como no había corrido nunca.

«¡Corre, Cecí, corre, por amor de Dios! No te detengas ni para tomar aliento. ¡Corre, corre!». Con estos pensamientos, que le servían como de aguijones, cruzó Cecí a la carrera de un campo a otro, de un sendero a otro, de un lugar a otro, corriendo como jamás había corrido, hasta que llegó a un cobertizo junto a una casa de máquinas, a cuya sombra dormían dos hombres tumbados en un montón de paja.

Al principio todo fueron dificultades: hubo que despertarlos y luego relatarles lo ocurrido; todo ello, desatinada y jadeante, para terminar por decirles que venía en busca de socorro; pero así que los hombres acabaron de comprenderla, mostráronse tan fogosos como ella misma. Uno de los dos hombres salía de un sueño de borrachera; pero al gritarle su camarada que se trataba de un hombre que había caído en el antiguo Pozo del Infierno, corrió a una charca de agua sucia, metió la cabeza en ella y volvió ya despejado.

Acompañada de estos dos hombres, corrió media milla más, hasta que tropezó con otro, y mientras los dos primeros corrían hacia otro lugar, Cecilia siguió adelante hasta dar con otro hombre. Encontraron luego un caballo, y Cecilia hizo que otra persona más montase en él y fuese en un galope desesperado hasta la estación del ferrocarril, llevando un mensaje para Luisa, que ella escribió y entregó al mensajero. Para entonces ya se había dado la alerta en toda una aldea, donde se amontonaban a toda prisa en un lugar pequeño cabrestantes, cuerdas, palos, velas, linternas y todo lo necesario, para de allí transportarlo al antiguo Pozo del Infierno.

Parecíale a Cecilia que habían transcurrido muchísimas horas desde que dejara a Esteban caído en la fosa donde había sido sepultado en vida. Se le hacía insoportable el permanecer ausente por más tiempo. Parecíale una deserción, y por eso regresó precipitadamente, acompañada por media docena de trabajadores, entre los que figuraba el borracho al que había bastado la noticia para despejarle la cabeza y que resultó el hombre más voluntarioso de todos. Cuando llegaron al Pozo del Infierno lo encontraron tan solitario como cuando Cecilia salió de allí. Los hombres llamaron y escucharon del mismo modo que ella lo había hecho, examinaron los bordes de la boca del pozo, llegando a la conclusión de cómo había ocurrido el hecho, y después se sentaron a esperar hasta que llegasen los elementos necesarios.

El menor zumbido de los insectos en el aire, cualquier susurro de las hojas, cualquier cuchicheo de aquellos hombres producía escalofríos a Cecí, porque pensaba que era un grito lanzado desde el fondo del pozo. Pero el viento seguía soplando perezosamente al ras de éste sin que subiese a la superficie el más leve ruido; siguieron, pues, sentados en la hierba, esperando y esperando. Llevaban ya algún rato en esta espera, cuando empezaron a llegar gentes desocupadas que habían oído hablar del accidente; más tarde empezó a llegar la verdadera ayuda con los elementos necesarios. También Raquel había regresado, y entre las gentes que con ella venían contábase un cirujano, que traía vino y medicinas. Sin embargo, eran pocas las esperanzas que abrigaba la gente de encontrar al hombre con vida.

Como muchos de los presentes sólo servían de estorbo, el ex borracho se puso al frente de los elementos útiles, o estos mismos le dieron ese cargo por consentimiento unánime; trazó un ancho círculo alrededor del Pozo del Infierno y dio a algunos hombres la misión de contener a la gente. Aparte de los voluntarios que fueron aceptados para la tarea, sólo se permitió la permanencia dentro de ese círculo a Cecilia y a Raquel; pero más tarde, cuando como consecuencia del mensaje de Cecilia vino un tren expreso de Coketown, también se les permitió el acceso al señor Gradgrind, a Luisa, al señor Bounderby y al mequetrefe.

Para cuando se consiguió combinar la manera de que descendiesen al pozo dos hombres provistos de palos y de sogas, el sol llevaba de recorrido en el cielo cuatro horas más que cuando Cecilia y Raquel se habían sentado por vez primera en la hierba. Aunque el artilugio montado era sencillo, habían surgido dificultades, porque faltaban ciertos requisitos indispensables y hubo que despachar mensajeros y esperar a que volviesen. Eran las cinco de la tarde de aquel claro domingo otoñal cuando se descolgó hacia el fondo del pozo una vela para tantear la composición del aire, mientras tres o cuatro rostros rudos, juntos unos a otros, vigilaban atentamente los resultados; y entretanto, los hombres que manejaban el cabrestante iban largando soga a medida que aquéllos se lo ordenaban. Volvió a subirse la vela, que ardía débilmente, y a continuación se tiró algo de agua. Después se sujetó el cubo de descenso, en el que se metieron el ex borracho y otro más con linternas, dando la orden de largar cuerda.

A medida que la cuerda iba desenrollándose, tensa y forzada, y que crujía el cabrestante, la concurrencia, que ascendería a un par de centenares de hombres y mujeres que habían acudido, como era de esperar, contenía la respiración. A una señal dada, el cabrestante se detuvo, quedándole todavía mucha cuerda de reserva. Los hombres que manejaban el aparato permanecieron ociosos durante un espacio de tiempo, que se hizo tan largo a los espectadores que algunas mujeres empezaron a chillar que había ocurrido otra desgracia; pero el cirujano, que tenía en la mano el reloj, manifestó que aún no habían transcurrido cinco minutos y los amonestó severamente para que guardasen silencio. No había acabado apenas de hablar cuando el cabrestante empezó a funcionar en sentido contrario, recogiendo cuerda. Ojos expertos calcularon en seguida que la tirantez era poca para el peso de dos hombres y comprendieron que sólo uno de ellos volvía a la superficie.

Todos los ojos estaban como clavados en la boca del pozo mientras la cuerda, tensa y forzada, se iba enroscando una vuelta tras otra en el tambor del cabrestante. El ex borracho salió a la superficie y saltó ágilmente sobre la hierba. Se oyó una pregunta unánime de «¿Vivo o muerto?», seguida de un silencio profundo y absoluto. Cuando él contestó «Vivo» estalló un grito en todas las gargantas y muchos ojos se cuajaron de lágrimas. Pero el hombre exclamó, así que consiguió hacerse oír:

—Sin embargo, está muy malherido... ¿Dónde está el médico...? Se halla tan malherido, señor, que no sabemos cómo sacarlo.

Los hombres se consultaron entre sí y miraron con ansiedad al médico, que hizo algunas preguntas y cabeceó, preocupado, al escuchar las respuestas. El sol se estaba ya poniendo y la roja luz del cielo crespuscular daba en las caras de todos los circunstantes; destacando su absoluta expectación.

La consulta terminó con la vuelta de los hombres al cabrestante y el bajar de nuevo al pozo el hombre que había subido; ahora llevaba el vino y otros accesorios. Cuando él estuvo en el fondo, subió el hombre que había quedado allí. Mientras tanto, y bajo la dirección del médico, algunos hombres trajeron unas parihuelas hechas con un enrejado de cañas, sobre el que varias personas tendieron algunas ropas que les sobraban, formando así una cama tupida sobre la que extendieron una capa de paja; el médico, por su parte, preparó vendajes y cabestrillos con chales y pañuelos. Cuando los tuvo hechos, se los colgó de un brazo al hombre que había subido últimamente del pozo, dándole instrucciones acerca de su empleo. No era de las figuras menos destacadas de la escena la de aquel hombre en pie, iluminado por la misma luz de su linterna, agarrado con su mano forzuda a uno de los palos del cubo de descenso, mirando unas veces hacia el fondo del pozo y otras hacia la concurrencia que tenía a su alrededor. Había oscurecido ya y se encendieron antorchas.

De lo poco que había dicho el hombre desprendíase, y la noticia corrió con rapidez por todo el círculo, que el desaparecido cayó sobre un montón de tierra desprendida que tenía medio cegado el pozo, y que algunos salientes, también de tierra, habían amortiguado en parte el golpe. Lo encontraron tumbado de espaldas, con uno de los brazos doblado debajo del cuerpo; opinaba el que salió del pozo que el accidentado apenas se había movido desde que cayó, quizá lo había hecho únicamente para llevarse la mano libre a un bolsillo lateral, donde recordaba haber puesto pan y carne (comiéndose algunos trozos) y valiéndose también de esa mano para llevarse unos sorbos de agua a la boca de cuando en cuando. En seguida que recibió la carta abandonó el trabajo para regresar, como se le decía, y había caminado una jornada entera. Encaminábase, ya oscurecido, a la casa de campo del señor Bounderby, y fue entonces cuando cayó. Se le ocurrió cruzar un terreno tan peligroso y a tales horas, porque sabiéndose inocente del cargo que se le hacía, no podía sosegar y tomó el camino más corto para presentarse. El Pozo del Infierno, que llevaba sobre sí una maldición —dijo el hombre del pozo—, había querido estar hasta el fin a la altura de su mala fama; porque, si bien Esteban se sentía aún con ánimos para hablar, creía que no tardaría en verse que el Pozo del Infierno le había cortado la vida.

Una vez todo listo y recibiendo las últimas y precipitadas instrucciones de sus camaradas y del médico cuando ya el cabrestante estaba en movimiento, el hombre desapareció dentro del Pozo. La cuerda fue desenrollándose igual que antes, se hizo la misma señal que antes y el cabrestante se detuvo. Ninguno de los que lo manejaban apartó ahora su mano de la manivela. Todos esperaron, agarrados de ella, con el cuerpo inclinado para el esfuerzo, prontos a dar en sentido contrario y enrollar la cuerda. Se dio al fin la señal y todo el círculo de espectadores se inclinó hacia adelante.

La cuerda aparecía ahora tensa y forzada hasta el límite máximo; los hombres hacían girar lentamente el tambor del cabrestante y éste rechinaba. Resultaba intolerable mirar a la cuerda y pensar que podía romperse. Sin embargo, se fue enroscando, anillo tras anillo, con toda seguridad, en el tambor; asomaron las cadenas de conexión con el cubo de descenso, y, por último, surgió éste, con los dos hombres agarrados por fuera a los costados del mismo, espectáculo que bastaba para sentir vértigo en la cabeza y angustia en el corazón, sosteniendo cariñosamente entre los dos, atado dentro y con el brazo en cabestrillo, a una lastimosa y destrozada criatura humana.

Corrió por la multitud circundante un murmullo de compasión, y las mujeres lloraban a gritos cuando se procedió a sacar del artefacto de hierro en que había sido liberada aquella forma, casi informe, tendiéndola sobre el lecho de paja. En los primeros momentos únicamente el médico se acercó a él. Hizo cuanto estuvo en su mano para instalarlo en su cama lo mejor posible, pero no pudo pasar de arroparlo bien. Una vez que hizo esto con gran cuidado, llamó a Cecilia y a Raquel. En aquel momento, el rostro pálido, desencajado, doloroso, estaba de cara al cielo, tenía la mano derecha rota sacada por encima de la ropa y al descubierto, como si estuviese esperando otra mano que la agarrase.

Le dieron de beber, le humedecieron la cara con agua y le administraron algunas gotas de cordial y de vino. Aunque permanecía inmóvil mirando hacia el cielo, se sonrojó y dijo:

—¡Raquel!

Ella se acurrucó en la hierba al lado de Esteban, se inclinó hacia él hasta interponer sus ojos entre los suyos y el cielo, porque Esteban no podía siquiera volver la cabeza para mirarla.

—¡Querida Raquel!

Ella le tomó la mano y él sonrió de nuevo y le dijo: —¡No la sueltes!

—¿Sufres mucho, mi querido Esteban?

—He sufrido, pero ya no. Ha sido terrible, angustioso, largo, querida mía..., pero ya no. ¡Ay, Raquel, qué embrollo! ¡Un embrollo desde el principio hasta el fin! Al pronunciar esta palabra, pareció que pasaba por su cara la sombra de su expresión de otros tiempos.

—He caído en un pozo que, según recuerdan los viejos que aún viven, ha costado centenares y centenares de vidas de hombres: padres, hijos, hermanos que eran queridos por millares de personas a las que ellos ponían a cubierto de la necesidad y del hambre. He caído en un pozo que ha hecho más estragos con el grisú que una batalla. Yo había leído, como han podido leer todos, las peticiones que los hombres que trabajan en los pozos han dirigido a los hombres que hacen las leyes, rogándoles una vez y otra, en nombre de Cristo, que no permitan que encuentren la muerte en su trabajo y que les consientan vivir para sus mujeres y para sus hijos, a los que aman tanto como los caballeros aman a los suyos. Cuando este pozo estaba en explotación, mataba hombres, pudiendo evitarse; ahora que está abandonado, sigue matando hombres, pudiendo evitarse. ¡Fíjate cómo perecemos, pudiendo evitarse..., de un modo o de otro, es un embrollo..., todos los días!

Hablaba muy débil, pero no había en sus palabras odio contra nadie. Decía simplemente la verdad.

—Fíjate en lo que le pasó a tu hermanita, Raquel; no lo habrás olvidado. No es probable que la olvides ahora cuando ya estoy tan próximo a ella. Recuerda..., pobre, sufrida, y dolorida Raquel querida..., cómo trabajabas por ella, mientras ella estaba sentada todo el día en su silla junto a la ventana, hasta que murió, joven y a destiempo, debido al aire viciado de las miserables casas de los trabajadores, lo que podía evitarse. ¡Un embrollo! ¡Un embrollo!

Luisa se aproximó; pero Esteban no podía verla, porque yacía con la cara vuelta hacia el firmamento nocturno.

—Si todo lo que nos sucede no fuese un completo embrollo, querida Raquel, no hubiera tenido yo necesidad de volver. Si no viviésemos entre nosotros mismos en un completo embrollo, no habría yo sido tan mal comprendido por mis compañeros los tejedores y por mis hermanos los obreros. Si el señor Bounderby me hubiese conocido tal como soy, si me hubiese conocido alguna vez, no me habría tomado entre ojos. Ni habría sospechado de mí. ¡Pero mira más lejos, Raquel! ¡Mira a lo alto! Siguió ella la dirección de sus ojos y vio que los tenía fijos en una estrella.

—En medio de mis sufrimientos, allá en el fondo del pozo, brillaba sobre mí. Brillaba dentro de mi cerebro.

Yo la miraba y pensaba en ti, Raquel, y creo que la confusión que había en él se aclaró un poco. Si ellos no habían logrado comprenderme del todo a mí, tampoco yo había llegado a comprenderlos bien a ellos. Cuando recibí tu carta creí en seguida que la conducta de la señorita y la conducta de su hermano conmigo obedecían a la misma causa, y que entre los dos habían fraguado un plan maligno. En el momento de caer en el pozo yo estaba furioso contra ella, y en mi precipitación era tan injusto con esa señorita como los demás lo fueron conmigo. En medio de mis penas y de mis dolores, oteando más allá..., con el brillo de esa estrella sobre mí, llegué a ver más claro, y mi plegaria de moribundo ha sido que todas las criaturas humanas se aproximen unas a otras, se comprendan unas a otras mejor que cuando mi pobre persona vivía en este mundo.

Al escuchar lo que decía Esteban, Luisa se inclinó sobre él, al otro lado del que estaba su amiga, de modo que también la viese. Al cabo de unos momentos de silencio, dijo Esteban:

—¿Me habéis oído, señorita? No os había olvidado.

—Sí, Esteban, os he oído, y hago mía vuestra plegaria.

—Vos tenéis padre. ¿Queréis llevarle un mensaje de parte mía?

—Se encuentra aquí —le contestó Luisa con temor—. ¿Queréis que os lo traiga?

—Sí, por favor.

Luisa volvió junto a Esteban con su padre, y los dos, cogidos de la mano, fijaron sus ojos en aquel rostro de expresión solemne.

—Señor, vos demostraréis mi inocencia y la proclamaréis ante todos. Eso es lo que os encomiendo.

El señor Gradgrind se turbó, y le preguntó que cómo había de hacerlo.

—Señor —fue la contestación—, vuestro hijo os lo dirá. Preguntádselo. Yo no hago ninguna acusación, no dejo ninguna detrás de mí, no digo una sola palabra. Cierta noche tuve una entrevista con vuestro hijo, y hablamos. Sólo pido que proclaméis mi inocencia... Ése es el legado que os dejo.

Como los que habían de transportar a Esteban se hallaban ya dispuestos y el médico tenía prisa en llevárselo de allí, los hombres que disponían de antorchas y linternas se pusieron delante de las parihuelas.

Antes que las alzasen en vilo, y mientras tomaban las disposiciones para la marcha, Esteban dijo a Raquel, sin dejar de mirar a la estrella:

—Muchas veces, allá abajo, al volver en mí y verla alumbrándome en medio de mi desgracia, se me ocurrió que acaso fuese la misma estrella que mostró el camino del lugar en que estaba Nuestro Salvador. ¡Sí, seguramente que es la misma!

Lo levantaron del suelo y él sintió desbordarse de alegría su corazón, porque le pareció que lo conducían en la dirección misma en que él creía verse guiado por su estrella.

—¡Raquel, mi bienamada muchacha! No te sueltes de mi mano. ¡Esta noche sí que podemos ir juntos, querida mía!

—Marcharé a tu lado con tu mano en la mía durante todo el camino, querido Esteban.

—¡Dios te bendiga! ¡Que alguien tenga la bondad de taparme la cara!

Lo condujeron con mucho tiento por los campos, por los senderos, por todo el ancho panorama, y Raquel llevaba siempre la mano de Esteban en la suya.

Muy pocas veces turbaba un cuchicheo aquel dolorido silencio. No tardó el cortejo en convertirse en fúnebre. La estrella había guiado a Esteban al lugar en donde encontraría al Dios de los pobres; por el camino de la humildad, del dolor y del perdón, alcanzó el descanso de su Redentor.

CAPÍTULO VII: A LA CAZA DEL MEQUETREFE

Antes que se deshiciese el círculo de gente que había en torno del Pozo del Infierno, alguien había desaparecido de él. Ni el señor Bounderby ni su sombra estuvieron cerca de Luisa, que permanecía agarrada del brazo de su padre, y la otra pareja se mantuvo apartada, a distancia. Cuando el moribundo hizo llamar al señor Gradgrind junto a su lecho, Cecilia, atenta a todo lo que ocurría, se deslizó detrás de la malvada sombra, cuya expresión de espanto no habría escapado a nadie, si todos los ojos no hubiesen estado clavados en una sola visión, y le cuchicheó algo al oído. Tom dialogó con ella unos momentos, sin volver la cabeza, y luego se esfumó. De manera que para cuando el círculo de espectadores empezó a dar señales de vida, ya el mozalbete se había largado de aquel lugar.

Así que el padre llegó a casa envió un mensaje a la del señor Bounderby, diciendo que deseaba que su hijo fuese inmediatamente a verlo. La contestación fue que, habiéndolo perdido el señor Bounderby de vista entre la concurrencia, sin haber vuelto a tener contacto con él desde entonces, suponíalo en el Palacio de Piedra.

—Creo que no vendrá esta noche a la ciudad —le dijo Luisa, y el señor Gradgrind se alejó, y no dijo nada más.

A la mañana siguiente marchó personalmente al Banco, así que éste abrió sus puertas; viendo que el puesto de su hijo estaba desocupado (no se había atrevido a preguntar por él desde el primer momento) volvió sobre sus pasos y caminó calle adelante para hacerse el encontradizo con el señor Bounderby cuando éste viniese de casa. Le dijo que, por razones que no tardaría en explicarle, pero que agradecería no se las preguntase de momento, había juzgado necesario emplear a su hijo durante algún tiempo lejos de la población. Díjole también que le había sido confiada la misión de reivindicar la memoria de Esteban Blackpool y dar a conocer el nombre del ladrón. El señor Bounderby permaneció lleno de confusiones y sin salir de su asombro, hinchándose como una inmensa pompa de jabón, pero sin su belleza, después que su padre político se despidió de él.

El señor Gradgrind se dirigió a su casa, se encerró en su habitación y no salió de ella en todo el día. Cuando Luisa y Cecí llamaron a su puerta, les contestó, sin abrirles:

—Ahora no, hijas; a la caída de la tarde.

Y cuando ellas volvieron a llamar a la caída de la tarde, les dijo:

—Todavía no puedo; mañana será.

No probó en todo el día bocado, no encendió luz después de oscurecer, y se le oyó ir y venir por su cuarto hasta muy entrada la noche.

Pero, a la mañana siguiente, apareció a la hora habitual del desayuno y se sentó a la mesa en el sitio de siempre. Parecía envejecido, vencido y muy encorvado; pero, sin embargo, daba la sensación de ser un hombre más sabio y más bueno que en los tiempos aquéllos en que no se contentaba sino con realidades. Antes de retirarse dio cita a todos para una hora determinada, y se alejó con la cabeza caída sobre el pecho.

Cuando se reunieron a la hora convenida, dijo Luisa:

—Querido padre, os quedan aún tres hijos más, que serán distintos. Yo misma, con la ayuda de Dios, cambiaré.

Y al decir esto dio la mano a Cecí, como queriendo manifestar que también contaba con su ayuda. El señor Gradgrind le preguntó:

—¿Crees que tu desdichado hermano tenía ya planeado el robo cuando te acompañó a casa de Esteban Blackpool?

—Mucho me lo temo, padre. Sé que tenía gran necesidad de dinero y que había gastado mucho.

—Y en su malvado cerebro germinó la idea de hacer recaer sobre el pobre hombre las sospechas, aprovechando que iba a ausentarse de la ciudad, ¿no es así?

—Yo supongo, padre, que se le debió de ocurrir la idea mientras estaba allí sentado, porque fui yo quien le propuso ir. No fue idea suya.

—Tengo entendido que conversó con Esteban Blackpool. ¿Lo llevó aparte para hablar a solas?

—Le invitó a salir de la habitación. Yo le pregunté más tarde por qué lo había hecho, y me dio una explicación plausible; pero desde anoche, padre mío, recapacitando a su luz en todo lo ocurrido, creo por desgracia comprender demasiado bien todo lo tratado entre ellos.

—Habla, para que yo vea si tus ideas presentan una imagen tan tétrica de tu pobre hermano como la que yo tengo.

—Me temo, padre —dijo titubeando Luisa—, que Tom hizo a Esteban alguna proposición, quizás en nombre mío, quizás en el suyo propio, que indujo al buen hombre con la mejor buena fe y honradez a realizar una cosa que no había hecho nunca, esperando en los alrededores del Banco las dos o tres noches anteriores a su marcha de esta ciudad.

—La cosa está demasiado clara —exclamó el padre—. Demasiado clara.

Se tapó el rostro y permaneció callado unos momentos. Por último, se recobró y dijo:

—Y ¿cómo vamos a dar ahora con su paradero? ¿Cómo vamos a evitar que caiga en manos de la Justicia? ¿Cómo vamos a ponernos en contacto con él nosotros, y sólo nosotros, en el transcurso de las contadas horas que quizá pueda yo dejar transcurrir antes de hacer pública la verdad? Ni gastando diez mil libras lo conseguiremos.

—Cecí lo ha conseguido ya, padre.

El señor Tomás Gradgrind alzó los ojos hacia donde se encontraba Cecilia, como el hada buena de aquella casa, y exclamó con un tono de tierna gratitud y agradecido cariño:

—¡Siempre has de ser tú, hija mía!

—Ya antes del día de ayer nos temíamos todo esto —explicó Cecí, mirando a Luisa—. Cuando os vi anoche junto a las parihuelas de Esteban y oí lo que se habló entre vos y él, yo estaba en aquel instante junto a Raquel. Me fui cerca de Tom sin que nadie lo advirtiese, y le dije: «No me mires. Fíjate dónde está tu padre. ¡Por él y por ti, huye inmediatamente!». Temblaba ya todo él cuando empecé a cuchichearle lo anterior, y al oírme se sobresaltó y tembló aún más, contestándome: «¿Y adónde voy a ir? Tengo muy poco dinero y, además, ¿quién se va a prestar a ocultarme?». Me vino de pronto al pensamiento el recuerdo del circo de mi padre. Aún no se me ha olvidado el itinerario que el señor Sleary sigue por estas fechas, y hace unos días precisamente leí lo que de él habla un periódico. Le dije, pues, que corriese al lugar en que ahora se halla instalado el circo, que dijese su nombre al señor Sleary y que le suplicase que lo escondiese hasta que yo vaya a verlo. Tom me contestó: «Estaré allí antes de que amanezca». Y yo lo vi cómo salía de entre la gente, alejándose.

—¡Gracias sean dadas al Cielo! —exclamó el padre—. Acaso tengamos aún tiempo de hacerlo pasar al extranjero.

Las perspectivas eran tanto más buenas cuanto que la población a la que Cecí había dirigido a Tom encontrábase situada a tres horas de distancia de Liverpool, desde cuyo puerto podía ser dirigido para cualquier parte del mundo. Era, sin embargo, preciso tomar precauciones para comunicarse con él, porque el peligro de que sospechasen de Tom se hacía mayor por momentos, y nadie podía sentirse completamente seguro de que no le diese al señor Bounderby, en un acceso fanfarrón de celo por la causa pública, por representar un papel de romano. Por eso decidieron que Cecilia y Luisa se trasladasen a la ciudad en cuestión dando un rodeo, y solas, en tanto que el desdichado padre, saliendo en dirección contraria, llegaría al mismo punto por una ruta distinta y más larga. Se convino, además, en que el señor Tomás Gradgrind no se presentaría al señor Sleary para no dar lugar con su presencia a torcidas interpretaciones, que acaso pusieran de nuevo en fuga a su hijo. Cecí y Luisa serían las que establecerían contacto; ellas avisarían si estaba a mano el causante de tanta aflicción y deshonor para su padre, explicándole a aquél el propósito que los había traído. Tomadas estas resoluciones, y bien poseídos los tres de su papel, hubo que ponerse en movimiento para ejecutarlas sin pérdida de tiempo. A primeras horas de la tarde salió el señor Gradgrind directamente al campo desde su casa para subir al tren en una estación de la línea que pensaba seguir; Luisa y Cecilia salieron de noche en distinta dirección, muy animadas por no haberse cruzado con ninguna cara conocida.

Las dos jóvenes se pasaron la noche viajando, salvo durante los minutos contados en que tuvieron que cambiar de tren en los empalmes, unas veces a un número incontable de escaleras arriba y otras a un número incontable de escaleras abajo, ya que las estaciones de empalme no ofrecían sino estas dos características en su situación. Apenas amanecido, el tren las dejó junto a un pantano, a un par de millas de la ciudad adonde se dirigían. De aquel melancólico lugar las sacó un rudo postillón a la antigua que había salido casualmente muy de mañana en un calesín para ejercitar a un caballo; así fue como las dos jóvenes entraron de contrabando en la ciudad por callejones en que los cerdos tenían sus pocilgas; vía de entrada ni magnífica ni agradable, pero que responde a lo que es la carretera a la entrada de las ciudades.

Lo primero que vieron ya dentro de aquélla fue el esqueleto del circo de Sleary. La compañía habíase trasladado a una ciudad situada a veinte millas de distancia, donde había debutado la noche anterior. La vía de comunicación entre ambas poblaciones consistía en una carretera de portazgo, y la marcha por ella fue muy lenta.

Aunque sólo se desayunaron ligeramente, y no descansaron, porque entre tantas preocupaciones no hubieran podido dormir, era ya mediodía cuando empezaron a ver en paredes y corrales los cartelones anunciadores de la compañía de Sleary, y era la una cuando se detuvieron en la plaza del mercado.

En el momento mismo de poner las dos jóvenes sus pies en el empedrado, el campanero del circo anunciaba el comienzo de una gran fiesta matinal, en la que trabajaban los jinetes. Cecilia aconsejó que, a fin de no llamar la atención en la ciudad y evitar que les hiciesen preguntas, era conveniente ir derechas a la puerta de acceso y pagar su entrada. Si quien cobraba era el señor Sleary, las reconocería con toda seguridad y procedería discretamente. Y si él no estaba cobrando, lo encontrarían a punto fijo en el interior y, dado lo que había hecho con el fugitivo, procedería también con discreción.

Encamináronse, pues, con desasosegados corazones a la barraca bien conocida por ellas. Allí estaba la bandera con la inscripción: «Compañía Ecuestre de Sleary»; allí estaba el nicho gótico, pero en el nicho no estaba Sleary. Maese Kidderminster, demasiado velludo ya para que ni la más necia credulidad pudiese tomarlo por Cupido, se había rendido a la fuerza invencible de las circunstancias... y de su barba, y como hombre que sabía hacerse útil en todo, presidía en aquella ocasión la tesorería, teniendo al alcance de su mano un tambor para gastar con él sus energías sobrantes en los momentos de descanso. El señor Kidderminster, que tenía el alma puesta en el vil metal, no veía más que el dinero cuando desempeñaba aquel cargo; por eso no reparó en Cecí, y las dos jóvenes pasaron al interior.

En aquel momento, el emperador del Japón, a lomos de un caballo blanco pintado de manchas negras, hacía girar vertiginosamente cinco palanganas de metal al mismo tiempo, lo que constituye la diversión favorita de aquel monarca. Aunque Cecí conocía bien la dinastía, no había tratado personalmente al actual monarca, y éste siguió reinando pacíficamente. Al terminar este número, un nuevo payaso anunció en estilo humorístico el número cumbre, el de los célebres ecuestres al estilo del Tirol. El payaso lo anunció humorísticamente como el ¡número coliflor!, y apareció el señor Sleary llevando de la mano a la señorita Josefina Sleary.

El señor Sleary no hizo sino chasquear su largo látigo como si fuese a pegar al payaso, contestándole éste: «¡Si volvéis a hacerlo, os tiro el caballo a la cabeza!», cuando el padre y la hija distinguieron a Cecí. Sin embargo, hicieron todo el número con mucha seriedad y, salvo en el primer instante, el ojo móvil del señor Sleary no tuvo mayor expresión que el ojo fijo. La representación comenzó a hacerse pesada para Cecí y Luisa, especialmente cuando se interrumpieron los ejercicios ecuestres para que el payaso tuviese ocasión de contar al señor Sleary, que contestaba con gran tranquilidad a todas sus observaciones: «¿Cómo así, señor?», sin dejar de mirar a la concurrencia, el cuento-acertijo aquel de las dos patas, que, sentadas en tres patas, miraban a una pata, cuando vino cuatro patas, se agarró a una pata y allá se levantaron dos patas, echaron mano a tres patas y las tiraron a cuatro patas, que huyeron con una pata. Esta ingeniosa alegoría de un carnicero, un taburete de tres patas, un perro y una pata de carnero, aunque ingeniosa, alargaba el acto, y tanto Luisa como Cecí estaban llenas de ansiedad. La rubia Josefina saludó finalmente con una genuflexión, en medio de grandes aplausos, y apenas el payaso, solo en la pista, se entusiasmó, diciendo: «Ahora voy a hacer de las mías», cuando alguien dio unos golpecitos a Cecí en la espalda y le rogó que saliese.

Cecí se hizo acompañar de Luisa, y ambas fueron recibidas por el señor Sleary, en un minúsculo recibidor particular, de paredes de lona, piso de hierba y cielo raso de madera, sobre el que los espectadores de un palco pateaban su entusiasmo, dando la impresión de que iban a meterse dentro del cuartito. El señor Sleary, que tenía al alcance de la mano el vaso de aguardiente y agua, dijo:

—Cecilia, me ziento feliz de verte. Todoz te queríamoz mucho y eztoy zeguro de que dezde que te fuizte noz haz dejado en buen lugar. Tienez que zaludar a nuestra gente, querida mía, antez que empecemoz a hablar de nogocioz; de lo contrario, tendrán un dizguzto, en ezpecial laz mujerez. Veráz: Jozefina ze cazó con E. W. B. Childerz y tienen un hijo, que aunque no tiene ni trez años, no hay caballito capaz de tirarlo del lomo. Lo llamamoz la Maravilla Ezcolar Ecueztre , y zi no ze hace célebre en Azley, ze hará célebre en Paríz. ¿Te acuerdaz de Kidderminzter, que noz parecía que andaba enamoradillo de ti? Veráz: se cazó también. Ze cazó con una viuda que podía zer zu madre, y que trabajaba en la cuerda tirante, aunque ahora no trabaja en nada, por la graza que ha echado. Tiene doz hijos, de modo que tenemos perzonal abundante para loz númeroz de hadaz y loz trucoz de crianza de niños. Zi vieraz a nuestroz niñoz en el bozque, mientraz zu padre y zu madre ze mueren a caballo, un tío zuyo loz recibe como pupiloz a caballo, y elloz zalen en buzca de moraz, a caballo, y loz pechirrojoz que vienen a caballo a cubrirloz de hojaz, diríaz que ez el ezpectáculo máz perfecto que haz vizto en tu vida. ¿Te acuerdaz, querida, de Emma Gordon, que zolía zer para ti como una madre? ¡Naturalmente que te acuerdaz! No hace falta que te lo pregunte. Veráz: Emma perdió a zu marido. Hacía de zultán de laz Indiaz en una especie de pagoda, y montaba zobre un elefante; tuvo una mala caída de ezpaldaz y ya no zanó. Ella ze cazó por segunda vez con un comerciante en quezoz que ze enamoró de ella por zu buen ver. Ahora eztá él de inzpector, haciendo una fortuna.

El señor Sleary, que ahora se fatigaba mucho, contó estas vicisitudes con gran animación, y del modo más extraordinariamente candoroso, si se tiene en cuenta su veteranía lacrimosa y aguardentosa. Después de esto hizo venir a Josefina, a E. W. B. Childers —que a la luz del día mostraba arrugas bastante profundas en las mejillas—, y a la Maravilla Escolar Ecuestre ; en una palabra, a toda la compañía. Todos ellos y ellas resultaban personajes asombrosos a los ojos de Luisa, por lo blancos y rubicundos de cutis, lo escasos de ropas y lo exhibicionistas de pantorrillas; pero ¡qué agrado producía el ver cómo se agrupaban en torno a Cecí y qué natural resultaba el que Cecí no pudiese contener las lágrimas!

—¡Bueno! Ahora que Cecilia ha bezado a todoz loz niñoz, acariciado a todaz laz mujerez y dado un apretón de manoz a todoz los hombrez, ¡largaoz de aquí todoz vosotroz, y tocad laz bandaz para la zegunda parte!

Y cuando se marcharon, prosiguió en voz baja:

—Y ahora, Cecilia, yo no te pregunto ningún zecreto, pero zupongo que puedo conziderar a ezta joven como la zeñorita del caballero.

—Sí, es su hermana.

—Y la hija del otro. Ezo ezlo que quería decir... ¿estáis bien, zeñorita? Ezpero que también el caballero ze encuentre bien.

—Mi padre no tardará en encontrarse aquí —le contestó Luisa, ansiosa por llevarlo al verdadero asunto—. ¿Está a salvo mi hermano?

—Eztá zano y zalvo —contestó Sleary—. Querría, zeñorita, que mirazeis dezde aquí por un agujerito a la pizta. Cecilia, tú ya conocez el truco; búzcate un chivato para mirar.

Las dos jóvenes miraron por una rendija de los tablones.

—Eztán en el número de Juanito Afatagigantez..., un número cómico para niñoz. Hay un artilugio como una caza para que Juanito ze ezconda; allí eztá mi payazo con la tapa de una cacerola y un azador para el criado de Juanito; ved también a ézte con una magnífica armadura de hollín pintada encima; y ved también doz criadoz negroz, doz vecez máz altoz que la caza, encargadoz de quitarla y ponerla zegún convenga. El gigante no eztá todavía, va metido en un canazto que coztó mucho dinero. Bien, puez ¿loz veiz a todoz?

—Sí —contestaron las jóvenes a una.

—Miradloz otra vez —insistió Sleary—. Miradloz bien. ¿Loz veiz a todoz? Perfectamente. Puez bien, zeñorita —y les ofreció un banco para sentarse—. Yo tengo mi opinión, y vueztro padre tiene la zuya. No quiero zaber en qué lío ze ha vizto metido vueztro hermano; ez mejor que yo no lo zepa. Lo que zí afirmo ez que el caballero echó una mano a Cecilia y yo echaré una mano al caballero. Vueztro hermano ez uno de loz doz criadoz negroz.

Luisa dejó escapar una exclamación, mitad de pena, mitad de satisfacción, y Sleary siguió diciendo:

—La verdad ez que, ni aun conociéndolo bien, zería pozible dar con él. Que venga el caballero. Yo traeré aquí a vueztro hermano dezpuéz de la función. No lo dezveztiré ni le haré lavarze la pintura. Que venga el caballero dezpuéz de la función, o venid voz mizma, y oz veréiz con vueztro hermano, y tendréiz todo el circo para hablar con él. No oz preocupéiz de zu azpecto, mientraz ezté bien ezcondido.

Luisa no quiso entretener más tiempo al señor Sleary; se había quitado un peso de encima, y le dio las más efusivas gracias. Le encargó con los ojos cuajados de lágrimas que transmitiese a su hermano la expresión de su amor; y ella y Cecí se retiraron inmediatamente para volver más avanzada la tarde.

Una hora después llegó el señor Gradgrind. Tampoco él había tropezado con ningún conocida, y estaba anhelante por enviar a su hijo, con la ayuda de Sleary, a Liverpool durante la noche. Como ni él ni las dos jóvenes podían acompañar a Tom sin peligro cierto de que lo reconociesen, cualquiera que fuese su disfraz, preparó una carta para un corresponsal suyo en el que podía fiar, encomendándole que embarcase al portador con la mayor premura y discreción posible para la América del Norte o del Sur, o para cualquier otro país lejano.

Escrita la carta, pasearon por la población, esperando a que el circo quedase libre, no sólo de público, sino también de la compañía y de los caballos. Al cabo de un largo rato de estar al acecho, vieron que el señor Sleary salía del interior con una silla y que se sentaba junto a una puerta lateral, fumando, como si quisiera con ello hacerles señal de que podían acercarse.

—Zervidor vueztro, caballero —dijo cautelosamente cuando los tres pasaron por su lado hacia el interior del circo—. Zi me necezitáiz, me encontraréiz aquí. No oz preocupéiz porque veáiz a vueztro hijo veztido con librea grotezca.

Entraron los tres, y Gradgrind, agotado, tomó asiento en la silla del payaso, que se hallaba colocada en el centro de la pista. En uno de los últimos bancos, como una visión lejana envuelta en la penumbra del local y en la atmósfera extraña de aquel sitio, aguardaba sentado el ruin mequetrefe, antipático hasta el fin, al que tenía la desgracia de llamar hijo suyo.

¡Allí estaba! Ataviado con una ridícula librea, como un macero, con puños y solapas de una exageración indecible; embutido en un inmenso chaleco, pantalón corto, zapatos con hebilla y sombrero locamente exagerado; sin que una sola prenda ajustase a su cuerpo, y todas de tela burda, apolillada y llena de agujeros; con surcos que el miedo y el calor habían abierto en la grasienta pasta con que tenía embadurnada toda la cara; el señor Gradgrind no se habría jamás imaginado nada tan triste, repugnante y ridículamente vergonzoso como el mequetrefe aquel con su librea, aunque ésta era una realidad capaz de ser pesada y medida. ¡Y en esto había venido a parar uno de sus hijos-modelo!

El mequetrefe se mostró en los primeros momentos reacio a acercarse, y permaneció donde estaba. Por último, y cediendo a las súplicas de Cecí, si es que se puede aplicar esta palabra a una concesión hecha a regañadientes —con Luisa se hizo completamente el extraño—, fue bajando de banco en banco, hasta llegar al serrín, en el borde mismo de la pista, lo más lejos posible, dentro de ésta, del sitio en que se hallaba sentado su padre.

—¿Cómo ocurrió? —preguntó el padre.

—¿Cómo ocurrió el qué? —contestó enfurruñado el hijo.

—El robo —dijo el padre, recalcando la palabra.

—Forcé la caja yo mismo durante la noche, y no hice sino entornar su puerta cuando me retiré. Había mandado hacer mucho antes otra llave igual. Al entrar por la mañana, la dejé caer en la calle para que supusiesen que era la que había servido para el hecho. No robé todo el dinero de una sola vez; todas las noches simulaba hacer el balance, pero no era así.

—Si me hubiese caído un rayo, no me habría producido tan

tremenda impresión —dijo el padre.

—No veo la razón —gruñó el hijo—. De tantas o cuantas personas que ocupan cargos de responsabilidad, un tanto por ciento de tantas o cuantas abusan de la confianza depositada en ellas. Esto es una ley, a vos mismo os lo he oído decir un centenar de veces. ¿Qué puedo hacer yo contra lo que es una ley? De ese razonamiento os habéis servido más de una vez, padre, para consolar a otros. ¡Consolaos ahora vos mismo con él!

El padre hundió la cara entre las manos, mientras el hijo, figura grotesca y vergonzosa, mordisqueaba algunas pajas. Las manos del mequetrefe, en cuyas palmas se había borrado el color negro por efecto del manoseo, parecían las de un mono. La hora del crepúsculo se echaba encima; el blanco de los ojos del mozalbete movíase de cuando en cuando inquieto y desasosegado, mirando a su padre. Como la pintura negra formaba una capa tan apelmazada sobre su cara, eran los ojos los únicos que mostraban alguna expresión.

—Te conducirán a Liverpool, y de allí te enviarán al extranjero.

—Me imagino que habrá que hacer eso. De todos modos, en ninguna parte seré más desdichado de lo que he sido aquí durante todo el tiempo a que alcanzan mis recuerdos. ¡Que conste eso!

—El señor Gradgrind se dirigió hacia la puerta y regresó acompañado de Sleary, al que preguntó cómo podrían sacar de allí a aquel desdichado.

—He eztado penzando en ello precizamente, caballero. No hay mucho tiempo que perder, de modo que tenéis con conteztar zí o no. Habrá unaz treinta millaz de aquí hazta la próxima eztación de ferrocarril. De aquí a media hora zale un coche que enlaza con el tren correo que lo llevará directamente a Liverpool.

—Fijaos en su estado —gimió el señor Gradgrind—. ¿Creéis que puede ir así...?

—No pienzo enviarlo veztido con eza librea grotesca —contestó Sleary —. Decid una zola palabra y mi guardarropa dará para tranzformarlo antez de cinco minutoz en un carretero... Rezolveoz, zeñor, porque ez preciso enviar a comprar cerveza. Yo no zé de nada como la cerveza para dezpintar a un falzo negro.

El señor Gradgrind asintió rápidamente; Sleary sacó rápidamente de un cofre una blusa larga, un sombrero de fieltro y otras prendas características; el mozalbete se mudó rápidamente de ropa detrás de un biombo de bayeta; el señor Sleary trajo rápidamente cerveza y lo lavó hasta volverlo blanco otra vez.

—Y ahora, vamoz al coche y zubid por detráz; yo oz acompañaré para que crean que zoiz uno de miz carreteroz. Dezpedíoz de vueztra familia lo máz rápidamente pozible.

Y, dicho esto, se retiró con delicadeza.

—Aquí tienes tu carta —dijo el señor Gradgrind—. Te darán todo cuanto te sea necesario. Repara, por medio del arrepentimiento y de una conducta mejor, la desdorosa acción que has cometido y las terribles consecuencias a que ella ha dado lugar. Dame tu mano, pobre hijo mío, y que Dios te perdone lo mismo que yo te perdono.

Estas palabras y el tono patético en que fueron pronunciadas arrancaron al culpable algunas lágrimas abyectas. Pero cuando Luisa abrió sus brazos, la rechazó otra vez.

—A ti, no. No quiero volver a hablarte.

—¡Oh Tom! ¡Terminar así, después de lo que yo te he querido!

—¡Después de todo lo que me has querido! —repitió él con encono—. ¡Vaya un amor! Libras al señor Bounderby de tu influencia, haces que se marche mi mejor amigo, el señor Harthouse, y te marchas tú a casa cuando más peligro corría yo. ¡Vaya un amor el tuyo! Y cuentas, además, de pe a pa lo de nuestra visita a aquella casa, cuando estabas viendo que la red se iba cerrando en torno mío. ¡Sí que es amor el tuyo! Me has vendido sistemáticamente. ¡Jamás se te dio nada de mí!

—Abreviad —gritó desde la puerta el señor Sleary.

Todos salieron fuera llenos de confusión; Luisa, diciendo entre lágrimas que le perdonaba y que seguía amándolo, que algún día se arrepentiría de alejarse de ella en esa forma, y que cuando estuviese muy lejos le servirían de consuelo estas últimas palabras que ella le decía... En ese instante, alguien se precipitó sobre ellos.

El señor Gradgrind y Cecilia, que iban delante de Tom, mientras que Luisa se colgaba de su hombro, retrocedieron.

Allí estaba Bitzer, jadeante, con los delgados labios entreabiertos, las delgadas ventanas de la nariz hinchadas, sus blancas pestañas temblorosas, su cara descolorida, más descolorida que nunca, como si el correr lo pusiese al rojo blanco, cuando a los demás los ponía rojo llama. Allí estaba, resollando y palpitante, igual que si hubiese corrido sin pararse desde aquella noche, ya muy lejana, en que también tropezó de ese mismo modo cuando iba corriendo. Y ahora Bitzer dijo, cabeceando negativamente:

—Siento mucho tener que desbaratar vuestros planes, pero a mí no me la juega la gente de circo. Yo necesito al joven señor Tom; no consiento en que se fugue con ayuda de los titiriteros. Es éste que va de blusa larga, y tengo que hacerme cargo de él.

Y se hizo cargo, agarrándolo del cuello. Así fue como se hizo cargo de Tom.

CAPÍTULO VIII: FILOSOFANDO

Regresaron al local del circo, y Sleary cerró la puerta para evitar intrusiones. Bitzer, agarrando siempre del cuello al culpable, que estaba paralizado, se quedó en pie en la pista, mirando con ojos parpadeantes, en la oscuridad del crepúsculo, a su antiguo protector.

—Bitzer, ¿no tenéis corazón? —exclamó el señor Gradgring, desalentado y en tono de lastimosa sumisión.

Bitzer, mostrando con su sonrisa lo extraña que encontraba la pregunta, le contestó:

—Sin ese órgano, señor, sería imposible la circulación de la sangre. Nadie que conozca los hechos establecidos por Harvey acerca de la circulación de la sangre podrá dudar de que tengo corazón.

—Y ese corazón vuestro, ¿no es accesible a ningún sentimiento de compasión?

—Mi corazón sólo es accesible al razonamiento, señor, y a nada más, — replicó el excelente joven.

Se quedaron mirándose el uno al otro, cara a cara. La del señor Gradgrind estaba tan blanca como la del perseguidor. Aquél dijo:

—¿Qué razón podéis tener para impedir que se escape este desdichado joven? ¿Qué razón para destrozar a su afligido padre? ¡Ved aquí a su hermana! ¡Tened compasión de nosotros!

—Señor —contestó Bitzer, expresándose como quien trata de un negocio y razona lógicamente—, puesto que me preguntáis qué razón tengo para llevarme al joven Tom de vuelta a Coketown, es razonable que yo os la dé a conocer. Desde el primer momento sospeché que era él quien había cometido el robo en el Banco. Ya para entonces lo tenía sobre ojo, porque sabía sus andanzas. Me guardé para mí los datos, pero lo había observado bien. Tengo pruebas abundantes ahora contra él, aparte de su fuga, y de su propia confesión, que llegué justamente a tiempo de escuchar. Tuve el placer de vigilar vuestra casa ayer por la mañana y de seguiros hasta aquí. Voy a llevarme al joven señor Tom a Coketown para entregarlo al señor Bounderby. Tengo la seguridad, señor, de que, después de esta acción mía, el señor Bounderby me ascenderá al puesto que ocupaba vuestro hijo. Y quiero ocupar ese puesto, señor, porque supone para mí un ascenso y me beneficiará.

—Si ésta es para vos únicamente una cuestión de interés... —empezó a decir el señor Gradgrind.

—Perdonadme si os interrumpo —le replicó Bitzer—, pero estoy seguro de que vos sabéis perfectamente que todo el sistema social no es sino una cuestión de interés propio. La única manera de manejar a una persona es mover su interés propio. Los hombres somos así. Sabéis perfectamente, señor, que es este el catecismo que me enseñaron cuando yo era muchacho.

—¿Y en qué suma de dinero valoráis vuestro ascenso? —preguntó el señor Gradgrind.

—Os doy las gracias, señor, por apuntar esa proposición, pero me abstendré de cifrar en dinero mi ascenso. Previendo que vuestra clara inteligencia me presentaría esa clase de alternativa, he hecho cuidadosos cálculos mentales, llegando a la conclusión de que el poner a salvo a un delincuente, aunque me lo pagasen carísimo, no equivaldría para mí a una ventaja tan segura y provechosa como mis perspectivas de ascender en el Banco.

El señor Gradgrind alargó los brazos, como si fuese a decirle: «¡Ved qué desdichado soy!», y exclamó:

—Bitzer, sólo un recurso me queda para intentar ablandaros. Os habéis educado durante muchos años en mi escuela. Si el recuerdo del trabajo que allí se tomó en educaros puede llegar a ejercer alguna influencia en vuestro ánimo para que por un momento os olvidéis de vuestro interés, dejando en libertad a mi hijo, os encarezco y os suplico que sea él quien se beneficie de ese recuerdo.

—Me maravilla —contestó el antiguo alumno razonadamente—, que os coloquéis en un terreno tan insostenible. Se pagó un tanto por mi educación; era aquello un toma y daca; al dejar de ir a la escuela quedamos en paz.

El fundamento principal del sistema filosófico de Gradgrind era que todo se pagaba. Nadie debía entregar jamás nada a nadie, ni realizar un servicio, sin el correspondiente pago. La gratitud tenía que desaparecer, y con la gratitud todas las virtudes que se derivan de la misma. Desde el nacimiento hasta la muerte, todos los momentos de la vida eran como un toma y daca con un mostrador de por medio. Y si no entrábamos de esta manera en el cielo era porque no se trataba de un lugar político-económico, ni menos se realizaban transacciones en él.

—No negaré —prosiguió Bitzer— que las tarifas de la escuela eran baratas. Y justamente por eso, señor, porque fui producido en el mercado más barato, debo colocarme en el más caro.

El llanto de Luisa y de Cecilia lo turbó un poco al llegar a este punto, y les dijo:

—Por favor, no hagáis eso; el llorar no conduce a nada; no hace sino molestar. Parece como si pensarais en que yo abrigo alguna clase de animosidad contra el joven Tom; y no es así. Yo me limito, por razones lógicas que he expuesto ya, a conducirlo a Coketown. Si me ofreciese resistencia, lanzaría el grito de «¡Al ladrón!». Pero no se resistirá, podéis estar seguros de ello.

El señor Sleary, que había escuchado la exposición de esas doctrinas con profunda atención, la boca abierta y el ojo movible tan clavado en su cabeza como el ojo inmóvil, se adelantó hacia Gradgrind al llegar a este punto.

—Caballero, eztáiz perfectamente enterado y también lo eztá vueztra hija (mejor aún que voz porque ze lo dije yo mismo) que ignoraba lo que había hecho vueztro hijo, y que no quería tampoco zaberlo..., le dije que prefería no zaberlo, aunque entoncez eztaba en la creencia de que ze trataba de alguna calaverada. Pero me he enterado por ezte joven que ze trata de un robo a un Banco, y ezo ez ya coza zeria; una coza demaziado zeria para que yo tranzija con un delito, como ha dicho muy bien ezte joven. Por conziguiente, caballero, no oz enojéiz conmigo zi me pongo de parte de ezte joven, y oz digo que tiene razón y que no hay nada que hacerle. Pero hay una coza que eztoy dizpuesto a hacer, zeñor: me ofrezco a llevar en coche a vueztro hijo y a ezte joven hazta la eztación de ferrocarril para evitar que trazcienda aquí la coza. A máz que ezo no me comprometo, pero ezo zí que lo haré.

Al ver que su último amigo desertaba de sus filas, se renovaron los lamentos de Luisa, y se hizo aún más profunda la aflicción del señor Gradgrind. Sólo Cecí se quedó mirando al señor Sleary con la mayor atención, y allá en su interior, no se llamó a engaño. Cuando todos salían otra vez a la calle, Sleary le dedicó una leve revolución de su ojo movible, como indicándole que deseaba que se quedase rezagada. Y en cuanto cerró la puerta le dijo con gran excitación:

—Cecilia, el caballero te favoreció a ti y yo favoreceré al caballero. Hay máz aún; ezte mozo ez un bribón de marca, y eztá al zervicio de aquel viejo fanfarrón al que los míoz estuvieron a punto de arreglarle laz cuentaz. La noche va a zer ozcura; tengo un caballo que hace todo menoz hablar; y tengo otro capaz de hacer quince millaz por hora zi lo conduce Childerz; y tengo, además, un perro que no dejará moverze a una perzona de un zitio en veinticuatro horaz. Habla aparte con el caballero joven. Dile que cuando vea que nueztro caballo empieza a bailar, no tenga miedo de que lo tire por el zuelo, y que ezté al acecho de un calezín que pazará por allí; cuando vea acercarze al calezín, que zalte alzuelo, que el del calezín zaldrá con él a todo correr. Zi mi perro deja que eze joven avance no un pie, zino ni ziquiera una pulgada, le permito que corra todo lo que quiera. Y zi mi caballo ze mueve del zitio en que empieza a danzar hazta que haya amanecido..., ez que yo no lo conozco... ¡Ni una palabra máz!

En diez minutos, Childers, que andaba en zapatillas por la plaza del mercado, recibió su consigna, y el carruaje del señor Sleary estuvo dispuesto. Era un magnífico espectáculo el del perro amaestrado ladrando alrededor del mismo y el del señor Sleary indicándole, con su único ojo útil, que era Bitzer el individuo al que había que vigilar. Poco después de oscurecido subieron los tres al carruaje y se pusieron en camino; el perro amaestrado, un animal formidable, clavaba ya a Bitzer con sus ojos, y caminaba bien pegado al costado del coche en que él iba con el objeto de estar listo para lanzarse sobre él en caso de advertir la menor intención de saltar a tierra.

El señor Gradgrind, Luisa y Cecilia pasaron toda la noche en el parador, presas de la mayor incertidumbre. A las ocho de la mañana reaparecieron el señor Sleary y su perro, ambos del mejor humor.

—¡Zalió a pedir de boca, caballero! —dijo Sleary—. A eztaz horaz vueztro hijo eztará a bordo de un barco. Hora y media despuéz de zalir de aquí, lo cargó Childerz en zu calezín y ze alejó con él. Mi caballo eztuvo bailando una polca hazta que ya no pudo máz —de no eztar enjaezado hubiera bailado un valz—. Cuando vi que no podía máz le di la zeñal y ze acoztó a dormir tranquilamente. Aquel joven y redomado bribón dijo que zeguiría a pie, y el perro le zaltó al cuello, le agarró de la bufanda, lo tiró al zuelo y lo zarandeó. No tuvo, puez, máz remedio que zubir otra vez al coche y no moverze de allí, hazta laz zeiz y media de ezta mañana, en que yo puze al caballo rumbo a ezta ciudad.

El señor Gradgrind lo abrumó a frases de agradecimiento, y dejó entrever, con toda delicadeza, su deseo de ofrecerle una magnífica remuneración en dinero.

—Para mí, zeñor, no quiero dinero alguno; pero Childerz ez un padre de familia, y zi le ofreciezeiz un billete de cinco libraz, acazo no le parecieze mal. En el mizmo eztilo, zi le comprazeiz un collar al perro y un juego de cazcabelez al caballo, oz loz tomaría zatizfecho. Aguardiente con agua lo tomo ziempre —había pedido ya un vaso y ahora pidió el segundo—. Y zi no oz parecieze demaziado una comida de unoz trez chelinez y medio por cabeza, zin la bebida, noz haríaiz a todoz felicez.

El señor Gradgrind aceptó muy a gusto el ofrecerles aquellas pequeñas pruebas de su agradecimiento, aunque dijo que le parecían muy cortas para el gran favor que le habían hecho.

—Bien, caballero; con ezo y con que, ziempre que oz zea pozible, tengáiz una buena palabra para la gente del circo, habréiz máz que zaldado la cuenta. Y ahora, caballero, con el permizo de vueztra hija, quiziera hablar con voz a zolaz antez de dezpedimoz.

Luisa y Cecí se trasladaron a otra habitación contigua; y el señor Sleary siguió hablando al mismo tiempo que removía y bebía su aguardiente con agua:

—Caballero, no hará falta que yo oz diga que el perro ez un animal prodigiozo.

—Su instinto —dijo el señor Gradgrind— es sorprendente.

—Llamadlo como queráiz..., por vida mía que yo no zé qué nombre darle..., ez azombrozo. ¡Qué manera tiene de encontrarlo a uno! ¡Dezde qué diztanciaz ez capaz de volver hazta donde uno eztá!

—Sí, ¡qué olfato más fino tiene! —dijo el señor Gradgrind.

—Por vida mía que no zé qué nombre darle —repitió Sleary, moviendo la cabeza—. Lo que puedo decir ez que ha habido perro que ha dado conmigo en circunstancias talez que me han hecho penzar zi no habrá ido a otro perro y le habrá preguntado: «Dime, ¿no conoceráz tú a cierto individuo que ze llama Zleary? Veráz..., un tal Zleary, que anda en ezo del circo..., un individuo gruezo..., inútil de un ojo». Y que el otro perro le hubieze conteztado: «No; yo mizmo no lo conozco, pero zé de un perro que ez fácil tenga amiztad con él». Y que ezte tercer perro, dezpuéz de penzarlo bien, hubieze dicho: «Zleary..., Zleary... ¡Puez claro que zé quién ez! En cierta ocazión me habló de él un amigo mío. Te puedo dar en zeguida zu dirección». ¡Qué zé yo, caballero, la cantidad de perroz que me conocerán dezpuéz del tiempo que llevo trabajando en público y andando de un zitio a otro!

El señor Gradgrind empezaba a hacerse un lío con estas filosofías. Sleary; después de tomar un sorbo de aguardiente con agua, prosiguió:

—Zea como zea, han tranzcurrido catorce mezez desde que eztuvimoz con el circo en Chezter. Noz hallábamos una mañana poniendo el número de Loz Niñoz en el Bozque , cuando ze metió en la pizta, viniendo de la puerta del ezcenario, un perro. Ze advertía que venía dezde muy lejoz, eztaba muy enfermo, renco y cazi ciego. Fue olfateando a loz niñoz, uno dezpuéz de otro, como zi buzcaze a un conocido; dezpuéz ze acercó a mí, dio el zalto de ezpalda, ze levantó zobre zuz pataz delanteraz, movió la cola, y cayó muerto. Caballero, aquel perro era Pataz Alegrez .

—¡El perro del padre de Cecí!

—El buen perro del padre de Cecilia, zí zeñor. Ahora bien, caballero, conociendo yo como conocía a Pataz Alegrez , puedo afirmar bajo juramento que antez que me buzcaze a mí, aquel hombre había muerto y estaba zepultado. Hablamoz mucho Jozefina, Childerz y yo zobre zi oz ezcribiría; pero noz dijimoz: No. No podemoz darle ninguna noticia buena; ¿para qué intranquilizar ala muchacha y darle un dizguzto? Zi zu padre la abandonó cobardemente, o zi prefirió morirze de pena él zolo más bien que arraztrarla en zu mizeria, ez coza, caballero, que ya no zabremoz hazta... hazta que zepamoz cómo ze laz arreglan loz perroz para encontramoz.

—Cecilia conserva aún la botella que él le mandó comprar y creerá en el cariño de su padre hasta el último día de su vida —dijo el señor Gradgrind.

El señor Sleary, mirando pensativo las profundidades de su aguardiente con agua, dijo:

—Todo ezto parece como zi noz prezentaze doz ideaz, ¿verdad, caballero? La una, que eczizte en el mundo un amor que no tiene nada de egoízmo, que ez una coza completamente diztinta; y la otra, que ezte amor tiene zu manera propia de calcular o no calcular un algo al que eztan difícil dar un nombre como a laz cozaz de loz perroz.

El señor Gradgrind miró por la ventana, y no contestó. El señor Sleary vació su vaso y llamó a las jóvenes.

—Cecilia, hija mía, bézame y dime adióz. Zeñorita del caballero, me rezulta muy hermozo ver que la tratáiz como a una hermana, como a una hermana en la que ponéiz vueztra confianza y a la que miráiz con todo rezpeto. Ezpero que vueztro hermano viva para hacerze máz digno de voz y para zerviroz de mayor conzuelo. Caballero, démonoz un apretón de manoz, por primera y última vez. No oz enojéiz con nozotroz, pobrez trotamundoz. La gente necezita divertirze. No puede eztar ziempre eztudiando, ni ziempre trabajando; no están hechoz para ezo. No podéiz pazar zin nozotroz, caballero. Entoncez, lo mejor y lo máz zabio ez tomarnoz por el lado bueno y no por el peor... ¡Y jamáz ze me había ocurrido penzar —dijo, volviendo a meter la cabeza después de haber salido del cuarto—, que tuvieze yo tanta madera de charlizta!

CAPÍTULO IX: FINAL

Cuando se está con un fanfarrón vanidoso, resulta un peligro descubrir antes que él nada de lo que hay en la esfera de su vida. El señor Bounderby tuvo la sensación de que la señora Sparsit habíasele adelantado audazmente, y de que presumía de ser más inteligente que él. Y como su indignación por el triunfal descubrimiento de la señora Pegler, hecho por ella, no admitía apaciguamientos, estuvo dando vueltas y más vueltas en su cabeza a esa pretensión de una mujer que se encontraba con respecto a él en situación de dependencia; hasta que a fuerza de rodar, la idea adquirió el volumen de una gran bola de nieve. Hizo por último el descubrimiento de que el despedir a aquella señora de familia encopetada..., el poder decir: «Era una mujer de abolengo, por nada del mundo quería separarse de mí, pero yo no la pude aguantar y me desembaracé de ella...», le proporcionaría la gloria máxima que podía sacar de aquellas relaciones, dándole al propio tiempo la oportunidad de castigar a la señora Sparsit según se lo tenía merecido.

Poseído más que nunca de esta magnífica idea, acudió el señor Bounderby a almorzar, sentándose a la mesa en el comedor de otros tiempos, aquél en que estaba su retrato. La señora Sparsit tomó asiento junto al fuego con el pie en el estribo de algodón, muy ajena a pensar hacia dónde la llevaba su caballo.

Desde el asunto de la señora Pegler, la aristocrática dama había echado un velo de serena melancolía y arrepentimiento sobre su expresión de lástima hacia el señor Bounderby. Por eso ahora acostumbraba adoptar una expresión de pena; y esta expresión de pena fue la que tomó en esta ocasión para mirar a su protector.

—¿De qué se trata ahora, señora? —exclamó el señor Bounderby con acento seco y áspero.

—¡Por favor, señor —replicó la señora Sparsit—, no me miréis como si quisierais arrancarme de un mordisco la nariz!

—¡Arrancaros de un mordisco la nariz! ¡Esa nariz! —dando a entender, como se lo imaginó la señora Sparsit, que era mucha nariz para arrancarla de un mordisco. Después de decir esto, que implicaba una ofensa, se cortó él mismo una rebanada de pan, y dejó luego el cuchillo sobre la mesa con estrépito.

La señora Sparsit sacó el pie de su estribo, y exclamó:

—¡Señor Bounderby! ¡Señor!

—¿Qué pasa, señora? ¿Qué es lo que miráis con esa cara de susto?

—¡Perdonad, señor!; pero... ¿habéis tenido esta mañana algún disgusto? —dijo la señora Sparsit.

—Sí, señora.

—¿Me permitís que os pregunte, señor —prosiguió la ofendida mujer—, si he sido yo la desdichada causa de que estéis irritado?

—Os voy a decir lo que pasa, señora —exclamó Bounderby—. No he venido aquí para dejarme intimidar. Por muy altamente emparentada que esté una mujer, no se le puede consentir que moleste y acose a un hombre de mi posición, y no voy a tolerarlo.

El señor Bounderby se dio cuenta de que era preciso seguir adelante sin desviarse, previendo que si entraba en detalles saldría vencido.

La señora Sparsit empezó por levantar sus cejas de estilo Coriolano, luego las frunció, luego puso su labor en la canastilla correspondiente, y finalmente se puso en pie, diciendo majestuosamente:

—Señor, veo claro que en este instante os estorbo, y me retiraré a mis habitaciones.

—Permitidme, señora, que sea yo mismo quien os abra la puerta.

—Gracias, señor; me basto yo para eso.

—Es preferible que me deis esa oportunidad, señora —dijo Bounderby, se adelantó a ella y puso la mano en el picaporte—, porque así podré deciros unas palabras antes que os retiréis... Señora Sparsit, respetable señora Sparsit, me está pareciendo que os encontráis aquí un poco encogida, ¿me comprendéis? Creo yo que bajo mi humilde techo no hay campo suficiente para una dama que posee el talento que vos poseéis para meterse en los asuntos de los demás.

La señora Sparsit le dirigió una mirada en la que había concentrado el escarnio más venenoso, pero le dijo con gran cortesía:

—¿Lo creéis así, señor?

—Vengo meditando en ello, señora, desde que han ocurrido los últimos sucesos... La verdad en su punto..., y me parece, en mi humilde juicio...

—¡Oh, por favor, señor! —le interrumpió la señora Sparsit con animación y buen humor— no rebajéis la categoría de vuestro juicio. Todo el mundo ha recibido pruebas de lo que vale vuestro juicio. Seguramente que sirve de tema a las conversaciones de la mayoría de la gente. Rebajad el mérito de cualquier cosa vuestra, menos el de vuestro juicio, señor —esto último lo dijo la señora Sparsit riendo.

El señor Bounderby, muy colorado y no muy a sus anchas, prosiguió:

—Iba, pues, diciendo, señora, que creo que si una dama de vuestras dotes ha de destacar, necesita una casa completamente distinta a ésta. Una casa, por ejemplo, como la de vuestra parienta, lady Scadgers... ¿No creéis, señora, que acaso encontraríais allí algunos asuntos en los que entremeteros?

—Nunca se me había ocurrido pensarlo, señor —replicó la señora Sparsit—. Pero ahora que lo mencionáis, lo considero muy probable.

—¿Y por qué no lo intentáis, señora? —dijo Bounderby, colocando un sobre con un cheque en su canastilla de labores—. Podéis tomaros, señora, todo el tiempo que necesitéis antes de marcharos; pero, mientras tanto, quizá le resulte más agradable a una dama de vuestra inteligencia el hacer sus comidas sola, sin que nadie la moleste. A decir verdad, tengo que disculparme con vos por haber estado yo, Cosías Bounderby, de Coketown, tanto tiempo en vuestro panorama.

—Por favor, señor, no habléis de eso —le replicó la señora Sparsit—. Si este retrato vuestro pudiese hablar... Pero tiene sobre el original la ventaja de no mostrar la hilaza y de no atosigar a los demás... Él podría dar testimonio de que ha transcurrido ya mucho tiempo desde la primera vez, que luego se transformó en costumbre, en que le dije que era el retrato de un mentecato. Nada de lo que hace un mentecato despierta sorpresa o indignación; los actos de un mentecato sólo inspiran desprecio.

Dicho esto, tesando su perfil romano igual que una medalla acuñada para conmemorar el escarnio del señor Bounderby, lo miró con descaro de la cabeza a los pies, pasó desdeñosamente por delante de él y se marchó escaleras arriba. El señor Bounderby cerró la puerta, y fue después a colocarse en pie delante de la chimenea encendida, proyectándose sobre su propio retrato con aquella actitud explosiva que solía adoptar, y proyectándose también hacia el futuro.

¿Hasta dónde llegaba su proyección en el futuro? Veía a la señora Sparsit en un duelo diario, peleando con todas las armas del arsenal femenino con la gruñona, venenosa, irritante, hostigadora lady Scadgers, siempre en cama con su misteriosa pierna, comiéndosele la mitad de sus ya insuficientes ingresos, en un cuartucho sin aire, que para una sola persona era un gabinetito, y para dos resultaba un cuchitril. Pero ¿veía algo más? ¿No tuvo una visión rápida de sí mismo, exhibiendo a Bitzer ante los que no lo conocían y presentándolo como el hombre del porvenir, gran venerador de las extraordinarias cualidades de su amo, que se había ganado el puesto del joven Tom y que estuvo a punto de echar el guante a este último en ocasión en que varios bribones lo hacían desaparecer? ¿Vio acaso un débil reflejo de su propia imagen en el momento en que redactaba un testamento jactancioso por el que veinticinco farsantes de más de cincuenta y cinco años, asumiendo cada uno de ellos el nombre de Cosías Bounderby, de Coketown, tendrían para siempre mesa puesta en el salón Bounderby, y habitación en el edificio Bounderby, con obligación de asistir siempre a la capilla de Bounderby, y de dormir con la bendición de un capellán de Bounderby, obteniendo recursos para todo esto de una finca de Bounderby, produciendo náuseas en todos los estómagos delicados a fuerza de repetir las majaderías y jactancias de Bounderby? ¿Tenía acaso alguna presciencia del día en que, de allí a cinco años, Cosías Bounderby, de Coketown, moriría de una congestión en plena calle de esta ciudad, y que su cacareado testamento empezaría una larga carrera de argucias, saqueos, ficciones, escándalos, poca utilidad y muchos pleitos? Probablemente, no. Sin embargo, el retrato vería todo aquello.

El mismo día y a la misma hora, el señor Gradgrind, sentado en su habitación, meditaba... ¿Hasta dónde alcanzaba él en el futuro? ¿Veíase así mismo, encanecido y decrépito, amoldando sus antes inflexibles teorías a las circunstancias que hemos relatado? ¿Poniendo sus hechos y sus números al servicio de la Fe, de la Esperanza y de la Caridad, sin intentar desmenuzar ese trío celestial en sus molinillos polvorientos? ¿Tuvo la visión de sí mismo, víctima del desprecio de sus anteriores asociados políticos? ¿Vio a éstos, en la época en que se daba como verdad inconcusa que los pequeños basureros nacionales sólo se debían consideración unos a otros y no tenían deber alguno hacia esa abstracción llamada Pueblo, atacando al honorable caballero con esto sí, esto no y esto quizá cinco noches por semana, hasta las primeras horas de la madrugada? Es probable que barruntase todo esto, porque conocía a su gente.

También Luisa, durante la noche del mismo día, contemplaba el fuego, como lo hacía en otros tiempos, aunque la expresión de su cara era más dulce y más humilde. ¿Hasta dónde alcanzaba su visión del futuro? Cartelones en las calles, firmados con el nombre de su padre, exculpando al difunto Esteban Blackpool, tejedor, de la equivocada sospecha, haciendo pública la culpabilidad de su propio hijo y alegando en disculpa suya sus pocos años y la tentación —no se decidió a agregar y la educación—. Todo eso pertenecía al presente. Y también pertenecía casi al presente la lápida que colocaría su padre en la tumba de Esteban Blackpool, con la fecha de su muerte, porque Luisa conocía este propósito. Todas estas cosas podía verlas con toda claridad. Pero ¿cuánto veía del futuro? ¿Veía Luisa a una obrera llamada Raquel, presentarse de nuevo, después de una larga enfermedad, al toque de la campana de la fábrica, e ir y venir a las horas habituales de los obreros de Coketown, como una mujer de belleza reflexiva, siempre enlutada, pero cariñosa, serena y hasta alegre; la única entre todos los habitantes de la ciudad que parecía sentir compasión de un harapo de mujer, degradada y borracha, que se presentaba de cuando en cuando en Coketown para pedirle una limosna y llorarle sus miserias; una mujer que trabajaba siempre, pero que trabajaba contenta, prefiriendo considerar el trabajo como su destino natural en la vida, hasta que se hiciese demasiado vieja y ya no pudiese trabajar más...? Todo lo anterior sería una realidad con el tiempo.

¿Veía Luisa a un hermano solitario, a muchos miles de millas de distancia, emborronando con lágrimas la carta en que le decía cuán pronto habían salido ciertas sus palabras, y que daría a gusto todos los tesoros del mundo por ver una sola vez su rostro tan querido? ¿Y veía a ese mismo hermano, andando el tiempo, aproximarse más a casa con la esperanza de verla, pero retrasado en el viaje por una enfermedad, hasta que un día llegaba una carta escrita por mano desconocida, diciéndole que «había fallecido de fiebre en el hospital el día tal, muriendo arrepentido y lleno de amor hacia vos, siendo vuestro nombre la última palabra que pronunció»? Todas estas cosas serían una realidad con el tiempo.

¿Veíase Luisa a sí misma casada otra vez..., y ya madre..., cuidando amorosa de sus hijos, preocupándose tanto de que tuviesen una niñez del espíritu como de la del cuerpo, sabiendo como sabía que la primera superaba en belleza a la segunda, y que constituía un patrimonio cuya parte más pequeña, atesorada, constituía una bendición y una dicha para la persona más sabia? ¿Veía Luisa esto? Sin embargo, no sería jamás una realidad.

Pero ¿veíase Luisa a sí misma amada por los felices hijos de la feliz Cecilia; veíase enriquecida con el conocimiento de la niñez; convencida de que no había que despreciar jamás las inocentes y bellas fantasías; esforzándose por comprender a los seres humanos de más humilde condición y en hermosear sus vidas, todo máquinas y realismos, con las gracias y goces de la imaginación, sin las que se agosta el sentimiento de la niñez, la más fornida virilidad física se convierte en completa muerte moral y las cifras más abultadas que la prosperidad nacional puede exhibir son como la Escritura que apareció en la Pared? ¿Veía todo esto no como artículo de fe de un fantástico voto, compromiso, hermandad, juramento, acuerdo, baile de caridad o tómbola, sino sencillamente como un deber que es necesario cumplir? Todas estas cosas llegarían a ser una realidad con el tiempo.

Querido lector: de ti y de mí depende el que, en nuestros dos campos de actividad, sean o no realidad cosas como éstas. ¡Hagamos que sean realidad! Podremos así sentarnos con el corazón más alegre frente a nuestros hogares, contemplando cómo las pavesas de nuestros fuegos se vuelven grises y se enfrían.